The Mystery Collection

TOM CLANCY'S POWER PLAYS　ZERO HOUR

殺戮兵器を追え

トム・クランシー　マーティン・グリーンバーグ／棚橋志行 訳

二見文庫

TOM CLANCY'S POWER PLAYS: ZERO HOUR

Created by

Tom Clancy and Martin Harry Greenberg

Written by Jerome Preisler

謝辞

マーク・セラシーニ、ラリー・セグリフ、デニーズ・リトル、ジョン・ヘルファーズ、ブリティアニー・コーレン、ロバート・ユーデルマン氏、ダニエル・フォート氏、ダイアン・ジュード、そして、デイヴィッド・シャンクス、トム・コルガンをはじめとするペンギン・パットナム社のすばらしい社員のかたがたのお力添えに、感謝の言葉を捧げたい。しかし、なにより大事なことは、わたしたちの努力の結集がこうして実を結んでいるのは、読者のみなさんのおかげということである。

――トム・クランシー

殺戮兵器を追え

主要登場人物

ロジャー・ゴーディアン……アップリンク社の創設者
メガン・ブリーン……………同社最高経営責任者
ピート・ナイメク……………同社保安部長
ロリー・ティボドー…………同社全世界監督官
トム・リッチ…………………同社全世界監督官
デレク・グレン………………同社サンディエゴ支社の保安部隊隊長
ノリコ・カズンズ……………同社ニューヨーク支部長
レニー・ライゼンバーグ……同社ニューヨーク支部海運担当役員
ハスル・ベナジール…………アームブライト・インダストリー社代表
ジョン・アール………………ベナジールに雇われた殺し屋
ユーサフ………………………カシミールの分離独立主義者
エイヴラム・ホフマン………宝石の仲買人
デラーノ・マリッセ…………私立探偵。元ベルギー国家保安庁諜報員
パトリック・サリヴァン……キラン社のハイテク機器営業マン
トニー・デサント……………サリヴァンの幼なじみ。銀行員
ラスロップ……………………謎の男。元麻薬捜査局捜査官

第一部　青い炎

1

ニューヨーク市

一月某日。天気予報では吹雪になるとのことだったが、降ってきたのはみぞれ混じりの雨で、当地の気象予報士たちは大急ぎで見通しの修正をした。まともな目玉がふたつついている人間だったら誰にでもわかることを、予報士たちがようやく報告したのはけっこうなことだとサリヴァンは思ったが、〈ジャガー〉のカーラジオには、凍結して危険な状態になっている道路の話はまったく出ていなかった。

いつになってもこの街の状況は変わらない。騒ぎの対象が吹雪でも、テロリストの脅威でも、ブロードウェイの幕が開けたばかりの人気ミュージカルでも同じことだ。判で押したように大騒ぎをし、おしゃべりなマスコミの専門家が無数に登場するが、彼らのいったとおりになることなどひとつもない。カンザス州とか、鹿とアンテロープが戯(たわむ)れているような土地からバスで到着したばかりの田舎者ならともかく、おおかたの市民は、彼らのおしゃべりなど意味のない雑音にすぎないことを知っている。ミッドタウンの路上で毎日のように起こっているばか騒ぎと大差ないのは、誰だって知っている。

そう、わかっているとも。頭のいい人間なら、自分の予想に照らし合わせ、常識を用い、角を曲がった先で建設現場の鉄骨の梁（はり）の下にならないことを願うようになる。

スリップを起こさないよう苦労しながらＦＤＲドライヴを東二十三丁目からアッパー・マンハッタンへ向かうあいだに、サリヴァンはそんな考えかたを、これからまとめにいく取引に当てはめようとした。直観力は以前より研ぎ澄（す）まされていても、容易なことではない。今回も手に入れる努力はする。その点はわかっている。たえず金に汲々（きゅうきゅう）としなくてすむような最高の取引を目指す。強迫観念といわれても反論するつもりはない。しかし、こんどの最新作は特別だ。たぐいまれな商品だ。現金をたんまり生んでくれるし、買い手にとってもすばらしい価値がある。あの男も、あれで荒稼ぎをするだろう。

最高の取引とはいわないまでも、それに近いものにはなるはずだ。

〈ジャガー〉の強力なヒーターが入ってから、しばらく時間がたつ。サリヴァンは〈アルテア〉のスキージャケットのファスナーを開けるあいだだけ、ハンドルから片方の手を離した。大金をはたいてスイスから特別に取り寄せたジャケットで、見た目もスマートだ。しかしいま汗をかいているのは、吹きつける温風のせいではないのかもしれない。すこし平常心を失っているからなのかもしれない。このあと生み出される莫大な儲（もう）けは察しがつく。利益の生まれる場所は一カ所ではない。おれの提供する二種類の商品は、最終的には異なる場所へ行き着くからだ。富を分配し、成功を分かちあう……。この数カ月で、おれは既存のものに代わるまったく新しい経済形態を創り出し、企業心に富む資本家と呼ばれてしかるべき人間になった。おれの提供する最新の商品は、この悪天候とはちがって、前評判に背くことはまずありえない。あれの有する無類の価値を軽く見られるものではない。

今夜でつながりは絶とう、とサリヴァンは思った。新しい人生に足を踏み出すときだ。未来を確かなものにするために大きな一歩を踏み出そう。その過程でたまたま世の中の役に立てるかもしれない。吸血鬼ハスルは大損をする——そうなったとしても、あの変人とあいつの率いる影の部隊は、誰からも救いの手や同情を期待できまい。

しかし、そこまでおれが心配してやることはない。利己的というならいうがいい。サリヴァンはまっとうなビジネスマンであること、堅実な調達人であることに誇りを持っていた。おれの客はみんな満足して帰っていく。おれの力添えをあてにしている者たちは、満足して気持ちよく帰っていく。おれは金に関する約束を果たし、自分の身の用心をし、少々人生を楽しめるよう手段を講じる。誰だって本業と別のものを持っていていい。副業があっても罪になるわけではない。サリヴァンはうまく——いや、ひょっとしたらきわめてうまく——やっているつもりだった。しかし、偽善者めいた非現実的な基準でおれを判断しようとする者もいる。そういう連中は、決して自分にはその基準を適用しようとしないくせに。

すぐ前方に出てきた道路標識を見て、東九十六丁目の出口が近づいているのを知り、サリヴァンはちょっとおどろいた。夕方のラッシュはかなり前に終わっていたし、この悪天候もあって交通量は少なくなっている。道路がすべりやすくなって、時速四五マイルの制限速度以下で走らざるをえなくても、アップタウンへはいつもより早くたどり着いたらしい。いまFDRドライヴを走っている車は、飛行機を降りた客を拾いにラガーディア空港へ向かうタクシーがほとんどだ。しかし、空港は遅れと欠航で混乱におちいっているに決まっているし、気の毒だが、疲れたタクシー運転手たちがガソリン代に見合うほどの稼ぎを得ることはないだろう。

百三丁目が近づいてきたとき、ランドール島へ渡る歩道橋をちらっと見上げてみた。遊歩道からひとりで渡っていく人影が見えるかもしれないとひそかに期待していたのだが、階段にも歩道にも誰ひとりいなかった。その事実を心に留めて、さらに四分の一マイルほど走り、道路が分岐する前に左に折れて、ハーレムリヴァー・ドライヴの奥の大きな道へ入っていった。川の向こうにあるクイーンズ地区の工場と商業用倉庫を右に見ながら、トライボロ・ブリッジの入口ランプに入り、ブレーキペダルを軽く踏んで減速し、徐行速度で長い登りのカーブを進んで橋に入った。

橋の路面も高速道路と同じくらい交通量が少ないことにサリヴァンは気がついた。料金所で現金払いレーンに入り、停止して、通行警官に支払いをした。警官が目立たないようにじっと観察していることに気がついたサリヴァンは、反射的に被害妄想に駆られた。ニューヨーク市の料金所にふつうの係員がいた時代が思い出される。いまでこそ料金所は、橋やトンネルに近づく者を警戒して、厳重な警備体制が敷かれた検問所と化しているが、当時はあたりまえの光景ではなかった。いまではもう、武装警官のいる場所を通過せずに隣の地区には行けないような気がする。新しい千年紀へようこそ、だ。

　遮断機が上がるとサリヴァンは走りだした。何車線か変更して、ランドール／ウォード島方面の下りランプに入り、ふもとでしばらく停止して、真っ暗闇のなかでライトを遠目に切り替えた。エンジンをかけっぱなしにした〈ジャガー〉の屋根とフロントガラスを、みぞれが乱打していく。細長いアスファルト道路の上をごみが吹き飛び、強風に押され、ヘルゲイト（イーストリヴァーの狭い水路）を渡る鉄道の構脚や、サリヴァンの左にある高架橋の支柱へ小さな山を作っていく。

　サリヴァンはゆっくり車を進ませて、古くなったダウニング・スタジアムを通り過ぎた。〈ニューヨーク消防局（FDNY）〉訓練学校、麻薬リハビリ診療所、男性ホームレス避難所、州立厳重警備精神療養所〉という反射標識を、ヘッドライトが照らしだした。上がレーザーワイヤーになった高さ四〇フィートの不気味なサイクロン・フェンスの向こうに、恐ろしげな建物群が広がっている。彼はすばやく左に折れて接近道路に入り、島の東のはずれにある〈衛生局〉の汚水処理場を通り過ぎた。ここでも醜悪な高い鉄条網に閉ざされたなかに、ごみ収集車と産業用トレーラーと巨大な鋼鉄製のごみ収用器が身を寄せあっていた。

　数分後、濁った入り江の水路を渡ると、接続道路はウォード島で行き止まりになった。ここにもフェンスがあった。こんどは一〇フィートから一二フィートくらいの高さしかない。人に顧みられることがめったにない臨海公園との境界だ。入口のゲートは蝶番から完全に引きちぎられていた。〈ジャガー〉が楽に通り抜けられるくらいのすきまができ、そのそばにゲートが倒れている。

サリヴァンは倒れたゲートにかかっている〈警察の命令により車の進入を禁ずる〉という標識を無視して、公園のなかへ車を進めた。

舗装された歩道をいくつか横切り、ひと続きのゆるやかな坂をくねくね進んで川岸にたどり着いた。ヘッドライトが冬枯れの芝生の上をすべるように進み、樹木と木製ベンチの根元にできたてのかさぶたのような氷が見えた。まっすぐ前方の暗闇のなかに、パークハウスと呼ばれる管理事務所と休憩所を兼ねたコンクリートの建物があり、片側に便所がついていた。そのあたりから下りの道が狭くなって、彼の〈ジャガー〉のタイヤでは進めなくなった。小さな低い建物から上り坂を何ヤードか進んだところに注意深く車を停めると、彼は座席に深く沈みこんだ。ライトとワイパーのスイッチは切らず、ヒーターが止まらないようにエンジンもかけっぱなしにしておいた。山スキー用の高価な服を着てはいるが、腋の下の湿りは緊張がもたらしたものにちがいない。

サリヴァンは暗闇に目を凝らしたまま待った。パークハウスの近くに人のいる気配はない。ダッシュボードの時計のバックライトに照らされた文字盤を確かめた。十一時十五分。待ち合わせの時間どおりに到着した。これまでの経験からみて、相手は現われるはずだ。それでも軽いいらだちを感じた。チェルシーのマンションの至福の安らぎから体を引きはがし、すさまじい風が吹きつけて凍えるくらい寒い、悪臭ただよう島までやってきたのだし、待つことにはさほどのいらだちを感じていたわけではない。ここに来た以上、ここにいるしかない。

しかし、それ以外にも大事なことがあった。誰がなんといおうと、大事な問題のはずだ。

数分が経過した。容赦(ようしゃ)ない強風が川から吹きつけてきて、ヒューヒューと車のまわりにうなりをあげ、屋根と窓に激しくみぞれを叩きつけた。すさまじい強風だ。葉の落ちた樹上の枝が大きく揺れた。サリヴァンは座席にもたれて、後部座席に置いたアタッシェケースのことを考えた。大きな危険を冒(おか)してこの特別な品を運んできた。いつものように、買い手の選んだ時間と場所に同意した。そう、自分のいらだちにも根拠がないわけではない、と彼は思った。相手に与えた敬意と配慮に対し、自分のほうにも相手からいくばくかを手にする権利が……

助手席側の窓を強く叩く音がして、サリヴァンは物思いからはっと揺すぶり起こされた。鋭い音をたてて息を吸いこみ、体をまっすぐ起こして、肩越しに一瞥(いちべつ)すると、黒い手袋をはめたこぶしがもういちど窓を叩いた。

車の外の男は長身のやせ型で、マントのようにゆったりとひざ下まで垂れたひだつきのアウトバックコートに身を包んでいた。まっすぐ後ろに梳(と)かされた黒髪がずぶ濡れになっている。みぞれが斜めに吹きつけてくるせいで、傘(かさ)を差していても限られた箇所しか守れない。

サリヴァンは息を吸いこんだ。買い手はいつもどおりにやってきた。すべるようにこの車に近づいてきて、物音ひとつたてずに車の窓にたどり着いたところなどは、この男の血管には猫の血が流れているといわれても信じられそうだ。

サリヴァンは助手席側のドアのロックを主制御装置(マスター・コントロール)で解除すると、座席の上に身をのりだして取っ手をつかみ、ドアを押し開けた。

「ラスロップ」と、彼は呼びかけた。「乗ってくれ」

「しばらくここで待っていた」と、サリヴァンはいった。

「そうか」

「ああ。この恐ろしい吹雪のなかで待っていたんだ。ありがたい話じゃないか」

ラスロップは座席越しにサリヴァンを見た。

「会社でつらいことでもあったのか？」

「ふざけているわけじゃないんだ」

「わかってる」ラスロップはいった。「なんでそんなにいらついているのか、わかろうとしただけだ。たぶん疲れているせいだとは思うが、その新しい粋な上着のおかげで判断がつかなくてな」

サリヴァンは皮肉に応じる気分ではなかった。「いったはずだ。これは冗談でもなんでも――」

「きっと女たちは、あんたのスポーツ選手みたいな若々しい姿が大好きにちがいない」

サリヴァンは不満をのみこんだ。いまのコメントが何をほのめかしているのかも、ラスロップがどのくらい自分のことを知っているのかも、よくわからない。しかし、この男の言葉には人をいらだたせるところがあった。

「いやみをいってみただけだ」と、サリヴァンはいった。「大事な問題のほうに神経を集中しよう」

ラスロップはうなずいた。「いいとも」

サリヴァンは黙りこんだ。それからしばらくして低いうめき声を漏らし、上に手を伸ばして車内灯のスイッチを入れた。ハンドルの前でくるりと体の向きを変え、上着の内ポケットから平たい形をした頑丈な黒い模造革(レザレット)の宝石ケースをとりだし、ラスロップと自分のあいだの肘掛けに注意深く置いた。

「これだ」サリヴァンはケースのふたを閉じている磁石(じしゃく)つきの掛け金を開け、ふたを引き上げた。「確かめてくれ」

ラスロップはケースの上に体をかがめて中身を調べた。

「まんなかのブリリアントカットは恐ろしく官能的だ」サリヴァンがいった。「さあ、手にとって、その目で確かめてくれ」

ラスロップは手袋をしたままケースの石に手を伸ばした。もう片方の手に小さな拡大鏡(ルーペ)を握っている。それを目に当ててじっくり石を検分し、車内灯の下で石をまわしながら時間をかけて吟味した。

「すばらしい」彼はいった。「じつにすばらしい」

サリヴァンはうなずいた。

「まわりがもっと明るければ、もっともっと感動するはずだ」と、彼はいった。「三カラットのは、どれもだいたい一万五〇〇〇から二万といったところかな。〈取引所〉でもほかのどこでもな。あんたがどこへどうやって売りさばこうがかまわない。だが、いまあんたが手に持っているやつは、大きさも重さも並外れている。それに、その輝きを見ろ。炎のようだ。ペニスがおっ立つくらい官能的だ。一五カラットのカシミール産。最高級の代物だ。これなら……」

「これがどのくらいの値段で売れるかはわかる。鑑定書が手に入ればの話だが」

「品質はこれまでにおれが持ってきたどの品にも劣らない。宝石鑑別団体協議会（AGL）に送って品質検査報告書をもらうといい。スイスのグベリン社の鑑定ラボでもいい。どっちでも好きなほうに送るといい。専門家が通例の検査をしてくれるし、悠々合格することを保証する」

ラスロップは検査を終えると、フォームラバーの仕切りに石を戻し、拡大鏡(ルーペ)をポケットに戻した。

「特に青のは、だろう？」とラスロップはいった。

その言葉を聞いて、サリヴァンはわずかに顔をほころばせた。いらだちがすこし抜け落ちた。

「ああ」彼はいった。「まさしくそのとおりだ」

言葉がとぎれた。ラスロップがサリヴァンを見た。後ろへ撫でつけた髪から水がしたたり落ち、足元のたたんだ傘の先に水のしみが広がっていった。

「それで、どうしたい？」と、ラスロップがたずねた。

サリヴァンは一瞬ためらった。大人になってこのかた、ずっと営業マンをやってきたし、めったなことで緊張がおもてに出る心配をしたりはしない。しかし、今夜はいささか努力が必要だった。

「すっきり一括で値段をはじき出すのが筋だと思うが――」

「どうかな」ラスロップがいった。「石を売りさばけるのはわかっている。ただ、あんたの話が本当だとしても、もうひとつの代物を引き受けるのはひとつの賭けだし、失敗したら高くつく」

サリヴァンは首を横に振った。

「おれはいいかげんな話をでっち上げるような人間じゃない」彼はいった。「〈ドラゴンフライ〉の件でおれが手に入れたもの……あれに関心を示すところの一覧表を、ここで並べたてることもできる。わが国アメリカ合衆国を皮切りに、いろんな国の名前が挙がる……政府当局が最近ロスアラモスでどんなことに取り組んできているか、考えてみろ。カリフォルニア州の、あの山の研究所でもだ……たしかあそこは、リヴァモアとか呼ばれてたな。あれを政府当局に持ちこめば、濡れ手で粟の荒稼ぎも夢じゃない。民間企業でもいい。あいつらも、あれを手に入れるためにだったらなんでもする。たとえば、例のドイツの巨大企業だ。〈アップリンク・インターナショナル〉もある。莫大な金が埋まっているんだ。おれ自身の経験から保証する。持ちこむ先の選択肢がもっと必要なら、この場で一ダースばかり並べてやってもいい」

　ラスロップは答えなかった。彼はいきなりフロントガラスに顔を向けた。遠くを見るような目で外をじっと見つめている。首を傾けて、口をわずかに開き、冷笑を浮かべるように上唇の端がめくれ上がった。サリヴァンは前にもこの男のこういう癖に気がついたことがあった。そこにどういう意味があるのかは、きちんと理解しているわけではない……しかしこれを見るたびに、ラスロップというのは猫のような男だという印象が強まった。まるで、空気を味わい、ほかの人間では感じとれない痕跡に全神経を集中しているかのようだった。

「いま話に出た、こんどの件に関心を示すところだが」しばらくしてラスロップがいった。表情と同様、その声にもわずかながら遠くを見ているような感じがあった。「なんであんたは仲介者を省いて、自分でそこに持ちこまない？」

「引き合わないからだ」と、サリヴァンは首を振った。「自分の立場ではどのあたりが限界かくらい、ちゃんとわきまえているさ」彼はひょいと肩をすくめた。「ある程度の安心は必要だ」

　ラスロップは相変わらず、氷のかさぶたがついたフロントガラス越しにぼやけた黒い水の線を見つめていた。

「全部一式、持ってきたのか？」

「あのアタッシェケースのなかにな」サリヴァンは後部座席にあごをしゃくった。「鍵を除いたすべてが入っている」

「つまり、あんたの安心のレベルでいえば、今夜のうちに鍵を手渡せるほどおれを信用するわけにはいかないわけだ」

「まあな」サリヴァンはいった。「ブリリアントカットは持っていってもらってかまわない。充分満足できる話じゃないかな」

ラスロップがサリヴァンに顔を向けなおした。「値段は?」

「全部込み込みで五〇万。例の口座に半額を振りこんでくれ。入金を確認したらすぐに鍵を送る。そのあと残りを送金してくれればそれで取引終了だ」

しばらく言葉がとぎれた。ラスロップはさらにしばらく黙っていたが、そのあと座席の上に右手をさしだした。

「わかった、商談成立だ」彼はいった。「メーゼル・ウ・ブローシュ」

サリヴァンはまた思わず微笑んだ。

「やつらの使う表現かい?」彼はさしだされた手を握りながらたずねた。

ラスロップはうなずいた。「幸運と祝福を、という意味だ。取引成立のときには伝統的にこの言い回しが使われる。封印のようなものだ。契約を交わすとき結びに使われる文句でな」

サリヴァンは満足げだった。

「望むだけの長生きをし、生あるうちは決して不足がありませんように」と、彼はいった。「おれの祖先であるメキシコ人なら、そういう文句を紡ぎ出しただろうな」

ラスロップは何もいわず、すわったまま握手した手を振り動かしていた……

そのあと彼はとつぜん振り動かすのをやめて、手を握る力を強めた。

サリヴァンはとまどって眉をつり上げ、手を引き放そうとしたが、できなかった。ラスロップが放そうとしない。彼は握った手を放さず、座席越しにサリヴァンを凝視していた。

サリヴァンの表情がにこやかな笑みから苦痛まじりのたじろぎに変わった。もういちど手を引き放そうとしたが、だめだった。ラスロップの手がこぶしを締めつけ、ぎゅっと圧迫して握りつぶそうとしていた。

「おい」サリヴァンがいった。「どういうことだ？　いったい――？」

ラスロップのコートの左ポケットから抜き出された銃を見て、サリヴァンは黙りこんだ。銃身の長い四五口径の自動拳銃（オートマティック）だ。その銃口がすばやく持ち上がって、耳の下のやわらかな部分に押し当てられた。

「そっちのドアを開けて外に出ろ」ラスロップが命じた。

「これはいったい……」

「出ろといったんだ」ラスロップはいった。「逃げ出すそぶりを見せたら、瞬時に殺す。いまの指示に、何か問題は？」

サリヴァンはごくりと唾（つば）をのみこんだ。あごに銃の圧迫が感じられた。

「いや、ない」と、彼はいった。

ラスロップは彼を見てにやりとした。

そして、「お利口だ」といった。

これまでかなりの暴利をむさぼってきたのは自覚していたが、サリヴァンは最悪の事態だけは免れたいとひたすら願っていた。最悪の事態だけは避けられますようにと天に祈っていた。

拳銃で脅(おど)されて連れてこられた明かりのないパークハウスのなかで、彼は落書きだらけの冷たいコンクリートの壁を背にして立っていた。くしゃくしゃになった食べ物の包装紙や、炭酸飲料の缶、投げ捨てられた注射器、クラックのガラス瓶、そしてかさぶただらけの皮膚をした麻薬中毒者(ジャンキー)や見捨てられたアル中たちが何十年かのあいだに捨てていったその他もろもろの名状しがたい不潔な代物のなかに、サリヴァンの足は埋もれていた。胃にむかつきをおぼえ、恐怖とこの場所が放つ恐ろしい悪臭に圧倒されていた。

いっぽうラスロップは、このひどい環境にもまったくひるんだ様子がない。片手で小さな懐中電灯を持ち、もう片方で持った四五口径の銃でまっすぐ狙いをつけて、無言でサリヴァンと向きあっていた。わずかに開いたパークハウスの鋼鉄の扉に、長身の体が暗い影を投げかけている。

「なんでこんなことをする?」サリヴァンがたずねた。「おれはずっと誠意を見せてきた。金額やこっちの条件に不満があるんだったら、話しあって解決すればいい」

「ちがうな」ラスロップが小声でいった。「そうはいかない」

サリヴァンは喉まで吐き気がこみ上げていた。まだ〈ドラゴンフライ〉の鍵があることをラスロップに改めて思い出させてやろうかという考えが浮かんだが、それは大失敗を招くと判断し、急いで考えを打ち消した。ラスロップが鍵のことを忘れていたり、必要ないと考えているのなら、かえって好都合だ。いずれその点はわかる。わかったときにうまく利用できるかもしれない。

「心変わりをさせようとは思わない」彼はようやくいった。「欲しいものをなんでも持っていくといい。ただ……調子に乗りすぎないほうがいい」

「ほう?」ラスロップが銃を構えたまま近づいてきた。「続けろ、サリヴァン。あんたは営業マンだ。その考えを売りこんでみろ」

サリヴァンは自分の息づかいを聞きながら、心を落ち着けて、内臓がひっくり返らないよう努力した。

「あんたに危害を加えられるといってるわけじゃない」といって、彼は唾をのみこんだ。「警察に駆けこめるわけでもない。このごみの山から車で走り去って、別々の道を行けば、それで取引は……」

「おれは車で来ていない」

「どっちでもいい」懐中電灯の薄暗い明かりのなか、サリヴァンは緊張の面持ちでラスロップを見つめた。「こういっているだけだ。おれが問題を引き起こすと考える必要なんて、どこにも――」

「おれがこういう密会に車で来ないのは知っているはずだ」ラスロップは抑揚のない、まつわりつくような口調で強調した。「あんたはいつもおれを見張っていた。たとえば、前回ここで会ったときだ」

サリヴァンは目をぱちぱちさせた。寒さとは関係のない冷たいものが全身を貫き、緊張で汗をかいた三十分ほど前のことを思い出した。

内臓がひっくり返った心地がした。

「それはちがう――」

ラスロップは嘘をいえとばかりに険しい表情を浮かべ、また一歩距離を縮めて、銃口を肋骨のすきまに押し当てた。

「手間をかけるな」ラスロップがふたりのあいだにある懐中電灯を調節すると、その光線が顔のくぼみに光と影の陰影をつけた。「あんたは百十一丁目と一番街の交差点でＦＤＲを出て、あそこの運動場のすぐ外に車を置いてきた。それからバスケットコートを何面か通り抜け、陸橋を越えて川辺へ行き、四ブロックばかり南にあるあの釣り用の桟橋まで歩いていった。暗闇のなか、屋根の下で待っていれば、気づかれることなくおれを監視できると考えたんだ。おれが歩道橋で島に渡るのが見えたら、車に戻って、トライボロ・ブリッジを越えるまで尾けていこうと」

強風がひっきりなしに吹きつけて、ドアがまたすこし開いた。サリヴァンの耳には、パークハウスのコンクリートの床にみぞれが当たる音が聞こえた。島の気温はじわじわと氷点下まで下がり、氷のように冷たい土砂降りの雨が沖に向かう風のなかで結晶化した。

「わかった」と、サリヴァンはいった。心臓は早鐘を打っていた。「その点で嘘をいうつもりはない。自分のしたことを否定する気もない。しかし、あんたを裏切ろうとか思ってしたことじゃない……。用心をしただけだ。背中に気をつけただけだ。ほかの人間ならともかく、あんたはわかってくれるはずだ――」

「わかる」ラスロップはいった。「問題はあんたが興奮しやすい坊やな点だ、サリヴァン。その点は許せない」

四五口径の撃鉄が起こされるカチリという音がし、銃が体に押しつけられて、サリヴァンはなすすべもなく恐怖の面持ちで相手を凝視した。「なんてこった、頼むから、いったい何を――?」

「用心だ」とラスロップはいい、そのあと、相手の胸のどまんなかを二度撃った。

ラスロップは川の向こうを見つめて吐息をついた。油じみた黒いさざ波がゴムブーツの先に水をはねかけた。サリヴァンの死体を詰めたドラム缶をパークハウスから引きずりだして、下り坂を運び、この街のアイルランド系マフィアが何代にもわたって好ましくない人間を投げ捨ててきた川へ押し出した。

たちまちそれはヘルゲイトの流れに乗って、トライボロ・ブリッジがマンハッタンとクイーンズへ分岐するあたりへ向かい、そのあと は、一部水没している巨大な橋の支柱の下へ進んで、大しけの夜の闇へ消え去った。橋の吊りケーブルを数珠状に飾っている光が、降りしきる雨の波を貫いてやわらかなきらめきを放っている。マンハッタンの岸に近い公営住宅建設計画地の窓や、さらにすこし南にくだった高級分譲マンションには、それよりも明るい光が見えた……灯りのともったおびただしい数の窓が、高く平らな列をなして暗い空をよじ登っていく。

ふと気がつくと、あの遠く離れたガラス窓のすべてにレンズを向けて、マンションのすべての部屋をのぞき見たい願望にとらえられていた。夜、ここの水際から、あのなかで送られている暮らしの生々しい秘密を探り、秘めやかな性の営みを探り、欲望や隠れた犯罪を探りたい。

もちろん、秘密をもてあそぶうちに危険な中毒におちいる可能性もあった。それを操ることや素質を持たないと、命を落とす可能性もある。

ラスロップはもうしばらくこの川岸にとどまって、物思いに沈みながら向こう岸の街の灯を見つめていた。それが終わると、坂を上って〈ジャガー〉のところへ向かいはじめた。夜が明ける前にもうひとつ、片づけなければならない仕事があった。

あと数分で午前二時。ラスロップは東七十五丁目にある中学校の前に〈ジャガー〉を寄せ、校門のそばの〝停車禁止〟標識の一、二ヤード後ろに停めた。

エンジンを切ってキーをポケットに入れ、目に見える証拠がないか車内を調べ、犯罪に関わるものは何ひとつないと確信した。それから後部座席に手を伸ばして、サリヴァンのアタッシェケースをつかみ、コートの内側にしっかりしまいこんだ宝石ケースをそっと撫で、外に出て、運転手側のドアをしっかり閉めた。

みぞれまじりの雨は完全に固体となって、とうとう川を越え、マンハッタンに上陸してきた。ラスロップは〝停車禁止〟の標識を舗道からちらりと見上げた。小さな固い粒が開いた傘にぱらぱら音をたてていた。授業日の違反車はレッカー移動する、と標識が警告している。ブロックのこちら側に駐まっている車がないのはそのせいだ。

朝の七時ごろからレッカー車の一団が違法駐車をしている車を探して通りかかる。運転手たちは自分たちの給料ではとても手が出ない高価なドイツ製セダンにたちまち気がつき、アッパー・イーストサイドに住む特権階級の交通違反常習者にちがいないと考えて、敢然と外へ踏み出し、街なかを通って収容所へ運んでいくだろう――悪意とやっかみは、ラスロップがこの世という大きなクッキー瓶のなかで見つけたいちばん簡単な刺激要因だ。誰かが行方不明の人間の車だと気づき、果てしないお役所的な手続きを経て受け出してくるまで、〈ジャガー〉は牽引されてきたほかの何百台かといっしょにずっと市の囲い地のなかにある。数日は誰も気がつかないはずだ。もっと長いかもしれないが、ラスロップに必要な時間はたったのひと晩だった。

それでも、まだ気を抜くわけにはいかない。打たなければならない手がいくつかある。どういう手を打つかは状況によるし、その状況のなかでどういう好機をつくり出せるかにかかってくるが、その状況はまだ確定していない。とりかかるのは早ければ早いほどいい。

ラスロップは空いているほうの手でアタッシェケースを持って襟を立てると、傘を差して頭を低くかがめ、猛烈な風と雹が打ちつける無人の通りを大股に進みはじめた。

2

ニューヨーク州ニューヨーク市／ハドソン・ヴァレー

「主人が一週間ほど前から行方不明になっておりまして」と、女はいった。

レニー・ライゼンバーグは机の向かいにすわっている女を見て、寝耳に水の話というわけではない、と思った。ナッソー郡警察の刑事たちがつい二、三日前に非公式の話と称する用件でやってきたときから、この話は知っていた。

「警察の話では、最後に主人を見たのはあなたかもしれないとのことでした」彼女はいった。

「会う予定になっていた相手はあなたが最後だとかで……」

そのことはレニーも知っていた。刑事たちもなんとも親切なもんだ。パトリック・サリヴァンが行方不明になった午後、サリヴァンはレニーと仕事の打ち合わせを兼ねて昼食をいっしょにとることになっていた。それがサリヴァンの最後の約束だったらしい……少なくとも、サリヴァンが会社のコンピュータに打ちこんだその日の予定表にはそうあった。実際ふたりは、夕方近くにダウンタウンを南に何ブロックか下ったフラットアイアン・ビルの近くにあるカジュアルな南部風のレストランで会った。ふたりにはスイートポテトフライとコーンブレッドとこの店の自慢料理がお気に入りという共通項があったので、打ち合わせによく使っていた。

「おじゃまをしてすみませんが、その……お会いになったときのパットがどんな様子だったか、教えていただけないかと」サリヴァン夫人が話を続けた。「何か妙なそぶりがなかったか。あるいは、主人がその後どこに向かう予定だったか。何か思い当たることはないでしょうか。どんなことでも、お気づきのことがありましたら」彼女は咳ばらいをした。「わたしには知る必要があるんです、いったい主人の身に何が起こったのか……」

刑事たちがここに来た理由も基本的には同じだった、とレニーは思い返した。しかし、彼らの関心は無味乾燥な職業上のものだったし、彼らの質問は礼儀にのっとった事務的な口調で述べられた。無理もない。既婚男性の放蕩が長引いてしばらく行方がわからなくなっているケースを、彼らはいやというほど見てきているからだ。そのうち、よれよれになった夫が玄関に姿を現わし、そこでこの事件は一件落着となるにちがいない——そう警察は思っているようだった。そのとき夫は髭ぼうぼうで、ワイシャツの前のすそがズボンのファスナーに挟まり、ネヴァダ州の合法売春宿〈ムスタング・ランチ〉でウインクといっしょに手渡された名刺は戻ってくる途中のどこかで尻ポケットから抜け落ちている。

パトリック・サリヴァンの妻はそうは思っていないようだった。彼女は苦悩と絶望の末にレニーのところへやってきた。これは自分の夫の話であり、なんのしがらみもない警察の警部補から仕事を命じられて来たわけではない。

行方不明になっているのは、彼女の夫なのだ。

もう一週間近くになるのか。

何か役に立つ情報をあげられたらいいのだが、とレニーは思った。

彼は自分の前に置かれた朝のコーヒーには手をつけず、静かなオフィスでメアリー・サリヴァンに目をそそぎつづけた。ここはアップリンク・インターナショナル社海運部のニューヨーク本局だ。メアリー・サリヴァンをここの最上階にいる洗練された女性社員と見まちがえることはまずない。彼女たちは重役の世界に溶けこむための機微を知り尽くしている。しかし、受付のデスクや、レニーが二十年前にこの会社で初めてチャンスを――たぶん、ひとかどの人間になる最後のチャンスを――つかんだ低層階の小さな仕事場なら、メアリー・サリヴァンでも違和感はなさそうだ。当時のレニーは情けない人間だった。大学評議委員会の奨学金を獲得しながら、第一学期で大学から放り出された男だった。自信もなければ、翌月の家賃を捻出する以外に差し迫った計画も持たない、目標を失った若者だった……見ている未来は、一カ月先がせいぜいだった。

ブルックリンで生まれ育ったレニーは、サリヴァン夫人の選んできた服になつかしいものを感じていた。彼女の話しぶりにも同じものを感じていた。年齢は四十代後半から五十代前半くらい、赤みがかったブロンドの髪は少々スプレー過多で、頭にぴったり張りついていて、センスがいいとはいいがたい。容貌もかわいいというには少々愛想が足りないし、体形も腰や尻や太腿のまわりがすこしふっくらしすぎて、男から見てスタイルがいいとは思えないほうだった。この見かけはあらゆる点に当てはまった。ここも過剰、あそこも過剰。化粧も濃いほうだ。香水は、最高級品のようにほのかに香るというよりは、ぐずぐずいつまでもそこにとどまっている感じ。手はプロの美爪術を受けているものの、橋のマンハッタン側にいる女性なら最悪の夢のなかにも登場しないくらい長く伸びているうえに、明るい色で磨きたてられていた。エメラルド・グリーンのタートルネック・セーターと、同色のスカーフも、やはりふつうより派手めで、いささか見苦しさが感じられる。純粋なアイルランド系らしい緑色のＤＮＡを注入された目を引き立たせようとしているのだろうが、意図するところとは正反対の効果が生まれている。過剰な作為がいちばん魅力的なはずの自然な顔立ちを殺してしまっている。服はデザイナーブランドのものなのだろうが、可もなく不可もない感じだ。小さなアウトレットモールで購入したものだろう。〈ブルーミングデール〉ではなく〈ＴＪマックス〉あたりで。

　そういえば、総務担当者の案内でメアリー・サリヴァンがドアを通り抜けてきたとき、レニーはヒールの低いパンプスに気がついた。上側はそこそこの革だが、靴底はゴム張りだろう。ひょっとしたら合成ゴムかもしれない。注目すべきはブーツでない点だ。マンハッタンの女は冬にはブーツをはく。実用性から発展を遂げたファッションだ。マンハッタンのなかなら、どこへ行くにもたいてい歩いていくことができる。ブーツなら足が暖かいし、路上でずぶ濡れになることもない。しかし、外の区からやってくる女は満員の地下鉄に立って乗ってこなければならない。

彼女はどの界隈（かいわい）から来たのだろう？　ベンソンハーストか、それともベイ・リッジか。七番街か八番街ぞいの、長屋建住宅（ロウハウス）が立ち並んでいるあたりにちがいない、とレニーは思った。彼女自身の出生地からさほど遠くはないだろう。この見かけがその証拠だ。労働階級の両親、芳香剤の重苦しい匂いがたちこめているくすんだ茶色の安アパート、壁のむきだしの漆喰（しっくい）をおおっているマドンナのポスターを、レニーは想像した。ちっぽけな寝室で、二段ベッドを六人の兄弟姉妹が分けあっている。週に五日、玄関のひび割れた石の階段を降り、カトリック系の学校の制服、つまり白いブラウスとひだの入った格子縞（こうしじま）のスカートという服装でバス停に向かったのだろう。

レニーにはメアリー・サリヴァンのことがなんとなくわかった。彼女の悲しげな緑色の目を、これ以前にものぞきこんだことがあるような気がした。彼女を落胆させることしかできないのがわかっているだけに、なおさらつらかった。

「パットと昼食をごいっしょしたときのことは、ずっと考えてきましたが、妙なところはまったく感じませんでした」彼はやっと、そう告げた。「わたしはいつも、まず仕事の話を片づけて、それから世間話をします。たいていの人とは反対で……」

「気を楽にして、食事を楽しみたいんですね」メアリー・サリヴァンが小声でいった。

レニーはうなずいた。

「そうでなければ、会社でピーナツバター・サンドをぱくついていたほうがましですから」

と、彼はいった。

彼女は黙って話の続きを待った。

「パットの仕事の専門的な話をどのくらいご存じか知りませんが、彼の会社は最高の光導管と光学ウェーハを市場に提供しています」レニーはいった。「アップリンクはそれをたくさん使わせてもらっているのです」

「光ファイバー用に？　そうですね？」

「レーザーに関係のあるさまざまなものに」と、レニーはいった。「たしかに、そのなかには光ファイバーも含まれます」

サリヴァン夫人は彼にぎごちない笑みを向けた。

「それ以上はごめんなさい」彼女はいった。「アインシュタインみたいな人間には絶対になれませんから。でも、それなりに学ぼうと努力はしています」

「たいていの人よりよくご存じですよ」レニーはいった。「とにかく、ご主人の会社からうちに届く船荷がありまして、それが海外から……正確にはパキスタンから……届くものですから、税関の通過について細かな問題をいくつか解決する必要があったんです。料理が運ばれてきたときには、もう冗談話に入っていたと思います。スポーツの話や子どものことといったありきたりの話題がひとしきりすんで……おたくの娘さん、アンドレアの成績がよかったという話をパットは――」

「ダナのことですね」

「おっと、これは申し訳ない……ほかにお子さんは——？」

「ひとりだけです。ダナ・アンというのがフルネームですわ。それでおまちがえになったんだと思います」

「なるほど」

「でも、前もって自慢しておくなんて、パットらしいわ」彼女はいった。「あの子はリード大学に途中編入して、先週から授業を受けはじめたばかりなんです」

レニーはきまりの悪さを隠す努力をした。名前をまちがえたうえに、サリヴァンの娘は小学生だと思いこんでいた。せいぜい七、八歳くらいだろうと。

「とにかく、娘さんの成績にパットが満足しているといったのは確かです」彼はいった。「学業以外のいろんなことにも。仕事といえば……目新しい新聞記事に、いくつか彼を興奮させたものがあったように思います」レニーはひとつ間を置いた。「ホッケーの話をしたのもおぼえています……パットが〈アイランダーズ〉の熱狂的なファンなのは、申し上げるまでもないと思いますが」

「はい」と、サリヴァン夫人はいった。ここでも例の青ざめたわびしげな笑みを浮かべながら。「そのとおりです」

レニーはしばらく黙って記憶を探った。

「あの夜は、コロシアムで試合がありました。このまま市内にいて、どこかのスポーツバーで試合を見ていくつもりだと、ご主人はおっしゃってました。ああいうところには大きなスクリーンがありますからね」彼はひとつ間を置いた。「お宅はたしか、ロングアイランドの……ナッソー郡の端のほうでしたか？」

彼女はうなずいた。

「グレンコーヴです。といっても、会社のコンドミニアムでして。昨年の夏、前の家を売却して、アミティ・ハーバーに土地を買い、それまでより大きな家を建てることにして、契約もしたんです。建設業者の施工が遅れたもので、家が建つまでパットの会社の同僚が社員用の団地に寝泊まりできるよう世話をしてくれたんです」

こんどはそこそこうまく話を引き出せた気がした。レニーはほっと安堵の吐息をつきかけたが、サリヴァンから引っ越しの話を聞いた記憶はなかった。

「パットは電車通勤しているそうですね」彼はいった。「まっすぐ家に帰らないというので、これは想像以上の〈アイランダーズ〉ファンだとからかってやりました。なにしろ、あの悪天候でしたからね。ここ一週間ニューヨークに押し寄せてくるという猛吹雪の話で、この街はずっとパニックにおちいってましたが、ころっと予報が変わって、雪が積もるほどの寒さにはならないようですね。しかし、あの日はまだ荒れ模様でしたし、路面の凍結が起こって、島に渡る道路がひどい渋滞に見舞われるかもしれないから、パットには、リビングのテレビの上にあるホッケー用の服を着こんでいったほうがいいかもしれないぞといったんです」レニーはひょいと肩をすくめた。「そうもいかないんだ、と彼はいいました。友だちと約束をしているとかで……」

「トニー・デサントですわ」メアリー・サリヴァンはまたうなずいた。「ふたりは子どものころから兄弟みたいに育ってきて、いつもいっしょに試合を見にいくんです。毎週水曜日にかならず。それも一年じゅうですわ。ふたりとも文字どおりの熱狂的なスポーツ・ファンなんです。冬はホッケー。〈アイルズ〉対〈レインジャーズ〉。どっちが勝つかに命がかかっているみたいな熱狂ぶりで。そのあと、春になるとシェイ・スタジアムで〈メッツ〉の試合。そのあとはフットボール・シーズン。〈ジャイアンツ〉です。毎週、スポーツ観戦を欠かしたことはありません」彼女は豊かな胸を上下させて感情を押しこめる努力をした。「トニーはユニオンスクエアの近くに住んでいまして。よく……このあいだの夜みたいな悪天候になったり、試合で遅くなったりすると、その……パットは彼のマンションに泊まってきます」

サリヴァン夫人の声は尻すぼみになった。彼女は目を潤ませ、レニーがぎごちない動きで机の上の箱をさしだす前に、バッグのなかのティッシュに手を伸ばした。

「水をお持ちしましょうか……何かほかの飲み物でも……？」

「いえ、けっこうです、ありがとう……」

「本当に？　温かいコーヒーか何か？　そのくらい、なんでも……」

彼女はゆっくり首を横に振った。

「本当に、だいじょうぶです」

しばらく会話がとぎれた。レニーの手は吸い取り紙の台の上にペーパー・クリップを見つけて、いじくりはじめた。

「警察がやってきたときに、ご主人のお友だちの話も出ました」彼はいった。「たいして話してくれたわけではありません……ぺらぺらしゃべる理由もないでしょうしね。しかし、なんというか、わたしは不思議に思いました。パットが会いにこなかったとき、どうしてその友だちは心配にならなかったんだろうかと」

「わたしも最初、そう思いました」サリヴァン夫人はいった。「あの日の午後、わたしは五時半だったか六時だったか、そのあたりに、パットの携帯電話にかけて連絡をとろうとしたんです。観戦がとりやめになるのなら、夕食の準備をしようと思って。おっしゃるとおり、外はひどい天気になりそうでしたから。でも、彼はオフィスを出てからしばらく電話の電源を切っているんです……というより、残業をしている上司から職場に引きずり戻されずにすむよう、わざと電源を入れるのを忘れていると申しましょうか」彼女はティッシュで目頭をぬぐった。「次にトニーのアパートに電話をしてみました。誰も電話に出ませんでした。つまり、ふたりは予定どおり行ったということです。だから伝言を残そうとは思いませんでした」

「トニーがどうしていたかは、わかっているんですか？」

「ふたりの行きつけの店でパットが来るのを待っていたそうです」彼女はもういちど首を横に振り、左頰の上についたマスカラの汚れをぬぐった。「もちろんパットは来なかったんですが。トニーはこう思ったそうです。うちの主人は家に帰ったか、ひょっとしたら遅れるのが心配で急いで電車に乗ったのかもしれない。あとで連絡をよこすだろうと」

また会話がとぎれた。ひとつの疑問にレニーは好奇心をくすぐられたが、彼女が机の上の写真のフレームを身ぶりで示すと同時にそれは薄れていった。

「あなたのご家族ですか、ライゼンバーグさん？」と彼女はたずねた。

レニーはうなずいた。前年の夏に西部で休暇をとり、そのときにフィルム何本分かの写真を撮っていた。サウスダコタ州の不毛地帯で三日を過ごし、そのあとブラックヒルズを見て歩いた。デッドウッド、カスター州立公園、そして最後にラシュモア。メアリー・サリヴァンの注意を引いた写真の背景にはこのラシュモア山があった。

「妻はジャニスといいます」と彼はいい、エイブラハム・リンカーンのあごが大きく浮かび上がっている展望台から彼のカメラに向かって手を振っているほっそりした黒髪の女性を指差した。「子どもたちは左の背の高いのがマックス、それからジェイクとサラです」彼はいちど言葉を切った。「ちなみに、わたしのことはレニーと呼んでください……」

「レニー、わたしが何をいいたいか、たぶんおわかりだと思いますが」彼女はいった。「パットはすばらしい夫です。彼の行動を調べる習慣はわたしにはありません。パットが常日頃からいっているように……同じ屋根の下に二十年いて、いっしょに娘を育ててきたのだし、おたがいを信頼するべきだと思っています。パットは営業の仕事でよく出張に出てはいきますが、いずれにしても、夫の一挙一動に目を光らせようとするなんて意味のないことです」

彼女は肩をすくめ、震えるように息を吸った。「つまり、パットは大人の男です。ときどき友人といっしょに遅くなっても、わたしはくどくど小言をいうような女じゃありません。ふだんは夫が試合を見て帰ってきたときには、わたしはぐっすり眠りこんでいるんです。でも、あの夜はちがいました。例の悪天候で恐ろしい風が吹いていましたから。目を閉じることができませんでした。パットが夜中の十二時になっても、午前一時になっても帰ってこないので、心配になったんです。それで二時ごろ、もういちどトニーのアパートに電話をしてみました。こんどは彼が電話に出て、自分は一時間前に帰ってきたというので、ふたりで情報を交換しました。パットがわたしたちのどちらにも連絡をしていないとわかったとき、何かあったにちがいないと思って……」

彼女はこらえきれずにすすり泣きを漏らしはじめ、肩を震わせて、身も世もなく声をあげて泣きだした。レニーが手のなかのクリップに目をそそいでいるあいだに、彼女はすこしずつ落ち着きを取り戻していった。

「サリヴァンさん……」

「メアリーでけっこうです」

レニーは彼女を見た。こぼれ落ちた涙で口元が濡れている。例の悲しみをたたえたかすかな笑みが浮かんでいた。

「メアリー」彼はいった。「ご主人とわたしは……われわれは、しばらく前から仕事をごいっしょしてきました。仕事上のつきあいなりに、わたしは彼のことをよく知っているつもりです」レニーはいちど言葉を切って、クリップを一本の指の下にすべらせ、また別の指でそっと触れた。「ずっと思いだそうとしていました。先日、彼からいわれたことで何かふだんとちがうような気のすることがなかったか、何か気がついたことはなかったかと。しかし、正直申し上げて、まったく――」

「どうか力を貸してください、夫の身に何が起こったのか突き止めるのに」彼女はすぐさまいった。

真っ赤に泣きはらした目がレニーの目をとらえ、そこを離れなかった。彼はおどろきととまどいの表情を浮かべた。表面上は心からの正直な反応と見えなくもない。しかし心のなかには別の思いがあった。多くの点で、レニーは自分をのみこみの速い人間と思っていなかった。標準的なテーブル・セッティングで金属の食器はどこに置くかとか、冷蔵庫の野菜室にどんな食材を入れればいいのかを一千回見せてもらっても、ちゃんとおぼえこむことができない。ねじをゆるめる場合、時計まわりにまわせばいいのか反対まわりにまわせばいいのか説明されても、すぐにのみこめない。あたりまえの物事を理解することができない。だが、ふつうの人のことを理解できないかというとそうではない。彼らから送られてくる合図(サイン)をつかむのはさほどむずかしいことではない。たったひとつのしぐさからでも人の性格をしっかり読むことはできる。相手が男でも女でも、伝えようとしているメッセージを理解するには二言三言(ふたことみこと)で充分だ。

いまレニーは、メアリー・サリヴァンの話がどこへ向かおうとしているかに気がついた。展開が速すぎるような気がした。

「よくわかりません」彼は嘘をいった。「つまり、わたしに何が……」

彼女は首を横に振った。

「あなただけじゃありません、レニー」彼女はいった。「おたくの会社……アップリンク・インターナショナルにも、力になっていただきたいんです」

レニーは彼女をじっと見た。同情はおぼえていたが、話の向かった先にはほとほと困り果てた。

「サリヴァンさん……メアリー……うちは電気通信会社です」彼はいった。「通信網を開発整備している会社なんです」

「ほかにもいろいろやっていらっしゃるわ。軍のために。そうでしょう？」

「まあ、たしかに。防衛関係の仕事も請け負っています。周知のとおり、ロジャー・ゴーディアンは防衛産業を礎に当社を築き上げましたから。しかし、だからといって——」

「わたしはニュースを気をつけて見るようにして、世の中の大きな出来事に遅れないよう努力しています」と、彼女はいった。「何年か前に起こった出来事を忘れる人は、この街にはひとりもいないでしょう——わたしたちのくぐり抜けてきたつらい時間を忘れる人間は。あの狂人たちによって何千人もの人が理由もなく命を奪われました。テレビの報道をおぼえています。たしか『四十八時間』とかいう番組で……」

正しくは『六十分』だとレニーは思ったが、あえて訂正はしなかった。

「あの番組に、アップリンク社が世界じゅうにいる従業員の安全を守るために創設した保安部隊の話が出ていました」彼女は語気を強めた。「世界でも最高の部隊とみなされているそうですね。それと、わたしが強い感銘を受け、今日まで頭にこびりついて離れないのは、わたしたちを襲ったテロリストを見つけだすためにゴーディアン氏が政府に力を貸した件について、警察本部長が質問を受けたときのことです」

レニーには思い出させてもらうまでもないことだった。アップリンクは結果として四つの異なる国で共犯者を追跡することになったのだが、あの調査では彼も微力ながら力になったからだ。いろいろな理由があって、ボスも——ＦＢＩと同様——この話が表ざたになるのは好まなかった。警察本部長もみんなにできるかぎりの便宜を図ってくれた。ところが、あの悲劇から半年ほどたったある日、〈ワン・ポリス・プラザ〉の元補佐官が、ビデオに収められたインタビューを公表した。画面にぼかしが入って、男の顔は誰かわからなかったし、声も電子的に修正されてひずんだ高い声になっていた。このビデオのなかでその男は、機密扱いになっていたにもかかわらず、アップリンクの関与にまつわる警察の資料をたくさん暴露してしまった。そのために本部長は苦境におちいった。へたに否定をするよりはと、彼はそういう〝恩義〟が——そのたぐいの借りが——あったことを公に認めた。そして、おおかたのニューヨーク市民とアメリカ国民は、ゴーディアンと彼の会社の愛国的な行動に恩義を感じた。この答弁で足元の火が完全に消し止められたわけではなかったが、報道陣の関心が別の問題に離れていくまで、なんとか本部長は苦境をしのぎきった。

レニーはあれこれ考えをめぐらせていた。自分が警察本部長の例にならおうとしているのに気がついて、忸怩たる思いをした。

「メアリー」と、彼は呼びかけた。「わたしたちの街が襲われたときには、たくさんのボランティアが復興のために力を傾けました。うちのボスがあれに力を貸したのは知っていますが、どんなふうにかはわかりません。当時の状況は、正常とはかけ離れていましたし……」

彼女の目がきらりと光り、緑色の瞳がとつぜん明るさを増した。

「比較するつもりは毛頭ありません。そう聞こえたとしたら」彼女はいった。「パットはたったひとりの人間にすぎません。忽然と姿を消したといっても、家族以外の人間にとっては危機でもなんでもありません。だけど、これは正常なことでしょうか？　つまり、あの事件とそんなに大きく……」

レニーは首を横に振った。

「つらいお気持ちはお察しします」彼はいった。「しかし、わたしは海運担当役員です。仕事の対象は、運輸の取り扱いと輸入規定の遵守と通関文書の作成で……実際のところ、いったい自分に何ができるのか……」

「できることでかまいません」メアリー・サリヴァンはいった。声は落ち着いていた。いまでは決然とした響きさえあった。「ここへ来て、あなたにお願いをするのは、わたしにとっても簡単なことではないんです。いちどもお会いしたことのないかたにお願いをするわけですから。ほかに頼れるところがあったら、こんなことはしなかったでしょう」彼女はいちど言葉を切った。「前に何かで読んだか、人の話を聞いたかしたおぼえがあります。行方不明事件は推定有罪だと……最初に姿が見えなくなったとき、警察は行方不明者が勝手に姿をくらましたかのような扱いをし、手遅れの段階になってようやく探しはじめるのだと。彼らの顔を見れば、何を考えているかはわかります。彼らの声を聞けばわかります。怒って出ていった女房や、クレジットカードの借り高がかさんで耐えきれなくなった亭主のために、どうして人員を無駄遣いしなくてはならないのか?」

あるいは、〈ムスタング・ランチ〉で一週間ほど遊び惚けてきたくなったのでないと、誰にいえよう? レニーはそう心のなかでつぶやいた。

レニーは二の足を踏み、またクリップをいじくった。向かいにすわっている女には同情をおぼえていた。メアリーの夫のことは気に入っている。いい男だと思っているし、メアリーのもとへ無事戻ってくることを心から願ってもいた。しかしこれは、レニーに責任がある話ではない。そのなんの関わりもない話に関わってほしいと、この女は求めている。そればかりか、アップリンク社保安部の出動まで要請してきた。会社の利益とはなんの関係もない行方不明者の捜査に、彼らがひと肌脱ごうと考えるとは思えない……この話を打診したら、きっとそういう答えが返ってくるだろう。それに、働きかけなければならない相手が相手だけに、鼻であしらわれるにちがいない。ノリコに顔が利くわけでもない。まあ、まったくとはいわないが、以前サンノゼ本社にいたときほど利くわけでない。このところ本社で改革が進んでいることもある。自分に多大な期待をかけられても困るし、メアリー・サリヴァンをできるだけ傷つけずに、その点をわかってもらわなければならない。

レニーは手のなかのクリップを見た。顔を上げて彼女を見た。

まだ何も口にできないうちに、頭のなかにふたつの声が、つまり彼自身の声ともうひとつ別の声が聞こえた。四半世紀のときを経て、おどろくほど鮮明な声が耳に反響した。

「バップがお好みなら〈鳥類学(オーニソロジー)〉（チャーリー・パーカーの名曲）があるよ」

「〈人類学(アンスロポロジー)〉（ディジー・ガレスピーの曲）をくれるなら、ディジーと踊るのも悪くない」

一瞬、レニーは、遠い過去からよみがえってきたその言葉に揺すぶられ、徐々にすべり落ちていこうとしていた彼の人生を逆転してくれた偶然の出会いを思い出した。当時はそんな気はしていなかったが、彼は人生の瀬戸際にいた。ある人物がロープをさしだしてつかませてくれていなかったら、人生の縁からどこか暗い場所へ転落していたのはまちがいない。

ちきしょう。彼は心のなかでつぶやいた。なんであんないやなころの思い出を。どうしていま、あんなものを思い出さなくちゃならないんだ？

レニーはなおもしばらく黙っていた。息継ぎの必要がありそうな心地に見舞われていた。

「約束はできませんが、メアリー」彼はいった。「なんらかの答えをさしあげられないか確かめてみます」


「だめよ」ノリコ・カズンズはコンピュータ画面の向こうから顔も上げずに告げた。

レニーは何もいわなかった。そうくるだろうと思っていた。

「とんでもない」と、ノリコはいい足した。

レニーは黙っていた。彼女は拒絶にもっと断固たる説明を加えたそうだったし、反論を組み立てられるまで待とうと考えた。

「社になんの利益ももたらさない話に巻きこまれたいなんて、わたしが考えるわけないでしょう」と、ノリコはいった。「あなたに会いにきたその女の人が、身勝手な配偶者の居所を嗅ぎ出すために他人の力を借りる必要があるというのなら、他人の寝室をのぞくのを生業にしている私立探偵を職業電話帳で探せばいいじゃないの」

レニーはツイードのオーバーコートのポケットに両手をつっこんで、ノリコの机と向きあっていた。自分の感じている寒々しさは、彼女のそっけない応対のせいなのか、部屋の温度のせいなのか、ミッドタウンにある自分のオフィスから長い時間をかけてハドソン通りを歩いてきたせいなのか、測りかねていた。一月のハドソン通りには肌を刺すような寒風が吹きすさぶ。十九世紀の食肉包装工場を改装したこのビルには、いまでも寒さがしみわたっていて、内部の改造を何度も重ねてきたにもかかわらず、赤煉瓦の表面からは風がしみ通ってくる。そしてノリコには、理由はよくわからないが、空調の温度をかなり低く抑える傾向があった。だから、つららを払い落としたくなるような寒さを感じているのは、たぶん物理的な環境が原因だろう。しかし、トニー・バーンハートがこの〈剣〉ニューヨーク支部を仕切っていたころは、それほど住みにくい場所とは思わなかった。〈剣〉はアップリンク社の情報、保安、危機管理部隊の正式名称だ。この名前は、ほどくことは不可能と思われていたゴルディオスの結び目をマケドニアのアレクサンダー大王が剣で一刀両断してみせた伝説に由来している。ロジャー・ゴーディアン、ゴルディオスの結び目、難解な問題を解く決然とした実用主義的解決法――バシッ！

レニーはひとつ大きく息を吸いこんだ。ノリコ・カズンズよりバーンハートのほうがはるかに好きだった。卑劣なロシア人のごろつきたちとの銃撃戦で負った傷がもとで、バーンハートは早々と引退、そのあとこのノリコがニューヨーク支部長を引き継いだ。しかし正直なところ、レニーは〈剣(ソード)〉の隊員といっしょにいてくつろげたためしがない。彼らの排他的な性格が主な原因だ。彼らの任務の危険な性質を考えれば、多少のよそよそしさは我慢しなければなるまい。世界各地の紛争地域でアップリンクの従業員の命を……そして、おそらくアップリンクのことなど何ひとつ知らない無数の人びとの命を守っているのだから。そのうえ彼らは、法執行機関や秘密情報機関や軍の特殊部隊からえり抜かれた者たちなので、長年の訓練と経験から秘密を外に漏らさない姿勢が体にしみついている。その点はレニーにも問題なく納得ができた。とはいえ、ノリコの扱いにくさはほかの者たちとは別格だった。彼女は口にチャックをして人を寄せつけないよそよそしい姿勢をいちだんと強めたようだ、とレニーは思った。

「いや、この話にぜひとも関わりたいとはひとこともいってない」と、彼はいった。

「よかった、うれしいわ」

「さらにいうなら、アップリンクとなんの関わりもない状況に首をつっこませようなんて、夢にも思っていないし……」

ユーラシア人らしい褐色の目を画面に向けたまま、ノリコはぼんやりとドアのほうへ手を振る退却のしぐさをした。

「意見が合ってうれしいわ――」

「ただ、今回は、たまたまひとつ理由がある」と、レニーはいった。

ノリコはようやく目を上げて、ちらっと彼を見た。ノリコは長身で、ほっそりとした、スポーツ選手のような体つきをしている。肩まである黒髪は、均整のとれた美しい顔立ちのまわりでくしゃくしゃになっている。体にぴったりの黒いセーター、黒い革のミニスカート、黒のタイツ、かかとの高い黒革のブーツという服装で、それらが一体となると人目を引かずにはおかない。その点はレニーも認めざるをえなかった。とはいえ、見目のよさで面の皮の厚さが帳消しになるかというと、そうではない。

「こんなふうにいうんじゃないでしょうね。うちがそのパトリック・マリガンから部品を買っているから――」

「サリヴァンだ」と、レニーはいった。

「そうだったわ。失礼」とノリコはいった。「だけど、それがあなたの論理的根拠なら、うちに電球を売ったり、トイレ用品を調達したり、廊下の販売機に袋入りになったポテトチップやキスチョコを蓄えてくれる友好的な人たちみんなに、アップリンクは責任を負わなくちゃならなくなるわ」

レニーは首を横に振った。

「パットは〈キラン・グループ〉の営業マンだ。そして、うちはたぶん、彼の最大の得意先だろう。なにしろ〈キラン〉には、年間五〇〇万ドルばかりつぎこんで――」

「人造ルビーね……」

「人造サファイアだ」と、レニーは訂正した。「サファイアとルビーは同じ鉱物だ。どちらも鋼玉(コランダム)でね。ちがいは結晶パターンにある。それぞれの持つ特性も異なる。うちのレーザー装置にいっぽうが使われ、もういっぽうが使われないのは、そのせいだ」

　ノリコは彼の顔を見た。

「再度まちがいを認めましょう」と、彼女はいった。「それでも、筋の通った理由はわからないわ。どうしてそのマリ……じゃなくてサリヴァンに、わが社が関心を持たなければならないのか」

　レニーは自分にもわかっていない気がした。しかし、昼休みにわざわざこのソーホーまで足を運んだのは、サリヴァンの妻に努力を請け合ってきたからであり、理屈の問題ではなかった。

「わたしは忙しいの、レニー」ノリコはこんどはそういった。「何がいいたいの？　かいつまんで説明してくれない？　お願いだから」

　レニーは肩をすくめた。

「その男は、わが社の中核をなす活動と結びつきのある人間であって、〈ハーシー〉のチョコレート売りじゃないといっているだけだ」彼はその場の思いつきでいった。「その空白を埋めるのはわたしの仕事ではない」

「それがどうしてわたしの仕事になるの？」

レニーはまた肩をすくめて、説得力のある答えを探した。彼女が投げつけてくる妨害を切り抜けるのは、雨粒に当たらないようよけながらダンスを踊るに等しい。

ノリコはあからさまな軽蔑の表情を浮かべて、彼に視線をそそいでいた。

「〈キラン・グループ〉は、六カ月前に〈アームブライト・インダストリーズ〉に買収されているわ。たまたま十を超える技術開発分野で、うちとしのぎを削っている多国籍企業に」と、彼女はいった。「それに、〈アームブライト〉にも従業員の安全を守る企業内保安部があるじゃないの」

「あそこの保安部は〈剣(ソード)〉にはとうてい及ばない」

「それはわたしの問題じゃないわ」ノリコはいった。「あそこの保安部に、もっとたくさん予算を割り当てさせてやればいいのよ。そこ以外はあらゆる点でうちのまねをしてきたんだから」

レニーは不毛感にさいなまれていた。ノリコと話をするのは苦手だった。大の苦手だ。

「午後は忙しいの」ノリコはいった。「話を切り上げる前に、ほかに考えてほしいことは？」

こんどは答えがありそうな気がしたが、言葉にならなかった。なんといえばいい？　質問などしなくても、レニーにはメアリー・サリヴァンの生い立ちがわかった。彼女の悲しみに満ちた、しかし決然とした緑色の目に、何年ものあいだ思い出したことのなかった記憶をかきたてられた――そう説明するのか？

「いや、何もない」ようやく彼はいった。「以上だ」

「よかった」ノリコは無関心を表わす平板な口調で告げた。

「元気でね、レニー」

「ああ。体には気をつける」

ノリコ・カズンズはコンピュータ画面に目を戻し、レニーがまだオフィスを出ていかないうちから両手をキーボードに置いた。

レニーがドアを閉めて出ていくや、ノリコのキーを打つ音は止まった。

彼女は椅子にもたれて腕組みをし、口をすぼめて考えこんだ。

サリヴァンの行方に関する問題に、ノリコは関心をそそられていた。〈剣(ソード)〉は日ごろから〈キラン・グループ〉の動向を監視しており、その結果、同社の最近の輸出動向に奇妙なそぶりが見られる旨が報告されていた。そのなかには、レニーとの話のなかでくわしくないふりをした人造サファイアのことも含まれていた。しかし彼女の頭はいつも、集めてきた奇妙な情報を整然と秩序正しく仕切られた区画にすばやく並べ、衣類の置き場所をひとつ誤っただけで激怒する整理魔のようにきれいに分類する。現実はあまりに無秩序だ。その傾向の犠牲になってはならない。

そして、ノリコは事実を礎(いしずえ)にする方針を自分に叩きこんできた。〈キラン〉の調査に関しては、たったひとつの推論や結論を引き出すにも、もっとずっと多くの事実を掘り起こす必要がある。

レニーは落胆の思いに背中と肩を締めつけられるような心地をおぼえていた。ランチタイムを延長し、チャイナタウンまで数ブロックを歩いて、ヤンのところで神経に効く薬を買ってくることにした。

キャナル通りの〈雪山市場（スノーマウンテン・マート）〉は極東風の百貨店だ。この近隣の永遠の風景といった趣（おもむき）がある。棚やカウンターや衣類のラックには、びっくりするくらいたくさんの輸入品が陳列されている。めずらしい色彩豊かな骨董品や、着物（キモノ）、家具、寝具、ビーズで飾られたカーテン、鳥かご、日傘、中国提灯、礼式に使われるマスクや張子の龍、翡翠（ひすい）でできた小さな仏陀と蓮（はす）をあしらった水晶の花瓶、線香と線香立て、箸と箸置き、竹の蒸籠（せいろ）、電気炊飯器、オンス売りの緑茶、何ダースかまとめて包まれた棒状の石鹸、民族楽器、エレキギター、ハーモニカ、鳴り物、爪切り、鼻毛抜き、拡大鏡、ポータブルCDプレイヤー、ポケットベル、レーダー探知機、カメラ、フィルム、ノーブランドの電池……たくさんの電池……何か欲しいものの名前を挙げたとき、この百貨店のどこかにその在庫がある可能性はかなり高い。

きょうもヤンはいつもの場所にいた。音楽ビデオ関係の売り場からすぐの、漢方薬が並んでいる雑然とした通路の端だ。ヤンは七十代の男で、頭は禿げ上がり、眼鏡をかけている。いつも白くて長いフロックコートを着ており、やせた腹の上のボタンがはずれている。レニーはここ五、六年、ときおりヤンのもとを訪ねていたが、ヤンというのが名前なのか名字なのかもよく知らなかった。白いコートが医者や薬剤師であることを示すものかどうかもよくわからなかったが、アジアの伝統医療にそういう職業間の区別が問題になるとは思えなかった。かつてのアメリカでも大きなちがいはなかった。薬局の店主は常連客と医療にまつわる緊密な関係を保っていた。彼らは治療法を薦め、医薬品や強壮剤を処方し、すり鉢とすりこぎを使って手ずから薬を調合した。これが暴利をむさぼっていた製薬会社の競争心を逆なでしたらしい。米国の医学界からも縄張りに関するやっかみまじりの不平の声があがったし、よだれを流している身体障害訴訟者の大きな口にとっては格好の生肉だった。こういう利害関係がもたらす圧力によって、西洋の薬剤師は薬品販売人ていどのものに成り下がってしまったのだと、レニーは思っていた。最近の薬剤師は、どの客が誰という見分けをつけていない。有名製薬会社の薬を大きな瓶から小さな瓶にそそぎ入れて、小さな瓶を袋に入れ、ホッチキスで封をし、売り上げをレジに記録する。チーン。はい、次のお客様。

ちょっとした痛みや精神的苦痛を和らげるだけの話なら、レニーはこの〈雪山〉を試すほうが好きだった。だから、お気に入りの漢方医がヤン氏であろうが、ヤン医師であろうが、市民ヤンであろうが、本人が呼ばれたがっているただのヤンであろうがかまわなかった。ヤンに免許があるかどうかさえ、レニーは知らない。ヤンがカウンターの奥で処方する調合薬にどんな成分が入っているのか、はっきりうかがい知ることはまず不可能だ。しかし薬はよく効くような気がした。レニーの知るかぎり、ヤンの薬がＳＡＲＳウイルスに汚染されていたことはいちどもなかった。それに、少なくともヤンは、次に訪ねたときにレニーの顔を忘れていたことはない。

「やあ」と、ヤンが声をかけてきた。レニーが来るのを目にすると同時に腰掛けから立ち上がって、いつもの準備にすばやくかかり、乾燥してしわしわになったものを――樹皮を削ったものか？　古い根を細長く裂いたものか？――手で量って、薬剤用の広口瓶から紙皿にそそぎはじめた。「どうだね、ぐあいは？」

レニーは考えた。ヤンは自分の患者から正直な答えを求める。「最善は尽くしているんだが」彼は紙皿をあごで示した。「そろそろ、もっと強いのを調合してもらう必要がありそうだ」

ヤンは眼鏡の縁から彼を一瞥した。

「だめだな」と、彼はいった。

「頼むよ、ヤン。おれの心は深刻な状態なんだ。ことのほか神経を参らすような――」

頭がぶるぶる横に振られた。

「あんたはいつも同じことをいう」ヤンはいった。「この強さで充分だ。ティースプーン半分をカップのお湯に注ぎ入れる。三分間待つ。お湯が小便色に変わったらすこしずつ飲む」

「もうすこし長く待ってみたら――？」

「三分。小便色。すこしずつ飲む」

レニーは頬の内側を噛んだ。きょうは、おれに一歩くらい譲るやつがいないのか？

「小便にも薄いのと濃いのがある」彼は子どもじみた反抗を試みた。

「ふーん？」ヤンは別の深いガラス瓶からひとすくいして混ぜ合わせた。

「どのくらい煎（せん）じるのがいいのか、ちゃんと教えてもらったことはないぞ」いった先から、愚かなことをいっているとは感じていた。「どのくらい濃い小便色を目指したらいいのか――」

「健康な色の小便だ」ヤンの表情に憤慨や心の乱れはまったく見られなかった。彼は棚から別の薬剤用広口瓶をとり、手をつっこんで茶色い粉を少量とりだすと、紙皿に放りこみ、カウンターの下の引き出しから粘々（ねばねば）した物質を加えて、用意したものすべてを人差し指でかきまわし、ジップロックの袋にそそぎ入れた。「これには緊張を和らげる効果しかない。そこを忘れるな」

カウンター越しにビニール袋を手渡されたとき、レニーの額にはしわが寄っていた。

「どういう意味だい？」と、彼はたずねた。

「問題をかかえているなら、それを解決したほうがいい」と、ヤンはいった。

彼女の電話が鳴った。

「もしもし？」

「やれやれ、やっと出てくれたか……」

「いなかったの。気が狂いそうになるのよ、おうちにいると。四方の壁を見つめていると。待っていると。何かせずにはいられなかったの」

「留守番電話を聞いていないのか？　けさから六回も伝言を吹きこんでおいたのに」

「いま部屋に戻ってきたところなの、トニー。まだコートも着たままで――」

「何かをしていたといったな。たとえば？　外に出て、何をしてきたんだ？」

「ねえ、ちょっとこっちにもしゃべらせて。できたら少々理解するよう努力して。わたしがどんな思いを味わっているか……」

「わかった、わかった。食ってかかるつもりじゃなかったんだ……」

「そうかしら」

「そんなつもりはない。本当だ。しかし、わかってくれ。おれにとっちゃ、パットは実の兄弟みたいなものだし――」

「だからこそ、わたしの気持ちをわかってほしいっていっているの。あなたにだけは、トニー。こんどのことは、わたしにはなんの落度もないんだから。わたしには、パパはどこに行ったのって訊いてくる娘がいるのよ。こっちの身にもなってちょうだい」

「努力はしている」

「そうでしょうよ」

「本当だ、嘘じゃない。しかし、きみは外に出て何かをしてきたというし、よかったら……」

「まったく、トニー。いまいましい。あなたとは悪循環だらけ。『すまない、ふざけるな、おれは悪くない』って感じなんだから。あなたの口からは、それが全部ひと息に出てくるのよ。自分の思いどおりになるまで、わたしにあらんかぎりの言葉を浴びせて……」

「きみが警察に行ったかどうか確かめようとしているだけだ」

「いいえ。行ってません。これで満足？　よかったら、コートを脱がせてもら――」

「警察に話してこなくちゃだめだ」

「まったく。またこれよ」

「いいから、聞いてくれ……」

「聞いてきたわよ。百回も。これをいうのも百回目だけど、できません」

「それじゃ、どうするつもりだ？　レッカー移動された車の情報をインターネットで調べつづける気か？　あの番号に電話をすれば、現実の人間がすぐつかまるのに、きみは怖くてかけられない。強迫観念につかれたみたいにインターネットを調べている。インターネットか。あんなもので何もできやしない。一週間たっても、まるまる一週間がたっても、誰ひとり、あの車が自分のところにあるなんていってきやしないじゃないか。きみには誰かに相談する必要が――」

「したわ」

「何を？」

「わたしが出かけたのは、相談するためよ。わかった？　力を貸してくれる人に会いにいったのよ」

「おれはまた……なんで最初にそれをいわないんだ？」

「いったわよ。あなたがいう機会をくれていたら。クロゼットを開けてコートを掛けられるだけの時間、うるさくせがまずにいてくれたら」

「単純な質問にすなおに答えてくれていたら、そんな必要は――」

「ふざけるのもいいかげんにして、トニー」

「なんだって?」

「わたしの話は聞いていたはずよ。まったく、何を――」

「なあ、十代のカップルみたいな言い争いはやめようじゃないか。おれたちは同じことを心配している仲間だ。そこを忘れないでくれ」

「どうして? あなたの侮辱と非難にもっと耳を傾けられるように?」

「パットのためといったらどうだ? 彼を見つけだすためだ。きみは警察には行かなかったといっている。わかった、けっこう。これだけは教えてくれ。それじゃ、誰のところに……」

「いやよ。あなたが指をぱちんと鳴らしたからって、誰が飛び上がるもんですか。わたしにどうしてほしいか知らないけど、そんな扱いを我慢する気はないわ。もううんざり。こっちはこっちのやりかたでやることにしたわ。だからもう、電話は切らせてもらいます」

「待て、そんなことしていいわけが――」

「へえ? あとすこし受話器を耳に当ててたら、どうなるかわかるわ」

「待て――」

「わたしのやりかたでやりますからね、トニー。じゃあ」

ガチャンと音がして、電話が切れた。

〈雪山〉を出てから三十分ほどして、レニー・ライゼンバーグは東十丁目にある〈二番街デリカテッセン〉のカウンターに腰をおろし、注文したコンビーフサンドとカシャ・ヴァルニシュケが来るのを待っていた。

この展開にいちばんおどろいているのは当のレニーだった。最初は〈剣〉のニューヨーク支部へ車を飛ばし、メアリー・サリヴァンとの約束を果たして、オフィスに戻る途中どこかの店で持ち帰りをし、自分の机でそそくさと食事をすませるつもりだった。バーガーとフライドポテトか、角の軽食堂のツナサラダ……いい換えれば、空腹を満たしてただ夕食までもたせてくれるだけの味気ない食べ物で。思ったように事は運ばなかった。チャイナタウンへの寄り道は予期せぬ展開だったかもしれないが、少なくともあそこへ向かった理由ははっきりしている。単純な原因と結果にほかならない。ノリコ・カズンズと会ったおかげで大きな緊張に見舞われ、それをほぐしてくれるものを手に入れにいこうと考えた。単純明快だ。しかし、そのあとあてどなく街を歩きまわっていた理由を説明するのは、それほど簡単なことではなかった。彼の足は街を横切って、アップタウンにあるオフィスではなくイーストヴィレッジへ向かった。オフィスとは逆の方向へしばらく進んでいった。それだけではない。ときおり衝動的にユダヤ人のソウルフードを思うさま頬張りたくなったときだけ訪れるレストランへ、レニーの足は彼を運んできた。道路ぞいのサービスエリアで車に給油をするみたいにお昼になって自動的にお腹を満たすのとはわけがちがう。本当にどうかしたみたいだ、とレニーは思った。オフィスには山積みの書類が待っているというのに、もう職場を二時間近く離れている。引き返すべき道筋からいっそう遠ざかっていた。それに、〈雪山〉を出るときも、あの寒いバワリー街を歩いていたときも――ほんの二、三分前にウェイトレスからメニューを渡されたときでさえ――まったく空腹を感じていなかったというのに、いきなり彼は、燻製(くんせい)の牛肉を山と積み上げたサンドイッチが猛烈に欲しくてたまらなくなっていた。挽(ひ)き割りのそば粉をフライパンで焼いたのと、リボンの形をしたパスタはいうまでもなく……

「すみません、ポテト・クニーイシュにチーズは入ってます？」

レニーはつかのま物思いを中断した。というより、物思いがみずから急停止した。そのかん高い声の主(ぬし)は――〝クニッシュ〟に恐ろしくねじれた発音をしてくれたのは――レニーの右手にある窓際のボックス席の女だった。その女をそっと盗み見ずにはいられなくなった。

一秒ほどで好奇心は満たされた。ブロンドの髪と青い目をした若い女だ。ユダヤ人でないのは明らかだし、ニューヨーク市民でないのも同じくらい明らかだった。それどころか、ウィスコンシン州色白美女クイーンのティアラを頭に飾っていてもおかしくないような感じだ。ボックス席で彼女と向きあっている男も、やはり脱色したみたいなブロンドの髪の持ち主だった。ふたりがいっしょにいる様子から、レニーはバービーとケンを連想した。

彼らの席にやってきたウェイトレスはずんぐりした体形のラテン系だったが、ショックと憎しみがありありの表情で、注文をとるメモ帳越しにバービーに目をそそいでいた。

「ここはコーシャー・レストランですので」と、彼女はいった。

バービーは理解していなかった。

「あら、そう」と彼女はいった。無表情にそそがれた目には、どういう意味かわからないと書かれていた。「それじゃ、ポテト・クニーイシュにチーズは入っていないの？」

ウェイトレスはメモ帳にペンを軽く叩きつけて、ぎょろりと目をまわした。まぬけな客に閉口しているのは明らかだった。

「肉にチーズはつきません」彼女は憤慨の面持ちでいった。

「ふーん」声のかん高い哀れなバービーの困惑は深まった。このウェイトレスはわたしの質問を誤解しているのだろうか？　目を啓いてくれる情報があるかもしれないと、彼女はメニューをちらっと見たが、何も見つからず、また視線を上げた。「それって、クニーイシュには肉が入っているってこと？　だって、わたしが欲しいのはポテトで――」

レニーはこの話のおかげで自分のかかえている問題から注意がそれたことに感謝しながら、デリの客たちのにぎやかなおしゃべりや舌鼓の音に包まれたなかで、さりげなく聞き耳を立てつづけた。どんな形であれ、肉と乳製品をいっしょに出したり、同じ鍋やフライパンでいっしょに調理したり、同じ食器から食べたりしてはいけないという正統派ユダヤ教徒の食の規律に不案内な人間を、民族がごたまぜになったこの街で見つけるには一カ月ほど探しまわる必要があるだろう。しかし、バービーの無知は本当に責められてしかるべきだろうか？

〝彼女は責められてしかるべき〟という仮定は、ニューヨークの俗物根性を象徴する好例なのではないかとレニーは考え、彼女に申し訳ないような気持ちになった。とはいえ、目の不自由な人間でもないかぎり、入口の上に掲げられた看板に〝コーシャー〟の文字が記されているのは見えたはずだ。みんな、ほかの文化の伝統にまったく無頓着だ。俗物根性の罪を犯しているのはバービーのほうかもしれないし、同情を向けられてしかるべきなのはウェイトレスのほうかもしれない。それに、前菜にこんなにうるさくこだわるようだと、バービーがメインコースを選びにかかったら、事態はどれだけ悪化するだろう？　そのうえこのカップルの全身からは、まともなチップを置いていきそうな人種ではないという雰囲気がただよっていた。

急いでひとつの見解に飛びついたりせず、その前に両面を見ることが大切だ、とレニーは思った。

そのとき、厨房のスイングドアがぱっと開き、レニーの注文をとっていったウェイトレスの肩が見えた。彼女の運んでくる皿に自分の注文した料理があるのを確認して、レニーは自分の前にそれが置かれるときを、いまかいまかと待ちわびた。もうバービーとケンのことなどどうでもいい、さあ昼メシだ。とつぜん猛然とわき上がってきたこの食欲——すさまじい食欲だ。しかし、これを目覚めさせたのは、空腹を満たしたい欲求だけではないのかもしれない、とレニーは思った。無意識のうちに抑えつけようとしていた別種の虚(むな)しさが自分のなかにはあったのか。こんなところで心理分析に深入りしたくはないが、人を元気にする食べ物とはそういうものではないか？　憂鬱(ゆううつ)な気分におちいっていたのはまちがいない。原因はたくさんある。けさオフィスで見たメアリー・サリヴァンの悲痛の面持ちと、ばらばらに壊れてしまわないよう必死に自分と戦っているその姿。ノリコ・カズンズの難攻不落の無関心。そして仕上げは〈雪山〉でヤンからいかめしい顔で告げられた助言の言葉。問題をかかえているなら、それを解決したほうがいい。いま挙げたなかのひとつにしろ、その総合体にしろ、そのたぐいのものが心にぐっと重くのしかかっていたのだ。

レニーは三段重ねのクラブサンドイッチからいちばん上のひと切れを持ち上げて、マスタードの容器に手を伸ばし、さじですくってそれを塗りつけ、がぶりとかぶりついた。旨い。カシャ・ヴァルニシュケ二枚をフォークで突き刺し、口に放りこんだ。旨い。食べ進めるにつれて、頭の上に垂れこめていた憂鬱な気分が薄れてきた。バービーとケンの注文をとったウェイトレスがレニーのそばをずかずか通り過ぎ、「クニ——シュ、クニ——シュって、あの女、学校に戻っちゃどうなんだい？」と、ぶつぶついいながら厨房に向かっていった。レニーは口のなかのものを嚙みしめ、飲みこみながら、どうしてまたあのウェイトレスは学校教育の問題なんかを思いついたのだろうといぶかった。まあ、たしかにバービーは、見たところ大学生でもおかしくない。〈コーシャー法一〇一〉は学校で習得すべき基本的な知識だとあのウェイトレスは思っているのかもしれない。いずれにしても、窓際のボックス席で意思の疎通は進まなかったようだ。

おれのなかには、ここのみんなに分け与えられるくらいの思いやりがあるんだと考え、レニーはそっとみんなの幸福を祈った。レニーは食べた。美味しい料理をひと口ひと口嚙みしめた。すこし考えてみれば、思ったほど事態は悪くなさそうだ。たとえば、おれのかかえている問題を見るといい。サンドイッチを何口かかじる前には、どうしようもなさそうな気がしていた。解決不能のような気がしていた。それがサンドイッチを何口かかじったら、解決策が浮かんだような気がした。

「ゴードだ」遠ざかっていくウェイトレスの広い背中を見ながら、レニーはつぶやいた。「ゴーディアンに電話しよう」

ハスルは六階にあるオフィスの窓辺に立って、〈ダッジ・デュランゴ〉が地上の駐車場に入ってくるところを見守っていた。浅黄色のヘッドライトが舗道の黒い路面をすべるように照らしていくのを見るとき、いつも彼はちょっとした観察の喜びをおぼえる。称賛の思いを禁じえない。こういう喜びはめったにない。

ガラス窓の遮蔽材（シールディング）のおかげだ。

いまくらいの遅い時間になると、正社員は自宅と家族という安らぎの場所へ帰っている。広々とした駐車場には、ハスルと非公式幹部が使っているひと握りの車しか残っていない。その車が並んでいるところへ向かって四輪駆動車はまっすぐ進んでいき、列の端にあるひとつ目の空きスペースにすべりこんだ。そのあとヘッドライトが消え、ドアが開いて、駐車場の奥にある水銀灯の青白い光のなかに運転手の姿が現われた。屋外競技場の照明のように、一列に並んだ水銀灯が一〇〇フィートほど上から下を照らしている。ハスルがこの光を直接浴びる時間は限られているし、照明が高く離れたところにあるおかげで、紫外線の脅威も軽減されていた。

駐車場では、四輪駆動車の運転手が車に寄りかかって、吸いかけのタバコを吸いおえにかかった。男が大きく息を吸いこむと、タバコの先端がオレンジ色に燃え上がった。タバコを指で叩いて先端の灰を落とすと、燃えきっていないタバコの葉が小さな明るい点となって風のなかへ飛び散った。

しばらくすると、運転手はアスファルトの上に吸殻をはじき落とし、靴底でもみ消して、すばやく周囲を見まわし、ビルの入口へ向かいはじめた。鞭のようにしなやかな長身の男だ。大股ではずむように歩いていく。その前に長い影が伸びていた。

ハスルはすぐに窓辺を離れはしなかった。手を伸ばしてなめらかなガラスに触れ、指先とガラスのなかのかすかな像を触れあわせた。アーク灯が照らしている舗装された長方形の何ヤードか奥からは田園風景が広がっているが、そこは暗闇に飲みこまれていた。その周囲には森が広がっており、氷のシャンデリアのような梢が見える。木々のあいだの地面は雪におおわれていた。ビルに向かって上り坂の車道が曲がりくねっている。空に星はなく、いまはそういった景色も何ひとつ見えない。ハスルは隔離されているような感覚に見舞われていた。この隔絶感はいつもなら、日の光が射している時間の特徴だ。ハスルが何時間か前に味わった気分の浮き立つような感じとは対照的な時間だが、稀有な瞬間の収集家、つまりめずらしい蝶を採集する人のようにめずらしい瞬間をつかまえ保存する人間を自認している彼は、こう理解していた。忘れられない高揚感をわが手につかむには、鬱々とした気分を重ねることが必要な場合もある。

ハスルはいま、ガラスに指を押しつけたまま、どんより曇った黄昏のなかを歩いたときのことを思い出していた。フードをかぶり、手袋をはめて、鼻梁から顔当てを垂らし、サイドパネルのついた防護用サングラスをかけて、オフィスビルを出ていった。期待で脈が速くなった。一年にせいぜい二回か三回というきわめてまれな機会を迎えているときのように、ハスルは世界を構成するひとりの人間として、自分なりの方法でしっかりこの世界のことを知ろうと心に決めていた。

彼は木々の端にあるハンモックの前でしばらく立ち止まり、日が沈んでいく西の方角を見た。遠く離れた視界の端あたりでは、山のこぶの上に浮かんだ雲に古傷のような色のしみがついていた。速い呼吸からたちのぼる蒸気がメッシュの空気穴から冬の冷気のなかへ吐き出されていくのが見え、この手でつかまなければならない新しい貴重な瞬間が迫ってくるにつれて興奮が高まった。

だしぬけの衝動ではなかった。肌に冷たさを感じたいというあの気持ちは。それどころか、ハスルの若いころには衝動にまつわる苦い教訓が詰まっていた。たえず事前の計画を立てて徹底的な準備をする姿勢は、科学研究の世界でも称賛を受けていたが、彼にとってはそれは自尊心の問題ではなく、必要不可欠なことだった。

ハスルは黄昏のなかにたたずみ、コートのポケットからポータブル線量計のクリップをはずして、体の前に掲げ、紫外線の量はまずまず耐えられる範囲内と判断して、タイマーを三十秒に設定した。ここまではさほど警戒を強めてはいなかった。肌の色に合わせたＳＰＦ一〇〇の日焼け止めが塗ってあるし、唇にもたっぷりクリームを塗りつけてある。

主治医たちは声をそろえて断固反対するだろうが、それは無理もないことだ。彼の健康を管理するのが彼らの仕事なのだから。しかし、すでにハスルは四十八年ぶんの検証を彼らにして見せてきた。なかには偶然の助けによるものもあった。彼の遺伝的欠陥が変種でなかったら、子どものころに死んでいただろう……しかし、死なずにすんだからそれでいいというものでもない。形あるものは、いつかかならず腐敗する。肉体はその際たるものだ。人間の寿命など幻のようなものだと思っていた。肉体は腐りやすい。永遠に続くのは魂だけだ。五年、五十年、百年——寿命の差など、悠久の時の流れから見ればつぶやきていどのものだ。光を浴びるたびに体が影響を受けることを、ハスルは理解していたし、進んで受け入れていた。大事なのは自分の天命にそむかずにいることだ。わたしは自分の持てる富と能力を惜しみなく使ってそれを実行してきた。自分を律して神の意志にしたがっていれば、いずれこの現世で目標を極めることができる。

きょうは黄昏どきに三十秒だけ束縛から解き放たれた。

それ以上でもそれ以下でもない。

ハスルはあごの下までさっとフェースガードを引き下げた。顔を上に向け、腕を広げて、盛り土の上に立ったまま、弱まりゆく日光の残滓を顔の素肌に受けた。耳のなかを突進する血液の流れがごうごうと音をたて、雷のようにとどろきわたった。彼の意識はしばらくその下に沈み、悠久の時の流れに浮かぶひとつの魂のように押し流されていった。

そのあと、その流れのなかに線量計の警告音が聞こえてきた。

ハスルは窓辺から後ろへ離れ、幽体離脱した魂のように自分の思いが夜の闇へ後退していくのを見守った。じっと目を凝(こ)らしていると、その霊魂の手が伸びた。固定されたガラスの強度を手探りで確かめようとするかのように。彼は顔をそむけて机の向こうを見た。右側の壁に組みこまれている大きな水槽のなかに人工の洞穴があり、その入口に小さな動きが見えた。部屋の反対側の隅には、肩幅の広いダークスーツの男が閉回路(クローズドサーキット)デジタル監視制御盤の前にすわっていた。男の注意は大きなフラットパネル型モニターにじっとそそがれていた。

男が眉をひそめたのにハスルは気がついた。

「ザヘール」と、彼は呼びかけた。「何か気になることがあるようだな」

「率直に申し上げてよろしいですか?」

「いいとも」

ザヘールはあごでディスプレイを示した。

「あなたに会いにくるこの異教徒(カフィル)ですが」ザヘールはいった。彼が使ったのはイスラム教の世界で不信心者を意味する言葉で、その声は侮蔑に満ちていた。「あの男を引き入れるのはまちがいではないでしょうか」

ハスルはすたすたとコンソールに歩み寄り、画面の映像をつぶさにながめた。地上階の玄関に三人の男が映っていた。うちふたりは〈組織〉のメンバーだ。アーシムは携帯型の武器探知機で訪問者の手足の長い長身の体を調べている。カマルはそのそばに用心深く立っていた。

「あの男は能力を実証してきたし、評判だけの値打ちはある」と、ハスルはいった。

「わたしたちの誰よりもですか？」

「この先に何が待ち受けているかは、きみにもわかっているはずだ」ハスルはいった。それから、とってつけたように半分だけの真実を差し挟んだ。「来るべきときに、きみ以上の貢献をする者はいないだろう」

ザヘールはこわばった表情のまま黙りこんだ。その目はじっとモニターにそそがれていた。玄関先ではアーシムが探知機による調べを終え、訪問者に付き添って内側の扉を開き、メインロビーに足を踏み入れた。ザヘールがデジタル・マルチプレクサーのチャンネル選択キーを押すと、閉回路（クローズドサーキット）監視カメラの映像はエレベーターの並びに移った。ふたりの男が待機していた箱に乗りこんだ。

ハスルがモニターからちらっとザヘールに目をやると、ザヘールの顔にはあからさまな疑いの表情が浮かんでいた。

「イスラマバードやペシャワールやカラチにいた路上の歯医者を思い出す」と、ハスルはいった。「彼らの診療所は歩道に置いた汚い毛布と木箱だ。道具はありふれたペンチと鑿（のみ）とねじ回し。教育を受けておらず、垢じみた不潔な手で作業をし、虫歯を叩き折ったりやすりをかけたりするときの苦痛から注意をそらすために、麻酔がわりに口の片側に針を刺す」彼はいちど言葉を切って、またザヘールをじっと見た。「技術はお粗末だが、彼らを必要とする者たちにとっては欠くことのできない存在だ」

ザヘールの顔はこわばったままだった。

「ではわたしたちは、苦しまぎれにそういう手合いに頼らざるをえない、赤貧にあえいでいる人間ですか?」

ハスルはザヘールの顔を見た。ここでまたしてもハスルは真偽相半ばする嘘をついた。

「われわれはもっと崇高な使命のためにいるのであり、あの異教徒を送り出す卑しい仕事に手を染める必要はない」と、彼はいった。

ザヘールは黙りこみ、モニターを画像内画像モードに変えた。主画面にオフィスのすぐ外の区域が現われた。その右の小さなフレームが、エレベーターで五つの階を上がり、扉の外に出て、廊下を曲がったあとオフィスに向かってくるアーシムと訪問者を追っていた。

ハスルが見守るうちに、彼らは主画面に姿を見せ、アーシムが扉の横についている電子通行管理ボックスのブザーに手を伸ばした。

音が鳴るのを待たずにハスルは動きを起こした。

「アールさんを受付にお通ししろ」彼はいった。「わたしがふたりだけで会う」

ザヘールはコンソールの前から立ち上がるとき、もういちど不満の気持ちをおおい隠すはかない努力をした。そして礼儀正しくお辞儀をし、受けた指示を実行しに向かった。

ジョン・アールが入ってきたとき、ハスルは机の横に立っていた。ザヘールはつかのま戸口で立ち去りがたそうにしたが、後ろに下がりながら外へ出ていった。閉まったドアの一歩か二歩くらい内側でアールは待ち受けた。砂色の髪と青い目、そしてとがったあご。小鼻の広がっている長い湾曲した鼻が猛禽類のような雰囲気をかもし出している。黒革のカーコートに灰色のマフラー、ジーンズという服装だ。

ハスルはかすかなうなずきで彼を迎えた。

「時間どおりの到着だな」

「いつもどおりだ」

「いつなんどきも、そういう姿勢は評価される」

アールは足を踏み出して部屋のなかほどへ進み、いちど立ち止まって、肩越しに壁の水槽を一瞥した。石におおわれた穴とそこから突き出ている出っ張りのあいだを動くものはなかった。

「おれたちの友人レッグズは元気かい？」

「ああ」

「そろそろ外に出てきて、挨拶してくれてもよさそうなものだがな」アールはいった。「おれもここには何度も来ているんだし、おれをよそ者とは思っちゃいないだろうに」

ハスルは相手の顔を見た。「豹紋蛸(ヒョウモンダコ)は危険な生き物だが、奥にひっこみがちな傾向がある」彼はいった。「誰がよそ者で誰がよそ者でないかについては、あいつの考えときみの考えにはちがいがあるかもしれない」

アールはなおも水槽のなかをじっとのぞきこみながら、うーっとうめいた。

「レッグズはおれのつけたあだ名をあまり気に入っていないのかもな」と、彼はいった。

ハスルは微笑を浮かべたが、下唇の端にほんのすこしだけ皮肉めいた感じが消えずに残っていた。そこに舌先で触れると、乾いて粒になった軟膏(なんこう)の味がした。三十秒。わずか三十秒でも皮膚は傷ついただろうか？

彼はアールに手を振って机の前の席をすすめると、動揺をおくびにも出さずに自分の椅子に体を沈めた。

アールは向かいのハスルを見ながらマフラーをはずした。首の右側に刺青(いれずみ)が一部だけのぞいている。赤い色がちらっと見えただけで、その本体は襟に隠れていた。

「さてと」しばらくしてアールがいった。「用件は？」

「さしあたり、ふたつ計画がある」ハスルはいった。「もっと正確にいうなら、ふたつの重大な側面を併せ持ったひとつの計画だ」

アールの動きはぴたりと止まっていた。

「くわしく聞かせてもらおう」と、彼はいった。

「一週間前に、うちの営業マンがひとり、高価な品を持ったまま姿を消した。わたしの信頼につけこんであれを盗んだのかもしれないし、行なわれるはずだった取引の最中に危害をこうむったのかもしれない。いずれにしても、非常にまずいことになった」

「男の名前は？」

「パトリック・サリヴァン」

「そいつが売り物を見せる予定だった相手というのは？」

「わたしが名前を知らない買い手でね」ハスルは肩をすくめた。「わたしはそのレベルの取引先とは、ふだんから距離を置いている」

アールはうなずいた。

「おたくの人間が持ち逃げしたのなら、おれに始末してほしい」

「うむ」

「そいつが襲われたのなら、襲った犯人を突き止めてほしい」

「そのとおり。個人的な犯行か組織的な犯行かも見定めたい……そして、できればその製品を取り戻したい」

アールはまたこくりとうなずいた。

「仕事のもうひとつの側面というのは？」彼はたずねた。

ハスルは机の上に手のひらを当ててしばらく無言でいた。

「パトリック・サリヴァンの女だ」彼はいった。「あの男が姿を消した理由はともかく、わたしの事業にまつわる重大な機密情報を、サリヴァンがその女に教えていることがわかった」

「だから？」

「残念ながら、この情報がその女からほかの誰かに漏れる危険を見過ごすわけにはいかない」

アールはかすかな笑みを浮かべて相手を見た。

「女の名前はわかっているんだな」彼はいった。

「ああ」

「おれの見つけられる場所にいるんだな」

「ああ」

「わかった、全部まかせろ」アールはそういって、いちど言葉を切った。「そうすりゃ〝さしあたり〟のほうはだいじょうぶだ……」

ハスルが片手を上げ、張りつめた笑みを相手に向けた。

「もうひとつのことは、またあとで相談しよう」と、彼はいった。

会話がとぎれた。ふたりは机をへだてて見つめあった。

「くわしい話はザヘールから聞いてくれ」とハスルはいい、それから「見返りはたっぷり期待してくれていい」と告げた。

「疑ったことはない」

アールは椅子から立ち上がり、上着のボタンをはめて袖を引き下げた。

そして「帰る」といった。

ハスルは立ち上がって相手を部屋から送ろうとしたが、机をまわりこんだときには、すでにアールはドアに向かって足を踏み出していた。アールがその足をつかのま止めて、また例の水槽に目を向けた。

　そこの住人は身を隠す穴に閉じこもったままだった。

「またこんどな」アールは水槽の正面のガラスに告げた。

　そして入口のほうに向きなおり、ドアを開けて姿を消した。

　ここしばらく猫のミセス・フレイクスの毛糸玉への関心が薄れていることにラスロップは気がついていたが、この変化をはっきり認識したのはつい最近のことだ。

　このメインクーン種の猫が年をとってきていることを示す兆候はいくつもあったが、毛糸玉もそのひとつだった。ラスロップが意図的に目をつぶらないかぎり、そういう兆候はいやでも目についた……そして彼は、腐食が広がって土と瓦礫の山と化していく壁をパステルカラーと風景画のプリントでおおい隠すように、現実というかびだらけの壁を壁紙でおおうことができるとは思っていなかった。家は永久に立っているものではない。目をさましているかぎり、ラスロップは治療のすべがない骨肉腫のように柱をしみわたってくる腐敗の臭いをいつでも嗅ぎつけることができた。自分の最大の目標は、それがすこしずつくずれ落ちてきて、屋根を支えていた最後の柱がガラガラ音をたてて崩壊するとき、かならず残りのみんなより一歩先にいることだ、と彼は思っていた。なぜ気にかけるべきなのかはよくわからないが、最後の最後まで二本の足でその場にとどまり、しっかりその残骸を見まわすという考えには、ある種、心に訴えるものがあった。

いまラスロップは、東六十三丁目とレキシントン街が交わるあたりにあるワンルーム・マンションのソファベッドにすわって、ミセス・フレイクスをながめていた。この共同住宅は月二〇〇〇ドルで又借りしている。通りをへだてた反対側に無表情な高層ビルと二十四時間営業のスーパーマーケット〈グリスティーズ〉が見えるシングル・ルームだ。それにしては安くない。猫はじゅうたんの上に丸まって、ラジエーターのそばで暖をとっていた。顔を胸にうずめている。まぶたを半分閉じた緑色の目が、毛でおおわれた前足の下から光を放っている。眠っていないとわかる判断材料はそれだけだ。猫のそばには、かつて彼女のお気に入りだった玩具がころがっていた。彼女と旅をしてきたこの六年の歳月に何千マイルもの道のりを持ち運んできた茶色い毛糸球だ。たえず移動してきた。転々と移動してきた。何度渡ったかラスロップにも思い出せないくらい数多くの国境を越えてきた。

このメインクーン種の猫と初めて知りあったとき、彼女はアルバカーキで塩酸メタンフェタミン（ヒロポン）を調合している化学者に飼われていた。腹ぺこのうえに虐待を受けていたせいで、狂暴になっていた。ほとんど野生状態に近い同然だった。ごみをあさったり、名ばかりの飼い主が麻薬の調合に使っていた鶏小屋のなかやまわりでネズミを捕まえて、命をつないでいた。ラスロップがまだ麻薬取締局（DEA）にいたころのことだ。当時の彼は麻薬の密売人を追っていた。あのころはまだ、家はまっすぐ立ったまま維持できるとか、モルタルで穴をふさいだり木材に侵入した菌類をほじくり出して維持管理をすればいつかおとずれる老朽を少なくとも遅らすことはできるという考えにしがみつこうとしていた。特別捜査官のバッジを日の照らないところへ押し上げて——きれいに保管できるまともな場所などなかった——あるマフィアの麻薬密売人を逮捕する仕事にどっぷり浸かっていた。その男は証人保護プログラムという〝監獄から自由になれる〟切り札を使って東海岸から本拠を移し、西で一大メセドリン配給シンジケートを組織して、新しい拠点の近隣に住む十代の若者の半分を麻薬中毒の売人に変えていた。結局、おとり捜査によって、その男も米国最大の刑務所にぶちこまれる結果となったが、ラスロップはスピードを製造していた工場へ特捜隊を呼び入れる前に、化学薬品一式を持った男を大急ぎで非公式訪問し、猫を数かぎりなく蹴りつけてきた行為に対し個人的な裁きをくだしてきた。その訪問を秘密にする努力にあたっては、環境にも気をつかった。彼が砂漠に撒き散らしてきた化学者の死体の断片は、ハゲワシの巣とコヨーテの穴のなかでひからびた糞と化し、いまでもその姿をとどめているかもしれない。

麻薬捜査局と手を切る前にラスロップが個人的に行なった裁きは、それが初めてではなかった。最後のものでもなかった。しかし、面倒と引き換えに家で飼うペットを手に入れたのは、あとにも先にもあのときだけだ。

総合的に見れば、悪い取引ではなかった。

ミセス・フレイクスが毛糸玉に敵意をぶつけにいくのが大好きだったころを、彼は思い出すことができた。彼女は休みなく攻撃した。まず最初にそっと忍び寄り、それから前足であちこちつつきまわし、そのあといきなり飛びかかった。玉の中心に格別のご褒美、つまり殺し屋の本能を満足させる湯気を立てた心臓や肝臓があるかのように、玉全体がばらばらにくずれ落ちるまで歯と爪で引きむしった。

毛糸玉を猫のそばに置いた十分後には、ぐしゃぐしゃになった糸をラスロップが巻き戻さなくてはならないような時期もあった。

それがいまでは、玉はきつく巻かれたまま何日も放置されている。見向きすらされていない。

ミセス・フレイクスは年をとってきた。関節をとりまく筋肉が堅くなり、歩くときにも後ろ足をすこし引きずっている。一日の大半を寝て過ごし、かつてはしなやかな跳躍力を見せつけて飛び上がることができた高い場所にも、手伝ってやらないと乗れなくなっている。自力で生き延びる暮らしに順応していたころにはそなわっていた、たくましさや賢さが、いまではすっかり失われていた。まだこの猫には自力で生きていくのに必要な力が残っている、とラスロップは思っていた。しばらくはその力を維持できるかもしれない……しかし、感覚が衰え、反射神経が鈍って、喉笛に咬みつくために必要な一瞬の好機を敵に与えてしまうときが、かならずやってくる。

ラスロップはカウチにすわったまま体をのりだして、部屋の向こうから自分をじっと見ている翡翠色の目に片目をつぶって見せた。

「おれたちはなかなかのコンビだ」と彼はいい、脚を軽く叩いて彼女を招いた。「旅の友であり、犯罪の相棒でもある」

ミセス・フレイクスは顔の前から前足を下ろし、伸びをして、おすわりの姿勢になり、あくびをした。それからいつものように物憂げにのその近づいてきて、彼の脚に体をすりつけた。

ラスロップは彼女の背中をなでた。喉を鳴らす音を耳で聞いて、体で感じ、彼女の腰のこわばった筋肉をやさしく揉（も）みほぐしてやった。

いきなり猫がシッと鋭い音をたてた。彼女はラスロップの指先から身をよじって逃れ、自分の爪で彼の手の甲をひっかき、手首から指関節のあたりまで皮膚を切り裂いた。

彼女はソファの前に立って、静かに彼と向きあった。

ひっかかれた手の傷が早くもひりひりしてきたが、ラスロップは彼女を見て微笑に近い表情を浮かべた。この猫ははっきりと自分の意思を伝えてきた。

「まったく〝女〟ってやつは」彼はいった。「どこが痛いか教えてくれたら、もっと触る場所に気をつけてやるんだがな」

ミセス・フレイクスは彼を見つめて、また喉をごろごろいわせた。そのあとすぐに、いささかこれ見よがしな気どった歩きかたで簡易台所（キッチネット）に向かい、空（から）になった自分の皿のそばにすわった。

ラスロップは彼女を追って奥へ行き、水の蛇口をひねって、血がにじんでいる手を蛇口の下にやり、ペーパータオルでそっとぬぐいとった。あの毛むくじゃらにまた皮膚を裂かれちまった、と彼は心のなかでつぶやいた。

血のしみがついた紙は、しばらく手に当ててから捨てた。そのあと彼は頭上のキャビネットに手を伸ばしてウェットタイプのキャットフードをとりだし、缶のふたを開けて、ふたもごみ箱に捨てた。そして、ふと思いついた。ミセス・フレイクスのすわっている下には、盗んできたハイテク機械がある。何百万ドルかを生み出す可能性がある代物だ。それが猫のケツの下にある。寄せ木細工のウッド・タイルの下に床材があり、そこに埋めこまれた金庫のなかに、宝石ケースと、データの入ったミニディスク、そしてサリヴァンのアタッシェケースから手に入れた設計図のコピーが入っている。周囲の根太(ねだ)にボルトで留められているうえに、ラスロップが持っているクレジットカード大のリモコンで目に見えない錠を動かさないかぎり、強化スチールでできた扉のパネルは開かない。石のほうは、仲買人(ブローカー)のエイヴラムがアントワープの取引所から戻ってきたら、すぐにも売りさばける自信があった。しかしディスクのほうは……あのディスクには困ったことがあった。鍵がないより鍵があったほうがずっと値打ちが高いとサリヴァンは主張していたが、それは否定しがたい事実だった。

ラスロップは猫の皿に手を伸ばし、そこへスプーンで餌(えさ)をすくい入れた。

サリヴァンはあるていどの用心はしていたものの、決して自分で思っているほど賢くも慎重でもなかった。見せびらかしの癖もあった――あの男のうぬぼれは大きくふくらみすぎて、ピンでひと突きしたら破裂する薄い風船のようなものだった。そういった弱さを持ち合わせていたために、あの夜、ランドール島で命を落とすはめになった。あれを活かす方法はまだあるかもしれない。〈ドラゴンフライ〉は一生にいちど転がりこむかどうかという幸運だ。

サリヴァンはそれを知っていた。鍵を出し惜しみするのが利口なやりかただとも、あの男は考えた……それがわが身を滅ぼす結果になった。あの男のことだ、あの秘密を誰かに漏らす機会があったら——内心、得意でならなかったから——きっとそうしたにちがいない。ラスロップはそう確信していた。

彼はかがみこんで、床に皿を置いた。そして、あのアイルランド系の男を頭に浮かべた。植毛でよみがえらせた頭髪、時代の最先端を行くスキージャケット、贅沢な内装の最高級スポーツカー〈ジャガー〉。どれもこれも、周囲を感心させたいという虚栄心の表われだった。あの男があの秘密でいちばんびっくりさせたかった相手は誰か?……あの男はあれを将来の大きな保障になると考えていた。副業の取引がうまくいかなかった場合でも、その窮地を救ってくれるのではないかと考えていた。あの秘密を打ち明けても決してほかに漏らすことはないと信用できた相手は誰か?

ラスロップはミセス・フレイクスの首の後ろを掻きながら、答えはこのうえなく明白だと思った。

「寝室の会話だ、ミセス・フレイクス」彼はいった。「サリヴァンが誰かの耳に秘密をささやくとしたら、それは女の耳だったにちがいない」

猫は頭を低く下げて皿の食べ物の匂いを嗅ぐと、自分の好みにかなうと満足げに、嬉々として食事にとりかかった。

3

カリフォルニア州北部／ベルギー／パキスタン

「あの岩はどうだい？」ロジャー・ゴーディアンがたずねた。

「ちょっと待って、どっちのことかしら」

アシュリーは手押し車の握りを放し、ぱんと手を叩き合わせて、はめていたぶあつい牛革の手袋から埃を払い、夫のほうへ足を踏み出した。ふたりはいま、水の干上がった浅い川底にいた。アシュリーの〈ランドローヴァー〉は三〇フィートほど離れたところに置いてきた。サンタクルーズ山地をおおよそ東西方向へジグザグで登っていく山岳道路の下だ。

「あそこを見てくれ」ゴーディアンは斜面のふもとあたりに散らばっている二、三の砂岩を指差した。「あの岩だ」

「ちょっと赤っぽい縞模様（しまもよう）の丸いやつ？」

「ちがう、ちがう」ゴーディアンは身ぶりで示した。「右側だけに茶色のつぎはぎ模様がある平たい感じのだ」

アシュリーは夫のそばからながめて考えた。

「申し分なさそうね」と、彼女はうなずいた。「掘り出しにかかるよ」

「だろう」ゴーディアンがいった。

「あら、だめよ」

ゴーディアンの表情は喜びからとまどいに変わった。

「いま、きみもいったじゃ——」

「わかってるわ」彼女はいった。「だけど、ここから見ても、地中の深いところまで埋まっているのがわかるの」

岩が風化した小さな露出部に柄の長いショベルが立てかけてあった。ゴーディアンはそこへ手を伸ばした。

「だから友だちを連れてきたのさ」

「そこにいるお友だちは、自力で掘ることができるの?」

「アッシュ——」

「四〇ポンドは重さがあって、掘り出すには一トンぶんくらいの土を掻き出さなけりゃならないわ。腰を痛めてもらっちゃ大変だもの」

真昼の明るく暖かな日射しのなかで、ふたりはしばらく見つめあった。どちらもジーンズとハイキング用ブーツ、そっくり同じ厚手の手袋、そしてデニムの上着という服装だった。デニムにしたのは、石を集めているときにシャツがかぎ裂きになるのを防ぐためだ。さらにゴーディアンの頭には、頭皮を守るために青と白の縞模様の鉄道員帽が載っていた。彼の白髪まじりのまばらな髪では、近ごろの日焼けを防ぐ役には立たないからだ。いっぽうアシュリーのファッション・バンダナの下には、いかにも女性らしく念入りにひねって差しこまれた豊かなブロンドの巻毛があった。

「玉砂利と砂では、石壁は作れない」とゴーディアンはいった。

アシュリーが眉をひそめた。

「お言葉ですけど」彼女はいった。「わたしが手押し車に積みこんできたのはそれだっておっしゃりたいの？」

短気は抑えたほうがいい、とゴーディアンは判断した。

「ちがう」彼はいった。

「玉砂利ですって？」

「あれは手ごろな大きさのすてきな石だ、ハニー。嘘じゃない」

「そう願いたいわね。さもないと――」

「しかし、もっと大きな石がいくつか必要だとは思ってる」彼はそういって、指で帽子の下の頭を掻いた。「特に端のところには」

アシュリーがためいきをついた。

「無理をしてほしくないのよ、ロジャー」彼女はいった。「いつまでたっても二十代から年齢をとっていないみたいな気でいるんだから」

三十代でも四十代でも五十代でも同じことだが……ゴーディアンはそう考えて、弱々しい笑みを浮かべた。

「きれいに仕上げをした石を石屋さんから買ってきて、パレットに載せてわたしのバラ園から五フィート下へ落っことすことだってできたのよ」彼女はいった。「あなたがこんなに意地を張るとわかっていたら、専門の業者に頼んでいたかもしれないわ」

ゴーディアンは妻の顔を見た。

「石壁の作りかたは多少なりと知っている」彼はいった。「父親は建材の会社を持っていたんだ。忘れちゃ困るな」

「忘れちゃいないわ」

「大きなポテトチップの山みたいなオーダーメイドの石壁はいやだって、自分でいったことも忘れないでほしいな」

アシュリーはまた眉をひそめた。

「フライドコーン・チップスよ」彼女はいった。「わたしはフライドコーン・チップスにたとえたの。そっちのほうが形がそろいがちだから」

「誤りを認めよう」

ふたりは黙って見つめあった。

「いいかい、アッシュ」ゴーディアンがいった。「ぼくはアップリンクの最高経営責任者の座を降りた。これまでずっと手に入れそこねてきたふたりだけの暮らしを、ようやく楽しむことができるようにするためだ。地球上のすべての大陸に何千何万と社員が散らばっている企業のトップとして、何十年かのあいだ果てしない責任を背負ってきた。そしてようやくこれから、きみといっしょに――きみのために――いろいろしながら時間を過ごすことにしたんだ。いろいろしながらというのが大事なポイントだ。まだまだ、よぼよぼのじいさんになったつもりはない。しかし、自分の限界はわきまえているつもりだし、それをきみに伝えるために最大限の努力を払ってきたつもりだ」

アシュリーは足元のごつごつした表土をちらっと見て、純情な乙女のように靴の爪先をぐりぐりまわした。ゴーディアンは浮かびかけた微笑をどうにか押しとどめた。

「いいわ、ここは譲りましょう」たっぷり一分ばかり爪先をこすりつけて土にくぼみをつけてから、彼女はいった。「あなたが巨大な岩をつかんで懸命に持ち上げようとした瞬間にこの問題を蒸し返していい、という条件つきで」

「こっちに異存は――」

妙に遠くからゴーディアンの携帯電話の呼び出し音がして、彼は途中で言葉をとぎらせた。ベルトのホルダーを探ったが、そこに携帯はなく、自分の体をさっと見下ろした。電話はどこにもなかった。

また呼び出し音が鳴った。

ゴーディアンは急いで周囲のあちこちを探したが、どこにも電話は見当たらず、ちょっとうろたえて、石を集めていた斜面に目を向けた。斜面がくずれて大きな石がごた混ぜになっているところで落としてしまったにちがいない。

「ここよ、ロジャー」

彼はアシュリーをさっと見やり、その手に電話があるのを見ておどろいた。

「どこで――？」

「三十分前にあなたが落としたのを拾っておいたの」

プルルルル！

「揺り椅子で眠りこんでいるんだろうかと思われないうちに、出たほうがいいわ」彼女は顔をゆがめてにやっと笑った。

面白がっているのを隠そうともしない彼女を見て、ゴーディアンは顔をしかめ、携帯電話を受け取ってぱちんと開いた。

「もしもし？」

「ボス、よかった、メッセージを吹きこむところでした」

ゴーディアンは口を開けて、また閉じた。電話の主が誰かを声から判別するのに二、三秒かかったが、それはめったに聞かない声だったせいではない。というより、こういう状況でその声を聞くことがめったになかったからだ。会社以外でレニー・ライゼンバーグと話をするのは、直接にしろ、距離をへだてた場所からにしろ、久方ぶりのことだった。

「レニーか？」と、彼はいった。

「そうです、ボス」ひとつ間があいた。「いま、かまいませんか？」

「ああ、だいじょうぶ」

「本当に？　二分もあれば用件はすみますが、何かなさってる最中でしたら、またあとで……」

「いや、本当に、だいじょうぶだ」ゴーディアンはいった。「しばらくだったな、レン。元気か？」

「ええ」レニーはいった。「あなたのほうは？」

「なかば引退という状況に、必死に取り組んでいるところだ」

レニーはくっくっと笑った。「経営者として、本社で多忙な毎日でしたものね。自由な時間が手に入ったときは、適応が必要だったにちがいありません」

「予想はしていたがね」と、ゴーディアンはいった。「しかし、多忙な日々が続くのはとりたてて大変なことじゃないというのがわかったよ」

「へえ？」

ゴーディアンはショベルのそばの岩にもたれて、ちらっとアシュリーを見た。彼女は手押し車に積み上げた石をまとめなおしていた。

「いまでもやはり交渉と歩み寄りの日々は続いている」彼はいった。「たまたま、以前とはほんのちょっぴり性質が異なるだけで」

「近いうちに、ぜひくわしく教えてください」

近いうちに。ゴーディアンは胸のなかでつぶやいた。「それで、いったいどうしたんだ、レン？」

つかのま受話器の向こうから沈黙が伝わった。ようやくレニーが息を吐き出した。

「できたら、力を貸していただけないかと」彼はいった。「お願いするのは気詰まりなんですが……とっぴな話のような気がして……」

「仕事の話か？　個人的な話か？」

「そこをはっきり線引きできるかどうか、よくわからないんです」レニーはいった。「というか、線が存在するとしても、わたしの頭のなかではぼやけてまして」

「だったら、そのぼやけているのがうつらないうちに、くわしく説明してもらったほうがよさそうだ」

ふたたびレニーは打ち寄せる波のような息を胸から解き放ち、それから説明にとりかかった。

ゴーディアンはじっと耳を傾けていた。〈キラン〉の営業マン、パトリック・サリヴァンのこと。サリヴァンが行方不明になった事件の捜査でロングアイランドの刑事たちがレニーのオフィスを訪ねてきたこと。そのあとサリヴァンの妻が彼に助けを求めにきたこと。最初は気が進まなかったが、彼女の様子に心を打たれて重い腰を上げたこと。そして、できるだけのことをすると請け合ったものの、〈剣（ソード）〉ニューヨーク支部でノリコ・カズンズに撃退され、ヤンという中国系の漢方医に賢明な助言をもらい、ユダヤ教の掟にかなった清浄（コーシャー）な料理を出すデリカテッセンでパストラミ・サンドをひと口、もしくは数口かじったことが漠然とした引き金になって、ひらめきを得たこと。

五分後、レニーは自分の心が何に圧迫されているかについて、懸命の説明を終えていた。

「きのうは、うちの社員でもない男の身に降りかかったことで〈剣(ソード)〉の出動を求める権利などわたしにはないんだと自分にいい聞かせながら、マンハッタンを半分ばかりさまよい歩きました」と、彼はいった。声に息切れが感じられた。「かまわなくていいんだと自分にいい聞かせました。サリヴァンのことをよく知っているわけでもないんですから。娘さんの名前もちゃんとおぼえていないくらいなんです。奥さんから遠くの大学へ行っていると聞かされるまで、小学校の一年生か二年生だと思っていたんですから。しかし……ボス、『ディス・イズ・ユア・ライフ』という昔のテレビ番組をおぼえてらっしゃいますか？　メアリー・サリヴァンがオフィスに入ってきて以来、わたしの頭は、まるであの司会者の魂が乗り移ったみたいな感じなんです……なんていいましたか、あの司会者の名前は……？」

「ラルフ・エドワーズ」

「ああ、それです。あの男に目の前でわたしの過去をつきまわされている感じなんです。そして、否定できないことがひとつ。記憶のカーテンの奥からたえず出てくる記憶があるんです……ほら、わたしがあなたと出会った日のこと……つまり、あの夜のことですが……ご記憶でしょう……あれは、このニューヨークでのことでした。タイムズスクエアで……」

「忘れられるわけがない、レン」ゴーディアンはいった。「きみは、その、じつに面白い男だった」

「生意気で、レコードショップで最低賃金をもらってて、ジャズの知識が少々ある、支離滅裂な人間でした」レニーはいった。「『バップがお好みなら〈鳥類学(オーニソロジー)〉があるよ』。おぼえてますか？」

ゴーディアンは思わず口元に笑みを浮かべた。

「『〈人類学(アンスロポロジー)〉をくれるなら、ディジーと踊るのも悪くはない』」彼はいった。「おぼえているさ、レン」

「わからないものですね、人生を変える小さなきっかけがどこにあるかは」

ゴーディアンはちょっと考えて微笑んだ。

「世の中で、人と人が交わる場所ほどすばらしいところはない。そう思ったものだ」

「ええ」レニーはいった。「たしかに」

ゴーディアンは黙って話の先を待った。

「ボス、めめしい話と思われたくはないんですが」しばらくしてレニーはいった。「わたしがお電話したのは……もちろん、どこに首をつっこみ、どこにつっこまないかに関する〈剣(ソード)〉の人たちの判断をあなたが信頼なさっているのは、重々承知しています。この問題には関わらずにいたほうがいいと判断してしかるべき理由がノリコ・カズンズにはたくさんあるのもわかりますし、彼女の頭越しにあなたにこういうお願いをするのは本意ではないんです。しかし二十年前、わたしから見て合点のゆく理由などあまりなかったし、たぶんわたしにはそんな値打ちなどなかったのに、あなたはわたしの人生を一変させてくれた。一か八か、わたしに賭けてくれたんです。そこからわたしが学んだのは、ただ人の力になりたいというだけの理由であっても、手を差し伸べなくてはならないときはあるということです。つまり、誰かの何かに心を打たれ、理由はともかく力になるのが正しいと感じるときがあるということです。そうしなければ人間として生まれた値打ちがない、と思えるときが」

　ゴーディアンは無言のまま、またしばらく考えた。彼がアップリンク社の日常的な経営責任をメガン・ブリーンに引き渡してから六カ月になる。つまり、〈キラン・グループ〉なりその親会社の〈アームブライト・インダストリーズ〉なりの問題に鼻をつっこむ権限は、たぶん彼にはない。しかし、胸を張って堂々とできる活動ではないにせよ、〈剣（ソード）〉が通常果たすべき役割のなかには、技術関連分野の競合他社に勝つために情報を集めて評価をくだす競合分析（CI）と呼ばれるものがあった……もっとはっきりいえば、これは市場を同じくする商売敵（がたき）をひそかに監視する活動だ。レニーにその点を指摘する必要はないはずだし、いずれにしても電話でするような話ではなかった。競合分析（CI）は、ビジネスの世界で必要性を認められたきわめて重要な活動だ。どんな大企業もその活動に手を染めているし、その活動から身を守っている。それも、そ知らぬ顔で。これにからんだ倫理と法の問題が持ち上がるのは、情報を用いて戦略的優位を得ようとする行為が一線を越えて、情報を盗んだり、生産の妨害をしたりするところまでエスカレートした場合が大半だ。ゴーディアンはその境界線を越えないよう、つねに気を配っていた。

　レニーはノリコ・カズンズに――そして、こんどはゴーディアンに――〈キラン〉の社員が行方不明になった事件を〈剣（ソード）〉に調査させてもらいたいといってきた。つまり、表現はどうあれ、夫の行方不明事件を調べてほしいというわけだ。いずれにせよ、この要請を聞いてまずゴーディアンの頭に浮かんだのは、競合分析（CI）活動についての基本方針に反しないかという疑問だった。しかし、ふつうの調査とは性質が異なるかもしれないと結論はしたものの、事業活動の範囲を大きく逸脱（いつだつ）するものではなさそうな気がした。レニーの訴えに企業の人と物を割いてやるだけの正当な理由はある、とゴーディアンは判断した……そうすることがアップリンクの利益にかなうと感じたからなのか、はたまた、友人のためにひと肌脱ぎたいと思ったからなのか。

ゴーディアンが考えこんだままアシュリーに目をやると、彼女は相変わらず手押し車に集めた石の位置を変えていた。最初に積み上がっていた状態ではどこがまずいのだろうとぼんやり考えているうちに、彼女があれをいじくっているのはゴーディアンの電話の邪魔をしないためであることに、とつぜん気がついた。そして、彼女のところへ戻らなくてはと思った。しかし同時に、アップリンクに関する重大な意思決定をしなければならない状態も自分はこんなに好きなのだ、と思い到った。

レニーの要請に考えを戻し、〈剣（ソード）〉への出動要請を正当化するための理由を考えるのに神経を集中した。具体的にどう主張すればいい？

これは立派なふるまいだ。純粋かつ単純な。ここにはアップリンク社の利益にかなうことがあるという説得をレニーはいっさいしようとしていないし、ほかのどんな理屈もこねまわそうとしていない。

　ゴーディアンは暖かな日射しを顔に受けながら、またしばらく考えた。そして、ひとりうなずき、岩がむきだしになった場所を離れた。

「一日か二日したら、また連絡する、レン」彼はいった。「何本か電話をかけて、とにかくきみの願いをかなえる努力をしてみよう」


　ピート・ナイメクは薬棚の扉を開けて、なかをのぞき、眉をひそめて閉じると、扉の鏡でごわごわの髭が生えている頬をしげしげとながめて、ためいきをついた。体をかがめてバスルームの洗面台の下の収納棚を開け、手を伸ばして、しばらくなかを探しまわり、眉をひそめてそれを閉じ、週末のあいだに首筋に生えた髭をもういちど調べてためいきをつき、そのあと——これで四回目だが——また薬棚を開けて、さまざまな大きさに仕切られた区画を探す不毛な努力にとりかかった。

　ナイメクは大あわてで駆けずりまわるのが大嫌いだった。とりわけ月曜日の朝は。急いでもらちが明かないときは、なおさらだった。

　行き詰まって、また彼の唇が力なく下を向いたそのとき、バスルームのドアにノックの音がした。

　ナイメクはローブの帯を締めた。

「どうぞ」

次の瞬間、クリストファー・コールフィールドが戸口から彼を見つめていた。十二歳の誕生日から一カ月になる。櫛(くし)を入れ、顔を洗い、着替えをすませてあった。学校へ行く準備は万全だ。

ナイメクは少年の明るい表情に気がつき、次いで、クリスのさしだした手のなかに携帯電話が見えた。

「やったな」浮かびかけていたしかめ面が途中でくずれた。「どこでそいつを探し当てたんだ？」

クリスは引き続きにこにこ顔だった。

「ママの古い木箱みたいな、引き出しのついているやつ。わかるでしょ？」

「玄関のそばのか？」

「ちがうよ、もうひとつの」クリスはいった。「あれと同じような、リビングの外に置いてあるテーブルの上のやつ」

「ははあ、なるほど」ナイメクはいった。「助かったよ、船長(スキッパー)」

「じゃあ、あとで道場(ドージョー)で三十分やってもいい？」

「うちに帰ってきてすぐに宿題をすませたら、一時間はやってもいい」ナイメクは少年の肩をぎゅっと抱きしめた。「リンダはうまく、きれいなワイシャツを探し当ててくれたかな？」

「もうひとつのバスルームで、ちょっと臭うワイシャツは見つけてた」

「それじゃだめだ」

「ぼ、く、もそういったんだ」クリスはナイメクを見た。「かみそりもまだなんでしょ？」

ナイメクはあごの下の無精髭をぽりぽり掻いた。ますますきまりが悪くなってきた。

「まだだ」彼はいった。「隅々まで探したつもりなんだが」

クリスは洗面台の収納場所を身ぶりで示した。「あそこも？」

「隅々まで」

「大変だ」

「わかってる」

「ぼくたち、遅刻しちゃうよ、ピート」

「大特急で行けばだいじょうぶだ」

ナイメクは腕時計を置いた棚に手を伸ばし、大急ぎでシャワーに向かった……腕時計というのは、厳密にいえば〈リストリンク〉というウエアラブル・マイクロコンピュータだ。この世にできないことはないくらい、いろいろな機能がある。ただし、ナイメクが髭をそって着替えをし、始業時間までに子どもたちをそれぞれの学校へ車で送り、そのあとサンノゼにあるアップリンク本社へ向かうことに力を貸してくれるわけではない。アップリンクでナイメクは〈世界保安部〉の長として、社の繁栄を守る業務を統括している。こちらのほうは、ここ数日やらざるをえなくなっているひとりでの子育てという慣れない仕事よりはうまくこなせるつもりだ。いっぽう、アニーは――ナイメクの不器用な世話を受けるはめになった子どもたちの母親として長い経験を持ち、ナイメクの花嫁になって四カ月のアニーは――いまヒューストンで宇宙飛行士養成の任務にあたっていた。

「この機械によれば、いまは八時十五分前だ」ナイメクは〈リストリンク〉を腕にはめながら、ちらっと時間を見た。「まだ出かけるまで十五分ある」

クリスが自分の腕時計を確かめた。

「ピート、ぼくのはそろそろ八時五分前なんだけど……」

「おれのは米国商務省標準技術研究所（ＮＩＳＴ）の〈時間振動数部〉が配信している信号、つまり正式な時間に合わせてある」ナイメクはいった。「そっちのほうが正確だと思うのか？」

クリスはナイメクの顔を見た。

「まあ、たしかに」彼はいった。「だけど、空手(カラテ)のほうは負けないからね」

「いつかはそうなるかもな」ナイメクはいった。「ところで、お母さんに電話する必要がある」

彼はクリスの手から携帯電話を受け取り、ぱちんと開いて、頰のところへ上げた。

「アンーヌーイー」アニーの名をゆっくり引き伸ばして発音すると、口の不自由な人のように哀れっぽい声になった……音声ダイヤル・インターフェースは進歩を遂げており、そんな必要がないのはわかっているのだから、ばかみたいな気はする。しかし昔からの癖はなかなか直るものではない、と彼は思った。

呼び出し音が聞こえ、そのあと発信者番号通知画面にアニーの名前が現われた……本来、逆が正しいような気がするのだが。

「ハイ、ピート」

ナイメクは微笑んだ。彼女の声を聞くと気分が浮き立つ。恋人を思う思春期の青年のような気分でもある。彼女がいなくなってまだ四日だというのに、どうしたことか？　しかし新婚旅行から帰ってきて以来、ナイメクのほうはずっとこんな感じだった。週に三、四日、アニーはいなくなる。最後まで使命を果たしたいというアニーの熱意が別離の理由とはいえ、新婚の至福の時期によくある状況かといえばそうではない。

「アニー、仕事中か？」

「だったらいいんだけど」彼女はいった。「渋滞につかまってるの」

「どのあたりだ？」

「センターから半マイルくらいのところよ」彼女はNASAの人間らしく省略形を用いた。ヒューストンとガルヴェストンのあいだにある研究、運営、訓練、管理の各施設が複雑に組み合わさった巨大な機関〈リンドン・B・ジョンソン宇宙センター〉の略称だ。「道路整備のせいよ。州間（インターステート）高速道路が二車線閉鎖されていて」

「間の悪い話だな」

「最悪よ」彼女はいった。「どうしようもないっていえば、ピート。あとひと月くらいで〈オリオン3〉の打ち上げだから……」

五週間と二日だ、と彼は心のなかでつぶやいた。それがすんだらきみの仕事は終了。ふたりはまた同じ軌道に乗れる。

「……シャトルの乗組員は集中訓練の最終段階に入っているの。任務(ミッション)の全段階にわたる模擬(もぎ)訓練よ。けさはランデヴーとドッキングの通し訓練があるわ。なのに、どう？　テキサス州高速道路委員会のお偉方は、いまが道路の舗装をしなおすときだと判断してくれちゃったのよ」

「宇宙センターと連携をとる気があるのか、神経を疑うな」と、ナイメクはいった。

「まったくだわ……それに、この渋滞を避けるためにわたしはアパートをいつもより四十分早く出たのよ、信じられないかもしれないけど」アニーはためいきをついた。「とにかく、不愉快もいいところだわ。おうちのほうはみんなだいじょうぶ？」

「ああ」ナイメクはいった。「まあ、ほとんどは。小さな問題がひとつある。いや、ふたつか。しかし、運転中なら……」

「どちらかというと、タンクローリーのお尻をながめているのに近い状態よ」彼女はいった。「ところで、食用に適さない動物性脂肪製品って何？」

「さあ。どうして？」

「語感の気味悪さに逆に引きこまれてしまったからよ」アニーはいった。「タンクローリーの看板に、その代物を運送中につき近づきすぎないようにって注意書きがあるの」

「まじめな話、アニー。話は道路を降りてからにしたほうが……」

「だいじょうぶ。わたしの携帯電話はハンズフリーだから」彼女はいった。「けさは何が見つからないの?」

「なんでわか——?」

「あなたは毎朝、同じ問題をひとつかふたつかかえてる人だもの」アニーはいった。「だから、さあ聞かせて」

ナイメクは咳ばらいをした。

「新しいかみそりだ」彼はいった。「ありとあらゆるところを探したんだが」

「バスルームのクロゼットは探してみた?」

ナイメクは真後ろにあるクロゼットの扉を振り返り、ぎょっとして眉をつり上げた。

「あ、いや……」

「まんなかの棚にひと束あるはずよ」

確かめにいくと、シャンプーとシェービングクリームの山のそばに、あっさりいくつか見つかった。

「あった?」アニーがたずねた。

「ああ、ありがとう」ナイメクは包みのひとつに手を伸ばし、セロハンを引きはがした。

「たしか、おれのかみそりはシンクの下にあったはずなんだが……」

「それは昔々の話よ、ピート。シンクの下にも上にも、たしかにあったわ。だけどここ何カ月か、かみそりはみんなそこのクロゼットに置いているのよ」

「そんなに前からなのか?」

「あなたの生活に秩序を与えるべくわたしが登場して以来ね」

一瞬、ナイメクは考えこんだ。

「そういえば前にも同じ話をしたことがあった」と、彼はいった。

「ふんふん」アニーはいった。「次の問題はなあに？」

「おれのワイシャツだ」

「あなたの引き出しにないの？」

「一枚もない」

「だったら、クローイが金曜日のうちに洗濯物をしまいこめなかったのね」アニーはいった。

「家政婦を雇い入れたご利益だ」

「またそんなことといって、ピート。彼女はただのパートタイマーよ」

「そうはいうが、ちゃんと昔は知っていたんだ、どこに――」

「化粧室ね」アニーはいった。「洗濯機の横の床に例の枝編み細工のかごがあるわ」

「ほんとか？」

「まちがいないわ。彼女はいつも、クリーニング屋からシャツをとってくると、あそこに山積みにしてるから」アニーはいった。「それがすんでから、洗濯物といっしょに仕分けをするの。いちどで全部片づけられるように」

「待った、確かめてくる」

ナイメクは口から電話を離し、大急ぎでクリスを走らせた。二分後、クリスが戸口に姿を現わし、妹も先を争うようにその後ろから駆けてきた。そしてふたりとも、きちんと畳まれたワイシャツを一枚ずつ、宅配ピザの箱のように両手に持ってさしだした。

「ピート……？」

「よかった、アニー」

「よかったと聞いて、よかったわ」彼女はいった。「車が流れはじめたみたい」

「こっちも車で出かけたほうがよさそうだ。今夜、アパートに電話していいか？」

「するなら、遅い時間にして」アニーはいった。「第五ビルに一日じゅういる予定だから」

ナイメクは無言で耳の下を掻いた。

「愛しているわ、ピート。ちびちゃんたちに抱擁とキスを」

「きみにもな」

ナイメクは電話をぱちんと閉じて、ローブのポケットに落とし、髭をそりながら子どもたちに部屋を出るよう命じた。

大急ぎでそったため、何カ所かひどいかみそり負けができていた。


オープンベッドのトレーラーがついたぼろぼろの三台の石炭運搬トラックには、荷物が満載されていた。満月まであとすこしの月が浮かんだパキスタンの夜に轟音を響かせながらここまで走ってきた。イスラマバードの操車場から北西のチカルの村に向かって一五〇キロほどの道のりを旅してきた。チカルはインクのしみみたいに小さな村だ。陸路では、雪の積もった険しい山間を沈みこんでは縫っていく交通量の少ないアスファルト道路を使うしかない。山の斜面から蹴爪のように突き出した出っ張りの下に、急勾配の上り坂があり、そこを頂上に向かっていた先頭の運転手は、まっすぐ前方を照らしているヘッドライトのなかに浮かび上がったものを見てとまどった。

彼は隣でまどろんでいる男にちらっと目をやり、手を伸ばして男のひじを揺すった。「カリド、起きろ」

カリドが身じろぎをした。まだ頭は胸についたままだ。

「なんだい？」彼は不明瞭な言葉をつぶやいた。

運転手はさっといらだちの表情を向けた。

「自分の目で確かめろ」と、彼はいった。

カリドは座席のなかでしっかり体を起こした。右前方、五、六〇メートルくらいの道ぞいにひと連なりの警告回転灯が見えた。斜面の前に雪が高く積み上がっている。回転灯は持ち運びのできる木のバリケードまで続いており、アスファルト道路と張り出した岩に何インチか降り積もっている新雪が、明るい赤色の光を反射していた。戦闘用ヘルメットに、焦げ茶色のフードつきコート、寒冷気候用ブーツといういでたちの兵士二名が、アサルト・ライフルを肩に吊り下げてバリケードの前に立っている。バリケードの奥には三台のジープが側面を見せて止まっていた。ライトもエンジンもつけたままで、排気管から煙がひとすじ流れ出している。ジープのなかにはもっとたくさん兵士がいるらしく、銀色の月光のなかにぼんやりとその輪郭が浮かんでいた。

「ちきしょう」カリドがののしりの言葉を吐いた。目はかっと見開いていた。「正規の歩兵隊だろうか？」

「油断するな。答えはあのライフルに書かれている」

カリドはフロントガラスから兵士たちに目を凝らして、またののしりの言葉を吐いた。あの短機関銃は国境警備隊に支給されるヘックラー&コッホG3だ。

「警備兵だ」と、彼はいった。

「そのようだな」

彼らはしばらく黙って車を進めた。

「型どおりのチェックなのかもしれない。抜き打ち検査とか」カリドはそういったものの、口ぶりに自信はうかがえなかった。「少なくとも、ユーサフ、こっちにはちゃんとした書類がある」

説得力に欠けるカリドの励ましを運転手は心のなかで退けていた。カシミール地方のムザファラバードとプーンチ両地区の西側国境は立入禁止区域になっており、前哨基地や、厳重な警戒の敷かれた難民キャンプがある。チカルはそこから二五キロ離れていた。〈管理ライン〉まではさらにその倍の距離がある。ここ半年ほど国境地帯では比較的平穏な状態が続いていたし、ユーサフ率いる一行には、これまで何度も前線基地から警備兵に遭遇することなくこのあたりまで走ってきた経験があった。

石炭運搬トラックは幅の広い接地面(トレッド)の跡を雪上につけながら、ごろごろ音をたててバリケードへ向かった。警備兵ふたりが道路のまんなかに出てきて、車列を停止させるために青光りする棒を頭上に振った。

ユーサフがブレーキをかけると、トラックはきしみ音をたてて減速した。

助手席でカリドの体が揺れた。厄介な状況が差し迫っているという確信は彼のなかでも強まっていた。なけなしの金で忠誠心が買えるいまの時代だ。そう考えるのがもっともではないか？　うちの大統領は売春宿のポン引きにすぎず、正規軍は品性下劣な売春婦を詰めこんだ馬小屋にすぎない――いまではアメリカにひざまずき、尻を上げてインドに突き入れられるがままだ。それだけでもカリドとその同盟者たちにとっては恥辱の極みだったが、いまではパキスタン軍情報機関（ＩＳＩ）までがドルに尻尾を振りはじめている。感謝すべきことに、それでも自分をおとしめるのを拒んでいる者は少数ながらいた。

「残りの者にも準備をさせろ」ユーサフがそう命じて、後ろにいる二台のトラックのほうにあごをしゃくった。「使うのは信号音の暗号だけだ」

カリドは運転台越しにユーサフを見た。

「あの連中がうちの暗号を見破れるというのかい？」カリドがいった。

ユーサフはハンドルに手を置いたまま肩をすくめた。

「どこから送りこまれてきた連中かわからんからな」彼はいった。「万一、傍受されてもだいじょうぶなように、意味不明の騒音にしておいたほうがいい」

カリドはうなった。ユーサフの顔にはまたうんざりした表情が浮かんでいた。そしてまた、その根っこに何があるかをカリドは理解した。心配の必要があるのは軍隊だけではない――〈管理ライン〉の向こうにいるヒンドゥー教徒の連中は、とりわけ無線の傍受に長けている。

カリドはコートの内ポケットから携帯電話をとりだして、無線モードのスイッチを入れ、トーン・パッドでビッという短い音をひと続き送りこんだ。しばらくして耳にひと続きの返信が飛びこんでくると、カリドはさっと電話をポケットに戻した。

ユーサフがトラックを完全に停止させると、兵士のひとりが運転手側のドアに近づいてきて、車体にペンキで記された会社名を一瞥し、そのあとユーサフに窓を下ろすよう身ぶりで合図した。右手で窓を半分下ろしたユーサフは、もうひとりの警備兵がフロントグリルをまわりこんで助手席側に向かったのに気がついた。

「今夜は外にいるのはきついだろう、兄弟」とユーサフはいって、運転台から外へ頭を突き出した。「こっちで何か騒ぎでもあったのかい?」

警備兵は髭づらになんの表情も浮かべず、ユーサフの質問を無視した。運転台をざっと見渡し、カリドの上にしばらく視線をそそいでからユーサフに目を戻した。

「首都から来た〈ダウド燃料エネルギー〉社の者だな」と兵士はいった。

「ああ」

「どこへ行く?」

「チカルの発電所だ」カリドが答えた。

警備兵の目がじっと彼にそそがれた。

「すまんが、書類を見せてもらえるか」と、兵士はいった。

書類はクリップボードに用意してあった。カリドは体をのりだし、窓からそれを手渡した。

「荷物を運ぶにしては、ずいぶん遅い時間だな」警備兵はそういって、許可証と積荷の目録をめくっていった。

ユーサフは左手をハンドルに置いていた。もううんざりとばかりにその手をひらひらさせ、それから床の変速レバーのそばにある座席の上に降ろした。

「冬になると、デラガジから鉄道で運ばれてくる積荷は、いつ到着するかわからなくなるんだ……受け取りにいくときを待つしかなくてな」と、彼はいった。「今夜は谷が嵐に見舞われたおかげで、貨物列車が予定より三時間遅れて、おれたちもそれだけ遅れちまったってわけさ」

沈黙が降りた。雪化粧の山頂と広大な山地から突き出した岩棚を、風が吹き渡って、白い粉のヴェールを渦巻かせている。その粉が月明かりの下で吹き溜まり、ユーサフのフードとトラックのフロントガラスに水晶のようなきらめきをちりばめていた。

ユーサフがバックミラーにちらっと目をやると、もうひとりの国境警備兵はトラックの左側をそのまま進んで後ろの平台へ向かっていた。この兵士たちがこれで満足するとは思っていなかったが、投げられた質問に対する彼の答えは立証可能なものだった。積荷の搬送先、遅い時間になった理由……どちらにも多少の真実があった。〈ダウド〉は合法的な石炭石油会社だし、パキスタンの東西の領土にそっていくつかの地点に向かう彼らのトラックは、十回に九回は申告どおりの積荷を運んでいく。

十回に一回のときにこの停止命令が来たのは、はたして偶然の一致だろうか、とユーサフは思った。誰かが何か不審なものを感じたのだろう。しかし、おそらくそれは漠然とした疑念のはずだ。さもなければ、この路上に待っているのが形ばかりの軍隊ですむはずはない。

「進ませてもらえないのかい?」ユーサフがたずねた。「運転手は疲れているし、まだ先は長いんだ」

警備兵は彼を見た。

「できるだけ早く通してやるつもりだ」男はいった。「しかし、トラックの後ろを調べさせてもらわなくちゃならん」

ユーサフはおどろきの表情をつくり、運転席と助手席のあいだのすきまにゆっくり左手を降ろした。

「なんでまた?」鼓動が速くなるのを感じながら、彼はたずねた。この兵士はすぐジープに無線で連絡をとるだろう。「どのトラックにも四万五〇〇〇キロもの石炭が積まれてるんだ。調べがすむころには、あしたのいまごろになっちまう」

「そうかっかするな。全部ショベルで道路にすくい出す必要があるといったわけじゃない」

警備兵は開いた窓からクリップボードをなかへ戻した。「おたくらにはおたくらの仕事が、おれたちにはおれたちの仕事があるってことだ」

悲しむべき展開だ、とユーサフは思った。

警備兵の腕がまだ運転台のなかでクリップボードをさしだしているうちに、ユーサフはその手首を右手でつかみ、前に引き寄せて相手のバランスをくずした。と同時に、もういっぽうの手でクラッチの後ろのすきまからナイフを持ち上げ、胸の前にひらめかせて、警備兵の下あごから喉、そして気管へナイフを突き刺した。ぎざぎざの刃をきゅっと回して、ぐっと右へすべらすと、喉は大きく水平に切り裂かれ、左右の頸動脈が切断された。

警備兵の目がぐるりとまわり、喉がごぼごぼとかすかな音をたてた。夜の冷気に熱い血が湯気を立てた。血は喉に開いたぎざぎざの傷からどくどく流れ出し、ユーサフの手と腕を伝っていった。警備兵はぐにゃりと前へ倒れかけたが、ユーサフはその手首をつかんだまま相手の体をもうしばらくトラックの横へ押しつけていた。

「カリド、急げ！」ユーサフがざらついた声で命じた。

すでにカリドは助手席のドアを勢いよく開けていた。そして音と閃光を抑える〈シュタイアー〉の戦術機関拳銃（タクティカル・マシンピストル）をコートの内側からすばやく抜き出し、外へ身をのりだして、トレーラーのそばでトラックの運転台に背を向けているもうひとりの警備兵のほうへくるりと体を回転させた。

山腹と山腹のあいだを間断なく吹き通っていく騒がしい風のせいで、兵士の耳にまだ異変は伝わっていなかった。それどころか、死にかけている仲間をユーサフが放して、喉にナイフが刺さったまま地面に倒れこむのを放ったまま、片手でトラックのギアを〝ドライブ〟にシフトして、血のしたたり落ちるぬらついた指でハンドルを握り、アクセルを踏みこむまで、兵士はまったく気がついていなかった。

トラックが前にのめるように進みだしたところで初めてもうひとりの警備兵が振り返り、何が起こっているかに気がついたときには、ポリマー樹脂のコートで音と光を抑えたカリドの武器から連射を浴びていた。男はたちまち倒れた。空気がしぼんだみたいにがくりとひざをついて、そのままくずおれた。

助手席側のドアを開けたまま、カリドは運転台のなかへ頭を引き戻し、前方へ顔を向けなおした。

そして緊張の面持ちで、自由なほうの手の指をバケット・シートの横に押しつけた。もう片方の手は拳銃のグリップを握ったままだ。石炭運搬トラックがごろごろ音をたててゆっくり前に進みだすと、フロントガラスにバリケードがぐっと迫ってきた。ジープから兵士たちがばらばらに飛び出してくるのを、カリドの目はとらえた。まともに側面へ激突されると見て、彼らは左右の路肩へ二手に分かれ、トラックに発砲を開始した。

フロントガラスが銃弾を浴びているあいだ、カリドは頭を下へひっこめ、引き金を絞って、大きく開いたドアからひとしきり撃ち返すと、トラックをよけようとしていた兵士のひとりが倒れた。後ろにあと二台いる石炭運搬トラックは、どちらもまだ完全に停止したままだが、こちらのドアも大きく開いていた。その運転台から道路に飛び降りてきた男たちの手には、カリドのコンパクトな機関拳銃（マシンピストル）よりも大きな火器があった。夜間用光学装置をそなえ、銃身の下にGP‐30擲弾発射筒(グレネードランチャー)がついたカラシニコフAK‐100だ。

粉々になったフロントガラスの破片がカリドの上に降りそそぎ、頬と額の傷から目に血が流れこんだ。カリドは弾倉(マガジン)が空(から)になるまで〈シュタイアー〉を撃ちつづけ、そのあと銃を座席に放り出して、脚のあいだに手を伸ばし、運転台の床にある偽装をほどこした点検パネルを引き開けて、隠し場所からAK‐100をとりだした。次の瞬間には彼の手から連射が始まっていた。

そのとき、後方から何かがはじけるような音が聞こえ、頭上をビュッと切り裂く音がした。後ろにいる味方が擲弾発射筒(グレネードランチャー)で発射したVOG四〇ミリ弾が、バリケードの上に弧を描いていったのだ。カリドが心のなかで秒読みをするうちに、別の擲弾がまっすぐな軌道を描いてそばを通り過ぎていく音が聞こえた——さきほどと同じ武器から発射されたものだが、武器が発射されている場所についての判断をまどわすために方向と仰角が変えてあった。最初の弾は、何人かの警備兵が先を争うように隠れる場所を求めていった道路の左側で空中爆発し、上の闇を照らすと同時に下の一帯に金属片の雨を降らせた。次の弾はそのわずか三秒後に右側の地面で跳ね、一弾目より低いところで爆発してばらばらになった。爆発音のなかから耳をつんざくかん高い悲鳴がいくつも聞こえた。その合間にはビシッ、ビシッという小さな鋭い音が差し挟まっていた。バリケードの後ろに駐まっているジープに金属片が傷をつけていった音だ。

このあとバリケードがはね飛ばされた。ユーサフが最後にいちどぐんと加速して横げたにつっこむと、横げたは折れて飛び散った。残った部分もぎざぎざの破片と化して、ひっくり返ったバリケードの直立材から突き出していた。

見捨てられたジープの一台に激突する寸前でユーサフは急停止し、カリドは座席で足を踏ん張った。上半身ががくがく揺れて、背もたれにぶつかった。

ふたりはしばらくすわったまま、一部崩壊したフロントガラスから外を見ていた。ユーサフ側のドアに近い雪のなかに、傷ついた警備兵が横たわっていた。胸を押さえ、苦痛にうめいている。まだ道路わきからぱらぱら銃撃が行なわれていた。後ろのトラックから飛び出してきた男たちが前へ全力疾走し、暗闇のなかで左右に広がって扇形の陣形をとった。敵の銃撃が鎮圧（ちんあつ）されるのに長くはかからなかった。

「時間が惜しい」ユーサフがいった。「トラックから書類を全部持ち出せ。誰かに手伝わせろ。構成部品（コンポーネント）と予備のガソリンタンクをジープに移すんだ」

カリドが血まみれの顔を袖でぬぐった。

「この先、チカルまで、別の連中が待ち受けている可能性はあるだろうか？」と、彼はいった。

「チカルのことは忘れろ。危険を冒すわけにはいかん」ユーサフはいった。「このあとは北に向かう。めったに巡視が来ない、ニーラム峡谷に向かう峠をいくつか知っている」

「ニーラムだって？」カリドがいった。彼の目は大きく見開いていた。「一〇〇〇キロ近い行程になる。天気がもったとしても、あの山を越えるとなると二日はかかるし――」

「だったら、早く出発したほうがいい。できるだけ闇を利用できるうちに」ユーサフがいった。「あとの者たちはここに残していく。あと片づけをさせる必要があるからな。今夜は安全を期して、できるだけ一般道路を離れたところを走ろう」

一瞬、喉元まで反対の声が出かかったが、カリドは思いとどまった。ユーサフは反対を受けつける男ではない。

彼はうなずいてユーサフの指示にしたがい、石炭運搬トラックから雪のなかに深々とブーツのかかとをうずめた。

そのとき、運転手側から一発だけ銃弾の音がして、カリドは体をすくませ、息をのんで小さなあえぎ声を漏らした。ボンネット越しにさっと一瞥すると、だらんと手足を投げ出して倒れている警備兵のそばにユーサフがいた。頭のまんなかに〈シュタイアー〉の銃口が押しつけられていた。

「ガンドゥ」ユーサフは〝くそ野郎〟にあたるウルドゥ語の卑語を投げつけた。

そして死体に唾を吐きかけ、体をまっすぐ起こし、振り向いてカリドとつかのま目を合わせた。

「裏切り者に恩恵をほどこしてやったんだ。受けるに値しない恩恵を」ユーサフはそう吐き捨てて、武器をホルスターに収めた。

デラーノ・マリッセが朝の約束にやってきたとき、レンボックは組み合わせた指先にあごをのせて机の向こうで待っていた。

「デラーノ、フー・ハート・ヘット・メット・ヤウ？」レンボックは椅子から立ち上がらずに、〝調子はどうです？〟を意味するフラマン語の挨拶を口にした。

　マリッセは腹を立てなかった。立ち上がらなかったのは、無礼をはたらくつもりではなく、リューマチと慢性気管支炎の持病があるせいだ。

　マリッセは机の前に腰をおろし、オーバーコートのボタンをはずした。例によってレンボックはむせ返りそうなくらいオフィスの暖房をきつくしていた。シュッシュッ、ガチャガチャと蒸気放熱器（スチーム・ラジエーター）が音をたてている。慢性の肺疾患にいいのだろうか？「だいじょうぶ（グフート）です、おかげさまで（ベダンクト）」と、彼はいった。「前回お会いしたころより、ずいぶんお元気そうになられましたね」

　気品に満ちたおだやかな話しかたをするレンボックは、礼儀正しい言葉づかいを称賛する人物らしく、おだやかな疑いの気持ちが混じった微笑を浮かべた。失礼ながらあなたとは意見がちがいますと、そっと伝えていたのだろうか。レンボックは手の上にあごをのせたままマリッセを見た。先端に向かうほど細くなっていくもやしのようにひょろ長い指と、関節が炎症を起こしてごつごつしているこわばった薄い皮膚を見て、マリッセは何世紀もの歴史があるこの街の中心部でゴシック様式の教会や宮殿の天井を支えている肋骨状模様のアーチを思い浮かべた。あれだけの重みをいつまで支えていられるのかと思うくらい繊細なアーチの数々を。それでもアーチはずっと持ちこたえている。その持続力はマリッセには驚異の的だった。

　ランス・レンボックのオフィスは、その歴史ある地区から西に一マイルほどのところにあった。アントワープに四つあるダイヤモンド取引所のなかでもいちばん歴史が古くて有名な〈アントワープ・ダイヤモンドクラブ〉の九階だ。この〈クラブ〉はアントワープ中央駅から南へ走っているペリカーン通りというわき道に立っている。これといって特徴のない、素朴といってもいいほどの建物だ。二階上の最上階には〈世界ダイヤモンド取引所連盟事務局〉がある。その名が示すように、ヨーロッパのみならず世界の名だたる取引所がみな遵守(じゅんしゅ)している規則と規定と法律と細則を明文化し、その監督をしている団体だ。その影響力は、極東は東京から西はニューヨーク市まで数大陸におよんでいる。

〈ダイヤモンドクラブ〉の会長を務めるレンボックには、つねに職務に忠誠を誓いながら自分の地位にともなう大きな責任を果たしているような雰囲気があった。妻の腕から食料雑貨店の重い袋をとりあげて、自分で運び、より力の強い男がそれにふさわしい仕事を引き受けるのは当然と考えている優しい夫のように。しかし、レンボックのどっしりとした揺るぎのなさが指導者としてのどんな資質によってもたらされたものだとしても、それをここ数年の健康の衰えですら弱めることのできない不動のものへと美しく磨(お)き上げたのは、骨身を惜しまない労働と経験にほかならない、とマリッセは思っていた。

　レンボックは七十代のなかば。高い額とふさふさの白髪の下に深いしわが刻みこまれている。白いワイシャツ、金めっきした真鍮(しんちゅう)の飾りのついたズボンのウエストバンドにクリップで留めた青いボックスクロスのサスペンダー。ネクタイも上着も着用していない。シャツの袖を前腕のなかほどまできちんと几帳面にまくり上げ、右の前腕の内側にあせた青色の刺青が一部のぞいている。一九四二年に、ユダヤ人を詰めこんだ囚人護送車でアウシュヴィッツに到着したあと、彼のものになった五桁の識別番号だ。耳にしたいくつかの話を総合してマリッセが理解しているところでは、レンボックは収容所の医師によって強制収容所での労働に適した身体状態と判断され、〈政治部〉に送られて、反乱分子や共産党員の要注意人物リストに名前がないことが確認されると、労働割当局のナチス親衛隊（ＳＳ）職員のところへ送られて、〈ＩＢＭホレリス〉がその用途のために改造したパンチカード器で数字を刷りこまれた。

マリッセは礼儀をわきまえて口を閉じていた。いつ会話を始めるかを判断する権利は、年齢も貫禄(かんろく)も上のレンボックにある。それに、基本的な儀礼に心を砕くのは大切なことだ。レンボックは依頼主で、マリッセは少なからぬ依頼料で雇われた調査員なのだから。いずれにしても、マリッセはじっと待つのが不得手ではなかった。レンボックの肌には４２１という数字が識別できた。残りの二桁はシャツの袖口に隠れている。几帳面で厳格なレンボックは、いつも手首の上三インチのところで同じように袖を折り曲げているため、奴隷識別番号の最後の二桁がマリッセの目にさらされたことはいちどもない。マリッセには異常なまでに細部にこだわるところがあるため、残りの数字を突き止めたい衝動にたびたび駆り立てられたが、その欲求に打ち克つときにはさりげなさを心がけていた。

マリッセの知るかぎり、一度だけ彼の関心をレンボックに気づかれたことがあった……それ以外にも気づかれた瞬間はあったのかもしれないが、レンボックがこの刺青について語りはじめたのはそのときだけだ。自分らしからぬ不手際にマリッセは憤りをおぼえたが、そのときにはもう遅かった。

「これを刻みつけられたとき、わたしは十七歳だった」レンボックはそういって、刺青の跡に指を触れた。「イツァクという知りあいの少年がいた……わたしたちはルーマニアの小さな町、マラセスティに暮らしていた……イツァクはわたしの次の番号をつけられた。わたしの家族よりしきたりに敏感な家庭に育ったイツァクは、刺青で体を傷つけることは禁じられているし、わたしたちの宗教に反することではないかと心配していた。いつの日か、ユダヤ教の墓地での埋葬を拒否されることになるかもしれない、と。それが問題になるようなことがあれば幸運だと思ったのをおぼえている。なぜって、それはわたしたちが収容所での日々を生き延びられたらの話だから。しかしイツァクを元気づけようと、わたしは彼に、そのときが来たらきっと神様がわたしたちの苦しみをおもんぱかって、特別にお許しくださるにちがいないといった」レンボックはいちど言葉を切った。「その後ふたりはノルトハウゼンのミッテルバウ・ドーラ収容所に送られ、ナチスがV2ミサイルを開発していたペーネミュンデのロケット・トンネルから花崗岩を切り出す仕事をさせられた。イツァクが弱ってきた。発疹チフスの初期段階だったにちがいない。彼は銃殺された。役に立たなくなった家畜のように頭を撃たれて死んだ。彼の死体がほかの死体の山といっしょにトラックの平台に投げこまれ、まとめてごみ焼却炉へ運ばれていったのをおぼえている」レンボックはふたたび黙りこんで、マリッセをじっと見た。それからひとつ深いためいきをついた。「イツァクはユダヤ教の埋葬を受けられるかどうか心配する必要などなかったのだ」彼はしゃがれ声でそういい、最後にまたいちど間を置いてから話題を変えた。

あれは三、四年前のことだ、とマリッセは思い起こした。彼が政府機関の厄介な仕事から足を洗って間もないころだ。彼はある事件の調査にあたっていた。十七世紀のポーランド王アウグスツ二世のきわめて貴重なコレクションと偽ってドレスデン・グリーンのダイヤのブローチが売りさばかれた事件だ。偽造者を追う作業はまだ準備段階にあった——いくつか手がかりはあったものの、そこからの進展はなく、調査の下準備もほとんどととのっていない状況だった。最終的な成功を請け合う以外にレンボックに提供できる材料はほとんどなく、自分の要領の悪さにうんざりしていたためか、思ったより長く刺青に視線をそそいでしまったのだ。

マリッセはまちがいを繰り返さないよう念入りに努力をしていた。ここまでは、同じまちがいをしていないというそこそこの自信があった。

いま彼が腰をおろしているオフィスには、むせ返りそうな空気が充満していた。肺に疾患を持つレンボックだが、タバコに火をつけても文句はいわないだろう。しかし、換気がされていない部屋に熱とタバコの煙がいっしょにこもったら、自分の息が詰まりかねない、とマリッセは思った。タバコに火をつけるのはやめて、しばらく時が刻まれるにまかせ、部屋の周囲にのんびりと視線をただよわせた——裏庭の古い木からとつぜん見たことのない色あざやかな鳥が現われるように、見なれた風景のなかからおどろきに値するものがいつどこで目を引くかはわからない。

今回、そのたぐいのものがあったわけではない。しかし、この部屋の質素で趣味のいい装飾にはいつも感心させられる。やわらかい革張りの椅子と、薄い色をした大きなオークの机。壁には額縁に入れた職能証明書が飾られ、それといっしょにレンボックの亡き妻と子どもたちと孫たちの写真もあった。写真はほかにもある——知的職業の世界や政界で高い地位に就いている知人たちといっしょのレンボックだ。

マリッセの左にある窓から見える風景には、ひと晩雪が降りつづいたあとの明るく冷たい日射しがふりそそいでいた。部屋のなかから暖めすぎた空気が押し寄せてきて、ガラス窓の外についた霜が解けて流れ落ちている。ラジエーターが送り出すかん高い音を聞きながら、マリッセは湿った額をハンカチでそっとぬぐった。彼もまた溶けはじめていた。

しばらくするとレンボックが椅子のなかで体を引いて、まっすぐ背を伸ばし、広げた指先を机の上に落ち着けた。

「ここへ来てもらったのは、大変なことが起こったためだ」レンボックはいった。「厄介なことになるかもしれない」

マリッセはそういわれてもほとんど動揺はしなかった。たがいに敬意を払いあっているとはいえ、ふたりに社交上の結びつきはない。

「詐欺ですか？」彼はいった。「盗難ですか？」

「前者であっても後者であってもおかしくない……まあ、どちらでもないことを願ってはいるが」

マリッセは相手の顔を見た。

「わたしの耳が目に見えてぴょこんと立っていなければいいんですが」彼はいった。「さもないと、猟犬たちにウサギとまちがえられますからね」

「あべこべのほうがよいのではないかな？」

「わたしの職業では、まったく姿を見られないのがいちばんです」

レンボックは相手をしばらく見て、それからおだやかな微笑を浮かべた。

「わたしの知っていることをきみに教えたい」と彼はいい、天井に向けてあごをしゃくった。

「上の者たちにはまだ教えていない情報だ」

マリッセはすこし考えてから、ひょいと肩をすくめた。

「高所恐怖症のせいで、わたしはここより高いところへ近づくことができません」彼はいった。「この不安のおかげで〈事務局〉とはなかなかじかに接触できませんから、よけいに仕事の取引はこの階までにとどめたい」

「つまり、ふたりの気脈は通じあっていると思ってよいわけだ？」

「そのとおりです」

「では、単刀直入にいおう」レンボックが息を吸いこむと、呼吸にたえずつきまとうざらついた音がした。「一年ちょっと前のことだ。テルアビブの某宝石メーカーが、スリランカ産のラウンドカット・ブルーサファイアを三十八個、ニューヨークの〈クラブ〉に所属する仲買人（ブローカー）から手に入れた。石は小ぶりで、どれも四ミリくらいの大きさだったが、品質は高く、それぞれ三分の一カラットくらいの重さがあった」

「宝石学会（GIA）のつけた等級（グレード）は？」

「透明度はVS2の評価を受けた……道具の助けを借りなければ、ほとんど傷はわからない。色は紫がかった深い青色で、透明度は六五」

「改良（エンハンスメント）は？」

「スリランカの採石場近くで標準的な加熱処理がほどこされていた」

「では、改良（エンハンスメント）コードEですね？」

「そうだ」

「すばらしい。大騒ぎするほどの話ではないにせよ」と、マリッセはいった。「卸値をご存じなんですか？」

「アメリカの通貨で一カラットあたり二五〇〇ドル」

マリッセはうめいた。これもとりたてて大変な話ではないような気がした。

「スリランカとおっしゃいましたね」彼はいった。「では、ひょっとしてそのサファイアは、ラトゥナプラの宝石採掘場から採れたものでは……」

レンボックは肩をすくめた。

「産地は公表されなかった」彼はいった。「もちろん仲買人(ブローカー)は、その情報を知っていなければならないわけではない」

「もっともです」マリッセはいった。「よくある話ですよね？」

「どの仲買人(ブローカー)でもそうだが、彼らが心配しているのは取引の過程から切り離されることだ。不安をいだくのは無理もない。自分たちは本質的に必要な存在ではないという思いに根ざしている不安なのだから」レンボックはそういってうなずいた。「この業界では、彼らはときに軽蔑的なジョークの対象になる。たかり屋などと呼ばれてね。人をだましてたかりをする乞食というわけだ」

「彼らの手数料は販売価格に上乗せされますから」

「彼らを販売の輪に入れなければ値段を下げることができる、という単純な理論にもとづいてね」と、レンボックはいった。「買い手(バイヤー)の大半は、できることなら製造業者と直接交渉したい。最近の市場はかなり競争が激しいし、競合相手の値下げ限度額をしのがなければならないという大きな心理的負担があるから、供給側に有利になってきているのも確かだ……しかし、それでも多くの販売業者は、いまでも仲買人(ブローカー)を使うやりかたを好んでいる」

マリッセはハンカチで顔をぬぐって、しばらく考えた。仲買人(ブローカー)を介するやりかたが好まれるのにはさまざまな理由があるのを、彼は知っていた。もっともな理由ばかりだ。年代物(アンティーク)や遺産の売却にあたって収集家(コレクター)が匿名を条件にしてきたり、宝石生産者に売りさばく力や市場取引の力や流通に乗せる力がない場合がそうだ……ふたつばかり例を挙げるとすれば。

「そのサファイアの取引ですが」彼はいった。「どこが異例だったんでしょう？」

「何も」と、レンボックはいった。「その仲買人がおもにダイヤモンドを商うことで知られていた点を除いては」

「商っていたのは、比較的等級の高い品ですか？」

「とても、だ」と、レンボックはいった。「かなりのものだよ。最高級とはいいがたいが」

マリッセは相手の顔を見た。

「だったら、仲買人がちょっと別分野にも手を出してみたというだけの話ではありませんね。でないと、話が見えなくなります」と、彼はいった。

「きみに見えなくなる話があるとは思えないがね、デラーノ」レンボックはそういって、いちど言葉を切った。「しかし、話を半年ほど、昨年の六月まで進めよう。同じ買い手がニューヨークに来ることになったのを知って、その仲買人が連絡をとってきた。そして、前回のと同じ小ぶりなラウンドカットに興味はないかと打診してきた……こんどは、それといっしょに、もっと等級の高いサファイアもいくつかすすめてきた。やはりスリランカ産だった。VS2。これまた紫がかった青色で、透明度は六五。六カラットから八カラットの楕円だった。改良はなし……コードNという鑑定書がついていた。鑑定ラボからの詳細な報告書と信用度の高い宝石学者による鑑定が別個になされている、太鼓判の押せるものだった」

「提示価格は？」

「一カラットあたり二五〇〇ドル。いちばん大きいのは、およそ三万ドルで売れた」

「仲買人(ブローカー)にとっては大成功だ」

「うむ」と、レンボックはいった。「しかしその男は、その月の初めにもマイアミの取引所に来て、よくあるそこそこのダイヤをひと組、お得意の卸売業者のところへ持ってきていた……そしてさらに、青とピンクで好一対になった楕円(オーバル)のサファイアをその業者に見せたといったらどうかね？　最高級のスリランカ産で、各六カラット、一カラットあたり二〇〇〇ドルだったといったら？」

マリッセは眉をつり上げた。「そうなると、その仲買人(ブローカー)がたまたま一度だけ渡りをつけたのではなく、着実に石を提供してくれる入手先を見つけたのではないかと考えたくなりますね。それだけじゃなく、その何度かの成功によって、その男はまったく別のリーグへ昇格したのではないでしょうか」

レンボックはうなずいた。

「フロリダの卸売業者は不本意ながら取引を見送った」彼はいった。「資金面での制約があって、その思惑買いに乗れなかったのだ。宝石メーカーや小売業者への転売も手配はしなかった。しかし、その石には感銘を受け、今後そのサファイアやそのくらいの品質のサファイアが必要にならないともかぎらないし、自分のことは心に留めておいてほしいと告げた。そして、その宝石に興味を示しそうな同業者がいたら話をしてあげようと申し出た」

「その申し出は受け入れられたわけですね」

「喜んで」と、レンボックは受けた。「そして七カ月後の今月初め、その業者は約束どおり、ドイツにいる仲のいい友人にその仲買人（ブローカー）の話をした。その友人の顧客には、一貫して質の高い品を求めてくる超一流デザイナーがいてね」

「それはまた、同業者相手に心の広いところを見せたものですね」

レンボックの顔にまたかすかな笑みが浮かび、目のまわりにしわが寄った。

「この業界には閉鎖社会めいたところがある」彼はいった。「誰にもみな誰かしら知りあいがいて、その知りあいもほかの誰かを知っており、その〝ほかの誰か〟がたまたま最初の誰かを知っていたりすることもあるし、その親類と結婚する可能性さえ充分にある……こういう関係はとても頼りになる財産でね」

「ひとつの手がもうひとつの手を洗うわけだ」

レンボックはまたうなずいた。

「今回のケースでわかったところによれば、その友人の手はすでに洗われていた」

「つまり、その仲買人（ブローカー）のことを知っていたのですか？」

「共通の知りあい、つまりさっき話に出たテルアビブの買い手（バイヤー）から聞いていたのだよ」と、レンボックはいった。「そのうえ、その問題の仲買人（ブローカー）は、その買い手（バイヤー）に極上の宝石を売りさばいたばかりだった……好一対の楕円（オーバル）が色あせるくらいのを」

「それもサファイアなんですね」

「パパラチャサファイアだ」と、レンボックはいった。「クッションカットの。九カラット近い代物でね。完璧な対照性。高い透明度」

それを聞いて、ずっと険しい角度を保っていたマリッセの眉がさらにつり上がった。

「それにはきっと――うーん――五、六万ドルの値はついたでしょうね？」

「その石は七万五〇〇〇ドルを超える値段で売れた。その仲買人(ブローカー)と買い手(バイヤー)がほんの数日前にこのアントワープで会って取引をまとめたのだ」

マリッセは口を小さく突き出して、ふーっと息を吐き出した。

「あなたはどうやってそれを知ったのですか？」と、彼はたずねた。

レンボックは相手の顔を見た。

「マイアミの業者には、ずっと前から知っている二流の仲買人(ブローカー)がどうしたらすばらしい値打ちのある石に出会えるか、見当がついた」レンボックはまた乾いた小さな笑みを浮かべた。

「長い年月たかり屋を生業としてきた血筋だし、父親や祖父の代から縁故の大半を引き継いでいるとはいえ、父親も祖父も二流どころの仲買人(ブローカー)だった男だ。そんな男がきわめて入手困難なパパラチャを売りさばいたという話を聞いて、マイアミの業者は仰天した。男がテルアビブにつてを見つけた事実で、その衝撃にはさらに拍車がかかった。マイアミの業者は同僚に信じられないとつぶやいた。その同僚は義理の兄に話をし、その義理の兄がたまたまわたしの甥の娘の婚約者だったというわけで……」

言葉が尻すぼみになっていき、レンボックはか細い肩をすくめた。この業界では誰にもみな知りあいがいて、その知りあいも誰かを知っている。

会話がとぎれた。マリッセはじっと考えこんで、彼の強い好奇心をもてあそぶかのようにレンボックがぶら下げた何本もの糸をまとめ合わせようとした。ラジエーターが横柄そうにたてた音を聞いて、彼はラジエーターが自分を溶かして汗の水たまりに変えようと全力を挙げていることを思い出した。

「詐欺や盗難のにおいがないか、最初にお訊きしましたが」彼はようやくいった。「その石が偽物である可能性はなさそうですね。等級づけを受けた鑑定書に偽造か何かされた疑いがあるというのでないかぎり」

「鑑定書は本物だ」

「確信がおありなんですね」

「まちがいないと思っている」

「でしたら可能性は狭まります」マリッセはいった。「問題の仲買人(ブローカー)は、ずば抜けた幸運のかたまりに出くわしたか、闇の市場にたどり着いたのです。本物のように見えるが改良を受けているサファイア、それも鑑定士の分析を難なくパスするような代物を作り出すのは、きわめてむずかしい。たったひとつの完璧な偽物を生み出して発覚をまぬがれるのですら困難を極める現状ですから。これまでに試みて成功した例があるとは思えませんし、それが複数の偽物、つまりタイプもカットも異なるサファイアでなされた可能性は、きわめて低いと考えざるを……」

レンボックは骨張った手を持ち上げてマリッセを途中でさえぎった。

「十年前に〈ジェネラル・エレクトリック〉社が誤りを証明するまで、わたしたちは色の改

「……良がなされたダイヤモンドについてそう考えていた」と、彼はいった。

マリッセは答えなかった。レンボックの言葉の意味するところが理解できて、何もいえなくなった。〈デビアス〉社に雇われた科学者の数個連隊が五年の歳月をかけて最先端の確認技術を生み出し、GE－POLと呼ばれる高温高圧処理による改良法に追いついた。その識別には低温学も使われていた――ダイヤモンドを絶対零度近くまで冷やし、しかるのちにアルゴンとカドミウムをレーザーで励起しながら高価な分光器でライトバンドの変動を探し、窒素原子をひとつだけ内包するダイヤモンド構造内の空格子点を探す……マリッセはかなりの時間をかけてその過程を学習していたが、完全に把握しきれてはいなかった。

彼はまたしばらく考えこんだ。

「依頼主が調査員に引き受ける気があるかどうかとたずねれば、調査員の答えは〝ある〟です……依頼主から信頼をいただいているかぎりは」

「やりたいかね？」

「もちろんです」

レンボックはマリッセの顔を見た。

「その仲買人(ブローカー)の名はエイヴラム・ホフマンという」

「まだアントワープにいるのですか？」

「空路、ニューヨークへ戻った」

「わたしの航空券とホテルの予約は？」

「明後日のがとれている」と、レンボックはいった。

トム・リッチは頭がずしりと重いのとふらふらするのを同時に感じていた。脳みそが薄い泡(あわ)の層にくるまれているような心地がする。その感覚が好きかどうかはともかくとして、ある種の安心感があるのは確かだった。自分に必要なものの値打ちは正しく評価できる。とりたててそれを好きにならずに、それに感謝することもできる。

リッチは明かりがついている街灯の――このサンノゼの北側(ノースサイド)の通りではめずらしいことだ――下に立ち、縁石の前に駐まっている車の列を調べて、〈フォルクスワーゲン・ジェッタ〉を置いた場所を思い出そうとした。右側だ。右側のブロックを進んだところ。郵便ポストのそばだ。

車のほうへ向きなおり、ズボンのポケットに手を入れてキーを探った。まだ背後に足音はない。よし。無用の対峙(たいじ)は避け、気分よく帰ればいいと本心から思っていた。いまの気分を細かく分析する必要はない。無理してそんなことをする必要がどこにある。よけいな時間があると――時間があり余っていると――思いがどっと押し寄せてくる。よけいな考えを封じこめるためにリッチが築いたダムに、どっと押し寄せてくる。額に大きな圧力が広がっていき、こめかみがずきずきして、目の上が刺すような激痛に襲われる――額の奥の痛みが四方八方に広がり、側頭部への圧力を強め、後頭部にある何本もの道筋を通って頭の付け根へ流れこむ。やがて、首から上の頭全体が鋼鉄の檻(おり)に閉じこめられているみたいな感触に見舞われる。その檻には灼熱の頑丈な格子がはまっている。この憎むべき拷問マスクをかぶせて猛威を振るってきた自分の思いを呪うべきなのか、最初に水門に門番を置いておかなかった自分にすべての怒りをぶつけるべきなのか、リッチにはわからなくなる。

しかし、とりあえずいまはだいじょうぶだ。脳みそはやわらかな泡のクッションにくるまれている。だから、そのことに感謝しているといっておこう。今夜はまだ、押し寄せてくる思いに心を揺すぶられてはいない。まずまずの状態でそっとしておいてもらっている。そのことに安堵しているといっておこう。心を深く掘りすぎると、また毒入りの水が貯水池からどっと湧き出てくる。

リッチは歩道を進んで〈ジェッタ〉に向かい、キーホルダーをポケットからとりだして、ドア開閉装置のボタンに指をかけた。そのとき初めて、後ろの舗装道路から足音が聞こえ、身の危険はないというのは勝手な思いこみだったことに気がついた。

彼らはリッチに迫っていた。通りの両側には灯の消えた商店の入口や小さな横道があるだけで、居並ぶ街灯にはどれも明かりがついておらず、その下にあるのは暗闇だけ……そして、リッチがさきほど出てきた怪しげな店には、おそらく彼が正面から出ていくと同時にこっそり出てこられる横口や裏口があったのだろう。彼らは常連客のようだった。暇を持て余している、どうしようもなく愚かな手合いだ。自分たちには近道や身を隠す場所がわかっているし、やるせない日常に刺激をもたらすチャンスと見たのだろう。もちろんリッチにとっては、はた迷惑な話だ。

リッチはわずかに歩調を速めて、ズボンのキーホルダー隠しを押さえた。〈ジェッタ〉がチーとさえずり、ヘッドライトとテールライトが点灯すると同時に、ロックと盗難警報機が解除された。まずい状況になりはじめたことに気がついた時点で店を出ていかなかったのには、たっぷり理由があった。ここまでまったく気がつかなかったとしたら、それにも理由があるにちがいない。自分の車に乗って、タイヤをきしらせ、排気管から煙を吐き出しながら夜の闇へ消えていくことしか考えていなかったせいだろうか。

リッチは〈ジェッタ〉のドアの取っ手に手を伸ばしたが、つかみそこなった。なんてこった。いくら暗くて距離を誤りやすいとはいっても。二度目の試みでしっかり取っ手をつかみ、足音のしたほうを振り返った。二〇フィートくらい離れたところから近づいてくる。ボディビルダーのような体格をした二人組だ。額が断崖(だんがい)のように突き出ており、下あごの輪郭が広い。筋金入りのステロイド乱用者といった感じがする。きっとふたりとも、〈イクイポイス〉だかなんだか、三〇〇ポンドも体重のあるような農耕馬や食用牛に処方される筋肉増強剤で、筋肉をパンパンにふくらませているのだろう。副作用のあるたぐいのやつだ。背の高いほうは日焼けサロンで焼いたようなブロンズ色の皮膚をして、口髭をたくわえており、ずんぐりした体つきのほうは半袖のTシャツを着て、毛深く太い腕を見せつけている。日焼けしたほうは、車が並んでいる側。毛深い腕のほうは歩道側にいた。油断のならない戦術家だ、こいつらは。

おんぼろの〈フォード〉が一台、猛スピードで走り去った。頭にスカーフを巻いたラテン系の少年たちが開いた窓から身をのりだし、カーステレオから響きわたるヒップホップのビートに合わせて手のひらをわき腹に打ちつけていた。リッチは自分の車のドアを開けた。尾けてきた男たちは金属類は携行していないようだ。少なくとも、ずっしりしたものは。持っていれば、シャツとズボンがたくましい体にぴったり張りついているからすぐわかるはずだ。しかし、ナイフならもっと隠しやすい。棍棒（こんぼう）やブラスナックルもそうだ。あの怪しげな店で厄介な連中だと気づいた時点できちんと確かめておくべきだった。なぜそうしなかったのか理解できない。どうしてしまったのだろう。

肩越しに振り返ったとき、ちょっと動きの遅れを感じた。頭が重く、詰まった感じがする。泡にくるまれた感じがする。

ふたりの男は車何台分か離れたところを、かなり足早に移動していた。〈ジェッタ〉で走り去れそうにはない。急いで乗りこまないと、ハンドルの前にすわらないうちに追いつかれるだろう。

リッチはなかに乗りこもうとは思わなかった。

ドアの取っ手をつかんだままの彼に、ふたりが近づいてきた。〝日焼け〟した男がドアをまわりこんでリッチの前にやってきた。〝毛深い腕〟の男は郵便ポストをまわりこんで歩道に上がり、前のフェンダーあたりに踏みとどまっていた。

「さてと」と、リッチはいった。目は〝日焼け〟男にそそがれていた。「今夜はここでお開きにしたほうがいいと思うがな」

〝日焼け〟男は首を横に振った。

「そいつはおれが判断する」男はいった。「おれの女は見世物じゃないんだ、青服野郎」

リッチは相手を見た。〝青服〟か。これで全員にしゃれたあだ名がついたことになる。ただし、いまのあだ名を考えたのはこいつの女だろう、とリッチは思った。ブロンドの髪でぜい肉のない体つきをした女だった。リッチがスツールに腰かけてお代わりを待っているあいだに彼の横へすべりこみ、手慣れた感じで眉を上げて、髪をひゅっと振り、いかにも気のあるそぶりで微笑みを浮かべてしなをつくってきた。そのあと女は一瞬、体をリッチのそばへ傾けて、彼の腕の横に腕を伸ばし、あなたのネイヴィーブルーのシャツ、わたしのブラウスの色合いとぴったりねといった……ただし、女が問題の服に使ったのは〝上（トップ）〟という言葉だった。すてき、わたしたちの上（トップ）はぴったりじゃない？　ジュークボックスの音楽に合わせて体を揺らし、さらににじり寄ってきた女の手がカウンターの端でリッチの手を軽くかすめた。テレビの下手な演技をそのままなぞったような誘惑のそぶりだった。

しかし、ここはノースサイドだ。本物のロマンスを求めにくる場所ではない。

ブロンドの女は派手なりに見た目はよかったし、リッチもそちらはご無沙汰だったので、女の誘いにうずきをおぼえた。だが、その女が店の反対端のボックス席で〝日焼け〟男にしなだれかかっていたことを思い出し、男たちを争わせてスリルを楽しむタイプの女だと判断して思いとどまった。女にはあいまいに微笑んでみせるにとどめ、あたりさわりのない返事をして――ああ、たしかに、すてきだな――またカウンターのグラスの上に体をかがめた。

それでこの一件は終わったものと思っていた。

しかしそうではなかったらしい。女は自分のボックス席に戻ったあとも、わざわざそこからリッチと目を合わせようとしてきた。一度ならず。リッチが店の反対側から女の視線に気づいたくらいだから、〝日焼け〟男も女の乳房に手をかけながら隣から気がついていたにちがいない。

みんな、あの女にまんまとはめられたのだ、とリッチは思った。

「つまらんことはやめておけ」と、リッチはいった。「おれと関わるな」

しかし〝日焼け〟男はわずかに間隔を詰めてきた。後ろの歩道でも〝毛深い腕〟男が同じことをしてリッチの退路をさえぎり、車の側面と半開きになったドアのあいだに彼を追いこんだ。陳腐な台本なら、次はどうなる？

〝日焼け〟男が車のドアに向かって突進してきた。両手でドアを突いてリッチにぶつけるつもりだ。リッチはとっさに内側の取っ手をつかみ、ドアを力いっぱい外へ押し開いて男に打ち当てた。〝日焼け〟男はうっと息を詰まらせ、両手で腹のあたりを押さえてよろめきながら後ろに下がった。余勢を駆って、〝日焼け〟男がいまのダメージから回復する前に片づけてしまおうと、リッチは車とドアに挟みこまれた空間から抜け出しかけた。ところがそのとき、顔の頬骨の下に衝撃が走った。目から火花が散り、背後からパンチの不意打ちを食らったのだ。〝毛深い腕〟のやつだ。きつい一発を食らった。

口のなかにしょっぱい血の味が広がった。油断した。だらしがないぞ。どうしてそなえておかなかったんだ？　あのろくでなしの攻撃に？

〝毛深い腕〟男は踏みこんで追い打ちをかけようとしたが、こんどは見えた。リッチはひょいと頭を沈めてふところに飛びこみ、両手で相手の手首をつかんだ。ぐっと引き下げ、勢いよくねじって、またぐっと上に戻し、相手の背後にまわりこんで、片手で手首をつかんだまま、もう片方の手を相手のひじにすべらせ、腕をねじったままぐっと押し上げた。〝毛深い腕〟男は苦痛にうめき声をあげたが、こぶしに固めた指は開かなかった。リッチが男の体を自分と〝日焼け〟男のあいだに保ち、男の腕をねじ上げたまま、力のかぎり手首を後ろへ曲げると、ついにぱっとこぶしを開いた。リッチは郵便ポストに男を押しつけ、金属のおおいに二度頭を叩きつけた。〝毛深い腕〟男はしばらく郵便ポストにのしかかってぐったりしていた。リッチがもういちど男の頭に手のひらを打ち下ろすと、顔がまともにポストに打ち当たった。鼻ばしらがねじ切れるように裂け、鼻の穴から血が流れ出た。男はまた苦痛のうめき声をあげ、前のめりに歩道へ倒れて、そのまま動かなくなった。

　路上にのびた仲間をまわりこむように〝日焼け〟男が前へ出た。あごを引き、棍棒のような腕を顔の前に持ち上げ、こぶしを固めて、顔を守りながら突進してくる。顔以外にも蹴りを浴びせられる箇所はいくつもあったし、持ち上げた腕の下のわき腹に鋭い一撃を見舞うことができるのも、腕の上から首へ廻し蹴りを浴びせることができるのもわかっていたが、脚の安定とバランスに一抹の不安があった。〝日焼け〟男が同じ理由で同じ問題をかかえていることに期待をしなければならなくなる。ふたりはどちらも、同じむさくるしい店で同じことをして何時間かを過ごしていた。

リッチは突進してくる〝日焼け〟男と向きあって、激突の寸前に横へかわし、相手の襟首の後ろを右手でつかんだ。左手でもその下をつかみ、相手の腰に体を密着させて、生地を思いきり後ろへ引き、はずみを利用して投げ飛ばした。〝日焼け〟男がうつぶせに倒れると、リッチは腰骨のあたりを靴で蹴りつけ、しゃがみこんで男の体をさっと仰向けに裏返し、胸の上に馬乗りになった。そして、あごに右のクロスを打ちこみ、左を打ちこみ、こぶしをぐっと持ち上げてまっすぐ口元へ叩きこんだ。

〝日焼け〟男の頭がコンクリートの上でがくがく揺れた。目はうつろだ。上唇が裂けて血まみれになっている。

リッチは両手でシャツの襟をむんずとつかみ、男の肩を地面から浮かせた。

「おれの顔を見ろ」と彼はいい、相手を激しく揺すぶった。

〝日焼け〟男はまぶたを半分閉じたまま、赤い泡が点々とついた口元からうめき声を漏らした。

リッチは相手を揺すぶった。

「おれの顔を見ろといったんだ」彼はいった。

〝日焼け〟男はどうにかすこし目を開き、ぼやける焦点を合わせることに成功した。

「ここで八つ裂きにしてやることもできるんだ」リッチはいった。「思うさま料理してやってもいいんだぞ」

〝日焼け〟男は無言でリッチの顔を見た。

リッチはさらに相手を引き寄せた。顔がくっつきそうになるくらい歩道から引き上げた。「二度とおれには会いたくないだろう」彼はいった。「どうだ」

〝日焼け〟男の口が動いて不明瞭な音を出し、あふれ出た血と唾があごを伝い落ちた。男はとうとう言葉をしゃべる努力を断念し、ただうなずいた。

相手のぼろぼろに打ちのめされた顔を、リッチはまたしばらくじっと見据えた。それからシャツの胸倉を離して男を歩道の上へ落とした。立ち上がって車に乗りこみ、イグニションにキーを差し入れた。

ハンドルを握りしめた指が小刻みに震えていた。息を吸え、とリッチは胸のなかでつぶやいた。大きく息を吸いこめ。体がだるい。気分が悪い。頭がくらくらする。〝毛深い腕〟男に殴られた頬の内側が切れていた。そのあたりを舌で探ると、舌先がとらえた上の臼歯がぐらついていた。

リッチはすわったまま空気を吸って、大きく飲みくだした。まだ気分はよくならない。アドレナリンのレベルが落ちているのかもしれないが、よくわからない。しかし、これまでこんなことはいちどもなかった。こんなことは。手の震え。脱力感。頭のもやもや。

リッチはクラッチに手を伸ばした。ここで誰かに見つかって警察に通報されようが、べつにかまわない。アップリンクでどう思われようと、べつにかまわない。とりわけ、ロリー・ティボドーと氷の女王メガン・ブリーンには。いまのふたりの荒くれが起き上がって、もういちどかかってこようとかまわない。しかし、このままこの車のなかにいたら、意識がしだいに薄れていって、最後に消えてしまいそうな気がした。外から内へ沈みはじめ、とめどなく溶けて流れていきそうな心地がした。

動かなくては。それも、いますぐ。さもないと動けなくなる。

手の震えが止まらないまま、リッチは体をまっすぐ起こしてエンジンをかけ、車の流れも確かめずにアクセルを踏みこんで走り去った。

4

サンノゼ／ニューヨーク市／ニュージャージー州南部

メガン・ブリーンが小気味のいいコンビネーションブローを放った。左ジャブ、右クロス、左フック。

「わたし、どう、ピート？」と彼女はいって、大きくひとつ息を吸いこんだ。

ナイメクは自宅のボクシング・ジムにある一五〇ポンドのヘビーバッグの陰からメガンに目を向け、彼女を見つけると、両手でバッグをつかんで胸の前に止めた。

「ニューヨークのことが頭にあるみたいだな」と、彼はいった。

メガンはバッグにまたコンビネーションブローを叩きこんだ。

「なんのこと？」と彼女はたずねた。

「元市長の宣伝文句だ」ナイメクはいった。「〝わたしはどうです、ちゃんとやってますか？〟。あそこじゃ、そのフレーズで有名だった」

「彼が有名になったのはステージで〈ロケッツ〉とラインダンスを踊ったからだと思ってい

たわ」

ナイメクはうめいた。確信はなかった。あれは、女装をして寸劇を演じあうハーヴァード大学の即席プディング・クラブと同じようなもので、ずっと昔からビッグ・アップル（ニューヨークの愛称）で続いている伝統ではなかったか？　しかし、なんともいえない。華々しい見せ場の大好きな政治家にはうんざりだし、アイヴィーリーグはおれの専門分野じゃない。おれにいえるのはこれだけだ。スパンコールとストッキングに身を包んで、肩で風を切って歩いているような連中は、おれが一風変わった教育を受けたフィラデルフィア南部のビリヤード・パーラーでは受けがよくなかったにちがいない。あそこでおれは、『ハスラー』でポール・ニューマンが演じた〝疾風のエディ〟ことエディ・フェルソンのように――あのハリウッド・スターみたいな魅力的な風貌ではなかったにせよ――キューをひらめかせていた。

グラブをはめてせっせと練習に励んでいるメガンを、彼は見守った。左フック、右クロス、アッパーカット。ジャブ、クロス、ジャブ。足をしっかり踏ん張ってバッグを叩き、フェイントをかけ、頭をひょいひょい動かしている。筋力とスタミナ強化が主な目的であるすり足のワンツーを練習する必要は感じていないらしい。

いまは月曜日の午前六時半。ナイメクの娯楽／訓練階は三層式マンションの最上階にある。そこの窓の外に、まだ朝日は昇っていない。メガンはきっかり三十分前に到着していた。ここでボクシングのコーチを週に二度受けている。このジムには本格的なボクシングのリングがあって設備もととのっているが、ここのほかにも、フロア全体に広がるモジュール式施設には、武術用の道場（ドージョー）や、最新技術を結集してコンピュータ化した射撃場があった。さらには、ナイメクの記憶のなかにある昔のビリヤード・ホールを、煤（すす）けた照明やラシャについたタバコの焦（こ）げ跡まで正確に再現した空間もあった。

　メガンが打ちこんでくるパンチの衝撃の強さを喜びながら、ナイメクは右にある鏡張りの壁をちらっと見て彼女の姿勢をチェックした。

「まだ課題はある。ひじをもっとしっかりわきにつけて、もっとすばやく反撃にそなえるんだ」彼はいった。「しかし、パンチにスナップが利いてきた。上達しているぞ」

「可能なかぎり最高のメガンになってきたわね」彼女はそういって、さっとナイメクの目を見た。

「いまの言葉もたまたまかい？」

「いいえ」彼女はいった。クロス、フック、クロス。「けさのわたしの頭のなかには何があるのかって疑問に思ったんでしょ。それが答えよ」

　ナイメクは自分の体でバッグを支えた。

「そうか」彼はいった。「最高になりたいというのはいいことだ」

　メガンは歯を食いしばり、首の筋肉をふくらませて、強烈な右のパンチを打ち下ろし、ナイメクをすこし後ろによろめかせた。そのあとタンクトップとトレーニング・ショーツ姿でしばらく動きを止めて、彼をしばらく見つめ、腕で額から汗をぬぐった。

「とぼけるのはおよしなさい、ピート、どういう意味かはわかっているはずよ」荒い息をつきながら彼女はいった。「はるか昔からここまでやってきたふたりじゃないの」

「おれたちの計画といっしょにな」

「約束よ」

ナイメクは彼女を見てうなずいた。

「とりあえずここまでは順調だ」と、彼はいった。

メガンは彼に微笑みかけた。ナイメクも笑みを返した。そしてふたりはゆったりと沈黙を守り、おたがいの考えに波長を合わせて共通の記憶に浸った。ふたりは昔からの盟友だ。苦痛をともなう試練と犠牲をともなう勝利を通じて、決して壊れることのない信頼のきずなを作り、数えたくもないくらいたくさんの危険にいっしょに立ち向かってきた仲だ。一瞬のためらいもなくおたがいのために命を投げ出すつもりでいる。

あれは南極時代のことだ。単なる時間や距離や環境だけでは説明しきれないさまざまな意味で、ふたりはいまいる世界から切り離されていた。あそこは言葉でいい尽くせないほど異質な世界だった。ナイメクと彼の率いるにわか仕立ての救援隊は、非合法のウラン採掘場と最新軍需品の集積場がつながっている地下で捕虜になっていたアップリンクのふたりの職員、アラン・スカーボローとシェヴォーン・ブラッドリーを、彼らを捕らえた者たちの手から解放した。その数日後、ふたりはメガンが基地司令官を務めていたコールドコーナーズ氷上基地の外に立っていた。太陽フレアの異常発生によって華々しい南極のオーロラ・ショーが上演されており、極夜の帳のなかで天空は色彩に満ちていた。

メガンの表現を借りれば、あれは太陽風が最後に叫んだ万歳の声だった。ナイメクがLC－130ハーキュリーズ輸送機で文明世界へ戻り、長い越冬任務をつとめるメガンをあとに残していくまでまだ四十八時間あったが、その時間は仕事に振り向けなければならないことがわかっていたので、ふたりはこのときに事実上のさよならを交わした。たわいない冗談を口にしたあと、ふたりでしばらく頭上のオーロラに見入っていた――赤色とオレンジ色の光が滝のように空を流れ落ち、紫色のヒナギクのようにぐるぐる輪を描いて、舞い上がったり、渦を巻いたりしながら、クジャクの羽のような緑色の寄せ波と化し、大気圏を突き抜けていった。

「それで」と、メガンが疑問を口にした。これは、ニュージーランドの空軍基地に電話を入れてナイメクを迎えにくるのを確認したとメガンが伝えた直後のことだった。「ピーター・ナイメクが故郷に帰って真っ先にすることは、何？」

「自分の求める声にしたがうだろうな」彼はいった。「そのあとは、魅惑の〈コルヴェット〉でひとっ走りだ」

「求める声……その先にいるのは、ヒューストンにいる女宇宙飛行士かしら？」

話題の女性はアニー・コールフィールドだった。一度目の結婚で痛い目を見て、女性と深い関わりを持つことに二の足を踏んでいたナイメクは、ふたりの関係が芽を出しかけた数週間が過ぎると、愚かにも、ずるずる彼女との音信がとだえるにまかせていた。メガンのお節介がなかったら、第二の機会はまず得られなかっただろう……メガンはその巧妙な縁結びの労を、そんなつもりはなかった、考えすぎよと、いままで否定しているが。

　極寒気候用の服装を重ね着してそこに立ったまま、ナイメクはゆっくりとうなずき返し、そのあと、どうしておれの車のことは訊いてこないんだい、と冗談まじりにたずねた。メガンはその質問をさらりと受け流し、まるでアニーと連絡をとるかどうかという質問はその場でたまたま思いついたことだったみたいに、わたしの関心の領域は限られているし、口にする言葉も限られているからよと告げた。

「わかった」と、ナイメクは白い息を鼻と口から吐き出しながらいった。「それじゃ、きみの番だ。メガン・ブリーンは次に何をする？」

「真っ暗な冷たい南極の冬と向きあうわ」彼女はいった。「そのあとはコールドコーナーズの手綱を直属の副官に引き渡し、頼れる戦いの導師であり親友である人物と、またサンノゼでこぶしを交えられるよう願っているわ」

　ナイメクは引き続き、空に出現している驚異の光景を見つめていた。

「きみにはあと六カ月、ここでの任務がある」と彼はいった。

「ええ」

「長いな」

「わたしを可能なかぎり最高のメガン・ブリーンに仕立て上げるには充分な時間だわ」

「軍の新兵募集広告みたいな台詞だな」

「効果的な台詞とはそういうもんだし、独創的でなくちゃいけないという法はないんじゃないかしら？」

ナイメクはバラクラバ帽の下で微笑んで、彼女の肩に腕をまわした。メガンも彼の腰に腕をまわす。そしてふたりは、魔法のような光が垂れこめる闇を敢然と突き破って舞い上がっていく空を見上げた。

一年半前のことだ。

その後、ナイメクとアニーは結婚し、メガンはアップリンク・インターナショナル社の最高経営責任者（CEO）の座を、ロジャー・ゴーディアン本人の後押しを受けて引き継いだ。またたく間とはいわないまでも、ふたりが想像もしていなかった急激な展開だった……そもそも、そんなことになるなんて夢にも思わなかったのだ。

いまナイメクは、まだジムでヘビーバッグをかかえたままなのに気がついた。そしてバッグを手放し、横へ足を踏み出してメガンを見た。

「状況は大きく変わった」と彼はいった。

「そうね」彼女はいった。「わたしたちは変わったわ」

「いまの地位の居心地はどうだい？」

メガンは考えこむ表情を見せた。

「わたしはゴードじゃないわ。ゴードになろうとも思わない。だけど、彼の信頼を得ていることには誇りを感じるわ」彼女はいった。「毎日が新たな挑戦だし、相手が南極じゃなくても、準備が万全かどうかはわからない。でも、あそこにいたおかげで忍耐を学んだわ。どうやってみんなを引っ張っていけばいいかも学んだ気がするの」彼女は微笑んだ。「南極の人たちはみんな、いいキャラクターだったわ。とりわけ長期滞在者は。わかるでしょ、ピート」

ナイメクも小さく微笑んだ。

「ああ」彼は記憶を呼び覚ました。「わかるとも」

メガンは一瞬ためらった。

「ふつうの人じゃ、冷凍庫で一年ばかり暮らしましょうと志願したりしないものね」彼女はいった。「再志願するにしても、しばらく本国に帰るにしても……ちがった色の鳥にならなくてはならない。認めるのは悔しいけど、コールドコーナーズへ赴任したときにいだいた第一印象は、二百人の不適合者と不合格者から成る集団の監督に送りこまれた、というものだったわ。その印象は長続きしなかったけどね。続くわけがないわ。彼らはあり余るほどの愛情を示してくれたの。あり余るほどの優しさを。この人たちは勇気を奮い立たせてくれる集団だってわかったの。誠実で、勇敢で、機知に富んだ、献身的な人たちだって」

「なのに不適合者なわけだ」

「誇り高き、ね」彼女はいった。「あそこでは教訓を得たわ……自分であらかじめ方向づけておいた期待をもとに人を判断するのではなく、その人のあるがままを受け入れ、その個性を最大限に活用することを学んだの。だけど、それが一番の教訓だったとはいいきれないわ、ピート」

「どれが一番だったんだ？」

「ランキング入りしそうなのはいろいろあるけど」と、彼女はいった。「いちばん上に来るのは、わたしは自分の欠点を省みずに、自分自身をいまいった期待の基準にしてきたと気がついたことよ。そして、自分にはきわめて深刻な欠点がいくつかあることに気がついたの」

ナイメクはつかのま考えこんで、肩をすくめた。

「妙な話だ」彼はいった。「おれはずっと、きみは完璧な人間だと思ってた」

メガンは微笑した。

「気を使わなくていいのよ、ピート」彼女はいった。「肩書き上、わたしはあなたのボスだけど、いまでもあなたはわたしの最高の騎士（ナイト）なんだから」

「もちろんだ」ナイメクはいった。

「もちろんよ」メガンはそういって、まっすぐ相手を見つめた。

ふたりはしばらく無言でいた。

「そろそろ、核心に入ってくれる？」と、メガンがいった。

ナイメクはしかたがないというしぐさをした。

「それであいこだ」と、彼はいった。「きみはサンドバッグに戻れるしな」

「ニューヨークの話を持ち出したのはあなたよ」彼女はいった。「あなたがどう思っているか知りたいわ」

ナイメクはまた肩をすくめた。

「二時間後に行なわれるノリコ・カズンズとのビデオ会議が終わったあとで訊いてくれたら、もっとはっきりしたことがいえるかもしれない」と、彼はいった。「問題の人物は放浪中の夫かもしれないし、窮地におちいっている男かもしれないし、まだ発見されていない死体かもしれない。ゴードは友人のレニー・ライゼンバーグのためにひと肌脱ぎたいと考え、おれたちに調査を要請してきた。そこに問題はない。おれもレニーのことは少々知っているし、あいつはいい男だ。あの男のためにどういう状況か確かめ、ひとつふたつ情報を手渡してやれるものなら、おれだってそうしてやりたい」

「だけど、そうはいかないのね」

「〈アームブライト〉が輸出規定に違反している可能性があって、ノリコはそれに目を光らせている。調べは着々と進んでいるのに、いきなり横からハンドルを奪われる事態になるのでは、と彼女は不安をいだいている。彼女の仕事の領分に本社から指図が来るとなったら、たしかにそういう事態になりかねない」

「行方不明になっている夫の事件ね」

ナイメクはうなずいた。

「ノリコが週末から電子メールで送ってきた概況報告を、きみに転送しておいたが……目を通しておいてくれたかい？」

「隅から隅まで把握したといえるほどではないけれど」と、メガンはいった。「たぶん、ノリコがなぜ警戒しているか、見当がつくくらいにはね。彼女の情報が示唆するところによれば、〈アームブライト〉は高出力レーザーの開発計画に積極果敢に取り組んできた」

「うちより少なくとも二年は先を行っている」ナイメクはいった。「ドイツの〈ラインメタル兵器弾薬〉社で進められている研究や、ホワイトサンズで軍が試してきたどんな実験よりも、はるかに先を行っている。しかし、おれにとっては、危険を示唆する旗が振られているのは実業界の最前線だけじゃない。〈アームブライト〉のレーザー研究は、あそこが〈キラン・グループ〉を買収したときトップギアに入った。そして〈キラン〉のトップにいる……例のハスル・ベナジールという男には……」

「若いころに不適切な交友関係があった」メガンはいった。「だけど、いまはちがうんでしょう、ピート？　大学時代の前半に始まって終わった関係のようだわ。彼はそういう関係があったことを隠し立てしてきたわけでもないし、長期の就業ビザも取得しているわ。あのビザが与えられたからには徹底的な背景調査が行なわれたはずよ。よそのことに口出しをしないといえば、移民帰化局（ＩＮＳ）のことを勘ぐるのも、わたしたちの本分ではないわ。少なくともふたつの主要な政府規制機関が輸出管理にあたっているわけだし」

「だから……？」

「最初にいったことだけ……会議でノリコからたっぷり情報を聞かされる前に、あなたがどっちに傾いているかをつかんでおきたかっただけよ」メガンは手を広げた。「これは慎重を要する問題だわ。純粋に競争という観点から見ても、〈キラン〉の活動に警戒と見直しを続ける必要があるのはまちがいないし、ノリコの立場から見れば、その夫を探しにのりだせば自分の仕事に支障が出かねない。最悪の場合、これまでの努力がぶち壊しになる可能性もあるわ。彼女がそれに反対し、わたしたちが手を引くよう揺すぶりをかけてくるのはまちがいないわね。チャンスがあれば引き伸ばし戦術に訴えてくることもありうるわ」

ナイメクはうなずいた。

「ノリコならやりかねない」と、彼はいった。「おれたちが無理やり横槍を入れてくると見たら、全力を挙げておれたちのタイヤをパンクさせようとするだろうな」

「となると、ゴードを満足させると同時に彼女の不安を振り払う方法を考えなくちゃならないわね。全員が満足とはいかないまでも、配慮がなされたと感じるような方法を見つけないと――」

ナイメクの〈リストリンク〉のタイマーが鳴り、メガンは話を中断した。ナイメクは指を一本立てて表示画面を見た。

五時四十五分。

「あと十分したら、子どもたちを起こして、学校へ送っていかなくちゃならない」彼はいった。「練習のあともこっちにいて、いっしょに朝食を食べていかないか？　きみの車はガレージに置いといて、子どもたちを送ったあと、そのままいっしょに乗っていけばいい。そしたら、会社に向かう道すがら相談できる」

メガンはうなずいた。

「いいわね。だけど、またクリスがわたしに結婚を申しこんでくるんじゃないでしょうね。

スクランブルドエッグを食べながら、しとやかにプロポーズをお断わりするのは大変なんだから」

「心配ご無用。けさはバターミルク・ホットケーキにする」ナイメクはエレベーターの階表示ランプをちらっと見て、その扉をあごで示した。「いずれにしても、あいつがいまでもきみを愛しているかどうかを知る機会は、すぐにおとずれそうだ……あのジム大好き小僧は、ベッドを出てここに向かっている」

最近エイヴラムは廊下の鏡が気になっていた。不安になるくらい気になってしかたがないのだが、理由はよくわからない。実際、周囲にはいたるところに鏡がある。建物のドアを通り抜けると、右の壁にも左の壁にも鏡が張られている。エレベーターのそばにある守衛詰所の上にもかかっているし、天井の隅にもはめこまれている。くぼんだ銀白色の鏡が、なぞめいた金属の目のように下を向いている。どれもきれいに磨き上げられており、汚れや埃や指紋の跡はみじんもない。けさのような雲ひとつない快晴の朝には、通りから入ってくる日射しを受け止め、廊下にふだんより明るい感じを与えている。壁の圧迫感をやわらげる空間の魔術だ。

この鏡はまず何より、安全のためにとりつけられている。エイヴラムはその点を理解していた。鏡は一階で守衛をしているジェフリーズのたゆみない努力を助け、エレベーターに近づく者たちに周囲の様子を教え、背後に怪しい動きがあれば警告をしてくれる。しかし、上のほうの階には幾重にもわたる監視機構がある。すぐ目につくものもあれば、用意周到に設置されているものもある。エイヴラムはこの建物の長い歴史のなかで、深刻かつ重大な不法侵入が行なわれた事例はひとつも思い出すことができなかった。

空路ニューヨークへ戻ってから、まだ三度目ではあったが、歩道から入口のドアを通り抜けたとき、彼は気がつくと、また鏡張りの壁にちらっと目をやっていた。廊下に新しいものが加わったかのように。妙だ。なんとも妙だ。理解に苦しむ。頑固なくらい代わり映えのしない施設のなかでは、ほんのわずかな変化でも目につくほどだ。一歩前へ進むたびに見慣れた光景が現われる。周囲に対する警戒心が鈍るのではないかと思うほどに。しかし、この何カ月かでエイヴラムの感覚は逆に鋭敏になっていた。彼は納得のゆく理由がないかと頭のなかを探り、可能性のあるものに心の焦点を合わせては、それらを除外していった。自分の選択には罪悪感などいだいていない。これっぽっちも。何ひとつ。一瞬たりと。もちろん自分だって生身の人間だし、最近になって身を投じた賭けのおかげでストレスが強まっていることは否定できない……しかし、自分の仕事にそういう賭けはつきものだし、その腕はふつうの仲買人（ブローカー）よりいいと思っていた。

この建物、つまりこの公共機関は、彼のなかではおおむね心地よい安心感と結びついていた。無数のかたちで記憶と結びついている、人生から切り離すことのできない一部だ。子どものころ、父や叔父たちに連れられて定期的にここを訪れて以来、ずっとそうだった。それから長い年月を経た今日（こんにち）も、かならず週に四、五日は、朝からここへやってくる。このヘクラブ〉の影響は以前と比べれば小さくなったとはいえ、いまでも世界じゅうで感じることができた。その壁の内側で続いている営みからは、岩のように揺るぎなく続いていく感触が伝わってくる。

なのに、鏡を一枚や二枚ちらっと見ただけで、なぜこんなに気になるのだろう？　わからなかった。それでもエイヴラムは、鏡に映った自分の姿をときおりちらりと見て、途中でしばらく足を止め、自分の顔に浮かんでいる表情に思いをめぐらした。とまどいと混乱が混じったおどろきの表情のような気がした。またときには、いきなり視点が逆転したような感じを受けることもあった。鏡のなかの自分と立場が入れ替わったような感覚だ。心臓が何拍か打つあいだ、彼は〝鏡のなかのエイヴラム〟になる。肉体から切り離され、中身を失って平べったくなっている。抜け出てきた体は、かろうじて自分のものだとわかる。その顔にはっきりと浮かんでいる激しい混乱の表情を、鏡のなかの自分も浮かべている。鏡の外の人物は、この場にまったくそぐわないとはいわないまでも、その身元には疑問がいだかれそうだった。守衛のジェフリーズの注意を引くだろうし、エレベーターの扉のそばに集まってくる群衆も、怪訝（けげん）そうな表情を――憤慨の表情さえ――浮かべずにはおかないだろう。こいつはどこから来たんだ？　誰のところへ来たんだ？　信頼できるやつか？　信用していいやつか？　何より、ここにいるべき人間か？

エイヴラムは鏡から目を引き剝がし、また明るく輝く鏡面に目を奪われていたことに気がついた。廊下の途中、ぞろぞろエレベーターに向かう人込みのなかで何秒か立ち止まっていたらしい。またか。そのいらだたしい認識に、きゅっと胸を締めつけられる心地がした。いま心に受けている圧迫が、思ったよりこたえているのだろうか？　かもしれない。わたしの身にはあんなことがあったのだ。運命を変える出来事が。何もかもがぐんと加速した。ペースが上がり、はずみがついた。それにともなって新たな危険も生まれてきた。まださほど大きなものではないかもしれないが。

　エイヴラムは口から大きく息を吸いこんだ。原因がなんであれ、だいじょうぶだ、と彼は思った。心も体も。全体的に見て健康にはかなり気をつかっているし、四十七歳という年齢から見ても、まだいい暮らしを何十年か続けられると思っていた。いろいろ問題をかかえているといっても、発作的に生じる不安が最悪のものなら、すぐ正常な状態に戻ることができる。〝完全な生身の人間エイヴラム〟に戻ることができる。そして、いつもの日常に立ち戻ることができる。

　もういちど息を吸い、さらにもういちど吸いこんで、廊下の端へ向かった。ジェフリーズじいさんに会釈（えしゃく）をし、おはようございますと挨拶を返され、エレベーターに近づいた。そこでエイヴラムは、いきなり守衛の詰所のほうへくるりときびすを返した。自分に会いにくる客があることを、守衛に伝えておかないといけないのだった。面会の予定を忘れるなんてめずらしい。

　またいつもの自分らしからぬことをした、と思った。まだふだんの自分に戻りきっていない。ふだんの欠点のなかに〝注意散漫〟という項目はないはずだ。

「きょうは何かありますか、ホフマンさん？」ジェフリーズがスツールから愛想よくたずねた。

ジェフリーズは六十代の黒人だが、肌の色は薄い。エレベーターの前で待っている常連客の大半は名前を知っているし、そうでない客も顔はおぼえている。この仕事に就いてもう三十年以上になる。ジェフリーズ自身が、変わらない風景のなかにいる変わらない風景だった。初めて紹介されたとき、エイヴラムはまだ十代の若者だった。当時のジェフリーズはいまのエイヴラムよりも若かった。

「一時間くらいしたら大事な来客があるんだ。十時十五分から十時半くらいに」エイヴラムはいった。「カタリさんは英語が不自由で、上の〈クラブ〉にたどり着くのに手助けが必要になるかもしれない。エチオピア人だ……ええと、エチオピア系イスラエル人で……」

ジェフリーズは片目をつぶって苦笑を浮かべ、それから左手首のクルミ色の皮膚を右手でつねった。

「この世は相身互い(あいみたがい)……そうでしょう？」と、彼はいった。

エイヴラムは一瞬とまどったが、そのあと守衛のいった言葉の意味を理解した。つかのま自分を見失ったというか、記憶が飛んだというか——鏡の前で魔力につかまったあの状態をどう表現するにせよ、あれのおかげでちょっといらいらしていたらしい。

「そうだったな」彼はようやくそういって笑顔を返した。「まったくそのとおりだ」

ジェフリーズが灰色の制服の胸ポケットからペンをとりだした。

「その人の……名前の綴りは、KATARIですか?」

　エイヴラムはうなずいた。

「ここに伝言を残していきますよ。その人があなたのところへ行き着けるように。ちょっとわたしは外に出ますもんで」ジェフリーズはそういって、来客名簿に注意書きをした。

　感謝の言葉を告げたところでエレベーターの到着する音が聞こえ、エイヴラムは扉のなかへどやどや入っていく十数名に急いで合流した。そしてここでも、いつもどおり挨拶の交換をした。

　そのあと彼が十階のボタンを押すと、エレベーターはがくんと揺れて上がりはじめた。かつてはなめらかだった滑車と巻き上げケーブルがキーキー音をたてている。古くはなったが、年齢も磨耗も錆びつきもまったくお構いないとばかりに、エレベーターは仕事を続けていった。

　ジェフリーズはエレベーターの扉の上で点灯している階の表示に目をそそぎながら、守衛の詰所として廊下の片隅に置かれている木の台に手を伸ばし、電話の受話器をとった。エイヴラム・ホフマンに見せた笑顔は消えていた。口から細長いテープを剝がしたときのように、しばらく心の痛みが残っていた。

　いま感じている痛みが顔に出ていなければいいが、と彼は思った。

　エイヴラムのことは学生時代から知っている。いまは亡きエイヴラムの父ジェイコブが、息子がタルムード学院に通っていること、アップタウンにあるあのコロンビア大学で奨学金をもらっていることを自慢していたのもおぼえている。ジェイコブはいつも息子のことが誇らしくてならないようで、交換留学生としてイスラエルに行った年にはその写真を山のように持ってやってきた。この建物にいる人びと、とりわけ〈クラブ〉のメンバーにとっては、自尊心が拠りどころといっても過言ではあるまい。彼らはそれを何より大切にしている。ジェフリーズにとって家族同様の人びともいた。もちろん、いろんな人間がいる。ずる賢くて弁舌巧みな大金持ちもいれば、いつも他人に頼みごとをし、成功した友人や親戚の背中に乗っかっているだけの負け犬もいる。彼らの噂話を人が聞いたら滑稽に思うかもしれない。長年にわたる競争や確執が存在する。他人が役に立つのは腐った共謀者である場合に限られるという者もいた。その人物を嫉妬深い愚か者と呼ぶ者もいる。そのどちらも、何かと理由をつけてまた別の人間のあら探しをしている。あいつはこうだ。こいつはああだ。あいつが誰それに何をしたか知っているか？　そういう噂話に励む人びとの話にときおり耳を傾けるのは、じつに楽しい。しかし、まじめな話もある。そういう話を聞いて、ジェフリーズはその人たちに心から尊敬の念をいだいてきた。彼らがどんなことを成し遂げ、何もないところからどうやってひとかどの人間になったかという物語だ。彼らは数える気も失せるくらい多くの国を追われ、難民としてこの国へやってきた。百年ほど前には、ロシアから。第二次世界大戦中には、ヨーロッパのほとんどの国から。自国を追われ、故郷を捨て、所有物をことごとく焼き払われたり破壊されたり盗まれたりして、ほとんど着の身着のままでアメリカへやってきた何世代もの人びと。おびただしい数の人間が、ナチスの死の収容所にあるガス室やかまどで愛する者を失っていた。

苦難の末に現在の地位を築いたこういう人たちに、ジェフリーズは敬意をおぼえていた。自分の家をきれいに、そして正々堂々と維持することができ、警察や弁護士や法廷の判事に頼ることなく自分たちの問題を解決している彼らに、尊敬の念をいだいていた。その状態を続けるためには、名誉と信頼が大きな意味を持たなければならない。ここでしっかり踏みとどまらなければならない。こういう価値観が崩壊しはじめたら、終わりは目に見えている、とジェフリーズは思った。ビル解体用の鉄球をこの建物へ持ってきて、それが通りに残した埃まみれの穴を、現代風の百階建ての高層ビルで埋めることもできるだろう。そこには、エレベーターのそばに置かれた台でまかなわれている狭苦しい詰所ではなく、入口近くにきちんとした詰所を置く空間があるだろう。しかし、心の拠りどころが奪われ、消え失せてしまったら、かつてそこにあったものの名残をとどめるだけの悲しい思い出の場所になってしまう。〝昔々あるところに〟で始まる物語の一部になってしまう。

ジェフリーズはエイヴラムを気に入っていたし、彼の親戚や妻子のこともみんな知っていた。あの男を悲しませたくはない。笑顔を浮かべたまま、背後からねじ釘を打ちこみたくはない。しかし、長年のあいだに痔と腰痛という大きな苦しみをもたらしてきた木の腰かけにすわっているばかりがジェフリーズの仕事ではない。もうひとつの仕事は守衛より骨が折れるが、これにさじを投げるようなら、退職の申請をしたほうがいい。ジェフリーズに支払いをする側は、エイヴラムが何に手を染めているか、あるいは何に手を染めているとにらんでいるかについては口をにごしている。しかし、何か危ない仕事に手を染めているのではないかと疑っているのは明らかだ。

　ジェフリーズはためいきをついて電話をかけ、首と肩のあいだに受話器を挟みこんだ。

　ベルギー人の探偵は最初の呼び出し音で電話に出た。ジェフリーズは手はずどおり、男に情報を与えて受話器を置いた。電話は三十秒ほどで終わったが、彼の心にはこのあと長いあいだ消えそうにないみじめな気分が残った。

　危険な仕事だ、こいつは、と彼は思った。とてつもなく危険な仕事だ。近い将来とんでもないクソの山が降ってきはしまいかという不安に、彼は駆られていた……世界じゅうに悪臭をまき散らす、とんでもない量のクソが降ってきはしないだろうか。


　十階で降りるのは自分だけとわかったときも、エイヴラムはおどろかなかった。何年か前なら、エレベーターはここで空（から）になっていただろう。しかし、好むと好まざるにかかわらず、何事にも変化はおとずれる。どんな人間や組織も消耗はまぬがれない。

　エイヴラムは防弾窓の奥にいる制服姿のふたりの男に手を振り、守衛の詰所を通り過ぎると、左に曲がって、回転式出入口の読み取り機にIDカードを通し、がらんとした入口ロビーに足を踏み入れ、カードをもうひとつの読み取り機に通して、頭上の閉回路（クローズドサーキット）監視カメラに挟まれたドアを開錠した。

そこを通り抜けると広々としたメインホールに出た。床から天井まである窓が北と南に面している。壁から突き出たカフェテリア風の簡素なテーブルが並んでいる。スピーカーから声はしていないし、中央通路の両側にある電話の列も使われていないが、部屋にはすでにひと握りの男が散らばって、テーブル越しにグラシン紙の包みを押しつけあっていた。通路の端へ向かっている者たちもいた。囲いこまれた仕切り(ブース)の向こうで廊下は左右に分かれている。そこへ向かう人びとの大半は、ふさふさのあご鬚(ひげ)を生やし、黒いロングコートに身を包んでつば広の黒い帽子をかぶった、ハシディズム派のユダヤ教徒だ。エイヴラムと同じように会社員風の服装に身を包んでいる者も三、四人いた。エイヴラムの山羊鬚は控えめで、当世風にととのえられており、正統派ユダヤ教徒であることをはっきり示すものは頭の上にクリップで留めた小さなヤムルカ帽だけだった。

エイヴラムは彼らを追って中央通路を進みはじめた。あの男たちに裁かれるような事態があってはならない。わたしのしてきたことが露見したら、彼らは愕然(がくぜん)として激しい非難を浴びせ、わたしをファルシェ・フルムケイト、つまりいつわりの正統派と糾弾するだろう。独りよがりな叔父たちは、目のくらむような怒りに眼球をふくらませ軽蔑の言葉を浴びせ、その非難に同調するだろう。しかし、彼らの誰が何を知っているというのか？　彼らは自己満足に浸り、過去という錨(いかり)につながれている連中だ。もっとはっきりいえば、ちんけな商人だ。彼らが喫してきた敗北を、市場で受けてきた打撃を、見るがいい。彼らは市場傾向を図表化してたえず調整していく手法を拒んだばかりか、不平をたれる以外のことは何ひとつしてこなかった。企業連合のせいでサイトホルダー（デビアス社の厳選したダイヤ商）たちの土台が揺らいだなどと、たわごとを吐いてきた。流通ルートはふさがれ、供給は断たれ、中間業者は締め出されつつある。

彼らの船が水をかぶって沈没したとき、陰気な愚痴が何度となく繰り返されるのをエイヴラムは耳にしてきた。そんな彼らの運命論的な姿勢が、いまの世代に大きな負の遺産を残してきたのだ。彼らはその苦境を自分たちの力ではどうにもならない時流のせいにして、あっちこっちに非難のほこ先を向け、自分たちどうしで非難しあうことさえあった。アントワープでも同じだ。テルアビブでも。みんな救いようのない連中だ。時代遅れの絶対主義的規範にしがみつく臆病な姿勢を続けているかぎり。

エイヴラムにいわせれば、それこそが彼らの最大の誤りだった……いまの時代には当てはまらず、たぶん現実に当てはまったことなどいちどもなかった道徳や倫理の規範に、いつまでもこだわりつづけることこそが。ビジネスに道徳性などお笑いぐさだ。そんなものは、お偉方が平凡な人間を押さえつけておくためにでっちあげた、都合のいい世迷言にすぎない。ビジネスは日和見的なものであって、道徳性とは無縁のものなのだ。爪に火をともすような暮らしをしながら生き長らえることのどこに美徳がある？　いつから敗北が人の尊敬を得るようになったというのだ？　成功によって称賛を受けた卑しい人間をエイヴラムはたくさん見てきたが、そのなかに善良さという名の金塊を心に隠し持っていた者がいたとはとうてい思えない。時代遅れな方法というくびきに屈し、世迷言を飲みこんでいたら、前のめりに倒れること請け合いだ。それこそビジネスの世界で最も情けない罪ではないか。わたしが新しい利益の泉を開拓したからといって、誰も命を落とすわけではない。

エイヴラムはガラスで囲われたブースを通り過ぎ、右の廊下へぞろぞろ曲がっていく小さな一団から、意図的に一、二歩後ろを進んでいった。この階のほかの区画から切り離されてここへ入っていくたびに思った――これはここに道徳的な高潔さと世俗の欲望をへだてる境界線が存在する明白な証拠だ。しかし、前を行く男たちのなかに自分と同じようにその象徴的な意味合いを認識している者は――誰ひとり――いないという確信もあった。自分のしていることが彼らの知るところとなったときにこのホールを揺るがす醜聞の激震は想像に耐えなかった。わたしは追放を受け、一族の顔に泥を塗ることになるだろう……だからこそ、絶対彼らに知られないよう万全を期さなくてはならない。

エイヴラムはクロークルームで壁にコートをかけ、その上の棚から祈禱（きとう）用の肩掛けと聖句箱が入っているビロードの小物入れをとりだした。そしてドアから出ると、廊下のさらに奥にある角張った小さなユダヤ礼拝堂へ向かった。

ユダヤ教の法律では礼拝を始めるには最低十人の礼拝者が必要と定められている。かろうじてそれだけの数はいるようだ。午前九時十五分という時間は、若い売り手にはまだ早すぎる。若者の大半はもう、定期的に取引所に来ることさえなくなった。いっぽう、いまも変わらずホールで歓談や取引をしている年配の人びとは、おおかたがゆっくり正午前あたりにやってくる。正統ユダヤ教を遵守する者たちは、自宅に近い礼拝堂（シュール）で日々のお祈りをすることができるからだ。

仲買人（ブローカー）である自分にはその中間に落ち着く傾向がある、とエイヴラムは思った。

彼は祈禱用の肩掛けを肩にかけ、聖句箱を身につけた。ユダヤ教的に清浄な動物の皮から作られた聖句箱には、四角いふたつの入れ物があり、そこには黒い皮の吊りひもがついていて、トーラーと呼ばれるユダヤ教聖典の聖句が刻みこまれている。彼は入れ物のひとつを左の前腕に置き、もうひとつを額につけて、そらんじている適切な祈りの言葉を静かにとなえた。

所定の作法にしたがって吊りひもを体に巻きつけはじめると同時に、礼拝堂に入ってきたときにいだいていた世俗的な考えをわきに押しのける努力をした。神に一身を捧げる心を思い出し、肉体と魂を神の意志に結びつける。聖句箱を身につけるためには、神の意志と結びついているおきてを遂行する必要がある。しかし、こう考えるのは俗悪なことだろうか？モーセが契約の律法を鑿（のみ）で刻んだ平たい石板は、シナイ山の頂から出たサファイアでできていたではないか。そして、最も著名な聖書解説者ラシーによれば、モーセとその後継者に永遠の富をもたらす貴重な贈り物として、神は彫刻のさいに生まれたかけらをモーセに与えたではないか。つまり、人間に与えられた最も神聖な遺物には、世俗的な価値を有する見返りがくっついていたわけだ。

しかし、エイヴラムは神学者ではない。祈りのために聖櫃（せいひつ）の前でひざをついているいまでも、その考えを頭から追い出すべきかじっくり考えるべきかはわからなかった。それでも、そういう考えがあることを否定する気はない。とぎれのない天上界への恐れと、やはりとぎれのない世俗の欲望に折り合いをつけたいという気持ちを否定するつもりもない。
思いきってつかむ努力をしてきたほかの目標と同じように、欲しいものをすべて手に入れてから、それをした自分とできるかぎりうまく折り合いをつけよう。エイヴラムはそう決意を固めていた。

マリッセはできるものならB計画からスタートして、そこから先へ進んでいきたかった。きょうだけではない。引き受けたどんな仕事でも同じだ。急ぎの仕事であろうとなかろうと、いちばん最初に立てた計画は必要な舞台装置の下準備にすぎず、進めていく仕事の草稿にすぎないと考えていた。それにはもっともな理由がある。十中八九、A計画には欠陥があったり、まったく無駄な努力であったりするからだ。私立探偵になってからの四年と、その前にベルギー国家保安庁で過ごした十二年で、彼は理解していた。そこにどれだけの思考と努力を投入し、どんなに完璧と思っていても、予期せぬ障害がかならず出てくる。足元をすくわれる落とし穴、出くわして曲がってみるまで先のわからない角で待ち構えている失敗。国家保安庁で若くて経験の浅い諜報員たちを指導していたころきびしく説いた信条については、揺るぎのない自信があった。未熟な新人たちからいつもこう質問された。そもそもA計画が鬼っ子で、失敗が運命づけられているのなら、なぜまるきり無視して、一足飛びに、研ぎ上げた代替計画から作戦を開始しないんですか？　これに対し、彼はその質問の明らかな論理的欠陥を指摘した。物事はいちばん最初から始めなければならない。A計画を無視したらB計画が繰り上がるだけのことだ。つまり実質的にA計画へ繰り上げられることによって、そのB計画も失敗する。C計画が新しいB計画になり、それ以降もひとつずつ繰り上がるだけの話だ。

　マリッセは調査の構想を練るさい、ダーウィン主義的な手法を用いる。調査に正しく取り組む方法を教えるさいには、ソクラテス的な手法を使う。鰓の前に肺が発生したほうがよかったのだろうか？　彼は若者たちから論理的思考を引き出すために、よくそう質問したものだ。たしかに呼吸器としては肺のほうが効率がいい。しかし、進化のはじごで魚が前にいなかったら、最初の両生類はどうやって事を運んだだろう？　太古の海の塩辛い闇のなかで、哀れな生き物は溺れ死ぬほかなかったのではないか？　連鎖にとぎれが生じ、いわゆる〝環〟の一部が消えてしまったら、地球生命の発生は完全に停止してしまったことだろう。蛙も蛇もネズミも高等哺乳動物も、何ひとつ生まれてこなかっただろう。人類など夢のまた夢だっただろう。それは調査の努力にもあてはまる。調査は順序正しく段階を踏んで進めなければならない。さもないと、かならずつまずいて失敗に終わる。

　マリッセの担当した生徒のなかにも、少数派ながら賢明で意欲に満ちあふれた者がいた。彼らはこの教訓を胸に刻み、とんでもない薄給にもめげずに立派な諜報員として職務を全うしてきた。しかし生徒の大半は欲深い凡人だった。そして、国家保安庁という階級組織のなかで居心地のいい事務職に昇進を果たしているのは、そんな凡人ばかりだ。

誰しもみな、自分で自分に褒美(ほうび)をあげるしかないのだ、とマリッセは思った。

いま彼は、西四十七丁目と六番街の角にある〈スターバックス〉にひとりで腰をおろしていた。キャラメル・マキアートを飲んで、そこに浸したチョコエクレアをときおりかじり、いつもどおり熱心に窓から外の通りを観察していた。ここはあまりいい場所ではないかもしれない。飲み物で体はしっかり温まったが、これ以上食べつづけると甘い濃縮シロップとカフェインの組み合わせによって、以前からむしばまれている十二指腸の消化性潰瘍(かいよう)が悪化するにちがいない。焼けるような痛みがあるにもかかわらず、悪性のものではないと主治医は請け合っている。それがせめてもの救いか。しかし、もう午前九時三十分だ。夜明けにめざめると同時に、マリッセの飽くことを知らない甘いものへの欲求も目をさましていた。タバコへの欲求も同じだ。後者はいまだに鎮(しず)まらない。アメリカの喫煙者、とりわけこの街の喫煙者は、喫煙の習慣によって肩身の狭い思いをしているばかりでなく、重税と罰則を科せられているからだ。この法律によるいやがらせ(リーガル・ハラスメント)のおかげで、路上とたぶん自宅のトイレを除いては、タバコを吸う場所がなくなっている。酒場でも禁止された……酒の合間に〈ジタン〉や〈ダンヒル〉をふかす喜びを味わえないなら、カクテルを注文することになんの意味があるのだろう？　マリッセには理解できなかった。ここは神に祝福された自由の国じゃなかったのか？　いま泊まっているホテルでも禁煙室で我慢しなければならなかった。喫煙できる部屋はすべて埋まっていたからだ。温かい飲み物とエクレアという慰めがあることを神様に感謝しよう。エクレアを使うのはマリッセが自分で考案した胃酸への対処法だった。

彼はマキアートをちびちび飲み、エクレアを浸しながら、早起きの買い手と売り手が小売店や、地上階のマーケット・ブースや、〈ダイヤモンド街〉の呼び名で知られるこの通りにあるオフィスへ向かうところをながめていた。ハシディズム派の男たちが大半を占めているが、女性やその他のグループも排除されてはいない。正統派に属さないユダヤ人や、アジア人、アフリカ人、オーストラリア人の姿もぱらぱら見える……さまざまな国と宗教の商人がいて、この通りの両側にある街灯のあいだをさまざまな民族が通り抜けていくことを、マリッセは知っていた。電話で知らされたカタリという紳士も、あのなかにいるのだろうか？そのカタリはおれの捜査に不可欠な存在なのだろうか、それとも関係のない人物なのだろうか、と彼は思いめぐらした。粘り強く調べを進めていけば、いずれ判明するはずだ。

いちばん重要な関心の対象エイヴラム・ホフマンについては、けさダイヤモンド・ディーラーズ・クラブ（ＤＤＣ）へやってくるホフマンを監視するのに、できることならもっといい場所を見つけたいところだった。時間の制限を設けない徹底的な張りこみは、これが三度目だ。ホフマンを追ってアントワープからニューヨークへやってくるあいだには、急いで荷造りをし、Ｆ50プロペラ機に激しく揺られ、ヒースローであやうく乗り継ぎに失敗しかけた（時差ぼけによる疲労にもっと確実に効く対処法はないものだろうか？）。しかしニューヨークに到着してからの数日は、五番街の角にあるＤＤＣの入口近くに張りついてこの通りを離れず、店先のディスプレイを冷やかしてまわったり、新聞のスタンドで暇をつぶしたりしていた。おおかたの時間は群衆のあいだを縫って歩いていた。こういう寒い時期だから、ビルの入口は楽に視界に入る。ついでに、ときどき喫煙を楽しむこともできた……外の寒さに骨が悲鳴をあげるたびに、ランス・レンボックのオフィスの殺人的な暑さが思い出された。しかし、ここは悲劇を経験したマンハッタンだ。いまここでは、見知らぬ人間であることが逆にマイナスになる。見知らぬ他人が集まっている大都会だというのに、いまでは見慣れない顔のほうがかえって目につきやすくなっている。以前なら誰からも注目されず、都会の雑踏にまぎれていたかもしれない者たちに、通行人は警戒の目を向ける。警察官のチームがいくつか、防弾チョッキを着てブルパップ式短機関銃(サブマシンガン)をたずさえ、ジャーマンシェパードの爆弾探知犬を連れて、大きな店やオフィスビルの入口がテロ攻撃にあわないよう見張っている。このブロックを何をするでもなくただ行き来していることに気づかれたら、正直で誠実な調査員であるこのおれに、好奇の目や疑いの目が向けられないともかぎらない。そして、何があっても絶対この仕事のことを捜査当局に――ついでにいえば〈事務局〉にも――気づかれてはならない。そうレンボックから強く念を押されていた。すでにこの業界には、取引所のことを時代遅れなごみ同様の世界的機関よばわりしている者もいる昨今だけに、レンボックは取引所の評判をおとしめるような醜聞を心配して、何があっても当局に知られる前に真相をつかんでおきたいと願っていた。

　だからきょうマリッセは、見張りの場所を路上から、姿をさらさずにすむこのカフェに変えた。ここには快適な暖かさとクッションのきいた座席と湯気を立てている飲み物と焼き菓子があるが、これには任務遂行を阻害する要因もあった。ＤＤＣの守衛をしている男から入るエイヴラム情報に頼らざるをえなくなったからだ。また、これは些細なことだが、タバコに火をつけることもできなくなった。

しかし、ジェフリーズのことで不平はいえない。あの男は目と耳の役割をしっかり果たしてくれそうな感じだし、エイヴラムが〈クラブ〉に姿を見せたという確認情報もすぐに送りこんできた。ここまではすべて、とどこおりなく計画どおりに進んでいる。

つまり、A計画は。

だからこそ、デラーノ・マリッセは楽観しすぎないよう努めていた。エイヴラム・ホフマンが違法な宝石の——おどろくべき偽造宝石の——取引に手を染めているとすれば、それを立証し、石からその入手先を突き止める。マリッセにはその自信があった。

ただしA、B、Cの計画あたりでうまくいくほど楽な調査ではない、という予感はあった。下手をすると、Dあたりでも。

ただちにパンチングボールへ移行したメガンをナイメクが見守っていると、その視界にクリスの姿が飛びこんできた。一分前には、少年はメガンの一挙手一投足を目で追っていた。その少年がとつぜん、ウェイト・トレーニング用ベンチのそばにあるバーベル・ラックに向かっていた。

クリスは大きな三五ポンドの重りを両手でまわし、シャフトにとりつけていた。重りがはずれてまっすぐ足の上に落下するところを想像し、ナイメクは軽く顔をしかめた。

「クリス」と、彼は呼びかけた。「それには手を出すな」

少年は返事をせず、なおもシャフトにバーベルをまわしていった。スピードバッグのたてる一様な音にじゃまされて声が届かなかったのだろうか、とナイメクは考え、声の音量を上げて呼びかけた。

クリスに気づいたそぶりはない。少なくともそう見えた。少年はナイメクの言葉に耳を貸さず、重りをもうひとまわししてベンチをまたぎ、仰向けになって手足を伸ばすと、ラックの下に体をすべりこませて、その上のシャフトを握った。

「おい、クリス、そこを離れろ！」

ナイメクはこんどはそう叫んで、ベンチのほうへ足を踏み出した。もう、重りが足の親指に落ちたらどうなるかを考えている暇はない。ナイメクはあのシャフトで二〇〇ポンドを挙げていた――クリスの体重の倍近い――それが何かのはずみで胸に落ちたらどうなるか？　想像したくもない。

彼の後ろでメガンが運動を中断し、どうしたのかと振り向いた。バッグのそばから彼女が見守るうちに、クリスは上半身を起こして、ベンチの横にゆっくり足を投げ出し、ベンチを離れてぴょこんと立ち上がった。いまようやくナイメクに気がついたかのように。

「クリス、おれの声が聞こえなかったのか？」ナイメクは不機嫌な顔で少年の前に立った。

「規則は知っているはずだ」

この子は知っている。それどころか、ジムの規則についていい聞かせてからは、おどろくほど聞き分けよく、決して勝手に装置に近づいたりすることはなかった。だからナイメクのトレーニングを見ているときも、まわりをぶらつくそこそこの自由を獲得していたのだ。まったくこの子らしくないふるまいだ。

ナイメクは返事を待っていたが、返ってきたのはうつろな目と無言で肩をすくめる動作だった。

ナイメクは怒りととまどい半々の気持ちでクリスの顔を見た。この無反応ぶりをどう解釈したものかわからない。こんなぎごちない態度はクリスらしくない。これまでのクリスは、メガンの気を引こうとしていた。それがいまは、彼女などいないかのようなふるまいだ。

「下に戻っていい？」と、クリスはたずねた。抑揚のない口調だ。反抗的な態度や強情さはみじんも感じられない。

「そうしたほうがよさそうだ」と、ナイメクはいった。

クリスは彼のわきをすり抜けてエレベーターに向かい、扉のそばにある生体測定（バイオメトリック）出入管理パッドに人差し指を触れて、夢遊病者のように扉の外へ出ていった。

エレベーターが降りていくあいだ、ナイメクはとまどいの表情を浮かべながら、メガンのそばであごの先をひっぱっていた。

「いまのはどういうことかわかるかい？」と、彼はたずねた。

メガンは何か気のきいたことを言葉にできないか、考えをめぐらした。

「さっぱり」と、彼女は答えた。「だけど、あの子の思春期が終わるまで、あそこの錠の暗証番号は変えたほうがいいんじゃないかしら」

「あとを頼むぞ、コリンズ」ジェフリーズはそういってスツールから立ち上がり、交代にやってきた若い守衛に席を空けた。

ジェフリーズの腕時計によれば、いま時刻は九時二十五分だ。仕事に万全を期すために、週にいちどはかならず上の階の大きな部屋にかかっている公式時計に時間を合わせる。九時から十時までは、このビルでいちばんのんびりした時間帯だ。業者の第一波は引き上げている。第一波の大半はジェフリーズと同年齢くらいの、過去の遺物のような人びとだ。早い時間に姿を現わして、直接値段の交渉ができるごま塩の髭を生やした老齢の相手を探すという行動パターンが刷りこまれている人びとだ。第二波が来るのは十一時や十一時半になる。そのころになると、自宅のオフィスでインターネットを使ってひと稼ぎを終えた若い業者がやってくる。

静かな時間だ。ジェフリーズは胸のなかでつぶやいた。彼にとっては、しばらく脚を伸ばして、角のドーナツの屋台でコーヒーを買い、売り子のムサフとしばらく中東問題の話をし、歩道で一服するのに絶好の時間だった。最近は喫煙できる場所がない。罰金をとられる危険を冒さないかぎり、タバコを吸うことができない。逮捕されて三十日の服役を科せられる可能性まであった。家をこっそり脱け出してマリファナタバコに火をつける、不良少年になったみたいな気分だ。ありがとよ、市長さん。あんたの上品ぶったご友人たちがアルバやアカプルコやハワイのゴルフ・クラブや、週末が来るたびに自家用ジェットで飛んでいく隠れ処（かくが）でもいいが、そういう場所で高価な葉巻を楽しめるよう願ってるぜ。この街を清教徒（ピューリタン）のように切り盛りし、自分の私生活はアラブの王族のごとしだ。新聞によれば、市長閣下が就任前にパーク街のタウンハウスで催していたパーティ会場には、客がこっそり忍びこめる〝罪の部屋〟まであったという。

ジェフリーズは守衛台から足を下ろし、前回の選挙でもうひとりの道化に投票した自分を心のなかで褒め称えた。

「何か買ってきてほしいものはあるかい？」彼は交代の男にたずねた。

「ある」コリンズはいった。「ハル・ベリー（米国の映画女優）だ」

「クリームチーズか？　バターか？」

「バターだ」コリンズはにやっと笑った。「あれだけの女だ。付け合わせもたんと頼んだほうがいい」

「一ドル以下で手に入ったら買ってきてやるよ」

ジェフリーズはズボンのベルトをつかんでぐっと引き上げ、すばやく羽織った上着を軽く叩いてタバコがあるか確かめた。認めるのはしゃくだが、じつをいうと少々喫煙には良心がとがめるのを感じている。いまの市長が太陽と月と星の下で八方手を尽くして彼にそう感じさせているからではない。新年の誓いで喫煙の習慣をやめてほしいと妻から求められていたからだ。ロージーのために一生懸命努力をしてきたし、この一カ月ほどは禁煙に成功していた。重圧のかかる仕事、つまりベルギーから来たあの探偵の情報屋をつとめる仕事がなかったら、もっと長続きしたかもしれないのだが……そう考えて、彼は大事なことを思い出した。「カタリとかいう客が来ることになっている」彼はそういって、来客名簿の余白に書き留めたメモを指差した。「イスラエルから来たアフリカ系の男で、英語はできないそうだ」

「ええっ？」

「四の五のいうな」ジェフリーズはいった。「その男が来たら、メインルームにいるエイヴラム・ホフマンにポケベルで知らせて、案内してやってくれ」

コリンズはうなずいて、守衛台の奥のスツールに腰をおろした。

それからすぐジェフリーズは、くるりと背を向けてビルをあとにした。


エイヴラムは朝の礼拝がすむと、祈禱用の肩掛けと聖句箱をクロークルームの小物入れに戻してメインホールに戻った。テーブル上の営みにも活気が出てきたような気がしたが、飛躍的にというわけではなかった。

いま通ってきた通路のかたわらに目をやった。ガラスで仕切られたブースの上に壁掛け時計が並んでいる。そこをエイヴラムはちらっと見た。そこには世界の主要交易都市の現在の時刻が示されており、彼はそれを見て、携帯電話を確かめなくてはならないことを思い出した。四十五分前、礼拝堂に入る前に携帯電話の電源を切っておいたのだ。カタリから留守電が入っていた。英語とヘブライ語がごちゃまぜになった表敬の電話だ。泊まっているマディソン街のホテルを出てここに向かっているという。アントワープと東京とムンバイの取引相手からも電子メールが届いていた。この十分間に応答できなかった電話が二件あり、番号が発信者番号通知サービスの画面にまとめられていた。エイヴラムは発信者に心あたりがあった。彼は電子メールのチェックをあとまわしにし、その発信者がもういちどかけてくるのを待った。

しばらくすると携帯電話の呼び出し音が鳴った。彼は親指で〝通話〟ボタンを押した。

「もしもし」

「出てくれてよかった」

瞬時にラスロップだとわかった。

「朝の礼拝に出ていてね」エイヴラムはいった。「ご理解願いたい」

「もちろんだ。魂を清める小休止のときだからな」

「魂を高めるのさ」エイヴラムはいった。「律法学者（ラビ）やタルムード学者のなかには、人間は天使に勝るという見解を示している者がいる。神は後者をできるかぎり完璧なもの、つまり完全に霊的な存在にした。それに対し、霊的な性質と物質的な性質を併せ持つわたしたち人間には現在の自分たちを超える能力がある。つまり、自分に磨きをかける能力がわれわれにはあるわけだ」

「未加工の宝石にも」

「たしかに、そのたぐいのものにも」エイヴラムは肩をすくめた。「いろんな面に改善の余地がないか、いつもわたしは探している」

「だったら、あの最高の品を見たら幸せな気分になるだろう」

エイヴラムの脈が速まった。

「何を手に入れてくれたんだ？」

「見たらといっただろう」

礼拝堂にいたほかの何人かがそばを通りかかったので、エイヴラムは端へ寄った。

「けさは大事な約束がある」と、彼はいった。

「キャンセルしろ」

「だめだ、もう延期できない。買い手（バイヤー）はいまこっちに向かっていて、連絡はとれないから……」

「あとまわしにしろ。それか、待たせておけ。チャンスの窓は限られているし、長い目で見れば、いずれあんたのいいなりになる客が行列を作ることになるんだぞ」

言葉がとぎれた。エイヴラムの皮膚の下に欲望と興奮がさざ波となって押し寄せてくる。

部屋のあちこちに散らばっているほかの男たちから離れたところに、彼はひとつ空席を見つけて、大きなガラスの窓からアップタウンの屋根を凝視した。

「どこでどうやって会う？」

「手順はわかっているはずだ、エイヴラム」ラスロップはいった。「出かけて、携帯電話の電源を入れておけ。こっちからまた連絡を入れる」

「朝飯に注文したセクシーな映画スターはどこだい?」ジェフリーズが守衛台に近づいてくるのを見てコリンズがたずねた。

「値段が高すぎるし、こっちじゃ会えなかったよ」ジェフリーズは屋台で買ってきた小さな白い袋をがさがさいわせた。「かわりにベーグルを買ってきてやった」

「バターつきかい?」

「お望みどおりな」

コリンズは顔をしかめる演技をして袋に手を伸ばした。「まあ、それで手を打とう」

ジェフリーズは上着のファスナーを開け、しがみついてなかなか離れそうにない外の冷気を振り払った。

「留守中、何もなかったか?」と、彼はたずねた。

「ああ」といって、コリンズはスツールから立ち上がった。「うん、そういや、例の男は来たよ。カタリという男だ」

「ちゃんと上にあがっていったか?」

「ああ。いま上にいるが、じつをいうと、あまりご機嫌じゃない」コリンズは困った様子でいった。「約束していた男が出かけた直後に来たんだ」

ジェフリーズは相手の顔を見た。

「出かけた?」

「あんたが出ていって一、二分もしないうちに」とコリンズはいい、来客名簿の横に置かれた一枚の紙をかるく叩いた。「出かけなくちゃならない大事な用ができたらしい……こいつをおれの前に置いて、そのまま大急ぎで出ていったよ」

ジェフリーズは額にしわを寄せて紙に手を伸ばし、エイヴラム・ホフマンが書きつけたメモを読んだ。

なんてこった。彼は胸のなかでつぶやいた。

A計画でうまくいくほど甘くないとは思っていたが、始まったばかりの段階で頓挫(とんざ)するとは思ってもみなかった。

マリッセは四十七丁目と五番街の角で足を止め、息をついて南北の通りを見まわしながら、しくじった、ばかだったと心のなかでつぶやいた。目は歩道と交差点と通り過ぎていくタクシーとバスをつぶさに調べていた。ジェフリーズの話から判断して、エイヴラム・ホフマンがDDCのビルを出ていってから、もう五分近くが過ぎている。この車と人が激しく行き交うなかでホフマンがどっちの方向へ向かったかを推測したところで、それは愚かで不毛な形ばかりの努力のような気がした。ジェフリーズのかわりに守衛台についた男は、ホフマンが五番街へ向かったかどうかすらよくわからないという。知っていなければならない理由はない。いま行なわれている監視のことなど、その男は何ひとつ知らないのだから。

マリッセは眉をひそめたが、すぐに三ブロック北にあるIRTの地下鉄駅に向かって右へ折れた。直感による選択だ。ホフマンがパンくずの跡を残していったとしても、いまごろはこのあたりの通りにはびこる汚い鳩たちが全部ついばんでいるだろう。だが、あの男はとつぜんDDCを出ていった。予定外の行動だ。急いでいたにちがいない。どこかへ急いで行こうと思ったら、いちばん速い交通機関を選んだと考えるのが筋だし、この街でいちばん速いのは電車だ……歩いてすぐ行ける場所でなかったらの話だが。その場合やそれ以外のケースを考えていてもしかたがない。コインを投げろ。

マリッセの眉間のしわがさらに深くなった。愚かなことだ。すべてはぶち壊しになったのだ。暖かいコーヒーショップにいて、コーヒーを入れパンを焼いているかぐわしい香りを楽しんでいたほうが……

焦げ茶色のオーバーコートを着て、スナップブリムの淡い灰色のフェドーラ帽をかぶった男が、ブロックのまんなかあたりの群衆のなかにいるのに気がついたとき、その考えはぴりとやんだ。男はマリッセに背を向けて、きびきびとした足どりで歩いていた。マリッセはしばらく男を見た。体の大きさはホフマンと一致する。歩きかたもだ。上着も、この二日間ホフマンが着ていたものに似ている。しかし、これまでかぶっていた帽子は杉綾模様の黄褐色だった。コートも茶色のツイードだった。しかし、きのうはきのうだ。外見を変えてはならないという法律があるわけでもない。それに、見かけは変わっていても、きちんとコーディネートはされている。

マリッセはただちにあとを追いはじめた。たまたま獲物が見つかるほど運に恵まれていると考えるのは図々しいか。しかし、不毛感に見舞われながら立ちつくしているより、希望を追いかけたほうがいい。そうすることで少なくとも体の血行はよくなるし、寒さも少々和らぐはずだ。

歩行者のかたまりをかき分け、自転車便をよけ、〈セグウェー〉の立ち乗り電動スクーターで車より速く通りを移動していくどこかの愚か者にぶつかりそうになった。この街には喫煙がもたらすどんな危険よりも人の命を脅かすものがあるではないか。

もうすこしで追いつく。男は五十八丁目との角で立ち止まって、信号機の色が変わるのを待っていた。赤が青に変わると、通りを横断しはじめた。マリッセは雑踏のなかをじわじわ男の右へ近づいていき、さっと追い越して男の顔を見た。

左の肩越しにちらっと見ただけで、つかのまいだいていたはかない望みは打ち砕かれた。男はホフマンではなかった。あご鬚はなく、年もホフマンより上で、眼鏡をかけていた。ホフマンとは似ても似つかない男だ。まあ、急いで歩いていたし、服装も似ていたのだからしかたがないか。がっかりしたのは確かだが、チャンスに賭けたことで自分を責めるつもりはなかった。

たえず動きつづける群衆のなかに男は飲みこまれていき、マリッセはゆっくり足を止めた。歩行者の肩が何度か腕にぶつかり、何度かひじにわき腹を突つかれた。すぐ左にある銀行の入口のそばで、アウトバックコートを着た黒髪の男が、あちこちにあるアップリンク社製の公衆インターネット端末に硬貨を落としていた。ヨーロッパ各地の都市でも最近いたるところで見られるようになった端末だ。マリッセはつかのま男に目をとめて、この群衆といっしょに足を動かしていない自分以外のたったひとりの人間だと思った。肩をぽんと叩いて兄弟の契り(ちぎ)りを交わさないかといってやったらどうだろう。そんなおどけた思いをめぐらせた。

そのとき、男が端末の画面から顔をそむけて、ちらっとマリッセのほうを振り返った。視線を感じたらしい。ふたりの目がつかのま合ったが、男の顔にはなんの表情も浮かんでいなかった。マリッセは小さなとまどいをおぼえた。通行人のじゃまをするだけでは飽き足らず、見知らぬ他人のプライバシーを侵害する迷惑者にまでなるつもりか？

マリッセはそれ以上ぐずぐずせず、男のプライバシーに立ち入るのをやめて南へ引き返した。二、三歩進んでから、前向きな考えかたをして、気分を立てなおしにかかった。そして、すぐに楽観的な姿勢を取り戻した。暖かくて居心地のいいカフェのボックス席から急いで出てきた努力は徒労に終わったかもしれないが、そこからなにがしかのプラス要素を拾い上げることは、まだできそうだ。

路上に出たおかげで、少なくとも、思う存分タバコを吸えるではないか。

マリッセはコートのなかの〈ジタン〉に手を伸ばして、心の準備をした。あきれるほどの無能ぶりにジェフリーズがどんな言い訳をしてくるかは知らないが、かならずとっちめてやる。

ラスロップが公衆インターネット端末の前に立ったまま待っていると、歩道でしばらく自分のほうを見ていた男は南のほうへ立ち去った。あの男は、曲がる角をまちがえてどこにいるかわからなくなった人間のような、とまどいと混乱のまじった表情を浮かべていた。心配する必要のある人間ではなさそうだ。それでもラスロップは用心深く男を目で追い、男の歩みをしばらく見守ってからインターネットの画面に向き直った。

残りの硬貨を端末の投入口に入れ、タッチ式の画面で〈ホットメール〉の架空のアカウントに接続し、彼の指示どおり何分か前にダウンタウン行き一〇二番のバスに乗りこんでいたエイヴラムに短いメッセージを打ちこんだ。

〝四十二丁目の停留所で降りて、ヴァンダービルト像のある入口からグランドセントラル駅に入り、西のバルコニーで待て〟と。

これをエイヴラムのワイヤレス電子メールのアドレスに送ると、ラスロップは端末の画面をきれいに消し、ポケットに両手をつっこんで、駅のある南へ足早に向かった。

「針穴みたいな日光が並んでいる」ラスロップが携帯電話でエイヴラムに告げていた。エイヴラムにはさっぱり理由がわからなかったが、ラスロップはいま電子メールでなく電話を使っていた。「見えるか?」

「見える」エイヴラムはおどろきに打たれながらそう答えた。彼はニューヨーク市以外のどこにも住んだことがない。グランドセントラル駅は数えきれないくらい通ってきた。なのに、中央コンコースのタイルを張った大理石の床に丸い形をした明るい日光が東西方向に並んでいることには、いま初めて気がついた。いまいる西のバルコニーから天井を見上げて、どこから光が入ってきているのか突き止めようとしたが、何も見つからなかった。黄道十二宮の星座が描かれている天井の壁画の下に凝った造りの窓格子があるが、あそこからだろうか、と彼はいぶかった。

「エイヴラム」

「ああ？」

「風景に見とれるのはあとにしろ」ラスロップがいった。「コンコースに降りて、ターミナルの東側に向かえ。もういちど電話を入れるまで、その日光にそってまっすぐ歩いていけ」

電話が切れた。

エイヴラムは階段を降りる前にいちど立ち止まった。彼から見て左にあたる北のバルコニーにはコの字形をした〈マイケル・ジョーダン・ステーキハウス〉があった。そこの丸い形をしたカウンターバーと暗い色をした木のボックス席に目を向け、そのあと南壁の小さめのバルコニーに陣取っている〈チプリアーニ・ドルチ〉というレストランに視線を移した。どちらの店にもラスロップの姿は見えなかった。エイヴラムの目はコンコースを越え、反対側のバルコニーにある地中海料理店〈メトラジュール〉に向かった。ターミナルが改修される前の何十年か、そこには〈コダック〉のカロラマという巨大な煤だらけの広告看板があった。〈メトラジュール〉とは距離がありすぎ、優雅な服装でコーヒーと焼き菓子を楽しんでいる知的職業人のなかにラスロップがいるかどうかは見分けがつかなかった。いたとしても、道具の助けを借りずにあのバルコニーが見えるだろうか？　あの男は観光客を装って双眼鏡を構えているのだろうか？　ズームつきのカメラで写真を撮っているふりをしているのだろうか？　それとも、別のどこかに隠れて、ちがった監視法を使っているのか？　エイヴラムにわかるのはこれだけだった。ラスロップはこの大きな鉄道駅を歩いている何千人ものなかのどこかに紛れこんでいるにちがいない。近くのどこかでわたしを見守り、観察しているにちがいない。ひょっとしたら下にいて、切符売り場や表示板の前にいる人の群れや、ガラスでおおわれたインフォメーション・キオスクのまわりにいる旅行者に紛れているのかもしれない。しかし、その姿はどこにも見えない。四十七丁目の〈ダイヤモンド取引所〉を出てきてから、ずっとラスロップがわたしの足どりを追ってきたのはまちがいないが、その姿はどこにも見えなかった。南へ進んでいくあいだ、あの男の姿はちらりとも見ていない。これまでにも、ふたりはこの街のあちこちでタンゴを踊ってきたが、いちどたりとあの男の姿が見えたことはない。

エイヴラムは気にしないよう努めていたが、生身の人間である彼には好奇心を抑えこむことができなかった。そして奇妙なことに、ラスロップに監視されているという思いよりも、ラスロップは見張りを楽しんでいるにちがいないという確信のほうに居心地の悪さを感じていた。あの男からにじみ出ている独りよがりな自信。人に見られずに人を見て、群衆のなかを幽霊のようによどみなく移動する能力において、あの男の右に出る者はいない。相手を意のままに動かすのも同じくらいうまい。ダンスの名人だ。それを自認し、大いにうぬぼれている。こっちの動きを追う必要があるのはわかるし、大金がかかっている状況だけに、その分別に異議をとなえることはできないが、この寒さのきびしい冬の朝に複雑な経路をたどって歩きまわる能力試験を免除してくれたら、心から感謝するのだが。次々と通りを渡り、駅から駅へ渡り歩いてきた。まあ、もちろんこのダンスがあることは予期していた。しかし、ラスロップは調子に乗って、ただ自分が楽しむためだけにあちこち歩きまわらせているのではないかと、ときおり疑問が頭をかすめた。

エイヴラムはこういった考えを押しとどめるのに最善を尽くし、手すりを押してそこを離れた。階段を降り、並んでいる小さな日光をたどって、コンコースと〈メットライフ・タワー〉のロビーを結ぶエスカレーターに向かった。

また携帯電話が鳴った。エイヴラムは足を止めて応答した。

「よし」耳元にラスロップの声が流れた。「そのままレキシントン街に向かうと、すぐ前方にイーストサイドＩＲＴに出る傾斜路（ランプ）がある。わかるな」

エイヴラムが立ち止まったままでいると、四方八方から押し寄せてくる男女の波が彼の前で分かれ、エスカレーターと鉄道のさまざまなゲートへ向かっていった。

「知っている」と彼は答え、その通路をちらっと見た。

「電話を切って二分待て。案内ブースの上にある例の大きな真鍮の時計を使って時間を数えろ」と、ラスロップは指示をした。「二分たったら、歩いてランプに向かえ……歩みは速からず遅からず。階段に着いたら――」

「また電話が来る」と、エイヴラムは受けた。

ピート・ナイメクはサンノゼ時間の八時五分前に、アップリンク本社の最上階にある自分の部屋から降りてきて、安全確保がなされた地下の会議室に足を踏み入れた。すでにメガンとローランド・ティボドーは重役会議室用のテーブルに着いていた。ティボドーはふたりいる〈全世界監督官〉のひとりだ。

「リッチはどうした？」ティボドーと同じ肩書きを持つ男がいないことに気がつき、とまどってナイメクはたずねた。

メガンが首を横に振って、わからないと伝えた。

「見てない」とティボドーがいった。彼はビジネススーツではなく〈剣(ソード)〉の制服である濃紺のシャツとズボンに身を包んでいた。選択は自由で、彼は制服のほうを好んでいる。ティボドーはセイウチのような口髭に手を走らせた。たっぷりたくわえていた褐色のあご鬚を最近になって削ぎとった結果、残ったのがこれだ。髭の量を減らしたのは、どうやら——本人の口から説明があったわけではないが——細くなってきた胴まわりと関係があるらしい。まだまだ余分の肉は残っているにせよ。

部屋の大きな壁にかかっているプラズマ画面を、ナイメクは身ぶりで示した。

「これから、ここ とニューヨークを映像で結ぶ」彼はいった。「あいつにも金曜の午後に伝えたはずだ。帰る前におれの口から」

「おれからもいっといたがな」ティボドーがいった。しゃがれ声のケイジャン訛りだ。〝おれ〟が〝アー〟みたいに聞こえる。「くたびれ損だったらしい」

ナイメクは眉をひそめた。

「あいつの携帯にはかけてみたのか?」

「何度かね」メガンがいった。

「留守番電話になるだけだ」ティボドーがいった。

ナイメクの眉間のしわが深くなった。厄介な朝になりそうだ。

「この会議はあいつにいてもらう必要がある」彼はいった。「大事な会議だ。欠席していいわけはない」

「最近、やっこさんは、必要なときにいないことが多い。おれの口からいうまでもないが」ティボドーは口髭に手を走らせたままテーブルをちらっと見た。「寿命を全うしないで死んじまうやつもいるからな」と、彼はつぶやくようにいった。

ナイメクが戸口の内側からティボドーを見た。

「どういう意味だ、ロリー?」彼はたずねた。

ティボドーは視線を上げ、ゆっくり重々しくナイメクの目を見た。

「待っても無駄だといってるのさ」と、彼はいった。

エイヴラムは階段を降りて地下鉄に出ると、メトロカードで料金を払って、中二階のまんなかにある方位図（コンパスローズ）の前へ向かった。東西南北に走る路線が交わっている、マンハッタンで二番目に忙しいハブ・ステーションだ。彼の向かっている駅に次いで利用客が多い。朝のラッシュアワーが終わったいまでも、まわりでは利用客があわただしい動きを見せていた。回転式改札口のカタッという音が耳に入ってくる。一階下のプラットホームからは、到着しては発車していく電車の低いゴーッという音が聞こえていた。

　エイヴラムは方位図の中心になっている円柱を背にして北を向いた——丸花飾り（ロゼット）に記されている方位はそれだけだ。

　携帯電話が二度鳴った。電子メールの着信音だ。エイヴラムは画面に新着メッセージを呼び出して、それを開いた。

　そこには〝右の地下道を進め〟とあった。

　コーヒーショップに戻ったマリッセは携帯電話を耳に当て、必要な手続きとして事の経緯を問いただしていた。

「説明してくれないか」彼はおだやかな声でいった。わずかにフラマン語訛りがある。「例の男がビルにいるのは知っていたはずだ。そのときに持ち場を空っぽにしたのはどういうわけだ？　一秒でもビルを離れるなんて、いったいどういうことなんだ？」

「空っぽにしたなんて、誰がいった？」と、ジェフリーズが返した。「空っぽにしたなんて、おれがいったかい？」

「ああ」マリッセはいった。「そういったはずだ」

「おいおい、そんなことをいうわけがない。そんなことをしたら、おれが出てったあと、持ち場には誰もいなくなっちまうじゃないか。誓っていうが、そんなことはしていない。ここに勤めてから、いちどだってそんなことはしていない。これからも絶対にしやしない」

マリッセは湯気を立てているマグの上でためいきをついた……今回はふつうのイタリアン・ローストだが、コクのあるタイプだ。

「おれはただ、なんでこんなことになったのか知りたいだけで——」

「そりゃけっこうだが」とジェフリーズはいった。「人のいったことは素直に受け取ってくれ。言葉をねじ曲げちゃ困る。あんたに責められて傷つくまでもなく、おれの心はこのスパイの仕事で忸怩たる思いをしてるんだ」

「侮辱するつもりはない」

「そりゃけっこう」と、ジェフリーズはまたいった。そして音が聞こえるくらい大きく息を吸いこんだ。「こんなことになったのは、例の男はしばらく上の大きな部屋にいると思って十分間の休憩に出たせいだ」

「約束の相手を待っていると思いこんでいたわけだ」

「ああ、そうだ。例の男は大事な約束だといってたし」

「なのに、それを待たずに出ていった」

「ああ、そうだ。相棒はおれがスパイの仕事をしてるなんていっさい知らないし、うちの上役たちにもその点を知られちゃ困るから、例の男にどこへ出かけるのかと相棒から質問させるわけにはいかなかったんだ。うちの警備班とはなんの関係もないことだし、質問させたら両方から怪しまれる」

「しかし、例の男はメモを残していったんだろう」

「ああ、あの来客用に」

「カタリに」

「そのとおり」ジェフリーズはいった。「二、三文ていどのものだ。出かけなくちゃならなくなった、緊急の用で出かけるが長くはかからないから、戻ってくるまで〈クラブ〉で待っていてほしいって内容だった」

「彼は……つまりカタリは……いまおれたちが話をしているあいだも、そうしているわけだ」

「これまた、そのとおり」と、ジェフリーズはいった。

近くのボックス席にいた一団が席を立って、マリッセの前をぞろぞろ出口に向かっていくあいだ、マリッセは沈黙を守っていた。なんといったものか？　よくいっても雑な仕事だ。少なくとも、A計画が思った以上に早くおしゃかになったのはまちがいない。すでに頭のなかで練り上げられているB計画は、もっとすっきり効率よく進むだろう。しかし悲しいことに、A計画より費用がかかる……だが、レンボックは予算に上限を設けていないし、国家保安庁に何年かいたおかげで、マリッセにはこのニューヨークにも専門家のつてがあった。

「もうひとつ訊きたいことがある」彼はいった。「あんたに責任を問うたり侮辱しようという気はない。今後の参考のためだ。いっしょに仕事をするとき、どうしたらいちばんうまくいくかを知りたいだけだ」

「どうぞ」

「けさあんたがとった休憩だが、これはいつものことか?」

「痛みはじめた六十五歳のケツと同じくらい、いつものことさ」ジェフリーズは答えた。

「いつものことといえば、タバコを吸いたくなるともうどうにもならんのだ。例の法律のおかげで、この街じゃ路上に出て吸わなくちゃならなくてな」

マリッセは悲しげな笑みを浮かべ、最初からそれを知っておくべきだったと心のなかでつぶやいた。


エイヴラムの耳には、ホームに入ってくる電車の金属的な騒がしい音が充満していた。四十二丁目の大きなシャトル駅につながる地下道の入口から、彼は小走りになった。四十二丁目には、タイムズスクエア駅とグランドセントラル駅を結ぶS線の線路が四つある。いまは一番線と三番線に電車が待機していた。一番線の電車は満員に近い状態だったが、扉を開けたまま、さらに乗客を乗りこませてぎゅうぎゅう詰めにしようとしている。プラットホームの上で点灯している表示によれば、この電車が先発だった。

さきほどギーッと停止したのは右手にある三番線の電車だろう、とエイヴラムは思った。

誰も乗っておらず、扉も閉まっている。一番線の電車が動きだしたら車掌が扉を開けて乗客を乗りこませ、タイムズスクエアにいる電車が駅を出たという信号を受けたら、また扉を閉める。この両駅間は、都市交通局（ＭＴＡ）の標準からいくと、おどろくほど時間どおりにとぎれなく運行されていた。

エイヴラムがホームにたどり着いたとき、一番線の電車に乗れるだけの時間の余裕はたっぷりあったが、結局それには乗らなかった。ラスロップからもういっぽうの電車の三両目に乗って駅を出ろという指示が出されたからだ。

エイヴラムはその指示にしたがい、ラスロップのリードに合わせて踊った。開いた電車の扉をくぐる最初の一団にいたおかげで、エイヴラムにはたくさんの空席が見えた。それ自体がめずらしいことだし、すわっていけるのに魅力を感じたのは確かだが、神経が高ぶっていたせいかその必要を感じなかった。すわらずに立っていくことにして、車両が人で埋まってくるあいだ握り棒につかまっていた。この選択はラスロップに指示されたものではなく自分でしたものだから、なおさら気分がいい。

電車はモーターを切らずにしばらく扉を開いていた。電車が出発するのを待つあいだ、エイヴラムはふと気がつくと、ステッカーと手描きの絵で派手に飾り立てたアコースティック・ギターを弾きながら乗りこんできた髪の長いやせた少年の奏でる音に耳を傾けていた。少年はお金を入れる缶を前に置いて、エイヴラムの記憶を強烈にかきたてるメキシコ風のインストゥルメンタルを弾きはじめた。聞き覚えのある曲なのはまちがいないが、曲名が思い出せない。遠い日の夏とその記憶は結びついていた。十歳だったか十一歳だったか、そのころの彼は枕の下にポータブル・ラジオを隠し、父親の厳命を破ってこっそりロックンロールのトップ四〇に聞き入りながら多くの夜を過ごしていた。青春時代と禁じられた世界が接触したとき特有の秘密の喜びに、独りで浸っていたころだ。WABC－AMだった、と彼は心のなかでつぶやいた。DJのカズン・ブルーシーが人気のヒット曲をかけていた。

電車の扉がようやく閉まったときも、エイヴラムはほとんど気がついていなかった。このギター奏者に心を奪われていた。少年はいま、ビッグバンド時代のスタンダードナンバー〈シング、シング、シング〉を演奏しているところだった。非の打ちどころのない演奏だ。足を踏ん張り、パーカッシブ奏法でジャンジャンかき鳴らしてリズムを保ち、体とピックガードとギターの端とさまざまなものでドラム・ソロを打ち鳴らしている。少年は電車がホームを出る直前に二曲目を終え、またがらりと演奏スタイルを変えた。イントロのコードを叩き切るようにかき鳴らし、そこからヴォーカルをまじえたアップテンポなカントリー・ウエスタンの曲へ移っていった。少年の歌声は電車のたてる騒音をものともしない、澄んだ力強いものだった。列車に乗って、一杯のコーヒーを買う小銭もなく、急いで町を出ていかなければならないという内容の歌詞を、少年は高らかに歌いあげていた。

エイヴラムは感嘆していた。列車の出発と同時に大きな音で弦をかき鳴らして三曲目にとりかかれるよう、タイミングを計ったにちがいない。賢明かつ実用的な手並みではないか。

ほかの曲のシングルノートの複雑なメロディ・ラインでは、レールの上を動きだした車輪の大きな音に負けてしまったことだろう。

　少年のテクニックとそつのなさにすっかり心を奪われ、演奏に耳を傾けながら、エイヴラムは残りの短い乗車時間を楽しんだ。ラスロップのことも、ふたりの密会のことも、あちこち歩きまわらされていることも、すこしずつ頭から消えていった。なんというすばらしい才能だ。彼は胸のなかでつぶやいた。正当な評価は受けていないようだが、途方もない才能だ。

　ブレーキがきしみをたて、列車はがたがた揺れながらタイムズスクエア駅に入っていった。電車を降りる前に、エイヴラムはまわりの乗客がぞろぞろ外へ出ていってまばらになるのを待って、ゆっくりギター奏者のところへ向かい、体を折って、きちんと折りたたんだ一〇ドル札を足元の缶にすべりこませた。

「うわ」と、少年はおどろきの声をあげた。「どうもありがとう」

　エイヴラムは体をまっすぐ起こし、ちょっとためらった。

「さっきの一曲目」彼はいった。「グランドセントラルで乗客が乗りこんでくるあいだに弾いていた曲だが……あれはなんて曲だったかな?」

「〈ウォーク、ドント・ラン〉」と少年は笑顔で答えた。「ヴェンチャーズの曲だよ、六〇年代のグループさ。なんだかこの辺の風景を歌ってるみたいな気がしない?」

　エイヴラムは何もいわずに少年を見た。エイヴラムの口元にさっと笑みがひらめき、それからまたすぐ消えた。

そして彼は向き直り、ホームへ足を踏み出して、コートのポケットで鳴っている携帯電話に手を伸ばした。

アップリンクのサンノゼ本社にいる同僚や上役たちと議論をするときには、逆転現象がよく起こる。ノリコ・カズンズはそのことに気がついていた。少なくとも、彼女はそう感じていた……つまり、ノリコがいちばん伝えにくいと思っていた話は概してあっさり通じ、逆に簡単と思っていた話を伝えるのに苦労することがよくあった。むずかしいと思ったことが簡単で、簡単と思ったことがむずかしくなる。なぜそうなるのかはよくわからないが、これは、いわゆる東海岸と西海岸のちがいかもしれないと思っていた。怠惰(レイジー)であいまい(ヘイジー)でとっぴ(クレイジー)な太平洋岸に暮らし、そこで仕事をしている人たちは、自分とはかなり異なる神経回路の持ち主のような気がしてならなかった。

ともあれノリコは、けさのビデオ会議では〝むずかしいはずが簡単〟な話から始めて、徐々に〝簡単なはずがむずかしい〟話へ向かっていこうと心に決めていた。その日のうちでいちばん面倒な仕事をかならず真っ先に片づけるという彼女の方針とは対極にあるやりかただ。あの方針が正しいのは確かだ、と彼女は思った。ここでふたたび論理は堂々巡りを始める。けれど、あの方針で始めると、最初から全力を傾けなければならない。〝簡単なはずがむずかしい〟話を尊敬すべきサンノゼの同僚たちを相手にどう論じるか、つまり彼らの特大の靴で自分の縄張りが踏み荒らされないようにどう説得するか、まだその方法を決めていないし、なごやかに会議を進めていくうちに独創的な考えがぱっと浮かんでくることを期待しながら、すこし時間稼ぎをしたい。

「わが国の輸出法に関する問題には、二面的ないし三面的な性質があります」机の上に置かれたデスクトップ・パソコンの平面(フラットスクリーン)型ディスプレイより上にある〈ウェブカム〉と向きあいながら、ノリコは語りはじめた。三〇〇マイル離れたサンノゼの会議室では、すばらしい解像度で映し出されたピート・ナイメクとロリー・ティボドー、そして氷の女王メガン・ブリーンの顔が待ち受けていた。「まず最初に、輸出管理法は政治と経済の動向によって変動するため、専門の法律家以外の人間にはきちんと把握しきれません」と、ノリコは話を続けた。「ふたつめ。そういう雇われ弁護士たちに拡大鏡を使って抜け道を探すよう指示をして、海外に製品を輸出している会社があります。また、包括的な輸出管理システムを確立するのが遅れた結果、企業というピラミッド型組織にいる慎みある社員たちが……つまり最高経営幹部や、営業部隊、さまざまな部署と部門のさまざまな階層にいる人びとが……その規則を守りたいと思っているのに、わけがわからず途方に暮れている会社もあります。そして、いま挙げた人びとのなかには、どうしたらその混乱につけこんで不正な金を握れるかを知っている者もいます」

「そういう水をオールでかき分けるのはきつかろうな」と、ロリー・ティボドーがいった。

「とても」とノリコは受け、かたわらのコーヒーが入った卓上ポットを身ぶりで示した。

「どなたか、これをいかがですか?」と彼女はいい、カメラのレンズに向けてポットを持ち上げた。「ちょうど飲みごろの熱さだわ」

笑顔が返ってきた。

「いただこう」ナイメクがいった。「クリームとひとつまみの砂糖を入れて」

「あら残念。あいにく、こちらには置いてありませんもので」

「だったらパスだ」

ノリコは自分のカップを持ち上げて、すこし中身を口にした。真剣な討議の場であっても、こういう節度あるジョークなら差し挟んでかまわないと考えられている。この手のジョークはおおかたの公開討論の場で容認されているだけでなく、場の雰囲気を和らげるために強く奨励されてもいた。

「汎用製品、つまり複数の用途に利用が可能な製品は、じつに厄介です」しばらくして彼女は話を再開した。「無害な商業目的で市場に出された製品が、別の用途に応用されてなんらかの形でわが国の安全を脅かす可能性がないか、政府はしっかりと見極めなければなりません。その可能性なきにしもあらずとなったら、どこで何が起こりうるかが問題になります……いい換えれば、ある種の製品をわが国から受け取っていいのはどこで、それが手に渡らないようにしなければならないのはどこか、見極めなければなりません。しかし、その製品や同種のものの製造能力を有する会社が別の国にあって、その国がわが国の判断に同意しなかったり、政界、財界の相反する利害関係に動かされて、提案された国際的な禁止令への同調を拒否してくる可能性もあります。合意に達して協定が成立するまでには、院外活動や交渉や妥協がひとしきり行なわれることでしょう。わが国が影響力を行使して、目標を――全面的にではなくても――勝ち取ろうとするとします。しかし、既存の技術が広く普及していて、新しい技術も生まれてくる現状では、現実的に見て、法的にどんな規制をしたところで、そこにはおのずと限界があります……つらい体験からわたしたちが知っているように」

ディスプレイに映っている全員の顔を見て、ほのめかした内容が瞬時に理解されたことをノリコは知った。

「例のカナダの研究所、〈アースグロー〉のことね」全員が記憶のなかから呼び起こした会社の名を、メガンが口にした。「あそこの科学者たちは、粉ミルクの製造工場にあるのと同じ装置を輸入して、遺伝子爆弾を散布するための凍結乾燥媒体を創り出した。そのあと彼らは、香水の試供品に使われているのと同じ微小カプセル化技術を用いて、その媒体を安定化したわ」

ノリコはうなずいて、すこしコーヒーを飲んだ。

「輸出規定をどう適用するかは、定められているわけではありません――定めるなんて不可能ですから」と、彼女はいった。「それにはさまざまな理由がありますが、政治の風向きの変化がその大きな要因です。よその国々との外交関係は、好転したり悪化したりします。条約は結ばれては破棄される。規制は、刺激策や親善の意思表示のために緩和されることもあれば、保護措置や罰則を与えるために締めつけられることもある。わが国と密接な関係にある同盟国にかぎって、輸出製品に免許が交付されることもあります。ある製品がわが国の国境の外で簡単に手に入るようになり、わが国がそれに禁止令を実施したところで効果がないうえに、緩和しないと自国企業の競争力を損なう、という場合もあります……時と場合によって事情は変わってきます。強硬な反対に出て、ある国を通商拒否対象国に分類することで港への出入りを差し止めたところで、その国は適法、もしくは適法すれすれ、もしくは明らかに違法な方法を見つけて、その禁止措置をうまくかいくぐるかもしれません」ノリコはひとつ間を置いて、またカップを口元に持ち上げた。「みなさん、絶対にこのコーヒーはお試しになるべきだわ。わたしが特別にブレンドしたものなの」

「またの機会にね、ありがとう」と、メガンがいった。「わたしはけさの分はもうたっぷりいただいたから」

ノリコは肩をすくめて、すこしコーヒーに口をつけた。

「話を戻して、汎用製品の実例をごらんいただきましょう……そのあと、その流通についてお話しします」と、彼女はいった。「わたしのかわいい愛車〈ミニ・クーパー〉は――赤唐辛子色で、スー・マリーと名づけていますけど――あれには、道路でスピードを出しすぎて事故を起こさないように自動的に減速してくれる車間距離制御システム（ACC）が組みこまれています。その装置に使われているセンサーは、巡航ミサイル追尾装置のなかにあるものとさほど変わりません。それだけでなく、あのシステムの電流を調節している半導体は、放電スイッチ管（サイラトロン）に使われ、レーザーを基盤に軍民両方で幅広く応用されているガンダイオードです」彼女はコーヒーをぐっと飲み干し、指を一本立ててちょっとお待ちをと合図をし、新たにコーヒーをつぎなおした。「ふたつばかり例を挙げますと、このガンダイオードは、外科手術用具や光通信網に使われるマルチチャンネルレーザーや波長可変レーザーに組みこまれています。核爆弾起爆装置にも使われています……そして、殺傷能力の高い高出力ビーム兵器にも。わが社は大容量ガンダイオードを作り、それで発振器を作っています。〈アームブライト〉も独自のガンダイオードを製造しています……そして認めるのはしゃくですが、あそこのはうちのと競合しているどころか、はるか上をいっています」

「流通面」と、メガンがいった。「そこに話を限定しましょう。差し支えなければ」

女王ブリーンの最後のひとことはいくぶん素っ気ない口ぶりだったが、競争の決め手になる製品比較で自社が後れを取っている点に神経過敏になっているせいではなさそうだ、とノリコは考えていた。話がどこに向かっているか、どうやら全員がわかっているらしい。情報の交換は別にして、両海岸を結んでお茶を飲みながら行なわれているこの会議が、いずれ領土権の主張をめぐる議論に行き着くのは明らかだった。そして、できるものなら火花は最小限にとどめたいとノリコは思っていた。しかし、相手が誰であっても、なめたまねをされて我慢する気は毛頭ない。

ブリーンがデータを求めてくるのなら、遠慮なくぶつけてやる。

「ガンダイオードは海外での販売に免許が必要な統制品目です」ノリコはすかさずいった。「発振器の性能仕様……ふたつ挙げれば熱容量と通信容量にもよりますが……輸出管理規則第七四〇部で定められている条件では、例外許可を得られる可能性があります。この例外許可を得られたら、産業安全保障局（ＢＩＳ）が分類した一定の国家の政府機関や民間企業や流通業者への販売出荷が可能になります。いま思い浮かぶところでは、うちの発振器のなかにはカナダ、メキシコ、イギリス、フランス、ドイツ、スウェーデン、日本に……つまり輸出政策を同じくしている民主国家に出ていくものがあるのを、わたしは知っています。しかし、こういった国々の政策は共通の原則に導かれているものの、その原則をどう実行するかについては統一の方法がありません。イギリスはアメリカ合衆国とは異なる例外許可を出すかもしれません。メキシコとはその判断基準に食い違いが生じるかもしれません。

「あなたがいましている話は憶測にもとづくものね？」メガンが途中で割りこんだ。「誤解が生じないようにしておきたいので」

まったく、きっちりしたこと、とノリコは思った。

「ええ」と、彼女はいった。「ただし、わたしが例に挙げた国々に限ればの話ですが。わたしもアメリカの複雑な輸出規制法を知り尽くしているとはいいがたいですし、ほかの国のルールブックに書かれている内容となるとお手上げです。ＢＩＳの〝Ｂグループ〟に分類されている一五〇品目みたいなものもあります。二重用途製品の例外許可リストに載っているものですね。しかし、これだけはいえます。イエメンやマレーシア、レバノン、ミャンマー、パキスタンといった国々……わが国の政府は民主性に関する評価を理由にこのなかのどの国も敬愛してはいませんが、彼らはみな戦略的地政学的な同盟国です。いま挙げたのはごく一部にすぎません。こういう国は、最初に例に挙げた国々なら心配せずにすむ調査や制限の対象になっています。わが社は通商法の求める以上に厳格な輸出政策をとっていますが、それでも、あとで挙げたような国々がイギリスの規制免除方針の急転によって制限品目を入手する可能性はあるのです……あくまでも仮定の話ですが。そのうえ、それは合法的な入手です。高性能発振器は——うちのでも、よそのでもかまいませんが——ベイルートにたどり着いたあと、どうなるでしょう？　ラングーンに着いたあとは？　イスラマバードに着いたあとは？　さきほど触れた取り決めによって、北朝鮮やリビアのような国へそれを積み替えてはならないことにはなっていますが、再輸出されたものの足どりを追うためには信じられないくらい複雑な作業が必要になります。偽装会社や、いかがわしい運輸会社もありますし……違法な迂回ルートとなると、調べていくうちに本国や外国の寄港地で袖の下を使われた税関検査官ひとりに行き着くことだってありうるのです。わたしがここまでしてきたのは、原材料の貨物輸送の話です。木箱に詰めこまれ、天秤で測ることのできるたぐいのものです。これが科学技術のデータとなると、電子的な受け渡しをともなうことが多いために、はるかにつかみづらく——」

「ひとついいかな、ノリ」ナイメクが手を挙げた。「〈アームブライト〉が市場に出しているその発振器だが……それは届けられるべきでない場所に届けられてきたということか？」

「そうはいってません」ノリコはいった。「しかし、厳重な注意が必要な発振器は存在します。発振器の輸出は着実に増加していますし、それ以外にも汎用製品は存在します。うちがあの会社から購入してきたチタン＝サファイア管の大貨物も含めて。あれがレーザーを基盤にした軍需品の生産と関係している可能性だってあるんです――あくまで可能性である点を強調しておきますが」ノリコはそこでいちど言葉を切り、疑わしい原材料の一覧表を並べ立てるのは控えた。いまはまだ、その品目のなかに重水素やフッ素といった化学薬品が含まれている可能性がある点を自分から指摘して、彼らの関心を強めてはならない。その話をしたら、彼らのために扉を開ける結果になる。彼らはそこから暴力団取締警官のごとく乗りこんでくるだろう。「輸送される貨物のなかには……便宜上、税関に提出された送り主の輸出申告書がきちんと法にかなったもので、そこに何があるかをわたしたちが正確に把握できるものと仮定しておきますが……画面に図表を出して生産地から末端消費者までの流れをお見せしたら、その積荷のなかには、地図のあちこちでその経路から別の横線が出ているものがあるでしょう。そして、わたしが調査を始めて以来ときどき経験してきたのと同じようなとまどいを、みなさんもお感じになると思います」

ティボドーが頬をごしごしこすって、考えこむ表情を浮かべた。

「〈アームブライト〉が汚いことに手を染めていると仮定しよう」彼はいった。「それは左手がしていることを右手が知らないケースか、それともトップから指令の出ている会社ぐるみの犯罪か、どっちと思っているんだ？」

ノリコは肩をすくめた。

「さきほど触れた輸出の増加は〈キラン・グループ〉が〈アームブライト〉に買収されたあたりから始まったような気がしますけれど、偶然の一致である可能性もあります」彼女はいった。「情報のなかには人の判断を惑わすたぐいのものもありますし、そういう情報には用心が必要です。情報の収集に時間の枠を設けては失敗します……結論を導き出すには、まだまだたくさんの情報が必要です。これは慎重を要する――」

「だけど、いま〈キラン〉から怪しい匂いがただよっているのは確かなわけね」と、メガンが途中で割りこんだ。

ノリコは東海岸からメガンの目を見た。そして一瞬ためらった。しかし彼女は、そのあとゆっくりうなずいた。乾坤一擲（けんこんいってき）、このときを逃してはならない。

「ハスル・ベナジールのことを検討すべきだと、わたしは思います」と、彼女は告げた。


シャトルのホームから階段を上がって、四十二丁目／タイムズスクエア駅の中二階にあるリキテンシュタインの壁画へ。そこには、未来のマンハッタンが描かれていた。

エイヴラムはブリーフケースを手にその壁画の下に立ち、体を銀色に塗ってロボットの衣装を着ているパントマイム芸人が小銭を稼ぐために奮闘しているところをながめていた――長い時間じっと動かず、ときおり機械のような動きを起こす。陳腐なお決まりの芸にエイヴラムは退屈した。財布から一セントもとりだす気になれなかった。

電車に乗ってきた少年を思い出した。あのスピード感あふれる演奏テクニック、選曲の妙。あのヴェンチャーズの曲はとりわけエイヴラムのノスタルジアをかきたて、心にしみた。理由はわからないし、知りたいとも思わない。ふだんは過去の記憶を呼び覚まされても感傷的になったりはしないのだが、あの感覚には、いっしょに〈クラブ〉全盛期のイメージもかきたてられた。古きよき宝石カット工たちの姿だ。研磨用ホイールの上にかがみこみ、商売道具に囲まれている人びとの姿が思い出された。

　あの時代を思うと隔世の感がある。

　ギター奏者の缶に紙幣をすべりこませたとき、エイヴラムは少年のギターの前面に、ほかの落書（グラフィティ）といっしょにウェブサイトのアドレスが刷りこまれているのに気がついた。なんだった？　fuzzgrenade.comだったか？　softgel.netだったか？　いや、ちがう。しかし、そんな感じのアドレスだった。まめなやつだ。パーティやクラブで演奏しているにちがいない。

　もっとよく見ておけばよかった、とエイヴラムは思った。そのうち大きなパーティを開きたい。結婚二十五周年あたりか。息子の大学卒業や娘の結婚式でもいい。大きなホールを借りる。客を船に招いてクルーズに出てもいい。ありきたりのエンターテイナーを呼ぶ必要はどこにもない。結婚式用のオーケストラなど願い下げだ。あの少年にチャンスをあげ、出演料をはずんでやれたらどんなにすてきだろう。あの子のレパートリーをみんな聴いてみたい。ぜひとも、近いうちに。どこかの大きな会場で。自分の真の資産を隠さずにすむようになり、ちょっとした資産家であることを世間に知られてもよくなったときに。お披露目パーティのたぐいだ……

　携帯電話が鳴った。エイヴラムは長い吐息をついた。このダンスのおかげで神経がすり切れてきた。もう終わりにしたい。

「もしもし」と、弱々しい声で答えた。

ラスロップは相手の声の調子に気がついた。

「辛抱だ、エイヴラム」彼はいった。「そろそろ着く」

ロボットのパントマイムをじっと見つめたまま、エイヴラムは何もいわなかった。


〈アームブライト〉の輸出には、まだ異常とまではいわないが、奇妙なパターンが見えていた。その点を説明するノリコ・カズンズの一言一句に耳を傾けながら、メガンはこう考えていた。ノリコがしっかり下調べをしてきたのは確かだが、ここまで彼女が（いちどもメモを参照せずに）してきた話は、先週末にサンノゼへ送ってきたファイルのなかにすでに記されていた細かな事実を列挙し、そのなかの大ざっぱな情報に肉づけをした程度のものだ。ノリコが〈アームブライト〉の国際通商法違反についていだいている関心が——まだ疑いとまではいえないが——調査と分析を進める過程で動かぬ証拠に発展した場合には、アップリンクと国全体にとって重大な問題になりかねない。たしかにノリコの報告には人を引きこむ力があった。しかしメガンはこう考えはじめていた。これまでのところ、ノリコの報告のなかでは、けさのビデオ会議で検討される予定の重要な議題と関係のある話が、まだいっさい触れられていない。けさの会議には〝行方不明の夫〟事件に〈剣（ソード）〉ニューヨーク支部の戦力をすこし割いてほしいと口頭で伝えてきたボスの要望を、どう推し進めていくかという議題もあった。じつをいうと、この数分のあいだにメガンは確信を強めていた。ノリコの目標は、彼女が送ってきた〈アームブライト〉と〈キラン〉とハスル・ベナジールに関する情報に肉づけをすることではなく、その方向を意図的にゆがめ、大量の言葉を用いて、たったひとつの大切な主張をわたしたちに伝えることにあるにちがいない。つまり〝わたしの領分への立ち入り、侵入、接近は許さない〟という主張を。メガンは辛抱強くノリコに綱をたぐり出させてやっていたし、もうしばらく続けさせてやるつもりではいたが、彼女にはわかっていた。いまからここで、わたしがアップリンク最高経営責任者（CEO）に選出されてから初めて、わたしの保安部門に対する権限が本格的に試されることになる。朝、太陽が昇るのと同じくらい確実だ。

ノリコの魂胆は明らかになりはじめていた。その手口に忠実にしたがっていま進めているハスル・ベナジールについての独演会で――ここでも彼女は自分の話す内容を知りつくしていることを示していた――ノリコは自分の送った電子ファイルのなかの調査記録を要約すると同時に、そこに巧妙な粉飾をほどこしていた。ハスル・ベナジールは電気工学博士号と化学／鉱物学／冶金学博士号のふたつを取得して、有名なラホール工科大学を卒業した。四十年余り前にペシャワールの特権階級が住むハヤタバード地区に生まれ、両親ともにパキスタンの支配層エリートだった――

「パキスタン人は蛇蝎のごとく忌み嫌っている隣国インドとはちがって、自国にカースト制がないことを誇りにしていますが、実際にはあの国にも確固たる階級区分があって、結局はお隣と同じようなものなんです」いまノリコは語っていた。「彼の父親は、あの国で二番目に大きな財閥の共同創始者。母親はイギリスで教育を受けた学士院会員で、カラチ証券取引所で取引をしているあの国最大の金融証券会社の娘でもあります」

「特権階級だ」ナイメクがいった。

「ええ」メガンがいった。「恵まれた人間といっていいかどうかは、よくわからないけれど」

ノリコはうなずいて、いまの台詞の意味を自分は正しく理解している旨を示した。

「わたしたちの知るかぎり、ハスルは二十二歳か二十三歳のとき、色素性乾皮症（XP）という診断をくだされました。世界に千例しか記録が残っていない、きわめてめずらしい遺伝病です」彼女はいった。「報告されていない症例を数に入れれば数十万人にひとりくらいになると医師たちはいいますが、それでも変異遺伝子を持って生まれてくるのは雷に打たれる程度の確率でしかありません。XPをかかえて生きていく苦しみや、それが引き起こす合併症で命を落とす確率を考えると、わたしだったら、だしぬけに雷に打たれたほうが……」

ノリコの説明する症状を聞いたサンノゼの会議室の三人は、誰も急いで異議をとなえようとはしなかった。

ほんのわずかな紫外線を浴びてもDNAが傷つき、皮膚の細胞にその修復能力がないために激しい日光過敏性を示すのがXPの特徴だ。患者は日光アレルギーを起こす。生まれて三歳から五歳くらいのうちに発症するのが通例で、標準的なXP－Aは、その異常とつながりがある黒色腫などの深刻な症状を引き起こすために、死亡率が桁外れに高い。しかしハスル・ベナジールが大人になるまで、この病気を思わせる目立った症状は――水ぶくれも、悪性腫瘍めいた皮膚の病変や腫れも――何ひとつ現われていなかった。ベナジールにとっては、それなりに朗報だった。彼のはXP‐Vと呼ばれる異型（ヴァリアント）の症状を強く示しており、のちにそれが医学検査で確認されたからだ。XP‐Vは比較的皮膚細胞の修復機能が高いこともあり、昼夜を問わずに医学的管理をほどこし、生活様式と環境に徹底的な規制を敷けば、長いあいだ生きられる確率が高かった。

「覚悟を決めたアブナイやつにちがいない」ティボドーがいった。「こいつの達成してきたいろんなことを見るかぎりでは。そこそこ健康な人間なら、金や財産があるからって、それでやばいことをしようなんて考えはしない」

「そのとおりです。しかし、この男の決意はどこにそそがれているんでしょう？　何に導かれているんでしょう？　そこが大きな問題だとわたしは思います」ノリコはいった。彼女は尽きせぬ泉のような机上のポットから、カップにコーヒーをつぎなおした。「ハスルの大学時代のことに、すこし話を戻したいと思います。ラホール工科大学から思い出される著名人は、彼だけではありません。もうひとり、イスラム研究が専門の教授がいます。その男の政治討論集団にハスルは出席し、真の信奉者と呼ぶにふさわしいくらい熱心に組織作りに手を貸していました。これは万人の知るところです。その教授の名がハフィズ・モハメド・サイードであることも、彼が学者を辞めて〝純粋軍団〟の創設者となって以降の経歴はわかっています」

〝純粋軍団〟は、またの名をラシュカレ・タイバ（LeT）という。たしかに、この名称は全員が知っていた。LeTは何千人ものパレスチナ・ゲリラ戦士と幅広い支援網を擁する好戦的な原理主義組織で、アメリカ国防総省の国際テロ組織リストに載って当然のことを数多くやってきた。パキスタンとパキスタン管理側カシミールとアフガニスタン西部を活動の拠点にしているが、イスラム世界の隅々にいる急進的な支援者からたっぷりと資金提供を受けている。

この組織が掲げている第一目標は、インドが自国領土と主張しているカシミール地方の土地からどんな手段を使ってもインド人を追い払うことで、彼らは世界聖戦を広く呼びかけ、イスラム世界全土にわたる過激な運動との結びつきを強めている、とノリコは指摘した。この重装備ゲリラ戦士は反政府運動の戦術訓練を受けており、パキスタン政府内に定着している彼らに好意的な一派から、援助と扇動を受けている。なかでも強調すべきは、そのなかにタリバン創設を支援した例の強大な情報部も入っている点だ。この組織が誕生以来十年以上にわたって軍民両方の標的に行なってきた数かぎりない残忍な無差別攻撃について、ノリコは説明していった。そのなかには、誘拐や暗殺や自爆テロ、大胆不敵にもインドの国会に襲撃をかけて百人以上の死者を出した事件、いくつかの村で女や子どもを含めてひとり残らず村民を虐殺した事件も――

「ノリコ」メガンが途中でさえぎった。「ハスル・ベナジールとLeTがつながっている証拠があると、あなたは暗にほのめかしているの？　学生時代にサイードの教えに関心を持っていた事実とは別に？」

「あれは単なる関心ていどではなく——」メガンはいった。

「二十五年以上も前のことだわ。サイードがＬｅＴを組織する以前の」メガンは、決めてかかって

いいか……たとえば、それが一九八〇年代なかばにパキスタンに存在したのかどうか」

「サイードの政治討論集団がイスラム過激派に関わっていたかどうかさえ、決めてかかって

「カシミール問題は六十年近い昔、つまりイギリスがあの地域をラドクリフ・ラインで分割した当時までさかのぼります。あれが発端となって、初めてイスラム教徒が聖戦を呼びかけ、インドとパキスタンのあいだに二年間の戦争が始まったんです」ノリコはいった。「じつのところ、パキスタンが生まれた裏には、イスラム国家を打ち立てて、二十世紀初頭からヒンドゥー教徒とイスラム教徒のあいだで勃発しかけていた内戦を食い止めようという思惑があったのです。サイードみたいな思想が一夜にして生まれてくるわけはありません。あの男のなかで愛国心と宗教的情熱が結びついた正確な時期を定める必要などないと——」

「かもしれない……でも、わたしたちの議論の対象は、サイードではなくハスル・ベナジールよ」と、メガンがいった。そして、しばらく間を置いた。「あのね、大学二年生のとき、わたしは学生寮のルームメイトにそそのかされて、〈地球の日〉の抗議運動に参加したの……オレゴン州の原生地域を救うのがその使命で、計画ではバス一台ぶんの女の子が伐採現場に乗りこみ、素っ裸になって——」

ナイメクが彼女に目を向けた。

「そう、裸によ」メガンはいった。「自分たちの体を林業が森林を丸裸にしようとしている象徴にしようとしたのね」

「素っ裸？」

「なるほど」ナイメクはいった。「きみはそれを実行したのか？」

「わたしたちみんなでよ」と、メガンはいった。「呆気にとられた五十人ばかりの伐採人の目の前で。そのうち、百五十人くらいまで見物人は膨らんだわ」

「そいつは、木を切る手も止まったにちがいない」ティボドーがいった。

「警察が来て、わたしたちに服を着せて運び去るまでは」と、メガンはいった。「あのあと伐採作業はいっそう元気よく再開されたにちがいないわ」

ティボドーは頭に思い描いた光景に――とりわけメガンの姿に――相好をくずし、おれは仕事中にそんなうれしいハプニングに出会ったことはいちどもないぞ、と思った。

壁のスクリーンに映っているノリコの顔には、なんの表情も浮かんでいなかった。

「この話を告白したのは恥をさらすためじゃないの」メガンはそういって、遠く離れた東海岸にいる女の目を見つめた。「若いころにやったことで大人になったその人を測っていたら、検閲に合格する人間なんてひとりもいないんじゃないかしら？　ハスル・ベナジールは最近、永住ビザを更新しているわ……ここ数年のあいだにきびしい調査を受けて取得したものよ。この国に十年以上住んでいるし、事業で何百人ものアメリカ市民を雇って――」

「ハスルは悪党だと主張してきたわけではありません」ノリコがいった。「彼の会社が違法行為をしているという確信があるとも、しているとしたらそれは彼の命令によるものだろうとも、いったおぼえはありません。わたしがいったのは、奇妙なことにいくつか気がつき、そのあと、またいくつか疑念をかきたてることに気がついたということです。それぞれにつながりがあるかどうかは、よくわかりません。筋の通った説明がつくのか知りたいと思っています。あるいは、筋の通らない話なのかもしれません。わたしの部署はいま、この問題に取り組んでいるんです。けれど、行方不明になった夫の件については……その夫についての情報には注意を払うつもりでいます。何かわかったらお知らせしますし、わからなかった場合でも連絡するつもりです。しかし、その話で現在うちが取り組んでいる調査が脱線をこうむることになっては困ります。下手をしたら、調査対象の警戒を招くことになるかもしれません」

メガンは机の上で指を組み合わせた。

「最高経営幹部。営業部隊。さまざまな部署と部門のさまざまな階層にいる人びと」彼女はいった。「あなたはそういったわね、ノリコ。会社を厄介な事態に引きこんだり、厄介な事態に引きこまれたりする可能性がある従業員を指して。そしてパトリック・サリヴァンは、〈アームブライト〉の主要な部門で仕事をしていた営業マンよ」

ノリコは石のような無表情の顔で、返事をせずにメガンを見つめた。

メガンは手を組み合わせたまま見返した。

「サリヴァンをあなたの調査の最優先事項にします」と、メガンはいった。そのあと、ほかの全員だけでなく彼女自身もおどろいたが、メガンはこう付け加えた。「その調査を手伝わせるチームをこちらから送ります」

この瞬間、〈剣(ソード)〉の出動は正式に決定した。

エイヴラムは四十二丁目と七番街の交差点にある地下鉄の入口から姿を現わした。派手なネオンとコンピュータ・アニメーションに飾られたひさしの下から出て、北に一ブロック歩いて四十三丁目にたどり着き、きらめく電子グラフィックスをまたいくつか通り過ぎてから、西に折れて八番街へ向かった。現在、この区域はクリントンと呼ばれている。活気に満ち、整然として、観光客が群れ集(つど)っている。MTVのスタジオ群にESPNゾーン。それらがこの一ブロックか二ブロックのなかにみんな詰まっている。エイヴラムはニューヨークの外から来る観光客用の巨大な屋外テーマパークにたどり着いたような心地がした。企業の宣伝マンが考え出した再開発だ。しかし彼らの巨大な箒(ほうき)は、美醜入りまじった現実をどこへ掃き出してしまったのだろう?

エイヴラムが子どもだったころ、この区域はまだ〈地獄の台所(ヘルズ・キッチン)〉の名で広く知られており、この界隈に住んでいるシェゲッツを避けて通るようよく注意を受けた。シェゲッツとは、人を人とも思わない狂暴さをただよわせた非ユダヤ人を意味するイディッシュ語だ。彼の家族に偏狭な思いこみがあったのは確かにせよ、そこはまちがいなく凶悪な区域だった。マッサージ・パーラーがあり、街角に立つ売春婦がいて、成人向けの書店があり、すでに解体されていまは姿を消したアパートの外にはアイルランド系とプエルトリコ系の暴力団員がたむろしていた。

十七歳の晩春のある日、エイヴラムは友だち数人と学校の授業をさぼって、六本入りのビールを二パック買いこみ、それをセントラルパークで飲むうちに、みんなで〝のぞき部屋〟に行こうという話になった。誰の提案だったかは思い出せない。ひとりが前に年上の友人か従兄弟といっしょに行ったことがあると自慢をし、そのときの体験を生々しく語ったのだ。話を聞いているうちに、残りのみんなも行ってみたくなったのかもしれない。とにかく彼らはその思いつきに抵抗できず、電車に飛び乗って、不安と期待を胸に南へ向かった。彼らの通うタルムード学院の校長、ラビのツァイマン師が知ったらなんていうだろう、と誰かが口にした。別の誰かが鼻を鳴らして、ばったり出くわしたりしませんようにといった。どきどきしながら、みんなであれこれ話をした。

その店はブロードウェイだったか七番街だったかにあった。入口の奥の壁にポルノ雑誌のラックが見えた。エイヴラムは太鼓腹の男から一ドルで代用貨幣（トークン）を四枚買った。奥に進むと、カーテンで仕切られたブースがあって、投入口にトークンを一枚入れると、小さなスクリーンに一分間くらいポルノ映像が流れた。そこの空気にはトイレの洗剤のような匂いと、消毒薬でもおおいきれない酸っぱい匂いがただよっていた。エイヴラムは友人たちと別れ、各人が別々のブースに入っていった。さらに奥へ進むと、カーテンではなく扉のついたブースがいくつか出てきた。トークンを二枚入れると窓から金属の仕切りが上がり、半円形の舞台で腰をくねらせている裸の女がちらりと見えた。騒がしい音楽が脈を打っていた。女は窓から窓へ移動して腰をくねらせていく。しばらくすると仕切りは閉まり、また二枚トークンを入れなければならなくなる。ほかより長く上がっている仕切りがあれば、女はその前ですこし余分に時間を過ごす。

　トークンを使いきったエイヴラムは、急いで正面のカウンターに戻り、持ってきた十ドルだか十二ドルだかの残りでまたトークンを買った。女は黒人だった。大きな乳房がだらんと垂れ下がっていた。妖しい笑みを浮かべて唇をなめ、体に両手を走らせた。二分で終わる低俗な道化芝居(バーレスク)だが、太っちょのところに戻ってまたトークンを買い、それを二枚入れれば、続けて見ることができた。この場所が発する匂いにとまどいとむかつきをおぼえながらも、興奮が湧き起こってきた。女はおそらくガラス越しに彼の顔を見ることもできないのだろうが、エイヴラムは気にしなかった。いちど女のどんよりとした無感覚な目に気がついて、あわてて目をそらし、女の体に目をそそいだ。美しいと思った。曲がりなりにも美しかった。

　照明の落ちたその区画ですえた空気を小刻みに吸いながら、エイヴラムは初めて裸の女を見た。あれを忘れたことはない。どうして忘れられよう？　男が記憶に刻みこむ人生の交差点だ。女の体の美しさと、見せかけの欲望。そのふたつは切り離せないまま、なんの矛盾もなくいっしょに束ねられて、彼の心のなかに残っていた。たしかに、はるか昔の出来事だ。エイヴラムが十代だったころの出来事だ。しかし、それ以降にいろいろなことを学んできても、そのふたつは両立しがたいものと考えるようにはならなかった。

エイヴラムは物思いからはっと我に返り、ポートオーソリティ・バスターミナルから通りをひとつ隔てた〈チャールストン・ホテル〉まで来ていることに気がついた。このホテルはこの界隈に残っている何軒かの福祉宿泊所に挟まれていた。のっぽの古い建物だ。ホテル代を節約したい旅行者向けに、クロゼットくらいの広さしかない個室が並んでいる……すぐに利用ができてベッドがある点にしか関心のない急ぎのカップルも客の対象だろう、とエイヴラムは推測した。例の長い筹にはまだ仕事が残っている。

ホテルに入ってロビーを横切り、フロントに向かってその前でブリーフケースを置き、奥にいる眠たげな目をした男の注意を引いた。

「カートライトだ」エイヴラムはラスロップから使えといわれていた名前を告げた。「予約が入っていると思う」

フロント係はろくにエイヴラムを見もせずに、椅子を転がしてコンピュータの前へ行き、キーボードの上に手をやった。重労働といった風情だ。

「あったよ」男はキーをいくつか叩いて画面に出てきた情報にざっと目を通した。「きのうの晩、現金で全額支払いずみだね？」

「ああ」

「じゃあ問題ない」フロント係は椅子から立ち上がって、カード式のルームキーを手にとった。「七〇九号室。七階にあるからだな」

「いうまでもない」

「エレベーターを降りて廊下を右に行った、いちばん奥だ」

「ありがとう」エイヴラムはカード式のキーを受け取って、足元のカーペットからさきほど置いたブリーフケースを持ち上げた。「すぐわたしに会いにくる客がいてね」

フロント係はエイヴラムの顔も見ず、ものぐさそうにうなずいた。

「ああ、かまわんよ」男はいった。「未成年じゃないかぎり、男でも女でもなんでもな」


エイヴラムがホテルの部屋に入ってしばらくすると、ドアをノックする音がした。のぞき穴を開けるとラスロップが見えたので、なかへ通した。

部屋はほぼ真四角で、ダブルベッドが置かれ、ドレッサーとナイトスタンドを兼ねたものがあり、壁の前にまっすぐな背のついた椅子がひとつだけあった。ラスロップはアウトバックコートをはためかせてエイヴラムのそばをすり抜け、ドレッサーの上にある窓の前へまっすぐ向かった。

「えりすぐりのホテルを見つけてくれたな」エイヴラムが相手の背中に話しかけた。「ちょっと、これ以上のところはないんじゃないか?」

「スタッフがよけいな詮索をしない」

「未成年でないかぎり」

ラスロップは何もいわなかった。ドレッサーの上に手を伸ばしてカーテンを引き開け、ブラインドを開いて、細い羽根板のすきまから外を一瞥し、目をすばやく左右に動かした。そしてしばらくすると、ブラインドはそのままでカーテンを引き戻した。

「ここならよく見える」と彼はいい、エイヴラムのほうへ顔を向けた。「日の光もたっぷりだ」

エイヴラムはうなずいた。

「南向きか」彼はいった。「よく気がまわることだ」

ラスロップは椅子をナイトスタンドの前に移して、ベッドと向きあい、コートの内側から黒い平らな宝石ケースをとりだした。

「さあ、見てもらおう」彼はいった。「おたがい、日がな一日暇なわけじゃない」

エイヴラムは相手と向きあうかたちでベッドの端に腰をおろし、期待がありありの顔になっていませんようにと願った。

「さぞかし、すごいものを持ってきたんだろうな……これだけ急いで呼び出され、ここに来るまでに靴を一足はきつぶしただけの値打ちはあるにちがいない」

「用意周到に事を運んでもらったのを喜ぶんだな」と、ラスロップはいった。

エイヴラムは相手を見た。「わたしが見張られている可能性があると、本気で思っているのか？」

「おれの気がつかないところであんたを尾けている人間がいたら、あんたは街路じゃなくて連邦刑務所の独房を歩くはめになりかねないといってるんだ」

エイヴラムは言葉を返さなかった。深く考えないほうがいいこともある。

ラスロップの開けた宝石ケースにエイヴラムは注意を向け、その中身にじっと目を凝らした。

ラスロップが見守るうちに、エイヴラムの顔に欲深げな表情が広がってきた。

「やはりな」ラスロップはいった。「気に入ると思った」

エイヴラムはおどろきにぽかんと口を開けていた。発泡材の黒い差しこみトレーに丸い透明な瓶が三列になっていた。一列に五つ。ふたつきの瓶だ。どれも仕切りにぴったり収まっており、瓶のなかにそれぞれひとつだけ、つややかな青紫色の石が入っていた。燦然（さんぜん）と輝きを放っている。すばらしい丸みを帯びた楕円（オーバル）の石だ。大きさ（サイズ）とカットと仕上げ（フィニッシュ）はさまざまだが、まじりけのない均質な色は共通している。

エイヴラムはどうにか石から目を離した。

「この宝石だが」と、彼はいった。そしてラスロップを見つめた。「カシミール産のように見える」

ラスロップはうなずいた。

「たしかにカシミール産だ」彼はいった。「それも最高級の」

「そう判断したのは誰だ？」

ラスロップは肩をすくめた。

「それが家鴨（あひる）に見えて、なおかつ家鴨みたいにガーガー鳴いたら」彼はいった。「あんたはたいした目利きだよ、エイヴラム。本物か偽物かは見ればわかる」

エイヴラムはつかのま相手の顔に目をとめて、そのあとまた石に戻し、涼しげな青い輝きに陶然とした。平静をよそおいたいところだが、無駄な努力だ。とりあえず、自制を保っているふりをするだけでよしとした。

「カシミール産サファイアのことを知っているのか？」彼はいった。「その歴史を？」

「知る必要があることは知っている」

「だったら、本物のカシミール産が……色が同じだからというのでカシミール産と呼ばれてきたミャンマー産とはちがって……本物のカシミール産が、世界でいちばんめずらしいものなのは知っているはずだ。最高の価値がある」エイヴラムは喉がきゅっと締まったような気がした。「カットされ研磨された石の大半は、資産家や収集家に買われている。そして、この四半世紀、まっとうな市場に未加工品が現われたことはいちどもない。本物は標高四〇〇〇メートルを超えるヒマラヤ山脈の谷でしか採れない――採れなかった、といおうか。雲のなかの二マイル。インド国境に近いパキスタンのパダル地区にある、スームジャンという村のはずれだ」

　ラスロップは黙っていた。

「イギリス人は几帳面に日誌や記録をつけていた」エイヴラムがいった。「インドがイギリスの支配下にあった時代のを読んだことがある。それによれば、一八八〇年ごろ、その村で猟師をしていたふたりの男が、サファイアの原石が足元に散らばっているのに気がついた。地すべりを起こした山腹の、地表のすぐ下だった。猟師たちにはそれの値打ちがまったくわかっていなかった。しかし、植民者と取引をしている地元の業者にはなにがしかの値打ちがあるかもしれないと思い、地面から拾い出して、市場で穀物と交換した」

ラスロップはまた肩をすくめた。

「おれがその話に興味を持つと思う理由でもあるのか？」

「もっともな理由には、もう触れた」エイヴラムはいった。「カシミール産は……これまでの場所から採れた石は……アンティーク・ジュエリーの台座のなか以外で見られることはめったにない。その大半は大英帝国のエドワード七世時代までさかのぼる。あの石が初めて見つかった場所の近くにある採石場は、四十年間で掘りつくされた。一九二〇年代以降、掘り出される石は減少の一途をたどった。新たな試掘は行なわれていない。地形の扱いにくさと遠さも理由の一端だ。しかし理由の大半は、あそこの山が国境紛争の場になっているせいだ。終わりなき戦いが続いている。インドとパキスタン……どっちの国も、その国境地帯の領有権を主張している。インドはあそこに軍隊を駐留させている。パキスタン人と同盟を結んだ地元の部族民が、山の峠に隠した反乱軍キャンプを拠点にインド軍と戦っている」エイヴラムはいちど言葉を切った。「ごくごくたまに、未加工の石が闇市場に出ることがある。つまり、わたしはそう聞いている。カシミールの分離独立主義者たちが昔の採石場を深くまで掘って石を探し、その密売で出た上がりをゲリラ作戦の……人によってはテロ活動と呼ぶ者もいるだろうが……その資金に充てているという噂がある」

ラスロップは前に身をのりだして、相手の目をじっと見つめた。

「エイヴラム」彼はいった。「不安そうだな」

エイヴラムは憤慨してかぶりを振った。

「いだいて当然のある種の不安は感じるが、あんたならちがいはわかるはずだ」と彼はいい、長々と息を吸いこんだ。「どういう表現を使おうと勝手だが、この石を天然物といい通す努力にどんな危険がともなうかはわかる」

ラスロップは相手をじっと見た。

「おれの言葉を額面どおりに受け取る必要はない」彼はいった。「それで状況が変わるわけじゃないしな」

エイヴラムはもういちど空気を胸いっぱいに吸いこんで、それから吐き出した。そしてケースのなかの小さな丸い瓶を指差し、そのふたの手前で指を止めた。

「これに入っている楕円（オーバル）だが……これは、研磨はされているが彫面（ファセット）はされていない。ブレッドローフ・カボションカットの名で知られる、八十年前に流行したスタイルだ。一〇カラットから一二カラットというところか。わたしが鑑定書なしでこの石の仲立ちをしようとしたら、取引相手がどんなに怪しむか、想像してみてくれ。出所来歴を証明するものがなかったとしたら。あんたの持ってきたサファイアの数でその疑いはいっそう強くなる。たとえ鉱石と水晶の含有率が……カラーゾーンが……ヒマラヤから出た石にあるべきものだったとしても、どうしてわたしが手に入れられたのか、買い手（バイヤー）は少なからず興味をいだくだろう。一ダースとなればなおさらだ。これまでの取引条件が今回も適用されるとしたら、あんたが求

める のは〝すべてかゼロか〟の買い取り方式だろう」

ラスロップはさらに体をのりだし、つかのまぱっと笑みを向けた。

「頭を使え、エイヴラム。知恵はたっぷりあるはずだ」彼はいった。「おれとあんたでは立場がちがう。おれには早くケリをつける必要がある。あんたには長い目で見る必要がある。おれたちの取引をあんたの得意先との取引といっしょにするな」

エイヴラムは相手を見た。そしてそのまま見つづけた。

「何がいいたい?」と、彼はたずねた。

「おれのほうはこれで品切れだ。この最後のバーゲン処分がすんだら、それでおしまいだ。あんたの靴をすり減らして楽しませてもらうのも、これが最後になる。しかし、あんたはこの街で仕事をしている。毎朝、大きな〈クラブ〉に出向く。品物を見せて交渉する。このサファイアをふたつばかり売って、大もうけをして、残りは金庫にしまっておけ。この先、五年か十年か、ひょっとしたら二十年して一線を退く準備ができたときには、引退後の蓄えになる。それで生計を立てられる。あんたの子どもたちも、その子どもたちも。一家の財産を握りしめ——」

「子々孫々まで永久に」と、エイヴラムは素っ気ない口ぶりでいった。「きょうは聖書めいた口ぶりのお株を奪われたようだ、ご友人」

ラスロップはにやりと笑った。満面の笑みだ。こんどは、それが顔から消えるまでしばらく時間がかかった。

エイヴラムは自分の指先がまだ、大きなカボションカットの入った瓶の半インチくらい上にただよっていることに気がついた。

「いいか?」と、彼はたずねた。

ラスロップはうなずいた。

エイヴラムは宝石ケースに手を下ろして注意深く瓶を持ち上げると、ふたをとって、二本の指でサファイアを抜き出し、椅子から立ち上がった。そして窓辺におもむき、手のひらのまんなかに石を置いて、立ったまま色の深さに感嘆した。青い霧が凍りついて手の上で硬い玉になったかのようだ、と思った。それでいて、いつ渦を巻いて蒸発し、自分の前から消え去ってもおかしくなさそうだ。ようやく彼はポケットからルーペをとりだし、目から一インチくらいのところに十倍の拡大レンズを固定して、日射しのなかでサファイアを調べた。

自分の目が見たものに彼は呆然とした。いや、それだけではない。畏敬の念をおぼえていた。ラスロップがこれまでに持ってきたほかの石も、実験室で造り出されたにもかかわらず本物と見分けがつかない、おどろくべき品々だった。しかし、この石は桁(けた)がちがうような気がした。カシミール産の持つ見かけと宝石学的な特性を実験室で正確に複製するには、愕然とするくらい進んだ技術が必要になるだろう——さまざまな合成技術を組み合わせる必要があるはずだ。

エイヴラムがドレッサーのそばに戻ってきたあと、ラスロップはしばらく無言で彼を見つめていた。

「どうだ、エイヴラム」ラスロップはいった。「気に入ったか?」

エイヴラムは椅子に腰をおろした。口のなかがからからに渇いていた。

サファイアは彼の手のひらで静かに輝いていた。

「一見したかぎりでは……すばらしい」彼はそういって舌で唇を湿らせた。「信じられないくらい、本物としての説得力がある。しかし、きちんと調べないと確信はできない。特性を調べつくし……」

「どうぞご自由に」と、ラスロップはいった。「自宅に設備があるんだろう? いろんな精密機器が?」

エイヴラムはうなずいた。

「その石でも、別のでも、ケースから持っていくといい」ラスロップはいった。「適当に選んで持っていけばいい。おれは二、三日、ほかの用事で手がふさがるから、あんたが自分で検査をする時間はある。気のすむまで調べて、それから心を決めたらいい」

エイヴラムは相手を見た。

「本物と証明されたこの大きさのカボションカットなら、七五万ドルの値がついておかしくない」彼はいった。「いまあんたが提案していることを、〈取引所〉では〝メモ貸し〟と呼ぶ。紙に一筆したためるんだ。石が手渡された記録として……」

「そしてあんたは不思議に思っている。あんたがたちの悪い男で、その小さな美女といっしょに姿をくらます可能性だってあるのに、どうしておれはその点を心配しないのか」

エイヴラムはまたゆっくりうなずいた。

ラスロップは彼の目を見て、そのまま凝視した。

「エイヴラム、あんたは家族を大切にする男だ」

「これまでにも家族を大切にしている男が、富に目がくらんで持ち逃げした例はある。何もかもを捨て、自由気ままで贅沢な暮らしを選んだ例は」

ラスロップはうなずいた。それから手を伸ばし、自分の手をエイヴラムの開いた手の指に重ね、それを押しつけて手のひらの石を包みこんだ。

「ここだけの話だが」彼はいった。「その手の誘惑が忍び寄ってきたら、思い出すことだ。あんたの奥さんと子どもたちが夜どこで寝ているかを、おれは知っている」


寒い、と彼女は思った。なんて寒いの。そのうえ外はもう暗かった。

マンションを出ると同時に寒さが襲ってきた。顔をぴしゃりと叩かれた感じだ。この悪意に満ちた冬の暗闇のなかで。まだ五時半にもならないのに真夜中のようだ。おかげで、それでなくても感じている憂鬱と悲嘆が、いっそう強くなりそうだ。しかし、娘のために、いつもと変わらないふりを続けなければ。かわいそうなあの子には、ほかの子たちと仲よく遊んでくる必要がある。学校に行って、宿題をして、楽しさとは無縁のマンションの部屋で就寝時間まで無為に過ごすお定まりの日常——そこから解放され、息抜きをする必要がある。父親が来るのを待ち、彼が来るのを待っている母親を見ながら過ごす日常から、気分転換をする必要がある。彼から連絡があるのを、ふたりはひたすら願うだけ。いつものように遅い時間になって、パットから電話があるのを祈るしかない……もっと楽しいのは、彼がいきなり玄関に現われてふたりをおどろかせる場面を想像するときだ。そのほうがずっといい。

彼女はビーニー帽を額まで引き下ろし、口元に毛織のマフラーを巻いて、スキージャケットの襟のファスナーをあごの下まで上げ、マンションの入口にある庭から通りに出た。一時間ちょっと前に娘を預けてきた屋内学童センターは、歩いてすぐの距離にある。そこがありがたい。五〇〇ドルで手に入る〈ゴーキッズ〉の年間パスは、お買い得といっていい。デイケア・サービスにかかる標準的な費用に比べれば、たしかに破格の料金だ。といっても、彼に甲斐性がないわけではない。ここしばらくはお金の心配をしていない。年間の生活費がいまの五倍になっても、パットがたじろぐことはないだろう。

パットはパットなりに家族思いだ。そして、世間並みとはいえなくとも、彼らは彼らなりにちゃんと親の役目を果たしてきた。

彼女は風を目に受けないように、頭を下げて歩道を急いだ。わたしが子どものころには、ああいうしっかり管理されたたぐいの学童施設はなかったわ、と彼女は心のなかでつぶやいた。とりわけ、わたしの育った労働者階級の住む地域には。真冬になると、自分の寝室のほかに友だちと遊べる場所などなかった。友だちのアパートや友だちの部屋を除いては……しばらくすると、みんな閉塞感をおぼえて落ち着かなくなり、クリスマスツリーのきらめく照明と飾りつけの下でプレゼント用に包装されていたときにはいつまでも楽しめそうな気がしたおもちゃにも飽きてくる。秋が来て、樹木から葉が落ちはじめても、活発に体を動かしたいという子どもたちの欲求や欲望が消え失せることはないが、ふたたび春がめぐってくるまで、市内にもその近郊にも、彼らが外で運動できる場所はほとんどない。思いきり手足を伸ばす機会さえ。たしかに娘にはスケートがあるし、雪が積もればソリ遊びもできるが、そのためには、まず準備をさせて、そのあと公園かアイスリンクに連れていく必要があるし、公園やアイスリンクはこの区域からは遠く離れたあちこちに散らばっている。旅と準備が必要なため、週末限定の一大イベントになる。まるまる一日つぶれてしまうかもしれない。現状では、つまり、いまの彼女の精神状態では……気力を奮い起こして活動にかかることすらできないと思うときがあった。

ありがたい施設だ、あの〈ゴーキッズ〉は。まさしく天の恵みだ。いろんな形のすべり台、砂場や雲梯（うんてい）やジャングルジム、そしてかくれんぼのできるトンネルが集まっている。現代的な屋内学童施設だ。あれがあるのとないのでは天と地の開きだ。毎日の楽しみができ、一定レベルの遊び相手と注意を払ってくれる大人の目を得ることもできる。あれがなかったら、たちまち娘の生活からそういう要素は消えてしまう……自分ではそれだけのものは与えられない。そのことを母親である彼女は知っていた。

まわりでほかに何が起こっていようと責任を投げ出すわけにいかないのはわかっているし、最善を尽くそうと努力はしていたが、彼女はここ数日、小さな娘のために笑顔を作ることができなかった。不安の種にたえず髪の毛を引きむしられているような心地がしていたし、おびえて荒れ狂っている頭のなかの声を静めるために薬を飲んでいた。そのせいで頭がぼんやりしていた。頭のなかの声はこういっていた。こんどこそパットは深入りしすぎたんだわ。大それた野心をいだきすぎたあまり、わたしが用心してと何度も繰り返し注意してきた危険な賭けに飛びついてしまったのよ。いずれ、とんでもないことになるわ……そうなったら、あなたの周囲のあらゆる人間とあらゆるものが、それに飲みこまれてしまうかもしれないのよ……あれほどそういったのに。

しかし、いまそのことを考えていてもしかたがない。そんなことをして、なんになるの？片方の足をもう片方の前へ踏み出すことに注意を傾けたほうがいい。

頭を低く保ったまま、風に向かって歩きつづけた。やみくもに交差点へ突き進んでいくあいだに誰かと正面衝突しませんように、と願った。さいわい、いまのところ周囲に人は多くない。あと三十分もすれば六時になるから、通りは仕事帰りの通勤者であふれ返るだろう。しかしまだ、九時－五時族の大半は、込みあった電車やバスのなかに詰めこまれている。嵐の前の静けさだ。

おかしな話かもしれないが、そういう通勤者がうらやましいくらいだった。あたりまえの日常、ありきたりな不満……いまなら、ちょっとのあいだ立場を交換してもいい気がする。

ここは本当に寒い。本当に暗くて寒い。

娘のいる学童センターは南に五ブロックほど行ったところにある。そこへ行くには、この通りを横断して、南北に走る次の通りを南へ向かう必要がある。しかし、道路わきにバンパーとバンパーがくっつくくらい車がすきまなく駐まっているせいで、車のあいだから向こうに渡るのはむずかしそうだった。現在この街に不足しているものはいろいろあるが、利用できる空間もそのひとつだ。バンパーとバンパーのあいだを無理やりすり抜けてコートとスラックスを汚すより、交差点にたどり着いてから渡ったほうがいい、と彼女は判断した。

こうした車は別にして、彼女のマンションのあるブロックが混雑することはめったにない。住宅が集まっているうえに並木道のため、たいていの場所よりずっと静かだし、ふだんはここがニューヨークのにぎやかな一画にあることを忘れてしまうほどだ。ブロックの反対側の角にあるピーターズ・フィールドという公園も、歩行者を減らすのにひと役買っている。じつをいうと、その公園を歩いて通るのは気が進まなかった。あの囲いのなかは、たいていどこも強風が吹き荒れている。公園じゅうに風がたまっては渦を巻く構造になっているのかもしれない。がらんとした小さな空間で、老人たちが鳩に餌をやりながらぼんやり過ごすベンチがいくつかと、バスケットやテニスに興じる人びとが夏のあいだわがもの顔で使っている運動用のコートがあるだけだ。

通りを横断するのは気が進まなかった。しかし避けては通れないことだし、この程度の小さな不自由を考えることさえいやがるなんて、わがままで利己的な女のような気がした。ここ数日は、もっと重大な心配事が肩にのしかかっていた。それを取り除けるなら何を手放してもいいくらいの心配事が。娘を預けられる屋内施設が自宅からこんな近いところにある……そのことに感謝して、よけいなことは考えないほうがいい。それはわかっている。

風に向かって背を丸めていた彼女は、左側に駐まっている車の助手席から足を踏み出した男に名前を呼ばれるまで、その男に気がつかなかった。気がついたときには、歩道に向かって開いてきたドアにぶつかりかけていた。ぎょっとした。誰の声かわからないまま、あわてて立ち止まり、どうにかドアをよけることに成功して、男の顔に目を上げた。

暗がりのなかでわかるかぎり、男の顔に見おぼえはなかった。

「会えてよかった」と男はいって笑顔を浮かべ、また彼女の名前を呼んでドアをまわりこみ、すばやく彼女の前へ来た。

暗いこともあってか、男が誰かはわからなかった。記憶を探ってもわからない。誰なのか見当がつかなかった。しかし、その目には……彼女にじっとそそがれている男の目には、どこかこう思わせるところがあった。この男のことは知りたくない、と。

とまどいと不安に衝かれ、本能的に彼女はあとずさった。通りの公園側には人っ子ひとりおらず、いまいる側にも自分と男のほかには誰もいないことに、とつぜん彼女は気がついた。

暗くなった歩道に立っているこのふたりを除いては、誰ひとりいない。

「すみません」何者かはわからなかったが、彼女は男にいった。心底怖くなってきて、男の体とドアの両方をすこしずつまわりこもうとした。「急いでますので――」

彼女がいいおわらないうちに、手袋をはめた男の手が持ち上がり、彼女の顔の下半分をすばやくおおった。そのあともう片方の手が首へ持ち上がった。手に何かが握られていた。太いマーカーペンのようなものだ。口をおおった手にあらがって彼女が叫び声をあげかけたとき、チューブ状のものからカチッと音がした。彼女はマフラー越しにちくりと痛みを感じた。叫びはくぐもった弱々しい声に変わった。

たちまち目がくらんできた。五感が溶けて流れ出し、脚がやわらかなパテと化していく。よろめいて、車に押しこまれ、後部座席に投げこまれた。後ろのどこか遠いところで、ドアが勢いよく閉まる音がしたような気がした。

運転手が車内に戻って、歩道のそばから走りだすころには、彼女は完全に意識を失っていた。


真っ暗闇のなかで男はマグライトを肩の上へ持ち上げ、レンズを下に向けて、すこし盛り上がった箇所のまわりを歩きはじめた。芝と腐葉とばらばらに裂けた枝が積み重なった下に、女の体が隠れていた。その周囲にゆっくり足を踏み下ろすたびに、凍てついた湿地の地表が震えた。一面の苔(こけ)と雑草が絡みあってできた氷のじゅうたんがシャリシャリと音をたてる。まるで、ガラスの破片をぶあつく重ねた上に広げたゴムマットを踏みしめたかのように。

懐中電灯の放つ強力な光線のなかに、白い体がちらりと浮かび上がった。頰の一部か、それとも首の一部か。男はひざをついて、手袋をはめた手でまたひとかたまりの腐葉をすくいとり、体の見えた場所へ放り投げた。すぐ近くにある低木の茂みのあいだに雪がのぞいていたのを思い出し、盛り上がった箇所にすこしおおいを足そうかと一瞬考えたが、雪は乱さずにおいたほうがいいと判断した。すぐにまた降ってきて、女の体をおおい隠してくれるだろう……その前にコヨーテやボブキャットがたどり着かないかぎり。彼らはこの森林のあちこちにいる。餌にとぼしい冬にはなかば餓死しかけており、命をつないでくれる食べ物があればどんなものでもかまわず漁る。たぶんあの死体は、人間に見つかる前に彼らが始末してくれるだろう。道を遠くはずれたこういう場所をうろつく人間がたくさんいるわけはないし、こういうところをうろつく人種、つまり道をはずれたところを歩くハイカーや自然観察家のたぐいがその楽しみを味わいにくるのは、何カ月かしてからだ。このとてつもない寒さがゆるんでからだ。

男は死体のまわりを動きつづけた。彼の体重を受けて、霜で硬くなった泥がざくざく音をたてた。

自動注射器は申し分のない働きをしてくれた、と彼は思った。軽く押すだけで針が先から突き出し、女が首に巻いていたマフラーを貫通して、あらかじめ満たしてあった容器の中身を注入した。

静脈麻酔薬〈プロポフォール〉は一分たらずで女を片づけた。この仕事を続けてくるなかで鎮静剤と精神安定剤と麻酔剤はいろいろ試してきたし、机の表面が埋まるくらいの数をそらで並べることもできる。しかし、これほど効き目のある代物が手に入ったのは初めてだ。あの女の脳へ血液を運ぶ動脈には八〇ミリグラムを注入した。あれだけの分量があれば、馬でも何秒かでくずおれただろう。後部座席でとどめを刺したとき、女はすでに半昏睡状態だった。片手で鼻をつまみ、もう片方を口にかぶせて気道をふさぐと、自律神経は気道を満たす努力をあっさり放棄した。

男の殺しの手口はいつもこれほどきれいなわけではなかったが、きれいに仕留められるのならそれに越したことはない。最高の道具、つまりこの女を葬ったような道具があれば、睡魔(サンドマン)のように獲物の横にひざまずいてやさしく眠りに導き、いちどそっと触れるだけで、彼らを屈服させることができる。

安らかに眠りな、ベイビー。男は女の耳にささやいた。安らかに眠りな。またあの世で会おう。

頬への軽いおやすみのキスひとつで、女はほとんど震えもあえぎもせずに事切れた。

男は死体のまわりをちょうど一周し、静かに立ち止まってだらんと伸びた脚を見下ろした。自分の口と鼻からたちのぼるかげろうのような蒸気が、マグライトの投げかける明るい光のなかに散っていく。風を受けた周囲の木々がきしみをたてていた。

そんなことはまずないだろうが、雪解けが来てまだ女の体がいくばくか残っていた場合でも、いずれ湿地に吸いこまれていくはずだ。酸性の湿地は腐敗を速め、生物の遺体を泥炭やミズゴケの養分に変える。彼は身寄りのない貧しい若者だった境遇からいろんなことを学んできたが、これはクランベリー畑の湿地で学んだ数多くの知識のひとつだった。十月の収穫期になると、彼はそこで汗水たらして働いた。当時はまだ、ただの子どもだった。搾取されているすかんぴんの季節労働者部隊のひとりだった。摘み取り人の大半は彼と同じような未成年者で、ほかには貧しい地元の女やメキシコからの不法移民がいた。移民たちは国境の何千マイルも北へやってきて、最低賃金に満たない報酬を手にするために、そういう水浸しの畑を重い足どりで進みながらクランベリーを蔓(つる)からかきとり、水面に浮かせて大きな箒(ほうき)や熊手や網ですくいとる仕事に加わっていた。出稼ぎ労働者に親方と呼ばれていた現場監督は、トラクターの運転台の乾いた高いところに大きな尻を乗っけて、すわったまま作業をながめていた。湿地を踏みしめて進んでいくと、クランベリーの蔓が根を下ろしているあたりまで足が沈んで溝ができ、その溝が一歩ごとに深くなっていく。最初は冷たいぬるぬるにくるぶしがおおわれているていどだが、あとでふと気がつくと腰まで水に浸かっている。そこには、汚い泥のベッドから死んだ生き物がうごめき上がってくる。溺れ死んだシマリスやリスや狐や鳥といった小動物だ。腐敗した動物の断片が周囲のいたるところにただよっている。そこにヒルや蠕虫(ぜんちゅう)がとりついて、腐った組織を食べている。

彼はクランベリー畑の湿地をおぼえていた。死んだ生き物たちをおぼえていた。しかし遠い昔のことだ。今夜は、ここに何かを摘みにきたわけではない。

しばらく前にこの湿地を見つけ、別の仕事に利用した。その場所をもういちど探し当てるのにさほど苦労はしなかった。あの女を始末するにはもってこいの場所だった。ニュージャージー州の不毛の地に広がる人の住まない何百万エーカーもの原生地域で、小さな未舗装の道端に隠れている……何もない人跡未踏の土地が何マイルも続いている。マンハッタンからもすぐだ。車で四十分とかからない。州警察の関心を引かないように、ゆっくり走ってきた。仕事の検分がすんだら、レンタカーでハイウェイ七三号線に戻り、いくつか先の出口からリンカーン・トンネルに入ってハドソン川を渡り、水中トンネルを出ると街の灯に迎えられる。すぐ先にブロードウェイが見えてくる。東の空には、多彩な色を使った巨大なペンライトといった趣きのエンパイアステートビルがそびえている。しかしここにいると、そんなものは何ひとつ存在しないような気がしてくる。

川を越え、森を抜けると、そこにはおどろくべき光景が……

死体を見下ろすように立ちつくしたまま、男は衝動的に懐中電灯のスイッチを切った。まったく無意識にとはいわないが、意識の奥深くに埋めこまれている小さな心の部屋から生じた衝動につき動かされて。

一瞬にして世界が真っ暗になった。

ここはどこであってもおかしくない。

どこでなくてもおかしくない。

アメリカ合衆国の人跡未踏の土地。消防車より赤いぴかぴかの〈マック〉の大型トラックに乗り、道しるべもないがらがらの道を何マイルも何マイルも走ってきた――彼はそう胸のなかでつぶやいて、苦い思い出に苦笑を浮かべ、空いているほうの手で首の右側をしばらくさすった。

それからすぐまた親指で懐中電灯のスイッチを入れ、これまでに犯してきた数多くの罪を心にとどめたまま、くるりときびすを返して、いちばん新しい残虐行為の証拠の前から立ち去った。

5

さまざまな場所

　エイヴラム・ホフマンはジェフリーズのそばを大急ぎですり抜け、DDC地上階の玄関ホールにあるエレベーターに向かった。もう九時を二十分まわっている。朝のお祈りの集まりに遅れてしまった。もう一分たりと余裕はない。きのう、急遽段取りをつけたラスロップとの密会から戻ってくると、カタリ氏はとっくに〈クラブ〉から立ち去っていた。立腹の様子だったという。あとまわしにされたのだ、憤るのは無理もない。競争の激しいこの宝石業界で、人の時間を浪費させていいわけがない。約束をすっぽかした人間は、また同じことをするかもしれない。チャンスを失う可能性がある。それどころか、たちまち深刻なドミノ効果を招きかねない。宝石の価値、つまりカットとカラットと透明度と色に科学的な確認と等級づけを受け、しっかりとした数値評価がなされたところで——それだけのことをみんなやったところで——買い手の微妙な好みを把握していなければなんにもならない。高価なおもちゃがなかったがために死んだ人間はいない。その石が太陽一千個分の明るさで輝いても、持ち主の目にそれだけのきらめきを呼び起こすことができなかったら……あるいは、売買成立前にその目にとっての魅力が薄れてしまったら、なんの意味もない。その真価を測る物差しは、夢や欲望や情熱にある——はかない無形のものだ。必要なのは気まぐれな心を引きつける力なのだ。約束のダイヤがまだ届いていない？ 仲買人(ブローカー)に約束をすっぽかされた？ だったら飛行機で今夜この町を出て、ほかを見てまわろう。

カタリに電話をして、平謝りに謝り、独占権と特別割引を約束して、きょうもういちどここに足を運んでくれるよう説得する必要があった。カタリは大事なお得意だ。自尊心の縄で首を吊る気はない。

エイヴラムはエレベーターに足を踏み入れた。息切れがした。疲労困憊(こんぱい)で目が充血している。あご鬚の上の頬が紅潮している。大急ぎで駆けてきた。事態を収拾するために休みなく走ってきた。昨夜は自宅の研究室でありったけの装置を使ってカシミール産の石を調べていたために、ほとんど眠っていない。何千ドルもした単対物双眼顕微鏡や偏光器や液浸槽分析器をはじめとする最新の装置を使った。八時ごろ、末娘のレイチェルが本をひと山かかえてドアをノックしてきた……そして、読んでほしいとねだった。エイヴラムは仕事に気をとられ、にべもなく彼女をベッドへ追い払った。そのときの口調にいまも罪悪感をおぼえていた。約束を破ることになるのがわかっていながら、忙しいからだめだと娘にいった。しかし、宝石学会（GIA）のラボへあのサファイアを持っていく前に、人工物の痕跡がないか探す必要があった。緊急を要する最優先事項だ。そして、何時間もかけてみずから行なったさまざまな試験でも、あの石が天然物でない証拠は何ひとつ見つからなかったため、すぐに鑑定にとりかかってもらおうと朝一番でＧＩＡに立ち寄った。あそこのラボはＤＤＣと同じ五番街にある。同じブロックのすこし先だが、正規の研究員を待って優先の申し入れをしてきたために、時間に遅れてしまったのだ。あらゆる専門家に共通する特性があるとしたら、それは自分のサービスに頼っている人間の忍耐力を極限まで働かせて楽しんでいるふしがある点だ、と彼は思った。

　エレベーターで取引階（トレーディングフロア）へ上がっていくあいだに、いらだたしげにお願いをはねつけられたレイチェルが顔に浮かべていた傷心の表情を思い出し、エイヴラムはすぐ埋め合わせをしようと心のなかで誓った。時間があったら今夜にでも。今夜はちゃんとレイチェルのご機嫌をとろう。

　それまでは気を引き締めて、この先に待ち受ける長い交渉の一日に専心しなくては。

　アンソニー・デサントは毎朝、自宅のアパートから職場の〈ダン貯蓄貸付銀行〉までの二ブロックを歩いたあと、カップに入った香辛料入りのアップルサイダーを飲みブルーベリー・マフィンを食べながら、何紙かにざっと目を通すのが通例だった。お気に入りは、スポーツ面が充実しているニューヨークの二大タブロイド紙「デイリー・ニューズ」と「ニューヨーク・ポスト」だ。第一面の見出しを飾っている戦争やテロや犯罪や政治や経済の混乱についての記事にうんざりする時間は、昼間にいくらでもある。そういう仰々しい話題の最新情報は、スポーツの結果にじっくり目を通してからでいい。

おれは惰性で行動する人間だ、とトニーは思った。裏面から第一面に向かって新聞に目を通していくのは、この銀行における日々の仕事の〝第一段階〟だった。電車でアップタウンへ急いだあと、この時間を利用してひと息つく。このくつろぎのときを経て、平日のあわただしいリズムに徐々に溶けこんでいく。だがいまは、いつもの状況でも、ありきたりの状況でもない。そんなふりをすることはできなかった。パットが姿を消してから何日かは、いつもと変わらないふつうの日だと思いこむことで徐々に忍び寄ってくる恐怖を払いのけられるかもしれないと考え、何事もなかったかのように朝の日課に取り組もうとした。地下鉄のユニオンスクエア駅を外に出たところのスタンドで新聞を買い、グリーンマーケットでアップルサイダーとマフィンを買い、机の前にどっかと腰をおろして、いつもどおりの一日であるかのようにスポーツ欄を熟読した……しかし、いつもどおりでないことは、たえず――それまでにないくらい強烈に――意識していた。それでも、前夜の大ピンチやパワープレイの場面に気持ちを集中する努力には、試すだけの価値があるような気がした――中途半端な試みだとしても。そうすることで、忽然と姿を消した二十五年来の親友の身にいったい何があったのかという思いから、ほんの一瞬でも逃れられる可能性があるのなら。

しかし残念ながら、少なくともここ二日は、その努力をしてみてもきわめてまずい状況が思い起こされるだけのようだった。スポーツへの関心はふたりの友情に大きな役割を果たしている。友情とからみあっているといってもいい。ときには数字や勝ち負けについての白熱の議論のあいだに、かわるがわる別の話題を挟みこむこともあった。たしなみていどに酒を飲むだけですむことを確認しようとしている筋金入りのアル中コンビのように。いちばん楽しい話題から逸脱するのは、もちろん気分転換のためばかりではなかった。話は仕事にまつわる愚痴と、過去から現在にいたる恋人の話を行き来する傾向があった……話を小耳に挟んだ人に成熟した大人の会話とは受け止めてもらえそうにない、きわどいコメントや注釈が飛び出すこともたびたびあった。もちろん、わざと深刻な話を避ける努力をしていたわけではないし、例外もたくさんあった。トニーは自分の兄弟以上にパットに親しみを感じていた。パットとならほとんどどんな秘密でも分かちあえるし、大事な打ち明け話をする必要があるときも、パットになら正直に話せると思っていた……そしてパットのほうも同じように感じていると、ずっと思っていた。二十五年来の友人だ。四半世紀も昔からの。そのあいだ、いろんな状況で信頼しあい、いろんなかたちでたがいを守りあってきた。さほどの言葉も必要とはせずに。

そんなパットが消息を絶ってしばらくがたつ。一週間以上になる。ちょっと長すぎる。状況が状況だけに、不安をいだかずにいられない。一分たりと懸念を押しこめることはできない。パットがどんな副業をしていたかは、もちろん知っている。それ以外にもときおりちょっとした余禄を得ていると知っても、衝撃を受けはしなかっただろう……毎日毎日同じパイを食べつづけることはできないと、前々からパットはいっていた。トニーも最初は、この何カ月かでまた新たに大きな売り上げ手数料がころがりこみ、それを祝って酒池肉林を求め、週末にカリブ海かどこかではめを外しているのならいいのだがと思っていた。しかし、それにしてもだ。もう一週間になる。一週間がたち、さらに時間は刻まれている。勝手に理由をつけてなんでもないと片づけるには長すぎる。

いやな予感がした。

ただの行方不明事件ではないかもしれない。先日の夜、心配になってあの留守番電話にメッセージを入れ、そのあとあのいまわしい議論が始まって、耳元でがちゃんと電話を切られた。きのうは〈マディソンスクエアガーデン〉であった〈アイランダーズ〉対〈レインジャーズ〉戦の記事を読んでも、なんの役にも立たなかった。それどころかトニーの心は、できるものなら避けて通りたい暗澹(あんたん)とした思いへそれていくばかりだった。

だからスポーツ欄を読むのをやめ、日刊紙を第一面から裏面へ向かってぱらぱらめくりはじめた。特定の記事を意識して探していたわけではない。国際面や国内面や商業欄はざっと目を通すにとどめ、論説や娯楽面は完全に無視して、ニューヨーク市の欄にじっくり目を通し、意識するともなく、地元で起こった犯罪や事件の記事に注意をそそいでいた……トニーの目は、パットに何があったのか教えてくれそうな情報や手がかりらしきものなら、どんな小さなものにも引きつけられた。

トニーはいま、湯気を立てている熱いアップルサイダーを前に机に向かっていた。きょうの「ポスト」紙の一般的な記事に形ばかり目を通し、気がつくとまた目は〝ニューヨーク市警（NYPD）の記録簿〟欄に向かっていた。警察と病院と死体保管所の番記者たちが毎晩まとめている気の滅入りそうなわびしい最新情報に、彼はすばやく目を通していった。区ごとに分かれた見出しの下に箇条書きで一覧になっているが、その内容はお定まりのもののように思われた。ブライアント・パークのベンチで、異性の服を身につけた娼婦が縛られて殴られた末に死んでいたのが発見されていた。サウス・ブロンクスでボイラーが爆発して老齢の市民二名が死亡、三名の消防士が煙を吸いこんで病院に運ばれていた。ミッドタウンのナイトクラブでギャングがらみの対立から銃撃と刀傷沙汰が勃発していた。ハーレムの少年が〈メルセデス・ベンツ〉のスポーツ汎用車（SUV）に押し入って逮捕されていた。その車は人気のラップ・アーティストのものと判明し、その車内からクラックコカインとヘロインとマリファナが発見され、おまけに小さな兵器庫並みの違法な銃器までが屋根までぎっしり詰めこまれて……

　このあとトニーの目は、その欄の最後の記事に舞い降りて、驚愕のあまり大きく見開かれた。鋭い音をたててはっと息を吸ったため、食べかけのブルーベリー・マフィンが気管に入って息が詰まりそうになった。

一段落だけの広報だ。そこにはこうあった。

　警察はコリナ・バンクスという女性の捜索に協力を求めています。三十一歳、ブロンドの髪、体重一二〇ポンド。最後に目撃されたのは月曜日の午後三時三十分、五番街と東十三丁目の角にある〈ゴーキッズ〉という学童センターに四歳の娘アンドレアを送っていったとき。黒いベレー帽に黒っぽい毛織のマフラー、黒い飾りがついた黄色いスキーコート、ひざまである革のブーツという服装だったとみられています。彼女は学童センターを出たあと、東十丁目三三三番地（一番街と二番街のあいだのピーターズ・フィールド付近）にある自宅のマンションに戻ったものと思われます。彼女の居場所に心あたりのあるかたは、当欄末尾のNYDP情報ホットライン、もしくは十分署のイスマエル・ルイス刑事（二一二）五五五‐四六八二まで連絡を願います。身元を明らかにする必要はありません。

トニーは机の上に広げていたナプキンをつかんでブルーベリー・マフィンを片づけた。「なんてこった」彼は震える声でつぶやいた。「うう、なんてこった」電話に手を伸ばしたときも、まだ息継ぎの努力が必要だった。

デラーノ・マリッセはヤムルカ帽を頭にのせて、黒いスーツとオーバーコートに身を包み、ハードタイプの黒革のブリーフケースを手に提げて、安っぽい詐欺師になったみたいな気分でホフマンの数分あとからDDCのビルに足を踏み入れた。おとり捜査の経験は豊富なマリッセだが、見え透いた変装をしている気がしてならないのは、ユダヤ教徒をよそおっているからというよりは、なんらかの宗教的信念を持った人間をよそおっているからだった。さもしい人間をたくさん見すぎたせいか、彼は導きの手、つまり自分に似せて人間を創ったという全能の存在を信じることができなかった……神様というのが広げた毛深い足先のあいだから世界をのぞき見て、数々の欠陥と低俗ぶりに腹をかかえて大笑いしながら楽しんでいる人食い鬼だというなら、ひょっとしたら信じられるかもしれないが。概して人間というのは堕落した行為で万事を醜くする。だからといって、存続する値打ちがまったくないというつもりはない。美味しい料理を作ったり、時間や風習を耐え抜く魅力的な建築物を生み出したり、美しい絵を描いたり、ときには巧みな物語を紡ぎ出したり、音符をつなぎ合わせて心地よい音楽を生み出したりできることを、これまでに証明してきている——いま現在、その四つに三つはすたれてしまって、回復不能な技術になりはてているとしても。

しかしマリッセにはいま、別の差し迫った心配があった。

ジェフリーズのいる守衛台にすたすた近づいていくあいだ、彼は願っていた。相方がちょっとした演技をちゃんと稽古してきましたように。

「こんにちは」と、マリッセはいった。「フリードマンといいます。ノーマン・グリーンさんにお会いしたいんですが」

「ここにお名前があります」ジェフリーズはよくいっても並以下の大根役者だった。不安げな表情を浮かべているうえに、来客名簿に目を向けるのをすこし急ぎすぎている。自分の台詞の番が来るのを待っていたのが見え見えだ。といっても、こういう芝居はずぶの素人なのだし、密告者としての罪悪感が強まっているのだから、こちこちになるのも当然といえば当然だ。「まっすぐ十階にお上がりください。お出迎えするよう上に連絡しておきますので」

マリッセは彼に礼をいって、エレベーターで舞台左手から退場した。ぎごちない場面転換だったが、目的には支障なさそうだ。

扉が開くと、グリーンがエレベーターの前で待っていた。従兄弟のレンボックとじつによく似ている。年齢を感じさせる骨張った体と白髪、ピンストライプのダークスーツに身を包み、胸ポケットに白いハンカチをたくしこんで、鋭く下向きに曲がった鼻柱に金縁の鼻眼鏡をかけている。ニットのヤムルカ帽は黒色で、ととのった青い模様がついており、金色のクリップでしっかり頭にとまっていた。

マリッセはグリーンに手をさしだして笑顔を浮かべ、眼鏡と神経のゆきとどいた優雅な服装を、旧世界の雅（みやび）な気品を感じますという表現で褒め称えた。これには多くの人が古風な趣きを感じることだろう。いまの時代は多くのものを失ってしまったが、いったいどうしてなのだろうと彼は思った。

「元気そうだね、ドゥヴィ」グリーンがフラマン語でいった。ふたりに面識はなかったが、グリーンはいちばんの親友みたいにマリッセの手を握って大きく振りたてた。こっちは経験豊かなすばらしい役者だった。「空の旅はどうでした？」

「上出来ですよ」マリッセは肩をすくめた。「生きて着陸できました」

グリーンはくっくっと笑い、マリッセの肩に手をまわして、回転式のドアのほうへいざなった。

「さあ、ドゥヴィ、コートをかける場所へ案内しよう」グリーンはそういってから、かろうじて聞きとれるくらいまで声を落とした。「お祈りをしているホフマンのコートとブリーフケースが保管されている場所へも」

ピート・ナイメクがメガンの机のそばにある窓からロジータ通りを見下ろしたとき、サンノゼは昼の十二時十五分だった。身をのりだすようにして窓ガラスに頬をぴったりつけ、両ひざをついて、すこし首を右に倒せば、街のスカイラインを北東に見晴らすハミルトン山の東斜面のいちばん端が見えたかもしれない。しかし、いま彼が立っている場所から見える景色は、かなり限られたものだった。これにはいささか慣れが必要だったが、もっともな理由があってのことだ。メガンのオフィスは、それよりはるかに豪華なゴーディアンのスイートのはす向かいに位置しているからだ。ゴーディアンの部屋の床から天井まである窓から外を見ると、いつもハミルトン山のごつごつした雄大な隆起が眼前に迫ってくるような気がしたものだ。勇退以来ゴーディアンが自室を訪れるのは、月にせいぜい三度か四度になっている。

「リッチは?」とメガンがたずね、通りの向こうの高層オフィスビル群を見ていたナイメクの注意を引いた。

「まだ話はしていない」ナイメクはいった。「あと一時間くらいしたら、する予定だ」

メガンは彼をちらっと見た。

「あの人がすっぽかした会議はきのうだったのよ」と、彼女はいった。

「メグ、あいつからの説明は――」

「彼にはあしたニューヨークへ発(た)ってもらいたいの。遅くとも明後日には」

「わかってる」

「だったら、どうしてまだ話をすませていないの？」

「ワーオ（WOW）だ」とナイメクはいった。

メガンはとまどいの表情を見せた。

「ワーオ？」

「WOW、そう、大文字のだ」ナイメクはいった。「〈戦争反対の女たち(ウイメンズ・オポーズド・トウ・ウオー)〉の省略形でな」

メガンはとまどいの表情を深めた。

「わたしたち、いま同じ話題を話しているの？」彼女はいった。「わたしにはなんのことやらさっぱりだわ、ピート」

ナイメクは窓辺を離れて彼女の向かいに腰をおろした。

「WOWはサンフランシスコに拠点を置く団体で、会員数は公称五千人ほど。もちろん、インターネットのサイトもある」彼はいった。「主催者たちは平和運動に入れあげていて、最近おれたちを目の敵(かたき)にしている」

「〝おれたち〟って……アップリンクのこと？」

ナイメクは彼女にうなずいた。

「ありとあらゆるマイナス材料を掲げてな。彼らの見かたでいくと、おれたちは好戦的な世界的扇動者なんだそうだ」

「まさか」

ナイメクは頭を振った。

「ここは自由の国で」と、彼は肩をすくめた。「彼らはそう信じているわけだ」

「うちが国防総省（DoD）の請負業者だから？」

「そのとおり。大量殺人のための技術設計をしているからだ」と、ナイメクはいった。「そして保安部隊を持っているからだ……彼らは準軍国主義的部隊と呼んでいる……うちが海外の駐屯地に置いている部隊を」

メガンは彼を見た。

「冗談としか思えないわ」と、彼女はいった。

ナイメクは手を伸ばし、彼女のコンピュータ画面の背をかるく叩いた。

「そこのホームページにアクセスしてみるかい？」と彼はいった。「おれは昨晩やってみた。そこにある情報は公の情報源からとりこまれたものだった。新聞記事や、政治家の話、うちの出したプレスリリースまであった……事実関係は確かだが、その情報をどう切り貼りしたらうちのイメージが悪くなるかを、彼らはちゃんと心得ている」

メガンは眉をひそめて考えこんだ。

「文脈がすべてですものね」と、彼女はいった。「いくつか例を挙げてくれる？」

「いいとも」ナイメクはいった。「うちが昨年ガボンで例の悪辣（あくらつ）な準軍事組織とやりあったときのやりかたを批判している。マトグロッソで破壊工作部隊（サボタージュ）を撃退したときには、ブラジルの国家主権を侵害したといっている。ロシアの衛星通信用地上ステーションがテロリストに襲われたときについても、同じことを――」

　メガンは目を大きく見開いた。

「わたしはあの事件を生き延びることができたけど、うちはあそこで危うく大量殺戮を受けるところだったのよ、ピート」と、彼女はいった。「あの連中はロシアの大統領も手にかけようとしたわ。それを〈剣(ソード)〉が冷酷な暗殺から救い出したのよ」

「おかげでうちは大統領と彼の政府に太いパイプができた」ナイメクはいった。「あれはうちが強欲資本主義的な目的で、財政難にあえいで弱りきっていた国に強引に入りこもうとして企んだ壮大な計画の一部だったというわけだ」

「強欲資本主義的？」

「おれをにらまないでくれ」ナイメクはいった。「こっちもまだ準軍事的って言葉を理解しようと努力している最中なんだ」

　メガンはやれやれとばかりに頭を振った。

「このWOWの人たちだけど」彼女はいった。「わたしたちが攻撃に対する自衛のために何をすべきか、独自の明確な案を提言しているんでしょうね？」

　ナイメクはうなずいた。

「全時代を通じて、芸術と音楽と詩を分かちあうことこそ暴力に対抗する最善の方法だという立場を、彼らはとっている」

「全時代を通じて」

「ああ、まあ」

「侵略軍に対しても」

「ああ、まあ」

「状況に関係なく、どんな場合でも」

「ああ、そういう姿勢をとることで、人類社会はすこしずつ向上していくんだそうだ」ナイメクは肩をすくめた。「ボンゴ族の踊りも推奨されていたかもしれないが、ホームページにアクセスして確かめてみないと断言はできない」

メガンは彼をにらんで、またぶるぶると頭を振った。

「名指しで攻撃を受けているのは、うちだけじゃない。そう聞いてきみの気分が少々よくればだが」ナイメクがいった。「人類が進化の次の一歩を踏み出すのをじゃましている悪者のリストが、この団体にはそろっている。企業、政党……次から次へとペーパーバックでサスペンスを生み出しているどこかの作家まで入っている」

メガンはしばらく無言でいた。そして、束ねてない鳶色の長い髪を耳の後ろへかき上げた。

「わかったわ」彼女はいった。「それで、このばかばかしいお話とリッチに、どういう関係があるの？」

「先週、クパチーノにあるうちの研究開発プラントで、女の二人組が警備をくぐり抜けようとした」ナイメクはいった。「手のこんだ戦術はいっさいなしで。昼食どきにひとりがもう片方をおんぶして中央入口から入りこんだんだ。その時間なら徒歩での往来が多いのを見越してのことだ。従業員がスマートカードの認証を受けるのを待ち、それに続いてするりと入りこんだ。テールゲート・センサーが入口で感知して、侵入者と判断した。警備員は彼らが何をしようとしているのか確かめるために様子を見守った。所定の手順だ……警備デスクで手続きをせずに通り抜けようとする客はしょっちゅういる。それはおたくが勝手に面倒をかけているんであって、自分は急いでいるんだとばかりに。たいていの場合は、問題のない人物と判明する。営業マンとか、職員の友人や親戚だったりして。そしたらあとは、うちの施設でそのたぐいのことは受け入れられないことを知ってもらえばそれですむ」

「それで、今回は？」

「彼らがうちのコンピュータを使おうとするのを見て、警備員たちは警察に突き出した」

「そのコンピュータで何にアクセスしようとしていたかはわかったの？」メガンがたずねた。

ナイメクはかぶりを振った。

「警備員は急いで包囲網を狭めすぎた。この失敗は肝に銘じさせる」彼はいった。「しかしその女たちは、いま話していた団体のメンバーであるのがわかった」

メガンは眉をつり上げた。

「信じられない」と彼女はいった。

「事実だ」ナイメクがいった。「それだけじゃない。何カ月か前にうちのシステムに侵入して逮捕された青二才たちがいたのをおぼえているだろう？　うちのウェブサイトにいかがわしいものを貼りつけようとしたやつらだ」

「UCLAの学生ふたりね」メガンはいった。「兄弟じゃなかったかしら？」

ナイメクはうなずいた。

「やつらは何カ月も偵察をしていた」彼はいった。「インターネットのポートを念入りに調べ、ネットワークを偵察し、うちに探りを入れるために八方手を尽くしていた。ピーク時には一時間に一、二回やってきた。うちの技術者は攻撃が来ると判断し、侵入者探知ソフトがやつらのIPシグネチャを逆追跡（バックトレース）するのを待って、やつらに偽のパスワードとエントリー・コードを与えた。それを使ってうちのシステムに危害を加えようとしたところで、やつらはお縄になった」

メガンはまたナイメクの顔を見た。

「ピート、つまり彼らは……ええと、なんていうか……WOWの工作員だったということ？」

「そのたぐいだ」彼はいった。「まあ、やつらを〈戦争反対の兄弟（ブラザーズ・オポーズド・トウ・ウオー）〉と呼んでもさしつかえあるまいな」

「BOW（バウ）か」と、メガンはいった。「しゃれてること、ピート」

ナイメクは肩をすくめた。「それはともかく、クパチーノで逮捕された女のひとりは、またまこのふたりの〝母親〟だった」と、彼はいった。

メガンが大きなためいきをついた。

「リッチがその兄弟の父親だなんていって、わたしの血管が詰まって倒れたら、あなたの責任ですからね」

ナイメクは笑顔を見せた。

「おととい、連邦捜査局（ＦＢＩ）からうちに電話があった。立件中の事件についての問い合わせだった……遅い時間だ。おれがリッチに会議の連絡をして、自宅に向かったあとだった」彼はいった。「さっき説明しかけたんだが、その電話をとったのはリッチだった。かけてきたのは捜査チームの長で、翌日の早朝にＦＢＩと検事局の検察官で会議を開く予定だという。そこに出席して耳を傾け意見を聞かせてくれる人間を、うちから誰かよこしてくれないかと打診をしてきたんだ――駆けこみの丁重なお招きだ。法律がまだコンピュータ犯罪に追いついていない現状だし、既存のいろんな法規に目を向けて、どういう立件が可能か考え出そうとしているとのことだった。リッチは州都におもむくべきだと考えた。その判断がまちがいだったという気は、おれにもない」

メガンはじっと考えこんだ。「あなたに連絡できたはずよ」彼女はいった。「電話なり、電子メールなり、あなたの机にメモを残すなりして。わたしたちに知らせなかったのは納得できないわ」

ナイメクはうなずいた。

「同感だ」彼はいった。「やつから話を聞いて、なぜそうしなかったかたずねるつもりだ」

「それといっしょに」メガンがいった。「月曜の朝から彼の顔とこぶしについている打撲の跡のことも、できたら突き止めてもらいたいわ」

　ふたりは無言でさっと視線を交わした。

「週末の個人的な時間についたものなら、おれたちが口出しする問題かどうか」と、ナイメクがいった。

「充分に理解をしたうえで最適の判断をくだしたいわ」メガンがいった。「リッチにはある行動パターンが目につきはじめているわ。いえ、いまのは取り消し。正しくは悪化を見せはじめている、ね。その裏に何があるにせよ、好ましいことでないのはあなたもわかっているはずよ。彼をかばいだてしても事態の改善にはならないわ」

「おれがそうしているっていうのか？」

「〝目をそむける〟という表現のほうが受け入れやすいなら、そっちでもいいわ」メガンはいった。「言葉遊びはやめましょう。トムがおかしいのは、あなたもわかっているはずよ。ここのところしばらく」

「だからあいつを急行便で東へ送り出すのか？」

　メガンは何かいいかけたが、それから考えなおしたようだった。

「わたしの判断のどこがあなたは気になるの？」

　ナイメクは肩をすくめた。

「どこも気になってはいない」彼はいった。「きみがあの場で即断したのにおどろいただけだ」

ろ

「正直、わたし自身もびっくりしたわ……だけど、考えなおせるとしても考えなおす気はありません」と、彼女はいった。「ふたつの考えが自然と結びついたというのが本当のところね。環境が変わるのはリッチにとっていいことじゃないかと思っていたの。距離を置くことで、何がおかしいのかはっきり見えてくるかもしれないし、修正の方法についてもいい考えが浮かぶかもしれないわ。彼が会議に来なかった時点で、その点は固まっていたの。そして会議が進んで、ノリコの反対姿勢をくつがえす方法がないとわかったとき、本社からニューヨークへ誰かを送りこむのがいちばんいいと判断したのよ」

ナイメクはうなった。

「彼女がきみの刺激のしかたを誤ったのには気がついた」と、彼はいった。

「サリヴァンの問題は自分の仕事のじゃまになる、とノリコは考えていたわ。わたしたちが干渉したら、ためらわずに憤りを表明するつもりだった。そしてわたしは、すんなり彼女の思いどおりにさせてはいけないと思った」

「いずれにしても、きみは思いどおりの結果を手に入れた」ナイメクがいった。「会議が始まる何時間か前、おれのジムできみは忍耐を説いていた。なのにきみはノリコの主張を切り捨てた。おれとロリーの目の前で」

「個人的な問題ではないの」メガンはそう主張して肩をすくめた。「彼女の能力には大いに敬意を払っているわ、ピート。でもまあ、ニンジンの前に棍棒を見せてあげなくちゃいけない人もいる、といいましょうか」

ナイメクはしばらく彼女を見つめてから、自分の耳をぐっとひっぱった。

「物騒な話のような気がするな」と、彼はいった。

「BOW-WOW」と、メガンはいった。さきほどの団体の名称と犬の鳴き声をかけて。相談にピリオドを打つには洒落た台詞だ、とナイメクは思った。


ザヘールが賃借りしている〈マーキュリー〉のセダンはトレントンのすぐ西でニュージャージー・ターンパイクを下った。インターネットの無料地図作成サービスで入手した道路案内図を確かめ、交差点と交通信号をいくつかすばやく通り抜けると、フロントガラスの向こうには工業団地が広がっていた。何本もの煙突から煙がもくもくたちのぼっている。詳細な道路地図に導かれ、彼は何分かで目的の交差点にたどり着いた。

ショッピングセンターとファーストフード店が並び、雑草におおわれた空地がぽつぽつ見えるあたりを〈マーキュリー〉は通り過ぎていった。枯れた植物の茎がかさぶたのような汚い氷と雪から突き出して、風に震えている。やがて、ハイウェイから見えていた工場の群れに入りこむと、彼は入口の上に掲げられている社名を確かめていった。地図にしるしをつけておいた工場が左手にあった。工場の中核をなしている建物のそばに、塀で囲われた従業員用の駐車区画がある。十五台から二十台ほどの車が駐まっていた。

徐行していくと、一見無防備そうなゲートの両側の高いところに保安用カメラがあることにザヘールは気がついた。その工場を通り過ぎ、駐車区画にそって通りに曲がった。地図によれば、彼は北に向かって、工場の東側をゆっくり通り過ぎていた。通りのなかほどまで来ると、駐車区画と立入禁止区域のあいだに金網塀の仕切りがあり、別の敷地まで続いているのが見えた。その塀には〈危険化学薬品〉〈立入禁止〉という看板がかかっていた。

ここでザヘールの注意は、筒型をしたたくさんの貯蔵タンクに引かれた。高さは三〇フィートから四〇フィートくらい。平らなコンクリートの台の上にびっしり群れをなしていた。六つのタンクがひとつの束になっている。タンクの鈍い灰色の側面には、亜鉛めっきをほどこした鋼鉄の梯子(はしご)と、そこを登るための手をかける握りがあった。湾曲した細いパイプラインがからみあい、手すりに囲まれたタンクの束の丸屋根と丸屋根のあいだをくねくねと進んでいる。そして太いパイプが一本、台の底から地面を走って工場の奥の壁に向かっていた。ザヘールはこのブロックによどみなく車を進ませ、四本の道が交わっている交差点に向かった。

路上にほかの車はほとんど見当たらない。ザヘールは交差点の赤信号で停止して周囲をさっと見まわした。貯蔵タンクのある囲い地のすぐ向こうに閉鎖されたまま放置されているガソリンスタンドがあり、常緑樹の低い植木が境界をなしていた。木々は枯れるがままになっているようだ。松葉のじゅうたんのなかに節くれだった根が深くうずもれている。交差点の残り三つの角を、ガソリンスタンドの閉鎖前に周辺に出現したらしい衛星関連会社が取り巻いていた。経営者たちが都市周辺部に押し寄せる開発の波をあてこんだのだろう。交差点の向こうに小さな〈マクドナルド〉があった。これも通りの反対側だが、北西の角から出ている歩道を横道へ入ったところに、コイン洗車場と自動車用品店と、暗い煤だらけの窓がある看板の出ていない酒場があった。ザヘールのすぐ右には、交差点の南西を占めるかたちで、トラック・レンタル会社〈ユーホール〉の駐車場があった。さまざまな大きさのトラックとトレーラーがぎっしり詰まっている。

ザヘールはこの配置を好都合と見て、そっと満足の笑みを浮かべた。

信号が変わる前に、営業を停止したガソリンスタンドに入り、そこをぐるりと検分した。島の形をした一角がある。いまでこそ根こそぎ引き抜かれているが、かつては給油ポンプが立ち並んでいたにちがいない。そこの周囲をよどみなくまわった。誰もいないレジ・ボックスのそばを通り過ぎ、売店の正面にある窓の前を通り過ぎながら空っぽの店内をのぞきこんだ。ザヘールはこの敷地には誰もいないと確信し、〈マーキュリー〉を売店の奥にある常緑樹の仕切りの前に寄せ、車を降りて、コートのポケットから小さなデジタルカメラをとりだした。

車のトランクのかたわらに立ち、交差点の四つの角を急いでひとしきり撮った。〈ユーホール〉の駐車場には特別の注意を払った。そのあと、境界になっている枯れかけた木々のほうに向かっていちど立ち止まり、左右の肩越しに用心深く振り返ってから、前に足を踏み出して、黒いひょろりとした枝の下に来た。

低い松林に身を隠すと、一五〇フィートほど前方に巨大な貯蔵タンクが見えた。またカメラのシャッターを押した。工場の敷地への接近を阻んでいる塀はない。しかし警備員がいないと見るのは早計だ、と彼は思った。ひとりもしくは複数の警備員が一定の時間に見まわりをしていることは充分に考えられる。夜間に警備員が置かれているのはまずまちがいない。人ではなく犬かもしれないが。しかしいまは、誰かいるとしてもザヘールの目にはとまらないその気になれば、誰にも制止されることなく、あっさりあのタンクに近づくことができるだろう……そして実行のときには、そこまで近づく必要はない。彼はそう固く信じていた。

神に讃えあれ。神様はもう充分すぎるほどわたしを近くへ連れてきてくださった、とザヘールは心のなかでつぶやいた。

木々のなかにもうしばらくたたずみ、この敷地を観察して、のちの参考のためにさらに十数枚スナップ写真を撮った。それからコートのポケットにカメラを戻し、急いで車に戻った。きょう集めた情報をハスル・ベナジールは喜ぶことだろう。万事うまく運んでいる。

ナイメクはロリー・ティボドーの部屋へ降りていった。ドアがすこし開いていた。ノックをしてなかへ入ると、ティボドーが机から目を上げた。

「どうぞ、ご遠慮なく」とティボドーはいった。

ナイメクはドアを押してきちんと閉めた。

「近ごろ掃除はしたか？」と、彼はたずねた。

ティボドーはナイメクの目を見た。手にはダイエット・コークの缶が握られていた。

「壁には目も耳もない。そのことをいっているんなら」と、彼はいった。

ナイメクはティボドーのそばへ行って、椅子に腰をおろした。ティボドーの好みにしたがって、この部屋には窓がない。机は書類の山で埋もれていた。部屋の片隅に、横がピンク色の古風な直立型の平衡式体重計がある。ティボドーの話では、ルイジアナで暮らしていた当時の誰かの形見ということだった。

「相談したいことがある」ナイメクがいった。

「そんな気がした」

「全部ここだけの話だ。おれたちの胸に収めておいてほしい」

ティボドーはうなずいた。

「リッチのことで教えてもらいたいことがある」とナイメクはいった。

「四文字言葉を使ってもいいかい？」

ナイメクは微笑(ほほえ)まなかった。ティボドーはコーラを口にして、飲料水冷却器(ウォータークーラー)のほうにあごをしゃくった。

「冷蔵庫にはシュガーフリーのもある。よかったら」と、彼はいった。

「いやけっこう。そいつは苦手でな」

ティボドーはへこんできたお腹をぽんと叩いた。

「おれもさ」彼はいった。「しかし役には立つ」

ナイメクは相手をじっと見た。

「ビッグサーで何があったのか知りたい」彼はいった。「ボスの娘さんが人質にとられていた例の丸太小屋から、リッチが彼女を救出したときのことだ」

ティボドーは黙っていた。ナイメクは相手の顔を見つづけた。

「報告書は四カ月前に提出した」と、ティボドーはいった。

「あれは読んだ」ナイメクはいった。「あれが書かれた当時に。その後も何度となく読んだ」

「どんな細かなことも飛ばしちゃいない」

「本当か?」

「ああ」

ナイメクは強い関心をそそられて、相手の顔をまじまじと見た。

「その細かな事実から、きみが個人的に感じたことはないのか?」彼はいった。「省いたことはひとつもないのか?」

「たとえば?」

「疑問に思ったこととか」ナイメクはいった。「こういう結論もありうると考えたことだ」

ティボドーは相手を見た。

「おれは自分の見たことを書いただけだ」彼はいった。「自分の知ったことを」

「もういちど大まかなところを話してほしい」ナイメクはいった。

「報告書を通読したんじゃなかったのかい」

「もういちどだ、ロリー」

ティボドーは炭酸飲料の缶を口元へ持ち上げ、時間をかけて中身を飲んでから、しかたがないというしぐさをした。

「あそこは二階建てだった」彼はいった。「リッチが先に乗りこんで、救出班を裏口から呼びこんだ。おれたちは一階に男が四人いるのを見て、そいつらの機先を制し――」

「おれたちとは？」

「ああ、リッチを除く全員だ」ティボドーはいった。「なかに入ってすぐ、やっこさんが二階へ駆け上がっていくのが見えた。そのあとに応援の男が続いていった。ジュリアが二階の部屋にいるのをリッチは知っていた。誘拐犯のひとりから手荒な手段を使って聞き出してあったんだ。彼女といるのは〝山猫(ル・シャ・ソヴァージュ)〟だけ――まばたきでもするかのように平然と人の命を奪う、例の人殺しだけだった」

「応援の男というのは……うちのサンディエゴ部隊にいるデレク・グレンのことだったな」

「そのとおり」

「リッチがあの作戦にひっぱりこんだ男だ」ナイメクはいった。「二年前にいっしょに仕事をして、そのときからきずなを深めている」

ティボドーは肩をすくめた。

「ほかの誰よりも」と、彼はいった。「まあ、おれの聞いているところではだが」

ナイメクはうなった。「わかった、続きを頼む」

ティボドーは両手を広げた。

「グレンが二階に上がったあとのことは、たいして自分の目では見ちゃいない」彼はいった。「二階でどしんという音がした。ドアを蹴り開けた音だとわかった。一階を制圧するまで、おれは一階を離れるわけにいかなかった。捕らえたやつらから武器をとりあげ、手錠をかけて、ひとつの部屋に集めた。それからほかの部屋を調べて安全を確認した。それと、おとなしくさせなくちゃならない攻撃犬がいた。すべてを制圧すると、おれは何人か引き連れて二階へ――」

「それは乗りこんでからどのくらいあとのことだ？」と、ナイメクがたずねた。

「こういうのは、まあ、あっという間のことだからな」

「どのくらいあとだ、ロリー？」ナイメクは繰り返した。

ティボドーは両手を大きく広げてから肩をすくめた。

「五分以上、十分以下だな」と、彼はいった。「おれが二階に上がったときには、ジュリアは部屋の外にいた。倒れないようにグレンが廊下で支えていた……ジュリアはそれまであの人殺しの野郎にロープで椅子に縛りつけられていたし、まだすこし外れていないロープもあった。隊員たちに彼女を安全なところへ運ぶよう命じてから、リッチが彼女を見つけた部屋に向かったんだが、ドアにつっかい棒か何かがかかっていた」

「それはリッチがドアを蹴り開けて、なかに入ったあとのことだ」

「その点はやっこさんに確かめてもらったほうがいいんじゃないか」ティボドーはいった。

「あとから聞いた話によれば、リッチはあの人殺しがジュリアの喉にナイフを突きつけているのを見て、銃の引き金に指をかけ、銃口を向けて、すこしでも動いたら命はないと警告した。ふたりには過去にいろいろといきさつがある。〝山猫〟がカナダの細菌兵器工場からずらかったあとも、リッチは一年以上ものあいだ追跡を続けていた。そのあいだ〝山猫〟は、リッチが執拗に追ってくるのがわかってずっと身をひそめていた。過去のいきさつだ。リッチはそれを利用してあいつに取引を持ちかけた。ジュリアを解放したら、武器を捨てて、一対一で戦うと」ティボドーはいちど言葉を切った。「〝山猫〟は雇われの身だ。個人的にジュリアを傷つけなければならない理由はなかったし、ナイフを使えば命がないのはわかっていた。リッチの提案は唯一のチャンスで、それに賭けるしかないと判断した」

「そしてリッチは、ジュリアが外に出ると同時に椅子でドアにつっかいをした」

「〝山猫〟にまわりこまれても逃げられないよう出口をさえぎり、おれたちが彼女を引き離す時間稼ぎをするのが主たる目的だったそうだ。手の届くものならなんでもよかった。たまたまそこにあったのが椅子だったわけだ」

　ナイメクは相手の顔を見た。

「しかし、そこに椅子を置いたのは、単にきみの時間稼ぎをするためではなかった」彼はいった。「ふたりだけで心おきなく戦うためでもあった」

「その質問はリッチにしたほうがいいな」と、ティボドーはいった。そして炭酸飲料に手を伸ばし、すこし口にした。「おれが破城鎚(はじょうつい)をドアに打ちつける前にすべては終わっていた。なかに入ると、リッチが床にいた。ナイフでやられた脚の傷から大量の血が流れ出ていた。

あいつの報告書からおれが知ったところによれば、死に物狂いの格闘中に、リッチが捨てたナイフを〝山猫〟がつかみとったらしい。最後にふたりは外のバルコニーに出た。下は三〇〇フィートの谷底だ。そして〝山猫〟は奈落の底へ落ちていった」

ナイメクはティボドーに目をそそいだまま微動だにしなかった。

「落ちたのか、突き落とされたのか？」彼はいった。「よけいな隠し立てはなしでいこう、ロリー」

ティボドーはしばらく黙って机の向こうのナイメクを見ていた。

「おれはいちどもトム・リッチのことを好きになったためしがない」彼はいった。「しかし、あの人殺しの野郎のために涙を流す気はさらさらない。あそこで何があったにせよ、なかったにせよ、ジュリアの命とならいつだって交換するさ。あれはもうすんだことだ。よけいな詮索をすることはない」

「リッチがやったとは思っていないような口ぶりだな」

「自分が何を信じているかは胸に秘めておくようにしていてな」と、ティボドーはいった。そして小さく肩をすくめた。「どういう事実を知っているかと訊かれたから、自分の目で見て耳で聞いたことにもとづいて答えただけだ」

ナイメクは頭を振った。

「寿命を全うしないで死んでしまうやつもいる」彼はいった。「リッチのことで、きみはそんなふうなことをいった。少なくとも、そういう感じのことを。ちがうか？」

ティボドーは相手の目を見た。

「あの部屋に入ったときやっこさんが何を考えていたかは、なんともいえない」彼はいった。「いま何を考えているかについても、当時以上の手がかりはない」

「それはそれでしかたがない、というわけだ」ナイメクがいった。

ティボドーはうなずいて、それ以上はコメントしなかった。

ふたりのあいだに沈黙が続き、最初の沈黙より長くなった。やがてナイメクが真顔で立ち上がった。

「リッチが相手を処刑するつもりで入っていって、目撃者をなくすために戸口をふさいだのだとしたら、放ってはおけない」彼はいった。「おれには真相を知る必要がある」

ティボドーはまた肩をすくめた。そして炭酸飲料の缶の残りを飲み干し、缶をぐしゃりと握りつぶして机の下のごみ箱に放りこんだ。

「知ったらろくなことにならないと思うがな」と、彼はいった。

ナイメクは相手を見た。

「かもしれない」彼はいった。「しかし、ひとつだけいっておこう、ロリー。おれは自分を偽ってまで、ずっとこのまま進んでいけると思いこむつもりはない。おれ以外のみんなも、それはやめたほうがいい」

カリドは嵐のなかを七十二時間近く進んできた。首が凝っていた。疲れきっていた。ジープを降りて、勢いよくドアを閉め、どっと押し寄せてくる雪に逆らって大股でフロントグリルをまわりこんだ。

ニーラム峡谷まではまだ長い道のりがある。まるまる二日はかかるだろう。そう考えると、とても楽天的な気持ちではいられない。あとから振り返れば、なんてこともない話なのだろうが。踏破しなければならない道のりはどこも強風が吹き荒れているし、まだ目的地までは一〇〇キロ以上ある。夜明けまでにハルマットの村に着ければ運がいい。それに、夜はまだ半分も過ぎていない。

ユーサフと運転を交代しながら、二十四時間休みなく進んできた。最高の条件でも忍耐が必要になる起伏の激しい山岳地帯だが、ユーサフは止まらずに進むといって譲らなかった……そして彼らがここまで遭遇してきたものは、このうえなく容赦ない過酷な冬にほかならなかった。ユーサフがしぶしぶ停止するのは、冷たい風と雪のなかで震えながら急いで小便をしてくるか、チカルへの途中で始末した国境警備隊から奪ってきた携帯食を、そそくさと車内で食べるときくらいのものだ。それが終わるとユーサフはまた前進を命じた。

ほんのときたましか嵐は和らがない。ユーサフの固い決意は決してゆるまない。旅が始まったころ、雪は小さな渦を巻いて荒々しく方向を変えながら地上に吹きつけてきた。蛇のように波を打って目をあざむいた。目が疲れて、まっすぐ車を進ませることすら心もとなくなった。二日目の夜になると、北風が正面からまともに吹き寄せてきた。車の周囲に一面の雪が激しいさざ波を立て、フロントガラスをおおっていくあまりの速さにワイパーでぬぐいきれなくなった。嵐の中心が荒れ狂うかたまりと化してまわりに押し寄せてきたらしい。今夜は必死に前に進んできたが、状況は刻々と悪化していた。月の光は閉ざされ、山の頂と斜面の形も見えなくなっていた。カリドが位置を把握するのに利用するつもりだった途中のいろんな目じるしも同様だ。GPSの受信機がなかったら、きっと途方に暮れていたことだろう。ぐるぐると果てしなく円を描きながら、彷徨(ほうこう)するはめになっていたかもしれない。迂回(うかい)しなければならない土手がいくつかあったし、下のほうには歯の生えていない乳飲み子のように口を開けている穴や溝もあった。一秒たりと無駄にしたくないと思っているユーサフがハンドルを握っているときにさえ、視界と接地面を失って二度ばかり停止を余儀なくされた。いずれの場合もカリドがジープを出て、タイヤとホイールウェルのあいだから凍りついた瓦礫(がれき)類の大きなかたまりを取り除き、ヘッドライトにフィルムのように張りついて光をさえぎっている大きな雪の白い膜を取り去った。

　停止するのはこの二時間でこれが三度目だったが、ただでさえ口数の少ないユーサフは、ことのほかむっつりとして取り越し苦労をしているようだ。ユーサフが両手をハンドルの上でぴたりと止めて、つかのまの静寂のなかでじっとしているうちに、カリドはドアを押し開けた。エンジンはかかったまま。ワイパーが絶え間なくフロントガラスから雪をぬぐっている。

　カリドはジープの後部へ行って、タイヤの泥除けのまわりに固まっている雪を何度か勢いよく蹴り落とし、砕けなかった雪は手袋をはめた手で砕いた。それから彼は前へ戻ってきた。

フロントガラスからちらっと見ると、ユーサフはまだ険しい顔で運転席からじっと彼をにらんでいた。嵐に見舞われて遅れが生じたのはカリドの責任であるかのように。

カリドはしゃがみこんで、右のヘッドライトをおおっている雪を払いのけた。この悪魔のような悪天候から抜け出して、任務をすませたい……この悪天候から抜け出す、ただそれだけのためにでも、峡谷にあるハルマットの村まで早くたどり着きたくなった。早くたどり着けばそれだけ早くユーサフと彼の不機嫌から解放されると思うと、いっそう先を急ぎたくなった。

片方のライトの作業がすむと、もう片方からも雪を払いのけようとジープの助手席側へ向かったが、フェンダーのまんなかあたりまで来たところでエンジンの回転が急激に上がった大きな音がして、カリドはぎょっとした。

まだギアがPに入っているのに、ユーサフがうっかりアクセルを踏んでしまったにちがいない。そう考えて、カリドはフロントガラスのほうに目を向けた……そのとき、ジープががくんと前へ動きだし、いきなり加速の咆哮(ほうこう)をあげてカリドに迫ってきた。彼はぎょっとした。フロントガラスからユーサフの強ばった表情が見えた。険しい目がぴたりとカリドにそそがれていた。

あまりのショックに、カリドは大型車の進路から逃げ出す機会を失った。ショックのあまり、車がぶつかってきたときも、風のなかへ耳ざわりな悲鳴をあげることしかできなかった——そのあとは叫ぶことさえかなわなかった。後ろへ跳ね飛ばされ、くるりと半回転して、どさりと雪のなかに落ちた。左の腕と脚が妙な角度にねじれていた。体の奥深くから押し上がってきた血が口からほとばしり、あごを伝い落ちた。氷点下をはるかに下まわるヒマラヤの寒気のなかに、破壊された体から湯気がたちのぼった。

喉が詰まって、カリドは右わきを下にごろりと体をころがした。胸のまんなかに刺すような激痛が走り、その瞬間、あばらが何本か折れたにちがいないと思った。激痛のなか、ジープのライトはなおも彼を照らして、光のなかにぴたりととらえていた。右のライトは雪の膜が張りついていて薄暗い。カリドが除雪したほうは目がくらむほど明るかった。ひじを使ってなんとか体を持ち上げ、雪のなかで体を引きずって、まぶしい光の直射から逃れ出ようとした。

しかし、ここでもカリドはまったく動くことができなかった。ユーサフが車を止め、ギアをバックに入れて後退し、またしばらく止まった。そしてふたたび勢いよくカリドのほうへ突進してきた。それを見て彼はショックに大きく目を見開き、金切り声をあげた。

ジープは全速力でカリドを踏み越えて、彼を地面に押しこめた。力を失ったずたずたの体は二分ばかり車輪に引きずられ、最後に、かきまわされて血まみれになった雪山のなかに置き去りにされた。

ユーサフは振り返りさえしなかった。揺るぎない決意を顔に浮かべて、暴風のもたらす闇のなかをひとりで突き進み、国境を越えたはるか彼方(かなた)の暗闇で待ち受けている者たちのところへ大切な積荷を運んでいった。

ロジャー・ゴーディアンは一輪車の前にある石の山をつぶさに調べていた。石垣造りの方針にかないそうな石が見つかった。軽く力をこめてそれを持ち上げ、積み重ねておいたふたつの石の上に置いた。いいぞ、と胸のなかでつぶやいた。それどころか、すばらしい。手で押しつけながらぴったりの位置を探っていったゴーディアンは、もうひとつバランスがよくないことに気がついて、調整をしなおし、ふたたび押しつけたが、最初より収まりが悪かった。また調整をしたが、うまくいかない。あご先をぽりぽり掻いて、ひざを突き、原因を調べにかかった。

そうか。彼は心のなかでそうつぶやいて、うなずいた。初歩的なことだ。

しゃがみこんだ位置から見ると、いま付け足した石とその下のふたつのあいだにすきまがあった。指をつっこんでみると、第二関節まで入る。穴を埋める必要があった。

立ち上がって、ぴったりの大きさのがないか石の山を調べていったが、よさそうなものが見つからず、草のなかをしばらく探しまわった。すると、近くの草むらに小さな石英が見えたので、そこに向かった。

パロアルトにある自宅のベランダからは、造園をほどこした段丘（テラス）が斜め下に続いていた。その頂にアシュリーが立って、庭のホースで植物に水をやっていた。隅から隅までまんべんなく撒（ま）いていくうちに、ノズルのまわりにできた細かな霧に日光が当たってつかのま虹が現われた。一年前にアシュリーは、ホースで水を撒くのはばかばかしいくらい時代遅れなやりかただと考え、何千ドルかをはたいて地下埋設式のスプリンクラーを購入した。それからしばらくのあいだ、アシュリーは新しい装置を手放しで褒めちぎり、ホースを引きずってはもつれさせる果てしない作業から解放される喜びを説いてまわっていた。ゴムでできた邪悪な蛇は――さまざまな運搬具や延長線や付属品ともども――彼女の支援している〈グッドウィル〉という地元の非営利福祉団体に寄付しよう、と繰り返しいっていた。

その後、彼女はあっさり宗旨替えをした。少なくともゴーディアンにはあっさりに見えた。ひょっとしたら、人知れず長い時間をかけて考えに考え抜いた結果だったのかもしれないが。しかし、これだけはまちがいのない事実だ。ある日アシュリーは庭からゆっくり大股でやってきて、あのスプリンクラーでは〝大切な花〟にきちんと水が届かないと不平をつぶやき、何カ月か眠っていたホースを小屋からとりだして、ゴーディアンをおどろかせた。使っていないのに、まだ寄付はしていなかったらしい。彼女がゴーディアンに断言したところでは、庭の手入れに熱心な人間にいわせれば、スプリンクラーというのはせいぜい補助的な役割しか果たすことができない代物で、下手をすると怠け者や無精者が庭に対する責任逃れをするための言い訳になりかねないとのことだった。

ゴーディアン個人は、スプリンクラーが来る前とそのあとでアシュリーの斜面の植物に大きなちがいが生じたとは思っていなかった。つねに美しくしっかり手入れがなされているように、彼には見えた。とはいえ、庭を見る目では彼女のほうに一日の長があるとゴーディアンは認めていた。日曜大工にかけては彼のほうが上なのは、おおむね家族の認めるところではあったが。

ゴーディアンは見つけた石を草むらから拾い上げて、手のひらの上で調べた。幅四インチくらいで、いくぶんV字形……おあつらえ向きだ。

この石を持って壁の前に戻り、すきまに途中まで指で押しこんで、道具ベルトからハンマーをとりだし、注意深く打ちこんだ。それが終わってから、さきほど固定しようとしていた大きな石をもういちど試してみた。

石は下で支えるふたつの石の上にしっかり収まった。

よし。彼は胸のなかでつぶやいた。すばらしい。

ゴーディアンは立ったまま、しばらくほれぼれと壁をながめた。完成までにはまだ多くの作業がある。二週間か三週間がかりの仕事だ。だが、これで石をまとめるこつがわかったような気がした。どうしたらうまくいくかを考える作業からは、かならず満足感を得ることができる。単純な作業、複雑な作業、どれもみな楽しい。

〝しかし、どうです……比較になりますか？〟内なる声がたずねた。〝同等とはいえないでしょう。これまではやさしく直言を避けていましたがね。わたしがお訊きしたいのは、比較について、あなたが総体的にどうお感じになっているかという点なんです〟。

そうしつこく呼びかけてくる内なる声に、ゴーディアンは眉をひそめた。頻繁(ひんぱん)に聞こえるわけではない。しかし、聞こえてきたとき、その声には弁護士のような疑り深い論争好きのような響きがあった。気の進まない感じの証人にきびしい反対尋問をし、自分でまだ答えのわかっていない質問は絶対にしないという昔ながらの法廷戦術を用いている弁護士のような声だ。しかし、わざわざこんなふうに宣誓証言する必要はない。〝経営の破綻した電子機器会社を格安で買い取って技術系産業の巨大企業に変身させたときや、米軍の偵察能力と目標捕捉能力に革命をもたらしたことで富と名声をくれた航空電子工学ソフトの設計をしたときとは、比較にならないことを認めます、同等なんてとんでもありません、弁護士さん〟など とは。本格的な地球規模の遠距離通信網創設に向けて大躍進を遂げたときの満足感に、石垣造りの満足感で張り合えるわけはない。しかし、ゴーディアンは人生のなかの十年を空軍に捧げ、アップリンクにはその二倍以上の年月を捧げてきた。そのあとに来るのが妻と家族だ。情報を制限なしに行き渡らせることでいまよりもっと自由な世界をつくり出したいという彼の夢に、家族は大きな犠牲を強いられてきた……ゴーディアンはいま、仕事と軍務にそそいだのと同じだけの情熱を、家族と過ごす時間にそそぐつもりでいた。六十歳の誕生日に新しい船出をしたのが、つい昨日のことのようだ。しかし、その向こうの水平線は彼が思っていたよりはるか遠くにあった。なぜわたしは望遠鏡で後ろを振り返って、過去の業績と現在の自分を比較してばかりいるのだろうか？　ゴーディアンにはわからなかった。それでも、比較をやめるのに苦労することがときおりあった。〝ことによったら、弁護士さん、ひょっとしたらの話ですが、人が老いていくとき誰もが直面することのなかでいちばんむずかしいのは、若かったころの自分と競うのがどんなに無意味かを悟ることなのかもしれません〟。

こうしたひとつながりの物思いから、なぜレニー・ライゼンバーグに電話をしなければならないことを思い出したのか、ゴーディアンにはよくわからなかったが、考えていく過程で何かがそれを思い出させたらしい。彼は石の山からまたひとつ持ち上げかけたところで手を止めて、携帯電話でレニーのオフィスにダイヤルした。

「ボス！」受付から転送された電話をとって、レニーがいった。「お待ちしてました。これ以上、時間の余裕があるかどうか、わたしにはよく――」

「だと思った、レン」ゴーディアンはいった。「遅くなってすまなかったな」

「引退をした喜びに浸るのに忙しくて、それどころではなかったってとこですか？」

「まあ、そんなところだ」ゴーディアンはいった。「ただし、水を離れた魚みたいな心地に見舞われることがよくあるのは認めざるをえないな。学校をずるけてるみたいな感じかな」

「〝さぼってる〟でしょう、ボス」レニーはいった。「あるいは〝ずる休みしている〟か。うちの子たちに〝ずるける（プレイ・フッキー）〟なんていっても、なんのことやらさっぱりですよ」彼はいちど言葉を切った。「そのずるけるという表現は、何が元になったんでしょうね」

「釣りと関係があるんじゃないかな」ゴーディアンはいった。「教科書を入れるかばんに糸と釣針（フック）を隠して、こっそり湖へ釣りにいくわけだ」

レニーはああと納得の声をあげた。

「思いつかなかった」彼はいった。「ブルックリンで湖といったら、プロスペクト・パークの汚水溜めしかなかったですからね。あそこで捕まえたことがあるのは、治るのに一年かかった水虫の菌くらいのものですよ」

ゴーディアンは笑みを浮かべた。

「レニー、きみに知らせておきたいことがある」彼はいった。「うちの保安部隊をサリヴァンの問題にのりださせた。すでに本格的にとりかかっているか、まだだとしてもすぐにとりかかるはずだ」

レニーは一瞬、言葉を失った。

「ボス、なんてお礼をいったらいいか」と、彼はいった。

「そんなことはいい、レニー」

「いえ、ほんとに――」

ゴーディアンが丘の中腹にいるアシュリーをさっと見上げると、彼女は夫が見ているのに気づいて手を振った。ゴーディアンも頭上に手を持ち上げて振り返した。

「何をいってるんだ、レン。たいしたことじゃない」彼はいった。「きみにいろいろ世話になった長い年月を考えたら、こんなことはなんでもない」

「そうはいっても、ボス」レニーはいった。「まだ、なんていったらいいか……」

「だったらこういおう。きみの言葉は、うちに助けを求めてきた例のメアリー・サリヴァンという女性のためにとっておけ」と、ゴーディアンはいった。「うちが全力を挙げて旦那さんに何があったかを突き止める――忘れずそう彼女に伝えてくれ」

レニーはまたつかのま声を失い、それからこう答えた。

「もちろんです、ボス」彼はいった。「そして、それほどまずい状況ではないことがわかるよう祈りつづけます」

十分署のイスマエル・ルイス一級刑事は、デサントから聞いた話を検討して、すべて理解したと確信が持てるまで、いま頭に浮かんでいる最後の小さな質問を投げかけるのは控えることにした。

ルイスは警官集合室にある机の前でメモ帳を一瞥し、とがった鉛筆の先でそこをとんとんと叩いた。

「なるほど」彼はいった。「つまりこういうことでしょうか。パトリック・サリヴァンが浮気をしているあいだ、あなたは彼の鬚をつとめて——」

「待った」刑事と向きあった椅子からデサントがいった。「そんな表現は使っていない」

ルイスはどの言葉でしょうと問いかけるように相手を見た。

「鬚だ」デサントはいった。「パットの鬚だったなんて、いちどもいったおぼえはない」

ルイスは眉をひそめ、よくありがちな午後になりそうだと思った。ルイスは浅黒い肌を持つ三十五歳の男だ。免許証の身長欄には実際より高めに五フィート七インチと記されている。初対面の人間には二十代前半とまちがえられることが多い。彼が逮捕するごろつきからも、その手合いから守ることを誓っている気むずかしいニューヨーク市民からも、地位が下の警察官からまでも。見た目が十歳若返るならいくら払っても惜しくない人だっているのだし——実際、肌のピーリングやしわ取り注射や整形手術に大枚をはたく人間は引きも切らないのだから――若く見えることに感謝すべきだと妻はいうが、ルイス本人はその点を特別ありがたく思っているわけではなかった。階級の問題はさておき、それが仕事の障害になるときもあるからだ。

「申し訳ない」と、ルイスはいった。彼のありふれたスラングにデサントがなぜ抗議しているかはともかく、相手の感情を害するのは礼儀上問題があるし、意味のあることでもない。

「鬚というのは比喩的な表現です。誰かが浮気をしているのがばれないようにしてやる人間のことで――」

「ホモセクシュアルをにおわせるところがある」デサントはいった。「わたしとパットは絶対にそういう仲じゃない。ホモを連想させる語感――わかるでしょう」

「ええ、わかります」

「あなたの使った言葉は……ええと、たしかゲイの男たちが周囲からマッチョと思われようとしてあごに鬚をたくわえたころにできた表現ですよ。いまはそんなことをしたところで、なんとも思われませんが」デサントはいちど言葉を切った。「わたしの勤めている銀行には、猿みたいに鬚ぼうぼうでいて、男の恋人と結婚するとのたまわった副頭取もいます。まあ、べつにわたしは気にしませんが。いまの時代、誰に何があってもおかしくない気がするし、人に危害を加えないかぎり、その人に可能な方法で幸せになればいい」

ルイスはなんのコメントもしなかった。じつをいうと、鬚というのは自分の性的嗜好を隠すために男とつきあったり結婚したりしたレズビアンが元になったスラングだと思っていた。

しかし、言葉の選択の問題でつまらない方向へ話をそらしたくない。最近起こった二件の行方不明事件について、このアンソニー・デサントという男はみずからここへ足を運んで情報を提供し、その二件を結びつけようとしているのだから。

「確認のためにうかがいますが、あなたのお勤めの銀行というのは……これはユニオンスクエアの近くにある〈ダン貯蓄貸付銀行〉のことですね？」とルイスはいって、話を戻しにかかった。

「ええ。わたしのマンションから二ブロックのところです」

「あなたはそこの貸付担当者でいらっしゃる」

「商業貸付担当マネジャーです」デサントはそういって肩をまっすぐ起こした。無愛想な表情をした太りすぎの男だが、身なりは非常にいい。豊かな褐色の髪をきちんとレイヤー・カットでととのえているし、ネイヴィーブルーのビジネススーツはすばらしい仕立てで隅から隅までしっかり巨体を包んでいる。

ルイスは口を開く前にしばらく時間を置いた。デサントの身ぶりから、次はこの道の専門家らしい対応をしたほうがいいと判断したからだ。貸付担当者と貸付担当マネジャーにどれほどのちがいがあるのかは知らないが、この男にとっては大きなちがいのようだ。正しい言葉づかいにこだわる人間らしい。

「パトリック・サリヴァンとコリナ・バンクスのことですが」ルイスはいった。「あなたがご存じなのは、彼らがしばらく前から不倫の関係を続けていたということですね……その点はまちがいありませんか?」

「ええ」デサントはいった。そして、ひょいと肩をすくめた。「最初は本気じゃなかったんです。パットは奥さんを愛している。その点は断言してもいい。しかし彼は、営業の仕事をしている関係でいろんな街に出張します。国外のあちこちに出向くことさえある」

「〈アームブライト・インダストリーズ〉の仕事でですね」

デサントはうなずいた。

「新しく開発された技術製品の売りこみに」

デサントはまたうなずいた。

「出張がしばらく続けば大変なこともあります……自宅を離れて不慣れな土地で何週間も過ごせば、さびしくなるのはあたりまえだ」彼はいった。「パットはよその町に行くと、酒場を訪ね、どこかの女に何杯かおごって、その女と楽しいひとときを過ごす。それだけのことです」

ルイスは無言のまま思った。おれだったら、女房と千日離れていても——いや、一万日だったとしても——そういう楽しいひとときをほかの女と過ごすなんて絶対にありえない。

「バンクスさんとも、そうやって知りあったわけですか?」しばらく間を置いてからルイスはそうたずね、メモを見て、その情報をまだデサントから得ていなかったことに気がついた。

「地方へ出張に出ているときに?」

「いや」デサントはつかのまためらいを見せて、背広の上着のしわを伸ばした。「じつをいうと、わたしのつきあっていた相手がふたりを引き合わせたんです」

「女友だちですね」

「もと女友だちです」と、デサントは訂正した。「ジョイスはたまたまコリナと知りあいだったんです。〈ブルーミー〉の化粧品コーナーでいっしょに仕事をしてまして」

「この街のデパート〈ブルーミングデール〉のことですね」

「ええ」

「東五十九丁目の」

「ええ」

「では、パットの浮気は、単身でしばらく出張におもむいているときに限られていたわけではないんですね」

デサントは刑事の顔を見た。

「この点は断言しますが」彼はいった。「パットは奥さんと家族を愛しているし、彼らのために最善を尽くしている」

ルイスは訂正を受け入れ、口にした当てこすりをたちまち後悔した。おまえは長いあいだ警察官をつとめてきたはずだ。〝お偉方と庶民〟なんて対立的な考えかたに引きずりこまれてはならない。それに、これは取り調べではない。デサントはみずから署におもむいてくれたのだ。

「あなたのもと恋人の名字を教えていただけますか?」と、彼はたずねた。

「ブライヤーズです」

「BREYERSですね？」

「そのとおり」

「必要とあらば連絡はとれますか？」

「いまどこにいるかは知りません。気まずい別れかたをしたもので」と、彼はいった。「わたしの知るかぎりでは、二年前にアトランタへ引っ越したはずです」

ルイスはうーんとうなって、その名前をメモ帳に書きつけた。

「パトリックとコリナの話に戻りますが」彼はいった。「ふたりは最初は本気じゃなかったとおっしゃいましたね」

「そのとおりです」

「あなたの見るところでは、いっときの情事だったと」

「少なくとも最初のころはそうでした」デサントはいった。「しかし、コリナはパットにとって特別な人間になったんです」

「妊娠する前からですか？」

デサントはうなずいた。

「コリナが妊娠していることにパットがまだ気づいておらず、彼女がまだ検査を受けていなかったころからです」

「検査というのは実父確定検査のことですね」

「はい」デサントはゆっくり時間をかけて息を吐き出した。「そのことからも、パットの人となりについてわたしが説明しようとしてきたことがご理解いただけるのではないでしょうか。その子の父親が自分とわかると、彼は自発的にコリナの世話におもむきました」

「堕(お)ろせと迫ったりはいちどもしなかった？」

デサントはきっぱり首を横に振った。

「彼女は生んで育てたいといった」彼はいった。「そのうえパットはカトリック教徒です。そのたぐいのことはできないことになっています」

不倫による妊娠に例外を認めるのは問題なさそうな気がしたが、ルイスはあえて口にはしなかった。

ほかに明確にしておかなければならない事実関係はなかったかと、すこし時間をかけてメモ帳を確かめた。早く事情聴取を終えて、ここまでの話がどういう意味を持つか判断をくだしにかかりたかった。

「パットと出会ったころ、コリナはヨンカーズ（ニューヨーク州南東部の都市）でアパート住まいだったというお話でしたね」

「ええ」

「娘を出産したときも、彼女はまだそこにいた……娘の名前はアンドレアでしたか？」

「ええ」と、デサントはいった。

「そして、コリナとその娘は何年かそのアパートにいた」

デサントはうなずいた。

「あそこは家賃の変わらないアパートでしたから、仕事を続けているかぎり、コリナは家賃を工面することができたんです」彼はいった。「彼女はパットに金を無心しようと躍起になったりはしませんでした。可能なかぎり自活をし、足りない分を彼が手助けしていたんです。子どもの養育費。健康保険料。捻出できるかぎりの費用を。彼にはたくさん収入がありましたが、ときどきわたしはどうしてあんなに稼げるのだろうと不思議に思いました。ふたつの家族の面倒をみるのは生半可なことじゃなかったはずです」

「ここ一年か一年半は、さらに楽になっていたにちがいない」ルイスはそういってメモ帳から目を上げた。

デサントはしばらく黙っていた。

「コリナと女の子を市内へ引っ越させたことをおっしゃっているんですね。まあ、みんなにとってそのほうがよかったんでしょうが」と、彼はいった。「パットにとっても、たしかに楽だ。職場はマンハッタンですから、母娘の住むチェルシーにほとんど毎日のように立ち寄ることができる。昼食時、仕事帰り、機会があればいつでも立ち寄れる。週に一度、彼は夜遅くまであそこにいます。メアリーには……彼の奥さんですが……わたしとスポーツ観戦に行っていることになってます。ときには泊まりになることもある。試合の終わるのが遅くなったとか、いっしょに飲みすぎたとか、悪天候で帰れないとかいって」

「いつもあなたが口裏を合わせてやるわけだ」

デサントはうなずいた。

「親友ですから」彼はいった。「かばってやります」

ルイスは相手の顔から目を離さなかった。

「チェルシーのマンションを買うには、格安の物件でも二、三〇万ドルの費用はかかったはずでしょう」と、彼はいった。「マンション購入から二、三カ月で、パットはコリナに〈ジャガー〉を借りてやっている。あれにもちょっとした費用がかかっているはずです。そして、あなたのお話によれば、パットは彼女にもう働く必要はないといっていた……そうでしたね？」

デサントはまたうなずいた。

「ええ」と、彼はいった。「すべておっしゃるとおりです」

これを聞いて、ルイスの頭にきわめて重要な質問が浮かび上がった。

「どういうことなんでしょう？」彼はいった。「パットはスーパー・ロトにでも当たったんですか？　セントラルパークに埋まっていた宝の箱を発見したんですか？」

デサントはためらいを見せてから、ゆっくり刑事の目を見た。

「さきほども申し上げたように」彼はいった。「彼のふところに大金が入ってくるようになったのは、あのパキスタンの会社を〈アームブライト〉が買収してからで——」

「〈キラン・グループ〉のことですね」

「ええ」デサントはいった。「パットの羽振りがぐんとよくなりはじめたのは、あそこの国際卸売部門に異動してからです」

「それまで得ていた収入のうえに数十万ドルの年収が入りはじめたにちがいない」

言葉がとぎれた。デサントは上着を調べて、わきのしわをなめらかにした。

「パットが余分の収入をどうやって得ていたか、わたしには見当もつきません」しばらくして彼はいった。「パットは説明をしなかったし、わたしも訊かなかった」

「不思議に思わなかったんですか?」

「訊かなかったといっただけです」

「親友だから」

「そのとおり」デサントはいった。「友人関係を続けるには、どういう話をすべきでないかをわきまえる必要も、ときには出てきます」

「しかしパットはコリナには説明していたと、あなたは考えていらっしゃる」と、ルイスはいった。

デサントはたっぷり三十秒ほど相手を見てからようやくうなずいた。

「パットが行方不明になったあと、その確信は強まりました」

「彼を探してほしいとコリナから電話があってからですね」

「彼女から電話があり、彼の奥さんから電話があって、わたしは情報センターになった」デサントはそういって、物悲しそうな笑みを浮かべた。「午前一時半からそれは始まりました。心配になったメアリーから、うちの留守電にメッセージが二件入り――」

「先週の水曜日のことですね」

「ええ、パットがいつもコリナと夜を過ごす曜日です」

「あなたが口裏を合わせてあげる夜だ」

「おっしゃるとおり」デサントはいった。「遅くまでいるだけでなく市内に泊まっていくつもりのときは、パットはかならずわたしにひとこといってきます」

「メアリーにする話の口裏を合わせるために」

デサントはうなずいた。

「パットが帰ってこないものだから、メアリーは嵐のせいで事故にあったのではないかと心配になって、わたしのところに泊まっていくのか確かめようと電話をしてきたんです。最初、わたしは電話をとらず、留守電に吹きこませました。彼女になんていったらいいかわからなかったので」

「コリナのところに泊まるとパットから聞いていなかったからだ」

「それまでは、そうやってうまくやってきたんです」と、デサントはいった。

ルイスはうなずいた。

「わかりました」彼はいった。「話の残りをお聞かせください」

「刑事さん、申し訳ないが、わたしは銀行に戻る必要が——」

「もう一回お聞かせ願えれば、それでお帰りいただいてけっこうです」ルイスはそういって、毅然とした表情で相手の異議を却下した。

デサントはあきらめたらしく、頭を振って大きなためいきをついた。

「メアリーから三度目の留守電が入ったあと、二時かそこらに、わたしはコリナのところへ電話をしようと心を決めました。パットと代わってもらって、奥さんが心配している、連絡したほうがいいと伝えようと」彼はいった。「わたしは——電話をしたときですが——こんなふうに想像していました。あそこで何か大変なことがあって、しばらく奥さんのことをすっかり忘れていたにちがいないと。お察しいただけると思いますが」

じつのところ、ルイスはぴんとこなかった。自分には直接体験のないことだ。百万年たっても体験するとは思えない。

「で、そのあと？」と、彼はうながした。

「そのあと、受話器に手を伸ばしかけたところで、また電話が鳴りました。またメアリーかと思いましたが、かけてきたのはコリナでした。コリナのほうも心配でかなり取り乱していました」

「パットを探していたわけですね？」とルイスはたずねた。

「ええ」デサントの声にすこし震えが混じりはじめた。「パットは彼女のマンションから仕事で誰かに会いに出かけたといい——」

「十時ごろのことでしたね」

「そう、パットは十時ごろ、ガレージから〈ジャガー〉を出して出かけていきました」デサントはいった。「一時間か一時間半で戻るといって出ていったが、それきり戻ってこないと彼女はいうんです」

「誰に会いにいくか、彼女はいってなかったんですね？」

「ええ」

「どこで落ち合うことになっているかも？」

「ええ」

「そんな時間にいったいなんの仕事なのかもですか？　氷のように冷たい嵐が吹き荒れているさなかだったにもかかわらず？」

「ええ」

「なのに、あなたはその点を問いただささなかった」

「ええ、訊きませんでした」と、デサントはいった。そして肩をすくめた。「理由はさきほどご説明しました」

「訊くべきでないと思ったわけですね」

デサントはうなずいた。

「それから何日か、わたしはコリナに執拗に訴えました」彼はいった。「彼女に電話をし、きみの知っていることを全部警察に話したほうがいいと説得しました。しかし彼女は、パットが困ったことになるといって聞きません。家庭がめちゃくちゃになるし、ふたりの関係がすべて明るみに出てしまうと」

それと、営業マンの身で何に手を染めて所得がぐんと跳ね上がったのかは知らないが、そ

の点が明るみに出
「それで、あな
「彼女は一歩も
いました。わ
いました。その
〈ジャガー〉がウ
それはよくないこ
放置していくわけ
「しかし、まだご自
デサントはまた長
「それはまちがいでし
すべきだったんです。
てくる爆弾の先端にわ
年か前に。コリナのこと
と思われるかもしれませ
です。どれだけ話すかを
待ちきれなくなって、警察
てくれそうな人に連絡がつ

ルイスは相手を見た。これもデサントから初めて話を聞いたと
てたところだ。「彼女がそれしかいわなかったのは、まちがい
「ええ」
「その人が誰かについては、まったく触れていないんです
「何ひとつ」
「しかし、それが捜査当局という印象は受けなかっ
「そういう印象は電話からは伝わってきませんで
「どういう印象を受けました？」
デサントは頭を横に振って、小さく手を広
「うまく説明できません」彼はいった。「
ルイスはこの返答をあえて追及しなか
たからだ。しかし、彼は不思議に思っ
に会いにいった人物なのか？　それ
彼はメモ帳をめくって、走り書
べき話はだいたい聞いたと判断
「あなたがコリナと最後に電
デサントはうなずいた。
「あれを話と呼べると

し、彼女が怒鳴り散らしたあげく一方的に電話を切ったといったほうが事実に近いでしょうね」

「その後、彼女から連絡はなかった」

「はい」デサントはいった。「しばらくたってから、また連絡をとろうと試みたんですが、出たのは留守番電話でした。きょう、もういちど電話してみるつもりでした……そんなとき、この朝刊の情報が目に入ったんです」

「警察記録簿ですね」

デサントはうなずいた。

「いやまったく、刑事さん、朝食を喉に詰まらせそうになりました」彼はいった。「これを限りに、二度と肺に空気を送りこめないかと思いましたよ」

ふたりは黙りこんだ。ルイスは一分ほどかけて状況をすべて咀嚼した。不倫関係にある男と女が行方不明になった。手に手をとってバラ色の夕陽のなかに姿を消したと考えられなくもないが、四歳になる娘を学童センターに預けたままだった。そのうえ、男はいちど女のアパートに立ち寄っている。状況から見て、女はほんのしばらく外に出るだけのつもりだったとしか思えない。流しでは冷凍食品が解凍中だった。小さな洗濯乾燥機のなかにまだ衣類があった。テレビはつけっぱなし。ケーブルガイドにはあの日の夜に放送予定の番組がふたつセットされていた。さて、この状況をどう解釈する？

このふたりを急いで見つけだす必要があるのはわかっていた。時間がたつほど彼らの残した痕跡は冷たくなる。デサントから聞いた話を刑事課長に伝え、サリヴァンの事件を担当しているると思われるナッソー郡の刑事たちと連絡をつけて……例の〈ジャガー〉を運輸局（DOT）の保管所からただちにひっぱりだし、検分するのが第一歩だ。捜査の幅を広げる許可もとりつけたい。記者会見を開き、プレスリリースを出し、サリヴァンとバンクスの写真を放送波にのせる。自分でも街じゅうでビラやチラシを配る……一般市民から情報提供を受けられるよう、八方手を尽くす。行方不明の人間がふたりいるが、どちらの居場所についても、まだ手がかりがない。できるかぎり多くの人から情報をとりこみたい。

ルイスはまた一分ほど考えこんだ。デサントが目の前にいるうちに得られる情報は、まだほかにあるだろうか？　考えた結果、デサントの連絡情報、つまり住所と自宅および職場の電話番号などを再確認したうえで職場に帰してあげてもよさそうだ、とルイスは判断した。とりあえず打ち切りとしよう……ずっとしたかったあの小さな質問は別にして。

「ひとつ妙な気がしてならないことがあるんです、デサントさん」ルイスはいった。「あなたは友だちの秘密を守らなくてはならないと思ったから、警察への通報を先延ばしになさった……そのことでまるまる一週間、コリナと堂々巡りの押し問答をしたとおっしゃる……だったら、なぜ匿名の情報回線を使わずに、直接わたしのところに伝えにいらっしゃったんでしょう？　匿名の回線を使う方法でも、あなたがご存じのことはすべて伝えることができたし、あなたのおっしゃった結婚生活を破壊する爆弾にあなたの名前を記さずにすんだでしょうに」

デサントはしばらく答えずにいた。それからまた背広の上着をひっぱってなめらかにし、ためいきをついた。

「パットが行方不明になったあと、すぐコリナも消息を絶ったという記事を読んだとき……」彼はルイスの顔を見て、ごくりと唾をのみこんだ。「わたしはパットの親友ですし、次は自分かもしれないと怖くなったんです。それと、ここだけの話ですが、刑事さん、どんな約束にも、そのために命を落とすだけの値打ちはありません」

ラスロップはレキシントン街にある狭い家具つきのアパートで机の前にすわっていた。ノート・パソコンの横にビール瓶があり、反対側にはミセス・フレイクスがすわってラスロップをじっと見つめていた。持ち上げてやらなくてもそこに飛び上がることに成功した猫を見て、きょうは調子がいいなとラスロップは思った。きょうが自分にとってどういう日になるかはまだわからないが、計画を紛糾させる厄介な状況がいくつか出てきていた。それが計画に与える打撃を最小限にとどめられるかどうか、判断しなければならない。できることなら、それを有利な条件に変えたい。

ラスロップはビールをひと口飲んで、瓶の首を握ったまま、年老いたメインクーン種の猫を見やった。

「もうしばらく腰を落ち着けていられると思っていたんだがな」と、彼はいった。「サリヴアンの愛人から〈ドラゴンフライ〉の鍵が手に入っていたら、こんなことにはならなかっただろうに。しかしこれが現実だ、ミセス・フレイクス。これが現実だ。おれたちのために築いた砂上の楼閣は、そろそろ危なくなってきたような気がする。どうだ?」

猫はラスロップを見つめていた。ラスロップの目を見、彼の声を聞いて、きらきら光る澄んだ目がすっと細まった。

「あの愛人を襲った事態――あれが意味するところに知らんふりを決めこむわけにはいかない」ラスロップはいった。「あまり時間はないし、選択肢も限られた」

メインクーン種の猫は机の上からラスロップをじっと見つめ、まぶたを上げたり下げたりしながらネコ科動物らしく静かに意思を伝えてきた。ラスロップはその動作をまねてひとつまばたきをした。彼の前のコンピュータは電源が切れていた。画面は上を向いているが、そこには何も映っていない。

ラスロップはまたビール瓶の首をつかんで持ち上げ、口に当てて傾けた。そして、時間をかけてごくごく飲んだ。

「堅実にいけば、選択肢はふたつに減る」ラスロップはいった。「時間が貴重な場合には、堅実なやりかたがいちばんかもしれない」

猫はまだじっと彼を見つめていた。ラスロップは瓶の口に指を入れてくるりとまわし、指先を湿らせてから、猫の顔に向かってまっすぐさしだし、彼女がおどろかないようゆっくり近づけていった。過去に受けた虐待が身にしみている彼女は、たじろいですこしあとずさり、前足ではたこうとするかのように身構えた。ラスロップが動きをゆるめ、鼻先半インチくらいのところで指を止めてやると、ようやく彼女は体を前にのりだして、指先のにおいを嗅いだ。そして警戒の姿勢を解き、紙やすりのようなざらざらした舌を指の皮膚にこすりつけてビールをなめた。

彼女がなめおわると、ラスロップは指を引き戻してコンピュータのスイッチを入れた。

「脱出のときが迫ってきた、ミセス・フレイクス」彼はいった。「砂上の楼閣がくずれるときが。くずれる前に脱出したければ、ジョーカーを一、二枚つかんで脱兎(だっと)のごとく駆け出さなくてはならない」

ラスロップはつかのま考えた。電子メールを送る相手……ひとりはすでにわかっている。しかし、もうひとりは……もうひとりについては、もうすこし考えたかった。

数年前、夜の公園で起こった興味深い出来事に思いを馳(は)せた。具体的にいえば、サンディエゴのバルボア・パークでのことだ。麻薬の世界の大物ふたりが反目と報復に血道を上げており、彼らが散らす激しい火花のなかにラスロップはいた。ルシオ・サラサールもエンリケ・キーロスも、いずれ相手を葬り去ろうと考えていた――おやすみ(ブエナス・ノーチェス)、ご友人(アミーゴス)がた、勝ち負けなしだったな。あの乱闘のなかにはアップリンク社の保安部隊も加わっていた。そして、その部隊を率いていた指揮官と短い遭遇を果たした。この指揮官の奥深くをめぐっている静脈にはたっぷり秘密が流れている、とラスロップは直観した。いずれその秘密を見破ったら、都合よく利用できるかもしれない。しかしそれは、彼が感じとったことの一部にすぎなかった。小さな一部という可能性さえあった。ふたりはほんのつかのま暗闇のなかで向きあっただけだが、ラスロップはなんとも名状しがたい自分との類似性を相手に感じた。それ以前も以降も経験したことがないような感覚を。自分と異様によく似た、自分としか思えない輪郭が映っているのを、暗い静かな水たまりに見たような感覚……肩越しに振り返ってみて、初めて、誰か別の人間であることに気がついた感じだ。鏡のような水面の端で、自分のすぐそばに自分そっくりの誰かが立っている。あの衝撃を忘れたことはない。忘れようがない。それどころか、ラスロップは衝動に衝き動かされて、あの男の名前を突き止め、記憶しておくべき人物一覧表に蓄えていた。

アップリンク・インターナショナル社のウェブサイトをブラウザに呼び出し、アニメ化されたグラフィックアートによる自社紹介を飛ばして、アイコンをクリックし、国内の主要な部門を探した。いくつかのドロップダウン・メニューを経て、最後に、保安スタッフへの連絡リストにたどり着いた。peter.nimec@uplinksanjo.sword.com という保安部長への電子メール・リンクはあったが、問題の男のはどこにもなかった。

見当をつけるのはさほどむずかしいことではない、とラスロップは思った。アップリンクくらい大きな組織だと、メールアドレスは首尾一貫して名前にホストドメイン名、つまり社名＋部署名をつける形式を採用していると考えて、まずまちがいない。同じ名前を持つのが二、三人いたら、ユーザーＩＤにイニシャルか何か別の文字をくっつけて区別している可能性はある。しかし、あの男の名前はさほどありふれたものではない……ジョン・スミスなんて名前ではない……同じ部門に同姓の人間がいる可能性は低い、とラスロップは見た。しかし内容は、別人に届いても問題が起こらないあいまいなものにとどめたし、送りつけたい相手が受け取った場合には誰からのものかわかるような明確な手がかりも盛りこんだ。もちろん、宛先不明で戻ってこなければの話だ……そのときには、またすこし推測の作業が必要になる。

ラスロップは匿名サーバーにログオンすると、新しいメッセージ・ウインドーを開き、そこにthomas.ricci@uplinksanjo.sword.comというアドレスを書きつけた。

それから、メールを書いて送信し、送ることに決めていたもうひとりにも同じものを送って、ようやく椅子にもたれた。

手のなかにあるワイルドカードを切るか、はったりをかけて気を引くか。

いま打った手がどんな結果を招くのか、ラスロップは早く知りたくてうずうずしていた。

トム・リッチは、固い石をぎざぎざに刻んで極端な陰影をつけたような顔の持ち主だった。突き出した畝(うね)のような額。その下で深いくぼみに収まっている目。広い頬骨は鋭く突き出て、その上をおおっている皮膚がいまにも破れそうだ。鼻はほぼまっすぐだが、鼻梁の箇所だけがぶあつい。以前折ったことがあり、治療を誤ったためにすこしゆがんでいた。骨張った長いあごの先端はゆるいVの字を描いている。そこを彫刻した作り手がいらいらする発作に見舞われ、いきなり木槌を激しく打ちつけてそれで作業をおしまいにしたかのようだ。凡庸さをあざわらうような輪郭だった。あちこちを細かく刻み、たがねで慎重にこつこつ叩いていけば、ととのった顔立ちにもなるかもしれない。しかし、この顔を見る人は不安の面持ちになる。どこかに釣りあったところがないか探そうとしても、何ひとつ見つからない。

表情もやはり固い石のようだ。冷たく、変化がなく、見る者をぞっと凍りつかせる。この怒ったような顔立ちの下に埋もれている無骨な思いやりや、飾り気のない人柄が、ピート・ナイメクには何年ものあいだ見えていたのだが、それはカナダのオンタリオ州であの〝山猫〟という傭兵(ようへい)がリッチの率いていた若い隊員たちにむごたらしい仕打ちをしたときに消えてしまった。そして、その憎むべき相手が死んだいまは、怒りすら表情から削り取られてしまった。

リッチは早朝に呼び出しを受け、ナイメクのオフィスに姿を現わしたが、彼の心が抜け殻になっているかどうかは依然判断がつかなかった。ナイメクは机を挟んでリッチと向きあったが、その顔にはよそよそしいうつろな表情しか見えなかった。

サクラメントの検事局で行なわれた会合について、めりはりのない声で報告をしているあいだも、リッチの顔にはなんの表情も見られなかった。コンピュータへの不正アクセス問題に関する最新事情を把握しにいくのは正当な行動だし、急遽その会に出席したこともべつだん問題ではないが、出かける前に誰かに知らせておくべきだったのではないか、とナイメクから指摘を受けたあとも、リッチの顔は何ひとつ変わらなかった。同意するらしきあいまいな表情が浮かんだことを除いては。ナイメクがサリヴァンの話にとりかかり、現時点でわかっている状況の概略を説明して、ノリコ・カズンズが進めている〈アームブライト〉に関する調査ともわずかながらつながりがありそうな点を指摘し、そのあと、きみを東海岸に送りこむことになったので、状況の監督にあたり、願わくは全員が満足のゆくように決着をつけてきてもらいたいと告げたときも、リッチの顔にはなんの表情も浮かんでいなかった。サンディエゴのデレク・グレンに電話をし、リッチと同行するよう手はずをととのえた、とナイメクがだしぬけに口にしたとき、ようやくなんらかの表情が浮かんだような気がした。

　意外なことではないが、それは楽しげな表情ではなかった。

「どうしてグレンなんだ？」と、リッチはいった。その目がナイメクにそそがれ、ぴたりと止まった。「もうひとり送りこむ必要があるのなら、このサンノゼにも人材はいる」

　ナイメクには異論に対する準備ができていた。嘘いつわりのない答えをいう準備もできていた——まるまる全部が真実ではないとしても。

「ふたりは以前いっしょに組んで成功した」と、彼はいった。「手助けをしてくれる人間がいたほうがいいと思ってな」

「手助けか？　子守りか？」

　ナイメクは返答をためらった。

「さてな」と、彼はいった。「うちはニューヨークに強い影響力を持っている。市長にも。ニューヨーク市警（NYPD）にも。市庁舎のさまざまな部門で大きな活動の自由を得ることができる。今回の一件に市当局の協力が必要とわかって、協力を求めることになった場合、きみにうちの代表としてそこへおもむいてもらう」この先の部分を持ち出すのには、つかのま苦労した。「その顔とこぶしについている打ち身の跡だが……それがいい印象を与えない点は、きみも認めるところだろう」

「アップリンクのなかでか、外でか？」

「好きなほうを選ぶといい」

リッチは黙ってしばらくナイメクの顔を見た。ナイメクは目をそらさなかった。

「おれをビッグ・アップルに送り出す話だが」リッチがいった。「これは誰かが重役会議室で考え出したことか？」

「おれはそういう表現は使わない」

「どういう表現でもかまわんが」リッチはいった。「おれが訊いているのは、誰の頭にひらめいた考えかということだ」

ふたりの目はまだぴたりと合っていた。

「この話におれが賛成したのは、なるほどとうなずけるところがあったからだ」ナイメクはいった。「おれのひらめきでも、ほかの誰かのひらめきでも、ちがいはない」

「おれにはある」リッチはいった。「ここの連中はおれに不満をいだいている。それにはそれなりの理由があるんだろうし、そう思うのはそいつらの自由だ。しかし、おれにとっては好ましくない理由かもしれない。あるいは、知りたくなるほどの理由じゃないかもしれない」彼は目は動かさずに、ひとつ間を置いた。「おれについてなんらかの判断がくだされているのなら、どういう判断なのかを知っておく必要がある。おれが自分の裁量で動けるのかどうか」

　ナイメクはためらった。

「旗を振ったのはおれじゃない」しばらくして彼はいった。「最高の人材ではないかと思ったから、おれはきみをアップリンクにひっぱってきた。その点は何があろうと変わらない。しかし、最近のうちがうまくいってるようなふりをするわけにもいかない……みんなが時間をかけてその原因を考える必要があると、おれは思っている」彼はいちど言葉を切った。

「この任務に不服があるなら、いまここでいってくれ」

　リッチは微動だにしなかった。その目はナイメクの目にじっとそそがれていた。目だけではない。リッチの思考が目に見えない重い棒と化して迫ってくるような気が、ナイメクにはした。

　そのあと、ようやくリッチは首を横に振った。

「いや」と、彼は答えた。「不服はない」

　ふたりはそれ以上どちらからも口を開かず、リッチは椅子から立ち上がって背を向けた。部屋を出ていく彼の背をナイメクは見守った——掛け金がかかる小さな、しかし耳につく音がして、ドアが閉まった。

　リッチは自分の部屋に入ってドアに錠をかけ、コンピュータの前に行ってハードディスクの掃除をした。すこし前に受信した暗号化電子メールを、受信メールのボックスと削除したメールのボックスから急いで消去し、同時にキャッシュメモリーも消去した。しかし実際には、それは取り除かれたのではなく、ハードディスクにまき散らされただけのことなので、ナイメクに会って戻ってきたらすぐ完全に拭い去りたいと思っていた。このコンピュータを利用するには——標準的なパスワードによる身分確認とともに——ユーザーの手によるバイオメトリック認証が必要になるとはいえ、自分のいないあいだに何も起こらないと決めつけるような危ない賭けに出る気はさらさらなかった。

リッチはコンピュータの前にすわると、ハードディスク消去ソフトを開き、消去によってディスクの空き領域とファイル・スラックのなかに散った電子メールの痕跡をすべて破壊できる、安全性の高いメニューを選んだ。そのあと彼は考えにふけった表情で黙って椅子にもたれ、ソフトがディスクの隅々で完全に仕事をすませるのを待った。

ニューヨーク市に行けと命じられる前から、リッチのもとにはあの街から思いがけない呼び出し状が届いていた。

呼び出し状そのものよりもはるかにリッチをおどろかせたのは、その呼び出しの先に何があるかを知りたがっている自分の気持ちだった。

ハスル・ベナジールが彼のオフィスでコンピュータから水槽に目を移すと、小さな豹紋(ヒョウモン)蛸(ダコ)が人工の洞穴から勢いよく飛び出てきて、水槽の上の餌入れパネルから放りこんでやった生きている蟹に襲いかかった。この蛸は夜行性で、休眠中は生息場所の岩に溶けこむように黄褐色を帯びている。しかし、襲撃にかかったいま、獲物を絞めつける薄黄色をした八本の触手には明るい青色の輪がぱっと燃え上がっていた。蛸はくちばしで蟹の甲羅を突き刺すと、その下のやわらかな肉に人間の大人二十人以上の命を奪える毒をたっぷりそそぎ入れた。

注入された毒素で麻痺した蟹は体をひきつらせ、底に敷かれた砂利の上で脚を痙攣（けいれん）させていた。早くも蛸は蟹をむさぼりにかかっていた。

ベナジールはまたしばらく水槽を見つめ、それからコンピュータのフラットパネル・ディスプレイに注意を戻した。紫外線による被害を食い止めるため、モニターは放射能フィルターにおおわれている。コンピュータの前にすわるのは一時間を限度とし、さらに日焼け止めを塗って防護措置を加えるのが通例だ。ここ数日、計画的に日を浴びてきたので、〈ダイメリシン〉を配合した特別なローションを使っていた。リポソームの吸収力を利用して皮膚細胞に入りこむ。予備試験の段階では、光によって破壊されたDNAを修復する力があると考えられていた。その医療効果についての研究にまだ結論は出ていないが、黄昏の光を浴びた唇と頬がまだただれておらず、水ぶくれも生じていないことに、ベナジールは安堵をおぼえていた。

しかし、不安から解放されたのはその一点だけだった。今夜ベナジールはコンピュータに向かえる六十分の大半を、電子メールで届いた文章ふたつのメッセージを凝視して過ごしていた。画面に現われたメッセージを、彼は信じられないといった面持ちで見つめていた。

そこには、こうあった。

送信者：知る者
受信者：ハスル・ベナジール
題名：蜻蛉
おたくの手から飛んでいったのを捕まえた。
注意していないと、戻ってきておたくに嚙みつくぞ。

〈ドラゴンフライ〉。ベナジールは心のなかでつぶやいた。信じられないという思いが、またどっと押し寄せてきた。しかし、おどろいて当然とはいえないし、心の準備はしてあって当然ともいえた。

このメッセージ。送りつけられたタイミング……このふたつを結んだ線をたどっていけば、その先にいるのはサリヴァンしかありえない。そして、あの男の向こうにも線は続いている。しかし、どのくらい向こうなのか？　そして、その先にいるのは誰なのか？

答えはわからない。ベナジールはサリヴァンの取引相手とは意図的に大きな距離を置いてきた。しかし、これだけはわかっている。わたしを、いや、それ以上にわたしの計画をおびやかすこの思いがけない連絡は、このうえなく危険な一刻を争う性質のものにちがいない。

行動に出る必要がある。それも大急ぎで。

運命と力の夜、喧騒と混乱の昼――ベナジールはそう胸のなかでつぶやいた。そう、まもなくそれは、敵のところへどっと押し寄せて、無防備な彼らをとらえる。大いなる怒りがうねりと化し、あらゆるものを破壊して、この地上から洗い流す。

ベナジールは机の上の電話に手を伸ばした。自分になり代わってそれをもたらすことのできる人間のなかでも、いちばん見下げ果てた男に連絡をとるために。

第二部　砂上の楼閣がくずれるとき

6

さまざまな場所

オンライン版「ニューヨーク・ポスト」紙より……
地元警察がふたつの行方不明事件をつなげる——公の目を捜査の力に

——ジェイク・スペンサー

〈独占記事〉

先週、マンハッタンに住む女性とロングアイランドに住む妻子ある男性が行方不明になった。このふたつの事件は、当初まったくつながりのないものと見られていたが、思いがけない情報によってつながりが判明した。

ニューヨーク市警とナッソー郡警の関係筋が本紙に語ったところによれば、グレン・コーヴに住むパトリック・サリヴァン四十四歳と、ニューヨーク市東十三丁目の分譲マンションに住むシングルマザーのコリナ・バンクス三十六歳にはある関係が続いていたことを捜査当局は知った。

サリヴァン氏は電気通信業界最大手の〈アームブライト・インダストリーズ〉傘下〈キラン・グループ〉に勤務するハイテク機器の営業マンだが、ロウアー・マンハッタン第十四埠頭にある勤務先から自宅に帰らず、行方がわからないという通報が十日前に妻からあった。その数日後、コリナ・バンクスは四歳になる娘を住まいからほんの数ブロックのところにある屋内学童施設へ送り届け、そのあと謎めいた状況で姿を消した。

サリヴァンとバンクスを結びつける新しい情報は、ふたりの身を案じて自発的に警察へ情報を提供しにきたという、ふたりの共通の知人によってもたらされた。この人物の身元を警察はまだ伏せているが、この人物から知りえた話は信頼のおけるものと判断している。行方不明のふたりには――ニューヨーク市警の捜査官が使った表現を借りれば――長期にわたる〝男と囲われ女の関係〟があった。すでに捜査当局はこの情報を裏づける証拠集めにとりかかっている。

同じ捜査官が明らかにしたところによれば、サリヴァンは昨年マンションを購入し、それ以来、〝魅力的な三十がらみの金髪女性〟といわれるコリナ・バンクスとその娘はそこに住んでいる。チェルシーにあるこの高所得者向けマンションのガレージ係から確認したところでは、ミズ・バンクスは新型の〈ジャガーXタイプ〉セダンを運転しており、これがサリヴァンの名前で賃借(リース)されていることを警察は確認している。

「サリヴァンは失踪する前に、しばらくコリナ・バンクスの部屋にいて、誰かに会いにいくためにこの〈ジャガー〉でマンションを出かけたのです」と、警察の関係筋は本紙に語った。「その同じ車は、翌朝、駐車禁止エリアからレッカー移動を受け、それ以来、受け取りにくる者もなく、ずっと保管所に放置されていました」

警察の話では、サリヴァンの出かけた用件がどういう性質のものだったかはわかっていない。当然ながら、彼はどこへ誰に会いにいったのか、マンションを出たあと、現在鑑識が分析を進めている〈ジャガー〉が東七十五丁目二二〇番地にあるロバート・F・ワグナー中学校の外で発見されるまでの数時間のあいだに、彼の身に何があったのかという疑問が浮かんでくる。

「まだいまは、情報を集め、手がかりを探し、いろんな可能性を考えている段階です」と、警察の関係筋は語っている。

この事件の捜査にあたっている両警察は緊密な連携をとって仕事に取り組んでおり、四十八時間以内に合同記者会見が開かれる可能性があるという。一般市民の注意を引くことで、ほかに目撃者が現われるかもしれないと願ってのことだ。サリヴァンの失踪とミズ・バンクスの失踪をつなぐ確たる証拠はまだないと警察は認めているが、捜査の進展につれてその点は明らかになってくると確信してもいる。

「愛の巣を共有する男女が何日かちがいで消息を絶った状況からみて、これは偶然の一致ではないと考えてまずまちがいないでしょう。こういうたぐいの偶然の一致というのはまず起こらないものですから」と、ニューヨーク市警の主任捜査官は語っている。

ノリコ・カズンズの一日は、早くもきわめつけのひどい一日になりはじめていた。どこかの〈地獄の女神〉に支配されているにちがいないと思うような、ひどい一日だ。この女神は、地上界の住人に手当たりしだいに無限の苦しみを投げつけてくることがある。カレンダーの予定欄に大きな黒い×じるしを記して「早くあしたになって！」と声帯がぼろぼろになるまで叫びたくなるくらい、次から次へと苦しみをぶつけてくることがある。

すでに不愉快きわまる一日といっていい。疑問の余地はない。その大半をぐちゃぐちゃになるまで嚙んで、すさまじい悪臭のするどぶへ吐き出してやりたくなるような一日だ。絶対に翌日まで持ち越したくない一日だ……まだ午前九時を何分かまわったところで、彼女が出社してから机の後ろの椅子が温まるほどの時間もたっていないことを考えると、ことのほか気持ちが萎えてくる。

いま彼女は、コンピュータのマウスを手で包みこみ、左ボタンをクリックしてインターネットのブラウザを閉じ、オンライン版「ポスト」紙の第一面を憤然と電脳空間へ追放した。サリヴァンの事件がタブロイド紙の見出しを飾り、ひとつの警察ではなく、ふたつの警察が合同記者会見を近々行なう……伝染病の蔓延と同じくらい彼女には好ましくないことだ。しかしこの問題も、彼女に〝手を貸す〟ことになっている人物が午後にサンノゼからやってくることに比べれば、はるかにましだ。メガン・ブリーンが送りこんでくる指名打者のひとりは、悪名高きトム・リッチだった。伝染病の菌とまではいわないが、好ましからぬ評判をあちこちにばらまいている人物だ。

ノリコはすこし時間をかけて気持ちを静め、じっと考えを凝らした。この状況にも慰めになる明るい面があるかもしれない。サリヴァンの愛人の話とレッカー移動された〈ジャガー〉の話は、二重の意味で思いがけないおどろきだった――一般市民の知るところとなる前に知っておきたかったところだが、あの記事が出たおかげで〈剣(ソード)〉の独自捜査に新しい道が開けたのも確かだ。その意味では、うまく事を運べる可能性が出てきた。その点だけはしぶしぶながら認めざるをえない。しかし、サンノゼ本社の強引な要請に同じことがいえるかというとそうではない……ただ、この点は頭に叩きこんでおく必要がある。つまり、自分の力でどうにもならない不確定要素は甘んじて受け入れ、制御可能な要素を自分に役立つような形に変えるしかない。

ノリコは椅子の背にもたれて腕組みをした。いいわ、もっとひどい状況になっていてもおかしくなかったのだから、と彼女は一歩譲った。だからといって、この状況を快く受け入れなければならない理由はない。この状況がとんでもない大騒ぎに発展し、わたしが水玉模様のつなぎとぶかぶかの靴で、ほかの道化師たちといっしょに小さな列車に乗りこみ、盛り上がっている車内で屈辱的な思いをしながらトンボを切って輪のなかへ飛びこまなければならなくなる可能性もある。先週、彼女のオフィスにやってきて、サリヴァンという名前を初めて口にし、彼女にいまの状況をもたらした最大の功労者レニーのことを考えるにつけ、自分がいま置かれている不愉快な状況をあの男におすそ分けしてやりたいという衝動にあらがえなくなってきた。

あの男はわたしに頼みごとをしにきて、断わりの返事を受け入れようとせず、何がなんでも思いどおりになるように手段を講じた。

あの男がちょっとしたしっぺ返しを甘んじて受け入れるかどうか、いまから確かめてやろう。

ノリコは社員名簿で彼の電話番号を調べ、受話器に手を伸ばして、市外局番を打ちこみはじめた。連邦通信委員会（FCC）のお偉方たちが二年前に採用した規制によって、同じ市外局番を持つ者どうしでも市外局番をダイヤルしなければならなくなった。市内通話でも〝一〟のあとに十桁の数字を打ちこまなければならない。市内のコンピュータとファックスと電話のオートダイヤル機能をすべて設定しなおす問題以外に、ニューヨーク市民には厄介なことなどたいしてないといわんばかりだ。

ノリコは八番目の数字を打ちこんだあたりで思いなおして、ボタンを押すのをやめ、立ち上がってクロゼットからコートをとってきた。せっかくのお楽しみを、電話会社と規制当局者に殺がせてやることはない。

三十分もしたら、〈地獄の女神〉の使者としてやってきたレニー・ライゼンバーグに、この宇宙で恐れるべきものはひとつだけでないことを思い知らせてやる。

そのとき、あの男の顔にはどんな表情が浮かぶだろうと考えると、ノリコは心から楽しくなった。

「人に頼みごとをするとき、何が大変かわかるか?」ブライアン・ダンカンがたずねた。

「正直いって、想像もつかない」マリッセがいった。

パーク街と五十五丁目が交わる角には高層オフィスビルがあり、その入口の外にガラスで囲われた公共空間があった。ダンカンはそこに置かれているテーブル越しに、向かいにすわっている男の顔を見た。

「人に頼みごとをするとき何が大変かというと」彼はいった。「いずれかならず、お返しをする必要が出てくるからだ」

マリッセはホテルの売店で買ってきたお菓子の詰め合わせの箱からチョコレート・ビスコッティを選んで、通りをへだてた向かいにあるアメニティ・スタンドで買ってきたコーヒーに浸し、小さな感謝の言葉をつぶやいてから食べた。なかなか快適な空間だ、と彼は思った。暖かいし、見晴らしがいいし、きれいにしてある。いまは一月のなかばで、外の〝交通島〟と呼ばれる中央分離帯では花壇の植物がしおれ、煤だらけの氷で窒息しかけているが、ここにはみずみずしい緑色を失っていないイチジクの木とフィロデンドロンと呼ばれる巨大な観葉植物が植わっている。タイルを敷き詰めたフロアの向こうでは、噴水の水が小さな音をたてて浅い水たまりにそそぎこみ、冬の弱い日射しと低く垂れこめた雲を映している。

マリッセは近くのテーブルをちらっと見た。そこにはチェスに興じているふたり連れがいて、見物人がスクラムを組むようにしてそのまわりを囲んでいた。白髪頭をした年配の男ばかりで、カジュアルだがこざっぱりした身なりをしている。ひょっとしたら退職者クラブの会員なのかもしれない。

仕事のない無為な暮らしなど想像もつかない。彼らのなかにはおれとたいして年がちがわない者がいるかもしれないと考えて、マリッセはぞっとした。

彼はダンカンに目を戻した。このFBI捜査官とマリッセが初めて出会ったとき、この男の頭にはミンクのようにふさふさした茶色の髪があった。それはひと目でわかるくらい薄くなり、錆びついて小さな斑点が浮き出た錫のように色褪せてもいた……前回会ってから、まだ三、四年しかたっていないというのに。五十三歳のマリッセは、こう考えずにはいられなかった。自分にも同じように老いのしるしが見えているのだろうか？　それとも、国家保安庁を辞めて独立した賢明な判断のおかげで肉体的な衰えはゆるやかになっているのだろうか？

しかしいまは、考えを凝らすべき別の問題があった。ダンカンはさっき、なんていった？ああ、そうだ。

「好意というのは、おれにいわせれば、寛大さという名の花粉だ。それがあるからこそ、友情という不毛な土壌からも甘い果実が芽を出せる」と、マリッセは遅まきながら答えた。彼はすこしコーヒーに口をつけてから、そばを通り過ぎる人びとの耳に入らないように声をひそめた。「たとえば、話したことはあったかな？　おたくと取り組んだ事件でおれはいろいろなものを提供したが、いちばん上等な最高の見返りに値するのはどれだと思っているか？」

「その話を蒸し返す必要はない、デラーノ――」

「おれの提供したなかで最高の真心からのお返しに値するものは、シエラレオネ産の血塗られたダイヤ（違法な手段で売買されたダイヤ）を売りさばいている例の連中の名前と、ヨーロッパとアメリカ合衆国で資金洗浄をした共犯者のリストだ。あれを提供してやったおかげで、やつらのネットワークを壊滅させようとしていたおたくは……」

「デラーノ――」

「……おたくはアルカイダとヒズボラの殺人者たちの手から、何千万ドルという金を押収することができた。あの金があったら、やつらは銃や爆薬や、ひょっとしたら大量破壊兵器まで手に入れていたかもしれず……」

「デラーノ、もういい――」

「……その武器はアメリカとイギリスとイスラエルの市民に、計り知れない苦しみをもたらしていたかも……」

「デラーノ、力を貸すって約束しただろう。だから、こっちの気が変わらないうちに、そのたわごとはひっこめろ」ダンカンはいちど言葉を切った。「必要になるものは持ってきてくれたのか？」

マリッセはうなずいて、チョコレートで汚れた指先をきれいにナプキンでぬぐい、前を開けたオーバーコートのなかに手を差し入れて、デジタルカメラから外してきたメモリー・スティックを探った。彼はそのスティックをダンカンに渡すと、こんどはマカダミア・ビスコッティにとりかかり、ふたたびチェスの差し手たちに目をやった。

チェスボードのまわりには、まだ最初のころと同じくらい人が群がっていた。ふたりとも、かなりの腕前にちがいない……そうでなくては、見物人がこんなに夢中になるわけがない。

マリッセはチェスについては基本的な駒の動かしかたくらいしか知らないし、ルールや戦略を身につけたいと思ったことはいちどもなかった。現実の廊下をどう進むか、あの手この手と構想を練り、仕留めなければならない下劣な生き物たちの一歩か二歩先を行くよう努力をし、その途中でそいつらに罠を仕掛けるだけでもひと苦労なのだ。

「デラーノ、あんたのことは信用しているよ」ダンカンはメモリー・スティックを小さなアルミケースに差しこんでポケットに入れた。「あんたは度胸がいい」

「写真のことか？」

「DDCの礼拝堂とはな」と、ダンカンは声をひそめた。そして感嘆したように頭を振った。「まったく怪物級の度胸だよ」

マリッセはお褒めの言葉をしっかり吸収した。奥ゆかしいとはいわないまでも、そこそこ謙虚には見えることを願いながら。

「おたくの要望どおりにした」と、彼はいった。「ブリーフケースの写真が数枚。帽子。コートのはたくさん撮った。裏地、縫い目、デザイナーとドライクリーニング店のタグ。生地のなかで目にとまったほつれや傷はすべて接写した。袖の糸くずまで」

「ボタンは？」

「前、ポケット、カフス。表も裏もだ」マリッセはいった。「そこが重要だと、おたくは強調してたな？」

ダンカンはうなずいた。

「複数の電源とシグナル・ブースターをとりつける場所を決めなくちゃならない。ボタンにリチウム・マイクロ電池をとりつければ、前者の問題は解決できるかもしれない」

「後者は？」

「いくつかアイデアを試してみるつもりだが」と、ダンカンはいった。「実際に適用できるかどうかは、写真を見てからでないと判断できない」

マリッセは相手の顔を見た。

「試してみるだけじゃ困る」と、彼はいった。「おれには成功が必要なんだ」

ダンカンはしばらくじっとしていたが、そのあとひじをついて前に身をのりだした。「正味の話、あんたにはGPS装置の知識がどのくらいある？」

「衛星を利用している」と、マリッセはいった。顔にはなんの表情も浮かんでいなかった。

「それと、宇宙からの信号を。ちがうか？」

ダンカンは相手の顔をじっと見た。冗談をいっているのかどうか判断しようとしているかのように。

「よし、いいか」と、彼はいった。「いちばん安い装置は、三つの衛星を使って二次元測位をするものだ。つまり、緯度と経度を決定するわけだな。座標は単純な三角測量でもたらされる……受信機に発せられた衛星の信号の到達時間×光速という計算式で。GPS追跡器を車の下にとりつければ、調査対象の車があちこち移動しても足どりを追うことができる」彼はいちど言葉を切って、また一段、声をひそめた。「GPS装置を持った人間を追跡する場合は、また話が別だ。特に都市部では。〝二次元測位〟では高さが測れない。そして、ニューヨーク市民が暮らしたり仕事をしたりしているのは、わらでできた小屋じゃない。高層建築物だ。目標の男が階段やステップを登ったり、七十階建てのビルのエレベーターに入っていったときには、姿を見失ってしまう」

マリッセはうなずいた。

「専門的ご指導に感謝する」と、彼はいった。「標的のコートの写真を撮ってくるのにかかった長い道のりがなかったら、辛抱して〝万一の心配〟の話を待っているかもしれない。それとも、そこまでする必要があった理由を、おれは誤解しているのか？」

ダンカンはまた相手の顔を見た。

「正確に追尾するためには三次元GPS受信機が必要になる。四つの衛星を使い、それによって高さが加わる」彼はいった。「それが最低条件だ。装置が多くのチャンネルから受信できるほど、ほかの衛星から入るデータもたくさん利用でき、測位の精度も高まるし、通信が妨害を受けた場合にも、四つの主要な衛星のどれか、もしくはすべてを支援することができる」彼は肩をすくめた。「これは諜報員にしか使えない科学技術ではない。誰だって二、三百ドル支払えば、九五パーセントの精度を持つ三次元大都会ナビ装置が手に入る。重さは一ポンドから一・五ポンドくらいで、大きさはコードレスホンくらい……コンパクトだが、マックス・スマート（米国のテレビドラマ『それ行けスマート』の情報部員）のかかとに仕込むには大きすぎるし、重すぎる」

　マリッセは面食らった。「誰のだって？」

「気にするな」と、ダンカンはいった。そしてマリッセのほうに身をのりだした。「では、あんたのいう〝万一の心配〟の話だ、デラーノ。もういちど、あんたが理解しているか確かめさせてもらおう。三次元モニターをひそかに人にとりつけるには、相手の服に装置を仕込んで、相手の服そのものを受信機に変えるしかない。スマート・スーツや電子ウエアといった今風の呼びかたをされているたぐいのコンセプトと同じだ」

　いらいらがお腹のあたりにとぐろを巻きはじめた。それとも、潰瘍が悪化しただけなのか？　マリッセはまた一枚、ビスコッティを噛みくだいた。どちらにしろ、表面に塗ってある蜂蜜が鎮痛剤の役割を果たしてくれるのではないかと期待して。

「それは、きのうおたくから説明してもらった……完全に理解している」彼はビスコッティを飲みこみながらそういった。「さあこんどは、どのくらい速く仕事ができるか教えてくれ」

　ダンカンは彼を見たが、すぐには答えなかった。

　マリッセは待った。改善措置を試みたにもかかわらず、まだ胃は騒然としていたが、タバコなしでこれ以上静めるのは不可能だ——つまり、ここでは不可能だ。煙害取締警官はどこかる。ライターのふたがぱちんと開いて石から火花が飛ぶと同時に襲いかかろうと、機をうかがっているかもしれない。刑務所の独房でタバコに火をつけられる——なんといっても比較的暖かい屋内だ——たったそれだけのために自首しにいきたいくらいだが、ジェフリーズから聞いた話では、市全域におよんでいる禁止令は、刑罰施設、つまり懲役の行なわれる場所にまで拡大適用されているとのことだ。大胆にもタバコを一服した既決重罪犯に災いあれ！　とばかりに。

マリッセはテーブルの向こうを見て、仕事に考えを戻した。そろそろダンカンの時間稼ぎは終わりにしてもらおう。

「例の仕事だが」彼はさきほどの質問を繰り返した。「どのくらいでできる？」

ダンカンはためいきをついた。「うまく運ぶという前提で見積もれば——」

マリッセは首を横に振った。

「生徒たちにもよくいったが、無用の謙遜はするな」彼は素っ気ない口ぶりでいった。「おたくの不法侵入能力を総動員すれば、うまく運ぶ」

ダンカンはまたためいきをついた。

「一週間くれ」と、彼はいった。

マリッセは首を横に振った。

「だめだ」彼はいった。「もっと急いでもらう必要がある」

「どのくらい？」

「あしただ」

ダンカンは目をぱちくりさせた。

「そいつは無理だ」彼はいった。「せめて、うーん、四、五日は——」

「二日なら待とう」

「三日」

「二日だ」マリッセは譲らなかった。「長くて二日だ」

ダンカンはなおも、信じられないという表情を浮かべていた。「電話帳を調べて〝たちまち解決〟を謳い文句にしている探偵事務所をあたってみたらどうだ?」

マリッセは相手をさっと一瞥した。

「まぜっかえすな、ブライアン」と、彼はいった。「ここまで、おれの標的はじつに動きが活発だった」

「それでも——」

「こういう古い童話がある」マリッセはいった。「兄と妹が暗い森の奥深くに入っていく。男の子はおうちに帰る道しるべに白い小石を置いていく。ところが、次に出かけたとき男の子は石を忘れてしまい、かわりにナップザックからパンくずをとりだして、それを撒いていった。これは腹を空かせた鳥たちに食われ、道しるべはなくなってしまう。折り悪しく、子どもたちは魔女の家に出くわすが、撒いたはずの大事なパンくずはどこにもない」

ダンカンはマリッセを見た。

「相手は大物のようだな」と、彼はいった。

マリッセはごちそうの箱の上で肩をすくめた。

「かつて、おれたちがアフリカのダイヤをたどった先には、テロリストと銃砲火薬の密輸団がいた」と、彼はいった。「白い石の道しるべをたどった先に何があるかはわからないことをつねに頭に入れ、それがあっという間にパンくずに変わって、空を飛んでいるやつらにかっさらわれる可能性もあることを心に留めておく必要がある」

「何、何をしろって?」レニー・ライゼンバーグが机の前の椅子からたずねた。

「わたしが進めている〈キラン〉の調査を手伝ってもらいたいの」ノリコ・カズンズは彼の前に立って、そう答えた。

レニーはぽかんと口を開けて彼女の顔を見、言葉を失ったまま、どう返事をしたものか答えを手探りした。

ノリコは彼を見返して返事を待った。彼女は黒いスカートとタイツとブーツに身を包んでいた。ジッパー式の黒いバイカー・ジャケットの横ポケットから、米軍正装用の黒革の手袋がのぞいている。まっすぐな黒髪の上に押しこまれた〈カーナビー〉の豹柄の帽子は〝翔んでる六〇年代〟風だ。

彼女がレニーのオフィスに押しかけてきてから、まだ二分しかたっていない。

「わたしは海運担当役員だ」彼はようやくいった。「捜査員じゃない」

「わたしだって企業保安部隊の人間であって、〈全国行方不明者相談室〉のボランティアではないわ」と、ノリコが切り返した。「悲しいことに、だからといって関わりたくもないことに巻きこまれずにいるという選択肢は与えてもらえなかったけど」

自責の念に駆られて、レニーの頰にさっと熱いものが差しこんだ。あそこでも、偉そうに同じような返事をした。あのときにも同じような言葉が口をついて出た。つい一週間か十日前にメアリー・サリヴァンがやってきて、彼女の背負っている小さな重荷をひざに落とされたとき、まったく同じような言葉をおれは使った。あれを思い出したのは、記憶のいたずらか？　あのとき、おれの言葉にはどれほどの効果があっただろう？

自分の口が開いたままなのに気がついて、レニーは口を閉じた。運命は決まったが、まだいくばくかの威厳にしがみつくことはできる。

「とにかく話を聞こう」彼はいった。「どうしたらいいのか教えてくれ」

「まず〈キラン〉が輸出している製品の足どりを、原産地から最終的な行き先まで、ひとつ残らず追跡することから始めてもらいましょう」ノリコはいった。「積荷目録と輸送方法と旅行経路と受け入れ基地を調べ……手に入るかぎりの詳細な事実を集めて、総合的な評価をくだしてちょうだい。定期チャーター船にも不定期船にも残らず注意を向けて。本国や外国で積み換えを行なった船や、不正行為の隠れ蓑になっているのではないかと疑われる会社にも、同じやりかたを適用するのよ。くさいと思ったら、誰より先に——つまり警察より先に——わたしに教えてちょうだい」

しばらく会話がとぎれた。

「そのためには、機密資料を手に入れる手段が必要になる」と、レニーはいった。「誰もただではそれを手渡して――」

ノリコは手刀を切るようなしぐさをし、レニーの言葉を途中でさえぎった。

「とぼけてもらっちゃ困るわ」彼女はいった。「例の狂人たちにこのニューヨークの一画を吹き飛ばされたとき、わたしはあの事件にあたっていたのよ。あなたには情報源があるわ。〈関税局〉に友人がいるはずよ。あの当時、あなたがそういう人たちに働きかけて情報をつかんだことを、わたしは知っているのよ」

レニーは頭を横に振っていた。

「今回とは状況がちがう」彼はいった。「簡単そうにいってくれるが――」

「簡単だなんて思ってないわ」ノリコはまた途中でさえぎった。「わたしには何をする必要があるかわかっているだけ。どうやって手に入れるかはあなたしだいよ。簡単にでも、苦労の末にでも、その中間でも、わたしはかまわない。いますぐやってくれさえすれば」

また会話がとぎれた。レニーは吐息をついた。この次、大事なことをじっくり検討するときは、清浄な(コーシャー)デリカテッセンには近づかないようにする必要があるかもしれない、と彼は考えていた。この次ノリコ・カズンズが予告なしにやってきたら、きょうは病欠しているといってもらうよう、受付に忘れず指示しておこうとも考えていた……そう考えてから、なぜノリコは電話でねじこんでこなかったのだろう、と彼はいぶかった。

「クニーイシュ、クニーイシュって、学校に戻っちゃどうなんだい」彼は独り言をつぶやいた。「まったくだ」

「なんですって？」ノリコがたずねた。

「気にしないでくれ」レニーは負けたよとばかりにためいきをついた。「答えてもらえそうな質問がひとつある。降伏の条件として」

彼女はうなずいた。

「わたしが苦悶するところを見る、ただそれだけのために、ここまでわざわざ歩いてきたのか？」

ノリコは彼をじっと見て、小さな笑みを浮かべた。

「もちろんちがうわ、レニー」彼女はいった。「ここまではタクシーを使って来ましたから」


デレク・グレンは身長六フィート四インチ、体重一九五ポンドのがっしりした体を〈リアジェット45〉の客室で伸ばした。ひざの上に置いたメニューをしげしげとながめ、三杯目の〈デュワーズ・スペシャルリザーブ〉オンザロックをちびちび飲りながら、思いにふけっていた。アフリカの祖先から受け継いだメラニン濃度の高い肌の色が社交のうえで白人より明らかに有利になることはめったにないが、そういう場合もたしかに存在する。一例を挙げるなら、顔の色がたまたま直火で炒られた栗よりも黒い場合には、顔を真っ赤にして酔っ払っていてもめったにそれと知られずにすむ。

サンタクララからニューヨークへの空の旅には、それ以外にも楽しい要素があった。しかし、アップリンクの社用ジェット機に乗ることで味わえるとてつもない贅沢に驚嘆の目をみはりっぱなしで、グレンは何分か前までそのことを考えることすらできなかった。いくつか例を挙げるなら、ふっくらした革張りの座席や足を投げ出せる広々とした空間だ。ずらりと酒瓶の並んだ粋なバーカウンターや、昼食に出されたチキンのマリネ、緑黄色野菜、新鮮な魚介類が盛られた大皿のオードブル、ぎゅうぎゅうに中身の詰まったフィンガー・サンドイッチ、輸入物のチーズ、薄切りにした果物。いま手渡されたばかりの贅沢な夕食のメニューに並んでいるフェットチーネ・アルフレード、リブアイ・ステーキ、仔牛の肉のワインソースがけ、ビーフストロガノフ、こんがり焼き上げられたメカジキといったメインコース料理はいうまでもない……こういう高空の贅沢をいちど味わったあと、民間航空の客室乗務員が押すカートから、切り分けられた冷たいゴムのようなサンドイッチとプレッツェルのかたまりをさしだされた日には、その哀れなまぬけに本気で毒づきたくなるかもしれない。

仔牛の肉にしようかパスタ料理にしようか決めかねて、グレンは肩越しにさっとリッチを振り返った。リッチは離陸してからずっと、客室の後ろのほうにひとりですわって、窓から外の青空を見つめていた。ここまでの旅に水を差すものがひとつあるとしたら、それはリッチの徹底したよそよそしさだ。ふたりは最高のコンビだからとピート・ナイメクから建前上の理由を聞かされてはいたが、自分がサンディエゴの保安部隊から今回の任務にひっぱり出されたのはリッチの精神状態に問題があるためだと気がつかないほど、グレンは鈍い男ではなかった。ついでにいえば、グレンがさほどの文句もいわずに故郷の町の止まり木から飛行機で駆けつけたのは、ビッグサーでの出来事以来——ひょっとしたら、もっと長い時間をかけてのことかもしれないが——リッチの精神状態が徐々に悪化していることに気がついていたからだ。かつて自分が、あの男にとってこの世でいちばん友人に近い人間だったのを知っているからでもあった。

　グレンはためいきをついた。リッチのサポート役が性に合っているのは認めざるをえなかった。おれには自分に命がけの行動を課すマゾヒスティックな衝動があるらしい。サンディエゴの東側で生まれ育ったグレンは、特殊部隊〈デルタフォース〉の合同特殊作戦部隊で十年間軍務についたのちに故郷に戻ってきた。時間があるときは地域社会のために活動し、堅気の一般市民を挟み撃ちにしてきたシロアリのような暴力団と建物解体用の鉄球を振りまわす公共住宅開発業者から、自分の近所を救い出すために力を尽くしていた。開発反対運動にリッチの力を借りたいわけでも、借りる必要があるわけでもなかったが、今回押しつけられたこの役目を拒もうとはまったく思わなかった。

　グレンは考えこむような表情で客室後部へ目をそそいでいた。すこし前に壁に寄りかかってリッチに話しかけてみようと試みたが、そっとしておくのがいちばんかもしれないと考えなおしてしまった。しかし、そろそろもういちど意思の疎通を図りなおしたほうがよさそうだ。リッチには理解しがたいところがたくさんある。それ以上に、好きになりがたいところがたくさんある。しかしグレンは、そう認めるのが好都合だとか健全だとかいう以前に、自分にはリッチのことが理解できるような気がするだけでなく、あの男のことが好きかもしれないと思っていた。むずかしい面は多々あるが、リッチは生まれてこのかた出会ったなかでいちばん勇敢な人間かもしれない。

グレンはまたひとつ吐息をつき、椅子から立ち上がってウィスキーを手にとりかけたところで考えなおした。サンディエゴの〈ネイツ・バー〉で、ふたりは何度かくつろいだ時間を過ごしたことがあるが、リッチはコーラ以上に刺激の強い飲み物を注文したことはいちどもなかった。はっきり本人の口から聞いたわけではないが、飲酒になんらかの問題があって、そのため自重しているのではないか——グレンはかねてからそう思っていた。あのころも飲酒に大きな問題がありそうには見えなかった。しかし、坑道をすべり落ちていて、奈落の底への転落に歯止めをかけるものを探しているときは話が別だ。

グレンはウィスキーの残りをひと口でぐっと飲み干し、グラスを前のトレーに置いて、メニューを手にするりと通路へ出ると、電気通信業界の会議におもむくためにこの飛行機に乗っている役員四人と事業部門最高執行責任者（ＣＯＯ）と最高情報責任者（ＣＩＯ）のわきを通り過ぎて、後ろに向かった。丸いテーブルに置いたラップトップのまわりに集まっているお偉方たちは、グレンに気づいたそぶりさえ見せなかった。

リッチも同様だった。グレンが近づいていったとき、リッチは窓のほうを向いて、薄いおぼろな一面の絹雲の上に広がっているターコイズブルーの空を、いまもじっと見つめていた。

「すごいメニューだよ」とグレンはいい、メニューをいちどひらひらさせて相手の注意を引こうとした。「こっちに来て、晩メシを注文したらどうだい？」

リッチはゆっくりと窓から注意を移した。

「いい」と、彼はいった。「すこし考えたいことがあるんだ」

グレンは通路に立ったまま、なんの表情も浮かんでいないリッチの顔を見た。

「悪化させる必要はないんじゃないかな」と、彼はいった。「おれたちの仲を必要以上に悪化させなくちゃならない理由は、どこにもないじゃないか」

「もちろんだ」リッチはいった。「子守りといっしょに空を飛んでるだけで、おれにとっては大きな歩み寄りだ」

グレンは一瞬ためらった。

「好きにすればいいが」と、彼はいった。「あんたをこの面倒な状況にひっぱりこんだのはおれじゃない。この仕事はこっちから願い出たわけじゃない。その点はおたがいさま――」

「好むと好まざるにかかわらず、か？」リッチはそういって相手の顔を見た。

グレンは肩をすくめた。後ろにいる重役たちから低い話し声がしており、そのまわりに飛行機のタービン・エンジンがよどみない単調な音を響かせていた。

「話しあっておいても損はないんじゃないかといいたかっただけでね」と、グレンはいった。

またしばらく時が刻まれた。リッチは相手を見つめつづけていた。その目は窓の外の触れることができない空と同じくらい淡い青色をしていた。

「する必要のある話があればする」と、彼はいった。

グレンはどう答えたものか考えたが、これ以上いうべきことはないと結論するのに時間はかからなかった。リッチから容赦ない無言の敵意を向けられては、たちまち神経が参ってしまいかねない。

　グレンは肩をいからせて、またひょいとすくめたが、リッチは見ていなかった。彼の目はふたたび窓の外に向かった。遮断された空間に注意を引くものがあったのかなかったのかはわからないが、目はまた外にそそがれていた。

「おじゃましました」平板な口調にほんのわずかながら落胆の気持ちを漏らしつつ、グレンはそう告げてきびすを返し、メニューを手に座席へ戻っていった。

　ハスル・ベナジールが〈キラン〉社の正面入口から大股で出てきて、舗装され美しい造園がほどこされた敷地を横切り、山の森林のほうへ向かったとき、真昼の太陽は力ない灰色の寒空の天頂にあった。紫外線対策をほどこした完全装備に身を固め、黄昏に肌をさらしたときに使っていたサングラスとフードと掛け布式のフェースガードではなく、遮蔽物（シールド）のついた帽子（ヘッドピース）をかぶっていた。モトクロスで使われるヘルメットのデザインをもとにして、〈ベルクロ〉の襟輪（カラー・リング）と黒い折り畳み式のヴァイザーをつけ足したものだ。あのとき以上に密封状態は完璧。防護レベルも上がっている。

　ハスルは、今回、いっときもこれをはずそうとしなかった。彼の皮膚は冬の正午の力ない光からでも大きな痛手を受け、遺伝子が傷つけられ癌細胞に冒（おか）されてしまうだろう。

ハスルの横にはザヘールがついていた。急遽変更になった計画への浮かない気持ちが、顔にぴたりと貼りついている。ハスルには彼の反応が理解できたし、その点を責めるつもりはなかった――彼の不満を予想していたからこそ、ハスルは真実を包み隠しておいたのだ。

ふたりが林の茂みに足を踏み入れ、山腹にできた長い自然の細道をゆっくりたどっていくと、しばらくして黒ずんだ霜におおわれた小さな丸い丘に出た。

その開けた場所の反対端にジョン・アールが立っていた。黒革のコートに身を包んで防寒帽を引き下げ、首にマフラーを巻いている。アールはふたりの姿が見えると、ポケットに手を入れてタバコの箱をとりだし、一本振り出した。フィルター部分を口元にすべりこませ、使い捨てライターで火をつけて煙を吐き出し、開けた空間の反対側にいるふたりをまっすぐ見た。

ザヘールとハスルは林の端で足を止め、ザヘールがハスルに顔を向けた。

「あいつは危険です」と、彼はアールのほうへあごをしゃくった。

ハスルはうなずいた。

「われわれがするのは危険なことだし、成功の確率を高めるにはあの男を使うしかない」と、彼はいった。「きみの貢献はなんら見劣りすることはない。安心しろ」

ザヘールは黙ってためらいがちに彼を見た。

「考えなおしていただきたいとお願いしているのは、わたしのためではありません」と彼はいった。

ハスルは手を伸ばし、手袋をはめた手を相手の肩に置いた。ヘルメット後部の換気区画で小型電池を動力にしたファンがおだやかなうなりをあげ、呼吸でヴァイザーが曇らないようにしていた。

「わたしを信じて待っていろ」と、彼はいった。「すぐにすむ」

ザヘールは返事をせずに、なおも険しい表情を浮かべていた。

それを見てハスルは手を下ろし、体の向きを変えてアールのところへおもむいた。むきだしの冬の土は固く、溝のついたブーツのゴム底に踏まれてもびくともしない。

「迷わずに来られたようだな」彼はアールの前で足を止めて、そういった。

アールはくわえタバコの位置をずらし、放心したように手にしたライターをくるくるまわした。

「田舎の森で育ったからな」彼はいった。「自分の足を信じていれば、そのうち正しい場所に連れてきてくれる」

ハスルは何もいわなかった。思慮深い表情の一部は抗紫外線ヘルメットの色つきヴァイザーにおおい隠されていた。

「きみの車だが」彼はいった。「誰の目にも触れずに駐めてきたか?」

「ここから山を東へ一マイルくだったあたりに、軽い食事のできるガソリンスタンドつきの休憩所があった」薄笑いを浮かべたアールの口元から紫煙がたちのぼった。「〈マクドナルド〉があってよかったぜ。あれがなかったら、世界じゅうのあちこちでみんなが途方に暮れるだろうよ」

ハスルは相手の顔を見た。いちばん上の服の紫外線遮断生地に強風がびゅっと吹きつけた。流れの速い雲のすきまから太陽が顔をのぞかせ、斜め上からヴァイザーに照りつけてきた。

「またひとつ、仕事を頼みたい」と、彼はいった。

アールは肩をすくめ、肺の奥までタバコの煙を吸いこんで、つかのま息を止めた。

「仕事にいやとはいいたくない性分でな」と彼はいって、煙を吐き出した。「しかし、前回のは半端に終わってしまったからな。あのちびの女から必要なものを手に入れることができなかった。あの女の頭のなかにはなかったんだ」

ハスルはうなずいた。

「いっそう事を急がなければならなくなったのは、だからだ」と、彼はいった。「わたしの考えていた状況ではなくなっている。死んでいるか生きているかは知らないが、パトリック・サリヴァンはあの行方不明になった夜、わたしを裏切るつもりでいた」

「そう確信しているわけだ」

「まちがいない」ハスルはいった。「仲介者に会いにいったとき、あの男はわたしの大事なものを持っていた。まさかあの男が、あの製品の存在を知っているとは思わなかったんだ」

「あいつはどうやって手に入れたんだ？」

「あれは盗まれた」と、ハスルはいった。「どんな手を使ったかは、まだわかっていない」

アールはヘルメットをかぶっている相手の顔を見た。呼吸によって紫外線シールドの内側に小さなもやが生じ、生じるとほとんど同時にファンに乾かされていった。

「ぶっちゃけた話をしていいか？」彼はいった。

ハスルはまたうなずいた。

「わたしのオフィスでなく、ここで会うことにしたのはそのためだ」と彼はいった。

アールは立ったまま紫煙をくゆらせていた。風で集まった雲のつくり出すつぎはぎ細工のような影に入って、周囲の野原が薄暗くなったり明るくなったりした。

「おれのにらんでいるとこじゃ、行方知れずになったあんたの製品というのは例のサファイアじゃない」と、彼はいった。

「そのとおりだ」

「それが何かは教えてくれるのか？」

「この任務を引き受けてくれたら、そうせざるをえないだろうな」

アールは紫煙をくゆらせながら相手の顔を見た。まだ〈ビック〉のライターを手に握っていることに、そのとき初めて気がついたかのように、彼はそれをコートのポケットにしまった。

「任務」と、アールはおうむ返しにいった。「仕事の話だと思っていたんだがな」

「その言葉を選んだのはわたしではない、きみだ」ハスルはそういって、黒っぽいフェースシールドの奥から相手の目を見た。「これに比べたら、これまできみにしてもらったことは、どれも子どものお使いみたいなものだ」

アールがうなった。「どんな危険があるんだ?」

「かなりの危険だ」

「金は?」

「それに見合ったものになる」とハスルはいった。「全部で十万ドル。半分は引き受けた時点で、残りは任務が終了したときに。見込みどおりの結果が得られなくても、きみに与えられた役割をきちんと果たしてくれたら、全額を支払おう」

アールは相手の顔を見た。「おれの役割」

「そうだ」

「ほかにも役割を引き受けるやつがいるのか?」

「ザヘールにきみをサポートさせる」

数秒が経過した。アールは黙ったまま、前回会ったとき、最後にハスルがいった言葉を思い出した。

「〝あとのこと〟は意外に早くやってきた」彼はいった。「しかし、あんたの時計はおれのとはちがうかもしれない」

ハスルは黒っぽいガラスパネルの奥からいまも相手に目をそそいでいた。

「わたしは時計で、その針はしかるべき時刻を指す。わたしの針が指したとき、その時間は来る」と、彼は告げた。

アールは黙って紫煙をくゆらせ、林のそばにいるハスルの右腕を目で探し求めた。こいつらは頭がとち狂っている。あまりのいかれかたに、話に巻きこまれないうちに逃げ出したいと思っている自分がいるほどだ。しかし、報酬は大金だ……金は大事だ。金がたっぷりあれば、どんなドアでも開けられる。どんなものにも入りこんで、そこから出てくることができる。

日射しを受けた雲が流れながら影を作り出していき、アールはそのなかにしばらく立ちつくしていた。そしてようやく、吸いさしのタバコを口から離してハスルにうなずいた。

「わかった」と、彼はいった。「話を聞こう」

正午を三十分ほどまわっていた。エイヴラム・ホフマンはダイヤモンド・ディーラーズ・クラブ（DDC）にいた。カタリとの話がすみ、パーム・コンピュータの予定表できょうはほかにどんな約束があったかを確かめていた。カフェテリアには床から天井まで張りめぐらされた窓があり、そのそばにある長いテーブルの前に彼はすわっていたが、同じテーブルの離れたところでは、三人の男が平凡なひと包みのダイヤモンドをめぐって値段の交渉をしていた。最近小売店をたたんでインターネットの宝石販売にのりだしたナデル兄弟と、品物を見せにきたトーブマンという年老いたハシディズム派の仲買人（ブローカー）だ。

彼らの交渉にはつきものの値段交渉が耳に入ってきた。兄弟の片方ユセルが、ルーペで見たら意図的に隠された傷が見つかったと指摘して、トーブマンの提示価格に文句をつけていた。トーブマンはそんな傷はないと主張していた。その否定にナデルが大げさに不快を示す。

「これは傷だらけだ。ここの日の当たるところでよく見てみるがいい」「あんたこそ、ちゃんと鑑定書を見たほうがいいんじゃないか」「鑑定書なんか見る必要はない」「鑑定書を見る必要はないとそっちが考えているんなら、どうしてわしに自分のダイヤを見る必要があるんだ？」「おれの意見を聞かせてやろうか？」「ご兄弟より道理をわきまえているならな」「おれのケツの穴からは、毎朝、あんたの使っているタイ人の鑑定士（グレーダー）よりましな報告が送られてくる――」

エイヴラムは侮蔑に近い強い嫌悪感をおぼえて、彼らから離れた。あの年老いた仲買人（ブローカー）の鑑定書がどうだろうが、どんよりと曇った一月の昼光のなかでトーブマンにどんな傷が見えようが、エイヴラムにはみんな堂々めぐりの益体（やくたい）もない話にすぎないような気がした。わたしは上昇と前進を続けていこう。こういうたぐいの話は、一生聞かなくていいくらいたっぷり聞かされてきた。

エイヴラムはポケットから携帯電話をとりだした。堪忍袋の緒が切れかけていたし、いま耳に挟んだ交渉内容から、宝石学会（ＧＩＡ）の鑑定ラボに電話を入れて催促をするつもりだったことを思い出したのだ。

呼び出し音が三度鳴ったあと、宝石学者のクレイグ・ブレナーが出た。

「エイヴラム。いま話をしている時間はない」と、彼はいった。

「わたしだとわかったのは千里眼のなせる業（わざ）か、それとも発信者番号通知サービスのおかげかな？」

「そっちで判断してくれ」ブレナーはいった。「なあ、嘘じゃない。仕事が滞(とどこお)っていて、いま話をしている時間はないんだ」

「すぐにすむ」と、エイヴラムはいった。「例のサファイアだが……」

「すぐ調べると約束したし、そのとおりにしている」ブレナーはいった。「自分の石を見てくれているんだろうかといぶかっているほかの二十人の依頼人を差し置いておたくのを優先しているし、その二十人のなかには〈ティファニー〉も──」

「きみの息子にブラウン大学の助成金を出していたのは〈ティファニー〉ではなく、わたしの義理の兄の会社だった」

言葉が一瞬とぎれ、ためいきが聞こえた。

「黄金の杖ふたたびか」ブレナーはいった。「永久にそれを振りかざしつづけるつもりかい?」

「永久に、いついつまでも」と、エイヴラムはいった。「とにかくわたしは急いでいるんだ」

「おたくは急いでる、こっちも急いでる、みんな急いでる」ブレナーはいった。「いいか、分析には平均して最低二週間はかかるところを、わたしは専門家に二次イオン形質量分析計(SIMS)を使ってもらって、二時間でやらせているんだ。あれは七十五万ドルもする装置なんだ。それをわたしは独り占めにしている状況だし、専門家の時間だって安くは──」

「自分では、もうあのサファイアを調べたんだな?」

「ああ、調べた」

「きみの所見は？」

「どうしても結論に達しない」ブレナーはいった。「比重を調べ、カラーフィルターと液浸検査をし、実体顕微鏡で見た……おそらく、おたくも自宅で同じ種類の検査をやったんだろう。熱や化学物質で色の改良（エンハンスメント）をほどこした形跡はないし、結晶パターンも自然なもののように見えるが、人造宝石専門の製造所ならわれわれの目をあざむいてもおかしくはない。SIMSから微量元素の重量百分率に関する重要な情報が入るまで、とても結論はくだせない。その情報が得られたとしても、エイヴラム、これは精密科学じゃない。この技術は生まれたばかりだし、あの石はきわめて希少なものだ。一〇〇パーセント確かな比較検査ができるほど幅広いデータベースがあるわけじゃない」

「とりあえず、完璧とはいえない鑑定で手を打ってもいい」エイヴラムはいった。「どんな道のりも、小さな一歩から始まるものだ」

「足の速い者がかならず競走に勝つとはかぎらないぞ」

エイヴラムはそれを聞いて力ない笑みを浮かべた。「クレイグ……きみの目と経験はなんていっている？」

ブレナーはまたためいきをついた。

「早期評価」と、彼はいった。「つまり、とても早い段階での評価だぞ、いいな？」

「ああ」

「この石は大金を生み出すような気がする」ブレナーはいった。「どうやってマハラジャの墓穴に侵入を果たしたのかは知らないが、この石は本物のカシミール産か史上最高の偽物かのどちらかだ」

エイヴラムは黙りこんだ。心臓がどきどき音をたて、携帯電話を握った手が急に汗ばんできた。

「さあ、心に希望の火をともしてやったんだ」ブレナーはいった。「もう物理的な作業に戻っていいだろう?」

エイヴラムはなおも黙っていた。ついさきほど、ナデル兄弟にちらっと目をやったときには、彼らはまだトーブマンじいさんの言い値に難癖をつけていた。それがいま、とつぜん彼らがぱっと目の前から消えたような気がした。かわりに、先日地下鉄で出くわした才能豊かなギター奏者が見えた。

まもなくわたしも自由になる。エイヴラムは心のなかでつぶやいた。わたしなりに、あの若者と同じくらい自由になる。

「ありがとう、クレイグ」彼はようやくいった。「きみの協力に心から感謝する」

そういうと彼は受話器を置き、ロシア人に連絡をとる頃合と考えて、その場でまた受話器を上げた。

ユーサフはまんなかに炉端のある避難小屋を出ると、ほかの者たちといっしょに肌を刺す寒風のなかを通り抜けて、泥煉瓦の馬屋へ向かった。

いちばん最後になかへ入って見渡すと、荷を運ぶラバたちは調教師の手で鞍と引き具がつけられ、荷も積まれていた。母国から続けてきた旅の最終行程の案内に、バカルワル族の遊牧民が四人雇われていた……旅はトラックの輸送車隊といっしょにイスラマバードから何日も前から始まっていた。まもなく〈管理ライン〉の最北部を越え、足とひづめでしか越えられない高山の山道を踏み通っていくことになる。

ユーサフのほかには〈ラシュカレ・タイバ〉（LeT）のゲリラ戦士が六人いた。パキスタンとインドが管理しているカシミールには幅六十キロに及ぶ軍事緩衝地帯があり、そのはずれにあるハルマットの近くで彼らとは合流していた。今夜、指揮官のファリス・アーマドを除く全員がユーサフと険しい谷の斜面を登っていく。

ユーサフは馬屋の壁にもたれて考えた。政治と部族でつながった同盟者の一団がゲリラ戦士の野営地に到着すると同時に見つかった——つい昨日のことだ。カシミール地方の独立という旗じるしのもとに形成された実用本位の同盟で、スンニ派のドグラ族とグジャール族がいた。北西の広大な国境地方に住むパシュトゥーン族もいた。クーデターで成立した現政府と袂を分かってきた情報部の人間もかなりいた。ユーサフとゲリラ戦士をつなぐ大きな役割を果たしているのは、こういう人びとだった。なかには、ファーストネームで呼びあうくらい気心の知れている者もいた。単なる顔なじみの者もいる。しかし、山地での過酷な生活で彼らの容貌は大きな変化を見せていた。パキスタン軍情報機関（ISI）のカラチ局でいっしょに仕事をしてきた者たちでさえ、見分けをつけるのにひと苦労だった。

とりわけ、かつての直属の上司で現在は無法者たちを率いているアーマドがＩＳＩをとつぜん脱走してから一年のあいだに見せた変貌には衝撃を受けた。アーマドはみんなの模範となるさまざまな記録の持ち主で、小さな口髭をきれいにたくわえた屈強の熱血漢だった。きれいにプレスして糊（のり）をきかせた制服に身を包み、ぴかぴかに磨き上げたブーツをはいている完璧な模範生だった。しかし、ユーサフがおぼえているその将校と、ハルマットの野営地でユーサフを出迎え、このバカルワル族の飛び地まで連れてきてくれた鍛（きた）え抜かれたゲリラ戦士には、大きなへだたりがあった。指揮下にある戦士たちと同様、アーマドはひょろ長いなめし革のようだった。栄養不足で唇がひび割れ、ぼうぼうに生えたむさくるしい髭が頬から胸まで広がっていた。これまたほかの戦士と同様、何度か急いで繕（つくろ）った跡のあるすり切れた戦闘服を着て、かかとのすり減ったぼろぼろのブーツをはいていた。そして、これまた残りの者と同じだが、大きな背嚢（はいのう）を背負って複数のダッフルバッグを持ち、肩にはカラシニコフのアサルト・ライフルが吊り下がっていた。彼の率いる反政府戦士のなかには、暴利をむさぼる遊牧民を信用できず、ＲＰＧ－７発射筒を含めた小さな携行型兵器を余分にたずさえてきた者もいた。

　ユーサフはいまいる馬屋の壁のそばから、ラバたちの周囲の活動を観察しつづけていた。思いもよらないところで裏切りにあう可能性もある。彼は考えにふけった。

　急いで準備をしている案内人たちのところからアーマドが体の向きを変えて、わらにおおわれた床を踏み渡ってきたときも、まだユーサフの頭のなかにはこの考えが充満していた。

「小一時間もすれば出かけられそうだ」と、アーマドがいった。そして、後ろにあるふたつの馬房のほうへあごをしゃくった。「レーザーの部品は、おまえのとは別のラバたちで運ばせる。いいな?」

ユーサフはうなずいて、アーマドの向こうにいる胸まわりのがっしりした立派な動物たちを見た。腹帯がついた大きな鞍の横にバカルワル族が木の荷積み板を結びつけ、箱詰めしてキャンバスの布地にくるんだ〈ドラゴンフライ〉キャノン砲の貴重なパーツを積み板にくくりつけていた。

「山越えの旅は、特に冬には決して楽なものではないが、夜が最良の友になる」アーマドがいった。「案内人たちは目隠ししても歩いていけるくらい、ここの地形を知り尽くしているし、おまえは満月に近い月と星明かりに恵まれた」彼はユーサフをじっと見た。「万一の場合でも、食糧は余分にある。少なくともあとひとりは連れてくると思っていたからな」

「チカルの外に警備隊がいたおかげで、ひとりで出かけるはめになっちまったが、本当はもうひとりいたんだ」ユーサフは相手の顔を見ながら嘘をついた。「この先でも軍に出くわす可能性はあるだろうか?」

アーマドは一見、考えにふけっているように見せて、まだユーサフの顔を見ていた。

「万にひとつの可能性はかならずある」アーマドはいった。「しかし最近、うちの偵察員は、大統領の部隊がいる気配もインドの保安部隊がいる気配も感じていない」

「その状況が変わる可能性は?」

「偵察員は注意を怠らないし、何かあったらただちに無線でおまえに連絡する」アーマドがいった。「何事もなければ、午前のなかばくらいに〈管理ライン〉を越え、合流を果たすことができる。どっちの側の峠を通らざるをえなくなったとしても、ラバたちには何日かもつだけの食糧と水と弾薬が積みこまれている。状況によっては、さらに何日か宿泊が可能なたっぷり備蓄のある洞穴が、いくつか道筋にある」

ユーサフは黙っていた。大統領の部隊か、と彼は考えた。適切な表現だ。心配なのは配備されているかもしれないあそこの部隊だけだ。思惑どおりに事が運べば、深い岩の裂け目に体を押しこんだり、ネズミのように大あわてで隠れたりする必要はない。いったん国境にたどり着けさえすれば。

アーマドが彼の肩をぽんと叩いて、さきほど出てきた小屋のほうへあごをしゃくった。「バカルワル族がおれたちのために仔羊の干し肉を用意して、火の上で炒りたてのスパイス入りコーヒーを沸かしてくれた」と、アーマドはいった。「彼らのもてなしには法外な費用がかかるが、出発前の残された時間で腹に入れておいたほうがいい」

ユーサフは相手の顔を見て笑顔を浮かべ、うなずいた。

「わかった、アーマド」と彼はいい、若木を縛りつけてある小屋の扉に向かってふたりで歩きだした。「ありがたくいただこう」

「寝室ひとつのアパートからの引っ越しでしたら、一〇フィート・トラックか、あそこのカーゴ・ヴァンをお奨めするのがふつうです。ほら、車でお待ちのお友だちのそばにあるでしょう」と、〈ユーホール〉のカウンターから貸出係がいった。係の男はアールの後ろにある大きな窓のほうへあごをしゃくって、外の駐車場にあるレンタカーを示していた。「どちらがより望ましいかは、お客様のご要望しだいですね」

アールはカウンター越しに男の顔を見た。「というと？」

「どちらも基本料金は同じです——一日二十ドルで、走行距離七〇マイルまで追加料金はかかりませんが、超過料金はトラックのほうが何セントか高くなります」〈ユーホール〉の係はいった。「大きな家具がある場合は、トラックのほうがすこし広いです。ヴァンのほうは新しくて快適で、ハンドル操作もなめらかです。しかし当社の方針で、地元の引っ越しにしかご利用いただけません。隣接する三州までで、乗り捨ては不可。四十八時間以内に当センターにお返しいただかなくてはなりません」

ザヘールの乗った〈マーキュリー〉のそばに駐まっているヴァンを、アールは肩越しにちらっと見た。それから係の男のほうに目を戻し、コートのポケットからタバコをとりだしてカウンターの上でぱっと見せた。

「ちょっと考えてるあいだ、吸ってもかまわないか？」と、彼はたずねた。

係の男は肩をすくめた。五十代とおぼしき男で、頬に無精髯を生やし、太鼓腹をしている。緑と黒のバッファロー縞が入ったハンティング・シャツに、ぶかぶかの作業服という服装だ。

「かまいませんよ。呼び出し状が来るのはハドソン川の向こうだけですからね」と男はいった。灰皿を持った手がカウンターの下から現われた。

アールは箱を叩いて一本抜き出し、〈ビック〉のライターで火をつけて、すーっと吸いこんだ。

「あのヴァンがよさそうだな」と、彼はいった。「たっぷりスペースがあるし、走行マイルの制限もたいして超えずに戻ってこられそうだ」

係の男はアールをしばらく見て、伸ばした髯の上から下あごをぽりぽり掻いた。

「メイン州の出身とにらみましたが」と、男はいった。

アールは口からタバコを引き抜いて、親指と人差し指で持った。

「わかったかい」彼はいった。「訛りで気づかれちまったかな?」

係はうなずいた。

「妹が結婚して、あっちで暮らしていましてね。旦那はもと海軍。ブランズウィックにある例の基地に赴任していたんですが、退役したあと、すこし内陸に入ったところで住宅農場用品の店を買い取ったんですよ」と、係の男はいった。「あの州のどのあたりです?」

アールは紫煙をくゆらせながら思案した。どのあたり? たずねるより答えるほうがむずかしい質問だ。アルーストゥークという土地があった。頭上を飛んでいく雁が撃とうとするとフランス語でののしりの言葉を投げつけていく、カナダとの国境近くだ。免許を持たずに猟をしているとカナダ連邦騎馬警官にひどい目にあわされる。ベルファストの鶏肉処理工場で働いていた長い年月もあった。山のふもとの港に近いユニオン通りに汚いアパートを借りた。上の階を借りている貧しい白人たちは食糧切符をためて、毎週金曜日に食糧雑貨店で六本入りの安ビールを何パックか手に入れ、夕食後に飲みはじめる。真夜中になるころにはしたたかに酔っ払い、かならず素手の殴り合いが始まる。ときには路上にまで飛び火することもあった——とりわけ彼らが怒りっぽくなる暑い夏の夜には、シャツを脱いでさんざん殴りあうものだから、ぶあつく切った生肉のように体を打ち叩く音が開けた窓から聞こえてくるほどだった。兄と弟、父親と息子、夫と女房の浮気相手——地元の警官が来て宴会をやめさせるまで、彼らは酔っ払いどうしでさまざまな遺恨試合を繰り広げていた。

アールは目を細めて、鼻と口から流れ出ているタバコの煙の向こうの係を無言で見た。どこの出身だとこの男は思っているのだろう？　クランベリー畑の湿原と生き物の死骸がいっぱいあるアルーストゥークか？　鶏の血まみれの内臓があって、通りに鳥の羽が飛んでいるベルファストか？　それとも、二、三〇マイル南にあるトーマストンの州刑務所か？　犯罪者と浅ましい連中を集めた暗くてわびしい施設だった。一八二〇年代に議員たちが、自分たちの起草した憲章をもとに逮捕した者たちを収容するために、そこに建設を命じたものだ。そして、彼らの望みはかなえられた。厚さ三フィートの花崗岩の壁、天井と床に何層にも石を積んだ最大九×四フィートの危険防止独房、中庭には刑務所の労働者たちが切り出した石灰岩の深い穴がある。その岩にはどれにも、瞬時に人の命を奪えるだけの重さがあった。壁の芸術に夢中になっていなかったら、十五年の刑期が終わるずっと前に首を吊っていただろう、とアールは思った。あそこ以上にいまの自分を作り上げるのに役立ったものや場所はないのではないか、とも思った。

「トーマストンという海ぞいの町だ」彼はようやく答えた。「静かな土地だ。北部諸州人（ヤンキー）の大きな白い家や教会と樹木があって、ライムストーン・ヒルには石切り場があった。季節の移り変わりがなかったら、時間が止まっているんじゃないかと思うような町でな」

係の男はまた無精髯を掻いた。

「離れがたい土地みたいですね……しかし、義理の弟の話だと、あっちでそこそこの賃金を稼ぐのは大変だそうで」男はペンのついたクリップボードをアールの前にすべりこませた。「申込書です。書きこんでいるあいだに、クレジットカードと免許証を見せてください。確認がすんだら、手続きを進めてヴァンのキーをとってきます」

アールはコートの内ポケットから財布を抜き出し、ハスルからもらったふたつの身分証をとりだして、カウンター越しに手渡した。ハスルとその配下の者たちがほかの誰かの身分証を盗んできて、元々の写真のかわりに彼の写真を貼り替えたのか、どこかに注文して偽造してもらったのかは知らないし、興味もなかった。大事なのは、たまたま彼にそっくりの容貌をしている身代わりの人間の免許とビザカードがどちらも有効であること。そして、クレジットカードの利用限度額が二万ドルくらいあることだ。

必要な情報、つまり新たに獲得したジェラルド・ドノヴァンという名前や、偽りの住所や電話番号、その他もろもろを書類に書きこんでいるあいだに、ハスルから与えられていない情報をひとつふたつ、係の男からつつき出すことができるかもしれないと思いついた。

「ここを見つけようとぐるぐる探しまわっているうちに、交差点の向こうにある工場の奥に化学薬品のタンクが並んでいるのが見えたんだが」彼はぶっきらぼうなくだけた口ぶりでいった。「あれはどこの工場だい？」

係の男はうなずいた。

「〈ラジャ〉ですね」

「え？」

「〈ラジャ石油化学〉」と、係はいった。「石油精製所です……インディアン企業でしてね。妙な名前でしょう」

「スー族とかアパッチ族とかのインディアンかい？」

「タンドーリ・チキンやカレーライスの持ち帰り(テイクアウト)ができるインド料理のインドですよ」〈ユーホール〉の男の頬髯を生やした顔にしわが浮かんだ。「あのタンクのなかにあるのは、絶対に持ち帰りたくなるたぐいのものじゃありませんが」

アールは書きこみ用紙からちらっと目を上げた。

「あんまりうれしい隣人じゃなさそうだな」

「そりゃそうですよ、ドノヴァンさん」係の男が手渡された免許証の名前を読んで、そういった。「工場のそばを走ったとき見えたとおっしゃるそのタンクには、HFが何十万ポンドも貯蔵されているんですから」

アールは軽く好奇心をかきたてられたような表情を浮かべた。

「ＨＦ？　なんだい、そりゃ？」

「フッ化水素です」と〈ユーホール〉の男はいった。眉間のしわが深くなっていた。「この近所の人間だったり、しばらく前にわたしが読んだのと同じ新聞記事を読んだりしている人でしたら、説明するまでもない話なんですが」

アールは話の先を待った。

「タンクの中身はハイオク・ガソリンを作るときに使うもので、ものすごい毒性があるんですよ」と、係の男はいった。「タンクに密封されるときはまだガスの状態ですが、タンクが破れてガスが空気中に漏れ出ると、濃縮されて、雲になったり、へたをすると雨になったりします。雨になると、ガラスやコンクリートが腐食を受けて、穴が開くことがあります。それだけじゃそんなたいしたことはないと思うかもしれませんが、ＨＦには人間の皮膚から簡単に体内へしみこむ性質があるんです。毛穴を通って骨までしみこみ、毛穴と骨のあいだにあるものをすべて食いつくしてしまう。目や鼻や口に入ったら……あるいは肺に吸いこんでしまったら……ぞっとする話ですけど、人の内臓がドロドロになってしまうんですよ」

アールの手が申込書の上で止まっていた。「なるほどな、絶対に記事を忘れないわけがわかったよ」と、彼はいった。

貸出係はうなずいた。

「まだ話は半分も終わっていません」と、彼はいった。「わたしの読んだ記事では、二、三年前、テキサス州で精製所の火災によってＨＦが空気中に漏れ出し、何十世帯もの家族が避難しなければならなくなったそうです。また同じころ、ロシアで官営工場からHFが漏れ出たために、数千人が引っ越しを余儀なくされたとか……そういう状況に加え、いまお話しした精製所のHFの量は、〈ラジャ〉のタンク中のものに比べたら微々たるものなんです」

アールは灰皿の溝からタバコを持ち上げ、胸いっぱいに煙を吸いこんだ。

「あのタンクには、もしものことがないよう厳重な予防措置がとられているんだろうな」彼は煙を吐き出しながらいった。

「そうあるべきなんですが、そうじゃないんです」係の男はいった。「例のとち狂ったテロリストにニューヨークの急所が襲撃を受けたあと、化学薬品会社は防護対策を強化しなければならないという法律の山を〈国土防衛局〉が強引に通過させました。しかし、あそこはめったにその法律を執行しようとしません……察しはつくと思いますが。時が流れる。ほうぼうからコストについての不満があがる。警察とFBIはほかの仕事で忙しい。選挙が来ると、政治家たちの話は〝子どもたち〟や先生や教室の大きさのことに移る。自分のところ以外の悪ガキのことにもちゃんと関心があるみたいにね。そのいっぽうで、化学薬品会社はいんちき弁護士を雇ってありとあらゆる抜け道を見つけ、予防の力をゆるめて楽になれるようワシントンのロビイストに働きかける。誰も自分たちに注意を向けなくなれば、それがいちばんありがたい。改善には金がかかるし、できたら何もせずに、人の命が……つまり、ニュージャージー州とペンシルヴェニア州とニューヨーク州の何百万という命が……無事であるほうの可能性に賭けたい」

アールは信じられないという偽りの表情を浮かべて首を横に振っていた。

「とんでもない話だな」と、彼はいった。

「まったくですよ」〈ユーホール〉の男はいった。「しかし、新聞記者の推定によれば、〈ラジャ〉のタンクには、風向きによっては一〇〇万とか二〇〇万とか三〇〇万どころか、四〇〇万人を葬り去れるだけのHFがあるらしいですからね」

アールは書類に書きこみを続けながら、なおも首を振っていた。きょうハスルがいってい たことを、いま彼は考えていた。わたしの針が指したとき、その時間は来る、とハスルはいった。その針の命じるままに、おれはボタンを押す指になってしまうのか？

彼は灰皿を引き寄せてタバコを揉み消し、クリップボードをカウンターの男に返した。

「全部書きこんだ」と、彼はいった。「あれこれ訊いて、疲れさせちまったかな」

係の男は肩をすくめて、申込書をざっと目を通した。

「ご心配なく」我慢強い男らしく、係はそういった。「まだこうしてぴんぴんしてますからね。どこに文句があるもんですか」

アールは微笑を浮かべた。

「見上げた姿勢だ」彼はいった。「誰だって、自分の力でどうにかなることに人事を尽くして、あとは天命を待つしかないものな」

〈ユーホール〉の男はうなずいて、記入の終わった申込書から顔を上げ、アールに笑顔を返した。

「問題はないようですね」彼はいった。「すぐに手続きをすませて、ヴァンのところまでキーをお持ちします」

「勇み足は禁物だと思います」ノリコ・カズンズがいった。「状況は単純にしておくほど、いい結果が出るものだわ」

彼女は机の向こうにいるトム・リッチとデレク・グレンを見ながら、リッチのほうには状況を複雑にしようという気はこれっぽっちもなさそうだと思った。彼の沈黙を証拠と受け取っていいとすれば、〝行方不明になった夫の事件〟についてノリコが語ったどの言葉にも、リッチはほとんどもしくはまったく関心を示していなかった。現実には、さらに〝行方不明になった夫の愛人〟が加わり、ニューヨーク市、ナッソー郡の両警察にとっても〈剣（ソード）〉にとっても、事件は広がりを見せていた。コリナ・バンクスの身に何が起こったのかを突き止めることがサリヴァンの状況についての謎を解く大きな一歩になる、と考えるのが妥当と思われるからだ。それがいい状況だとしても、悪い状況だとしても。

リッチはまったく関心をいだいてなさそうだ。その印象が正しいことをノリコは願っていた。これは——ひょっとしたらだが——リッチがじゃまをせずにいてくれるしるしかもしれないし、近いうちに〝さらば男よ（アディオス・オンブレ）〟と西へ戻っていってくれるしるしかもしれない。これとは対照的にグレンから受けた印象は、簡単に追い払えそうだと元気づけられるたぐいのものではなかった。この日の午後の顔合わせで〝自己紹介と腹の探りあい〟を進めていくあいだ、このグレンという男からは厳密な質問と注意深い意見が多すぎた。まっすぐノリコの目を見てくることもやたらと多かったが、それはグレンがたまたま彼女を魅力的と思ったからかもしれないと気がつくくらいには、ノリコは人生経験を積んでいた。ひょっとしたら——近ごろ「ニューヨーク・タイムズ」紙のクロスワードパズル事典で見つけた用語を使うなら——運命の糸を感じたのかもしれない。しかしノリコは、その手の芽は事前に摘み取るよう努力していた。建前と本音を問わず、仕事と遊びを混同したくはなかったからだ。

いまグレンはファイルキャビネットにもたれて、そこから彼女を見ていた。胸の前で太い腕を組んでいる。灰色の毛織のスポーツコート、タートルネックのセーター、ひだつきの灰色のズボンという服装だ。

「〝単純に〟というのは、じつは〝切り離して〟という意味じゃないのかい」と、グレンはいった。「それとも、下衆(げす)の勘ぐりかな？」

ノリコがつかのま彼を見て笑顔をひらめかせると、グレンもすかさず満面の笑みを返してきた。部屋の向こうから届いてきた笑顔には、むらのない真っ白な美しい歯と、これまたまったくむらのない美しい褐色の肌が好対照をなしていた。

「おっしゃるとおりよ」と、彼女はいった。そして、グレンとにこやかな笑顔を交わすことでいったい自分はどんな芽を摘み取ろうというのだろう、と思った。「〈アームブライト・インダストリーズ〉、とりわけ〈キラン・グループ〉にわたしが払ってきた注意は、ごくあたりまえの企業情報活動です。サリヴァンという女性が助けを求めていて、ボスは個人的な好意で救いの手を差し伸べたがっている。そのふたつをひとからげにしなければならない理由がわたしにはわかりません」

「サリヴァンは、輸出が制限されている技術を輸出しているのではないかと疑いが持たれている部門のトップ営業マンだった——そう考えると話はちがってくる。世の中に悪さをしかねない、いかがわしいたぐいの連中がそれにからんでいるとなったら」

ノリコは肩をすくめた。

「その点に異議をとなえるつもりはありません」彼女はいった。「わたしたちの道をちゃんと別々にしておくべきときに、それをねじ曲げることがないよう確実を期したいだけで。きちんと別々に切り離してね。二本の道が自然につながることがないかぎり、そうすべきだわ」

グレンは考えこむような表情を浮かべていた。リッチは部屋の反対側の隅へひっぱり出した椅子に腰をおろし、ひざの上で手を組み合わせて、右ひざに左足をのせ、到着した時点からほとんど破られていない沈黙を続けていた。

「サリヴァンを探している警察の人間と、もう話は？」しばらくしてグレンがそうたずねた。

ノリコは首を横に振った。

「担当の刑事はルイスという人でね」彼女はいった。「その人と面識はないけど、ビル・ハリソンとは回線が開かれているわ。つまり、彼とは簡単に連絡がつくということよ」

グレンは眉をつり上げた。

「あのビル・ハリソンか?」彼はいった。「もと市警本部長の?」

「そうよ」

「そりゃすごい」グレンはいった。「テロリストの襲撃を受けたあと、あの男が書いた例の自伝は読んだ。テロに襲われたときに奥さんを亡くし、娘さんまで失いかけたにもかかわらず、ワシントンの政治屋たちが北米大草原の地下サイロに隠れているあいだ、どうにかこの街をふたつの肩で支えた男だ」

ノリコはうなずいた。

「ビルはいい人だし、よき友人でもあるわ」と、彼女はいった。

「白人がいうところの、おれたち黒人が積極的に見習うべき人物だ」と、グレンはいった。

ノリコはグレンの顔を見た。おどけた口調なのがわかったし、顔にはまた笑みが浮かんでいた。

「友人以上ではありませんけど」彼女はそういって肩をすくめた。

グレンの笑みがさらに大きく明るくなった。

ノリコは努力の末にそこから目を引き離し、咳ばらいをした。

「だったら」グレンはいった。「すこし時間をとって、ルイスと話をすることから始めるべきじゃないかな」

「わたしも同じことを考えていたわ」

「サリヴァンについては、その男と率直に話をして、うちがこの一件に関心を持っているわけを説明し、向こうが等分の情報を分け与えてくれるかどうかを確かめる」

「そうね」ノリコはいった。「きっと大いに協力してくれると思うわ」

「ハリソンから一本電話を入れてもらったあとは」

「そうね」ノリコはまたいった。「ただし、〈キラン〉のことでうちが薄々感づいている問題は、おくびにも出さないでほしいわ」

「別個の問題として、切り離しておくわけだ」

ノリコはうなずいた。

「もうそろそろ五時よ。手配にかかるにはちょっと遅いわ」彼女はいった。「あした朝一番で電話をします。できるだけ早くルイスと会えるよう努力をするわ」

リッチが部屋の反対側の隅で椅子から前に身をのりだして、床の上に両足を置いた。

「きみの部下は〈キラン〉の現地で監視を続けているのか?」と彼はたずね、薄い青色の目で彼女をじっと見た。「〈キャッツキル山地にある、あそこの本社のことだ」

ノリコは彼の顔を見て、きゅっと口を引き結んだ。彼がとつぜん沈黙を破ったことにおどろいていた。それといっしょに話題が変わったことにも。

「電子メールでサンノゼに送った資料のなかに、情報はまとめておきました」と、彼女はいった。「わたしたちの活動は合法の範囲で行ないます。実行可能な範囲で」

「おれが訊いているのは、そのなかに夜間ずっと見張りを立てておくことも入っているのかどうかだ」と、リッチはいった。

「わたしは頻繁に偵察員を送りこむ方法を採用してきました」ノリコがいった。

「しかし、常時ではない」

「ええ」とノリコはいった。そして一瞬ためらった。「つまり、あなたは〈キラン〉が勤務時間後にふつうとは思えない活発な活動が行なわれていることに関心をそそられているわけですね。わたしたちも同じです。それも、きのうや先週からの話じゃありません。しかし、あの会社の社長であり研究開発の先頭に立っている男は色素性乾皮症（XP）をわずらっており、そのためにひどい日光アレルギーがある。そのことで全部説明はつくのかもしれません」

「かもしれない」リッチがいった。「ちがうかもしれない」

また会話がとぎれた。ノリコが椅子のなかで体の位置をずらした。

「サリヴァンから焦点をそらさないという話はどうなったんですか？」彼女はいった。「わき道にそれないことにしたんじゃなかったですか？　それとも、わたしが考えていたほどその点は明確になっていなかったんですか？」

リッチは肩をすくめた。

「ちょっと訊いてみただけだ」彼はいった。「誰かや何かをわきに押しのけろといったわけじゃない」

グレンがファイルキャビネットの前からリッチを見やって、咳ばらいをした。

「とりあえず、この辺で話を切り上げよう」と、彼はいった。「そろそろホテルに落ち着いて、あしたにそなえて休んだほうがいいんじゃないかな」

リッチはしばらくじっと動かずに、視線をグレンからノリコへ移し、またグレンに戻した。

「その前にちょっと出かけてきたい」と彼はいい、また肩をすくめた。「あとから追いつく」

そういうと、リッチは立ち上がってドアに向かい、外へ出ていった。

ノリコはドアが閉まるのを見て、グレンに顔を向けた。

「いつもこんな感じなの?」と、彼女はたずねた。

「ああ、たいがいは」グレンはいった。「もっとひどいときを別にすればだが」

ノリコは口をすぼめ、口笛のような小さな音をたてて息を吐き出した。

「あなたには長い長い空の旅だったでしょうね」

グレンは彼女を見た。

「メシはとびきりの一級品だった」彼はいった。「酒もだが」

ノリコは無言でじっと彼を見て、コート掛けのほうへ頭を傾け、机の向こうから椅子を押し戻した。

「まだ一杯や二杯はいけるかしら?」と、彼女はいった。

グレンはにっこりし、片目をつぶって見せた。

「最善を尽くすとしか約束できないが」

ユーサフはバカルワル族の小屋の裏で、仮設トイレとして使われている防水シートにおおわれた溝のなかに立っていた。小便を終える前にペニスが凍りついてぽきりと折れるのではないかと思うくらい、すさまじい寒さだった。しかし用を足すのは、アーマドの前から抜け出してきた理由のひとつにすぎない。ラバのたどる道の先で自分を待っている者たちに無線で連絡を入れるかどうかという問題があった。アーマドの先乗り偵察員について警告を出すと同時に、遊牧民の野営地から自分が出発する旨を知らせるべきか……ここまでは通信を控えてきた。その分別があったことをありがたく思うべきだろう。チカルのバリケードへ向かっていったときには、多くの点でカリドと残りの者たちをあざむいていたが、通信を傍受される危険があるといったのは嘘ではなかった。その懸念はいまも頭を去っていない。それどころか、そっくり頭のなかにとどまっていた。この人里離れた地域でも、やはり聞き耳を立てる人間への警戒はしておかなければ。

ユーサフはズボンのファスナーを締めて、山越え案内人のいる小屋へ戻りはじめた。ここまで来たのだ。不安に決断を左右されてはならない。まもなく〈ドラゴンフライ〉がおれを金持ちにしてくれる。愚かな衝動がふたたび頭をもたげるのを許してはならない。

依頼人たちはこの高地の辺境地帯にひそむ危険をおれ以上にわきまえている。油断するなと警告をしてやる必要はあるまい。

トム・リッチは樹木におおわれた山の背から、〈キラン・グループ〉社の敷地を見下ろしていた。松の木と落葉したオークの木のあいだにしゃがみこみ、デジタルカメラのファインダーをのぞいていた。ダウンタウンにある〈剣(ソード)〉ニューヨーク支部のガレージから借り受けてきた〈グランプリGTX〉は、三、四〇ヤード後ろの暗闇に駐めてあった。人目につかない田舎道のわきだ。その道は〈キラン〉の敷地と平行に西へ何百ヤードか続いたあと、北に折れて、最後は袋小路になっていた。地図にはレイナー・レーンと記されている。この道の樹木におおわれた暗い単調な風景を破るものは、右の路肩から険しい上り坂になっていく長いあいだ見捨てられてきた車道だけだった。

車を駐めておくにはもってこいの場所だ、とリッチは思った。一本だけぽつんとある車道なら、戻ってきたときにも見つけやすい。このときにはすでに〈キラン〉のまわりを二度周回していた。そして、木のあいだから道の向こうを見晴らせるいい場所があるはずだと思っていた。

道をはずれたところにゆっくり車を止めたリッチは、坂になった車道のふもとに柵とレーザー・コイルでできた高さ一〇～一五フィートくらいの障害物が立っていることに気がついた。穴のあいているぼろぼろのアスファルト舗装路が、ヘッドライトの光にぱっと浮かび上がった。そこをおおっている雪と氷に切れ目があり、そこの入口ゲートに立入禁止の反射標識が見えた。そのすぐ向こうには、また別のもっとずっと古びた看板があった。たわんだ二重柱の上に、雨ざらしになった大きな長方形の木の標識がかかっている。手書きの文字は欠けたり剝がれたりして色あせているが、まだどうにか判読できた。いちばん上の行には〝先進リゾート〈ホテル・インペリアル〉〟とあった。その下に小さな字で〝デイケア、フィルター処理式スイミングプール、エアコン・ルーム、有名人のナイトクラブ〃と記されている。看板のいちばん下にあるのぞき穴のような丸い錆びたフック受けから、看板よりずっと薄い木の宣伝板がぶら下がっており、そこには〃バディ・グルーム、祭典のカリスマ、一九六九年のヴァカンス・シーズンに再登場〃とあった。

リッチはこの看板をじっと見つめて考えた。一九六九年、〃愛の夏〃だ。これが〈ホテル・インペリアル〉の行なった最後の営業努力だとしたら、このホテルが崩壊した要因のひとつは、バディ・グルームと〈有名人のナイトクラブ〉というコンセプトが、ほんの数マイル離れたところで行なわれた〈ウッドストック・フェスティバル〉に無断で借用されたことにあったのかもしれない。

リッチはイグニションを切ると、助手席の向こうに手を伸ばして、懐中電灯とカメラと双眼鏡が入っている道具袋をつかみ、車を降りて道を横切った。二〇ヤード弱進んでから木々のなかへ入りこみ、〈キラン・グループ〉社の敷地を見下ろすことのできる斜面の適当なこぶを見つけた。

いまから一時間とすこし前のことだ。

それ以来、彼はずっと目を光らせてきた。

リッチのはめているウエアラブル・コンピュータ〈リストリンク〉のヴァーチャル・ダイヤルによれば、いま時刻は十一時十五分。彼はやせた梢の下にいた。周囲は何もかもが冷たく静かで真っ黒だ。それに比べると、下はかなり明るかった。手入れの行き届いた〈キラン〉の平らな敷地は、競技場の鉄塔のような高出力照明に囲まれており、ぎらつきを感じさせない白い光輝に照らされていた。

リッチはカメラのレンズから目を離さなかった。超小型センサーがついた第四世代の暗視装置だ。レンズを向けて拡大すれば、たちまち倍増管と接眼レンズが焦点を合わせてくれる。外に出る準備にはしばらく時間をかけた。黒い革のクルーザージャケットと保温性繊維ヴェストを着て、五本指の射撃用手袋をはめ、夜間擬装用の熱交換機能がついたバラクラバ帽をかぶって車から外に出た。ふつうなら息を吐き出すことで熱と蒸気が失われるところだが、それをマウス・ポートが保持して再生処理し、彼の吸う極寒の空気のなかへ送り出して体温の低下を防いでくれる。

彼はシャッターリリース・ボタンをカチリと押して、〈キラン〉社の業務用ゲートの外に駐まっている〈ユーホール〉のヴァンを新たに一枚カメラに収め、すでに撮影ずみの数枚のスナップショットに付け加えた。ヴァンそのものの写真も何枚かあった。ビジネススーツを着た三人の男がゲートから出てきて、中サイズの荷造り用段ボールを載せた手押し車をヴァンの貨物区画へ押していくところも何枚か収めていた。その三人が往復しているあいだずっとヴァンのそばを離れずにいる、リッチと同じ黒革のカーコートを着た長身の男の写真もあった。肌が白くて手足の長い、筋張った体つきの男だ。運転席にすわったり、寒いなかでヴァンのまわりをゆっくり歩きまわったりを交互に繰り返し、続けざまにタバコを吸いながらビジネススーツの男たちの活動を見守っている。三人の男はヴァンに箱を押し入れると、ばらばらに外へ出てきて、持ちこんだのと同じものと思われるつぶれた空箱を手押し車に載せて、またゲートを通り抜けていった。

　この活動にリッチは好奇心をそそられていた。今夜ここで何が見られるか、はっきり予測していたわけではない。いま見えているのがどういう活動なのかもはっきりとはわからない。しかし、後ろ暗い活動にちがいないと直観は告げていた……そして、彼の直観が確認を繰り返すうちに、どんどん確信は強まっていった。レンタルしてきたヴァンで、疑問の多くは説明がついた。ヴァンへの往復。あの長身の男。特にあの男だ。

　ハスル・ベナジールに関するくわしい資料を読んでいたリッチは、ベナジールの遺伝子に異常があることと夜間に活動する習慣があることを知っていた。外部の情報源からも、これに関連するちょっとした情報は手に入っていた。その情報をノリコ・カズンズは知らないのか、リッチには教えずにおこうとしているのか、リッチにはわからなかった。アップリンクで——ひいては〈剣(ソード)〉で——隠し事をしているのはノリコだけなのかどうか。その点についても見当はつかない。真実はともかく、その点はあれこれ気にしていてもしかたがない、とリッチは思った。おれだって秘密のひとつやふたつはポケットに隠している。

　リッチは長身の男にぴたりとカメラの焦点を定め、またカシャッとシャッターを切った。あとの三人が〈キラン〉の社員なのは容易に想像がついた。コートを着ておらず、黒っぽい制服の上下に身を包み、業務用ゲートを出入りするためのカードを持っている。ゲートはモーターで作動するロールダウン式のもので、ひとり出入りするたびに自動的に閉じられる。

そして、東南アジア系らしき彼らの顔立ちから、リッチは〈キラン〉の資料にあったあることを思い出した。〈キラン〉には、ベナジールがパキスタンからH1Bという専門職業家ビザで連れてきた人びとがいる。社の中核をなすベテラン社員の一団だ。彼らは重役や顧問や技師をつとめている。

長身の男はちがう。外部の人間なのは明らかだ。中央入口からすこし離れた第二駐車場に駐まっている〈ユーホール〉のそばで、じれったそうに待っている。〈ユーホール〉のヴァン以外に、車は〈メルセデス〉のセダンが何台かだけだ。〈メルセデス〉はダークスーツの男たちが使っている社用車だろう、とリッチは見当をつけていた。入口前の正社員用駐車場にあるからだ。

あのヴァンは長身の男と同じくらいこの場にそぐわない、とリッチは思った。ベナジールの活動時間が遅いのは確かでも、あのヴァンがあそこにいることに疑問がないかといえば、まったくそうではない。〈キラン〉の仕事だったら、日借りや週借りの安価なレンタル・ヴァンではなく、貨物トラックで輸送するはずだ。しかし、〈キラン〉の車でないとしたら、あれがここにいるのはなぜだ？　建物にいる誰かがわざわざ夜のこの時間に机のなかを空にして、古い資料や事務用品を倉庫に運び入れているとでもいうのか？　ばかばかしい。かわりに運んでくれる人間をいくらでも雇えるのに、企業の技術専門家たちがみずから手押し車に乗せて運び出しているなんて、絶対にありえない。どう考えてもおかしい。包み隠す必要のあるものを積みこんでいるとしか思えない。しかし、ヴァンに運びこんですぐに梱包を解いているのはなぜだ？　どこへも届けないうちに？

ヴァンの後部からまたダークスーツの男三人が飛び出してくるのが見えて、リッチは眉を上げた。三人はこんどは業務用ゲートへは戻らず、貨物区画に外から施錠をして、長身の男が立っている運転手側のドアに向かった。

積みこみが終わったらしい。

リッチはこの一団を広角で撮影した。このとき短期間ボストン警察にいたころの自分の姿がなぜか頭に浮かんできた。五年前だったらトム・リッチ一級刑事は、捜索令状をとるために必要な手続きの方法を探していただろう。捜査を前に進める許可をくれと、上の人間を説得していただろう。〝しかるべき根拠〟があると説得できるだけの法的基準を満たそうとしていただろう。無数の書類と報告書をそれぞれ二、三通作成しながら、こう思っていただろう。〝法廷に立って、おれは自分の目を信じているし、経験からいって、その目が誰かにじっと注意を向けはじめたときにはその導きにしたがうのがいちばんいいんだと説明できたら、どんなに楽だろう〟と。今夜、同じようにその目は、長身の男とその仲間に注意を向けていた。

ボストン警察を辞めて五年になる、とリッチは胸のなかでつぶやいた。法的な許可を求める相手だった判事のひとりが大金持ちに買収されていた事件――あの事件から五年の月日がたつ。その大金持ちの息子を、リッチは殺人容疑で逮捕していた。少年は法廷の裏取引で拘置所から釈放され、リッチのバッジは証拠の処理を誤ったといういわれのない非難によって汚された。そのバッジにリッチが背を向けてから五年がたつ。

時が流れ経験が積み重なることで癒される傷もあれば、深くなるだけの傷もある。

もう二度と、誰かの許可を求めたりはしない。誰かの許可を必要としたりはしない。どんなことがあっても。

彼はカメラを下ろして、首にかけた双眼鏡に切り替え――これも第四世代の暗視装置だ――〈ユーホール〉のヴァンの外にいる四人を見守った。ダークスーツの三人が長身の男に指示を与えているようだ。三人のなかでも特定のひとりが、話のほとんどを引き受けていた。長身の男はそれに耳を傾け、ひょろ長い首でうなずいて、ときおり返事をしていた。しばらくして集まりの輪が解けた。長身の男が運転手側のドアからヴァンに飛び乗った。残りの三人のうちふたりは向き直って、また業務用ゲートへ戻っていった。残りのひとりはヴァンの後部にまわりこみ、貨物扉の取っ手を引いた。乗りこむ前に施錠を確認しているらしい。

リッチは次にどうすべきかを考えた。〈キラン〉の駐車区画まで続いている道は、リッチが州間高速道路（インターステート）八七号線を降りてここまで来るのに使った郡道と合流する。このあたりでハイウェイと合流するのは、あの郡道だけだ。レイナー・レーンと、先が行き止まりになったあと二本の道を除けば、何マイルものあいだその郡道から枝分かれする道はない。つまり〈ユーホール〉の運転手は、このあとどこに向かうにしても、あの郡道へ戻らなければならないということだ。

いますぐ急いで追いかければ、追いつける可能性はかなり高い、とリッチは考えた。

数分後、彼は〈グランプリ〉でレイナー・レーンを引き返していた。右手の斜面からちらっと下を見ると、頻繁に出てくる木々のすきまから〈ユーホール〉のヴァンが見えた。すでに駐車区画を出て、ゆっくりと進みはじめている。

リッチはハンドルを握る手に力をこめて、スピードを上げた。

道路はループを描きながら四分の一マイルほどを下って、郡道との合流点に出た。リッチは郡道に乗ると、アクセルを踏んで北東へ向かった。前進していくヴァンが最後にちらっと見えたとき、ヴァンはその方向に向かっていた。

やがて、前方の暗闇にヴァンのテールライトが見えてきた。車間は車十台ぶんくらいと見て、リッチはアクセルをゆるめた。ぴったり離れずについていきたいところだが、運転手に気づかれる危険は冒したくない。ほかに車はぱらぱらとしかいないから——自分の車とヴァンのほかには三台だけで、どれも自分より後ろにいた——ヴァンとの車間を広くとっても見失う心配はない。

リッチはヴァンを追って、ニューヨーク市へ向かう州間高速道路(インターステート)南方面のランプを通り過ぎ、さらに北の山間部へ向かった。冬枯れの土地のなかに森と農場がぽつぽつ見える。コンビニエンス・ストアもいくつか出てきたが、どれも夜の早い時間に閉まったらしく、明かりが落ちていた。そのあと民間の鉄道車両基地と踏み切りが出てきて、その向こうに町の灯りらしきものが見えた。

〈ユーホール〉のヴァンは上下にはずみながら線路を横断し、リッチは一定の距離を置いてそのあとを追った。線路を渡りきると、さきほど見えた灯りは小さなサービスエリアだとわかった。道路の右わきに〈テキサコ〉のガソリンスタンドがあり、そこを過ぎたすぐ先に〈マクドナルド〉があった。さらに先の反対車線側にも給油所がある。〈マクドナルド〉の向かいにモーテルチェーンの〈スーパー8〉があった。〝トラック運転手と鉄道作業員に特別割引価格適用〟という看板が見える。

ヴァンが〈スーパー8〉の駐車場に向かって左に折れたのを見て、リッチはサービスエリアにたどり着くと、右折して〈マクドナルド〉の駐車場に入った。そして、運転手側がモーテルと向きあうかたちで車を駐めた。

ヘッドライトを消して、窓から横を見た。モーテルは二階建て。Lの字を長く引き伸ばしたような構造だ。大型車が何台か駐まれるくらい広い車回しの奥にひっこんでいる。道寄りにいるトレーラートラックが大きな空間を占めていた。平台型六輪トラックが二台と、自家用車が一台。長身の男はチェックイン・オフィスからいちばん遠い一階の部屋の前へまっすぐ向かい、そのあとヴァンを降りた。オフィスに向かって一歩足を踏み出したが、そのあと立ち止まってコートのポケットに手を入れ、何かを探った。

そのとき、もうひとつの給油所に向かう車が前を通り過ぎて、リッチは一瞬、視界をさえぎられた。車はセルフ給油ポンプの前で停止した。リッチはその車に目を凝らして郡道で後ろにいた三台のうちの一台であることを確認し、運転手を見た。マッキノー・コートを着て野球帽をかぶった男が外に出てきて、ガソリンのノズルをフックからはずした。このあと、リッチは〈スーパー8〉の車回しに注意をそそぎなおした。

いま、長身の男の手にはタバコと使い捨てライターがあった——ポケットに手を入れて探していたものだ。男は箱から一本を振り出して口にくわえ、箱をしまって、ライターの石を指ではじいた。リッチには火花は見えたが炎は見えなかった。長身の男はヴァンのそばで風を避けるように体をかがめ、カップ状に丸めた手でライターの上を包んで、もういちど火をつけようとした。まだつかない。しばらくすると、男はいらだちもあらわに頭を振って、ガスの切れたライターを捨てた。

リッチが見守るうちに、男は火のついていないタバコを口にくわえたまま、宿泊客が手続きのあいだ車を駐めておく臨時駐車区画を横切って、つかつかと事務所に向かった。そして、またいらだちを見せた。目につくようにオフィスの窓に張られている〈禁煙〉という表示のせいだった。

十分たらずで男は、オフィスからいちばん遠い端の部屋へ歩いて戻っていき、カード式のキーでドアを通り抜けた。

リッチはしばらくじっとしていた。ふたたび見張りモードに入っていた。最近、夜になると心があてどなくさまよって、いろんな角を誤った方向へ曲がっていくことが多い。そろそろそれが始まりそうな時間だが、活動に心を集中し、気持ちを外へ向けることで、それを逃れることができた。ほかに何もしなくても、だいじょうぶでいたいのだが。

ポンプの前で給油をしていた運転手が車に戻っていった。最新モデルの〈ビュイック〉だ。

運転手はKの字を描いて方向転換をすると、給油所を出て〈マクドナルド〉の駐車場に入り、車を降りて店内に向かった。長身の男が引いたカーテンの向こうに明かりがつき、そのあと十五分くらいして消えた――就寝時間だ。たぶん〈ユーホール〉のヴァンに盗難警報装置はついていないだろう。駐車場の闇にまぎれて車内に侵入を果たし、デジタルカメラを手に貨物区画に入りこもうかと、リッチは考えた……ヴァンの駐まっているのが窓のすぐそばでなかったら、その案を真剣に検討していたかもしれない。しかし、あれだけそばにあると、男の目か耳にとまる可能性が高すぎる。

リッチはステアリング・コラムの上で手を組み合わせて、前に身をのりだした。希望的観測として浮かんだひとつの考えを却下すると同時に、また別の考えが浮かんできた。〝勇み足は禁物〟とノリコ・カズンズはいっていたが、その言葉には一理ある。彼女の意図したのとは意味合いがちがうとしても。ダークスーツの男たちが何をヴァンに積みこんだのかは突き止められなくても、長身の男が携行している個人的な持ち物については何事か知ることができるかもしれない。

彼はまた何分か待ち、モーテルの駐車場や一階の部屋の前や二階のテラスに誰かいないか注意深く見た。オフィスの窓から外を見ている人間がいないか、モーテルの周囲や前で何かが動いている気配はないか、じっと観察した。誰もいないと確信すると、茶色い包装紙でできた小さな証拠袋をグローブボックスからとりだして、道路を横切った。

駐車場の入口にかかっているモーテルの看板から放たれているかすかなネオンの光のなか

でも、ヴァンの左前のタイヤ近くに長身の男が捨てたライターの形は、はっきりと浮かび上がった。プラスチック製の〈ビック〉だ。

用心のために、もうしばらく待った。開いているドアはない。ついた明かりもない。思いがけないこともない。

リッチはしゃがみこんでライターを拾い上げ、証拠袋に入れた。袋の上端をいちど折り、また折って、粘着ラベルをはがし、二重折りにした上にラベルを貼って封印した。その封筒をコートのポケットに入れ、いま来た道をたどって〈マクドナルド〉の駐車場へ急いで引き返した。

野球帽とマッキノー・コートの男が〈ビュイック〉に戻ってきていることに、リッチは気がついた。居眠りをしているようだ。シートをすこし傾け、目を閉じて、ヘッドレストに頭を乗せている。リッチは自分の車には向かわず、駐車場を横切って、〈ビュイック〉が駐まっているところへ大股で向かい、屋根をこぶしでコツコツ叩いて男の注意を引いた。

男は目を開けて体をまっすぐ起こし、窓の外を見た。リッチは笑みを浮かべて自分の車のほうを身ぶりで示し、ねじを巻くようなしぐさをしてから手を下げた。

「何か用かい？」と男はいい、ハンドルの前から体の向きを変えてリッチと向きあった。

リッチはうなずくと同時に運転手側のドアへわずかに近づき、開いた窓から目にもとまらぬ右のジャブを繰り出した。窓の内側に腕が肩の近くまで入ったところで、こぶしは男のあごの横をしたたかにとらえた。男は苦痛とおどろきにうめき声を漏らし、顔をぱっとハンドルのほうへ戻して手で押さえた。

「ちきしょう、気でも狂ったのか」と、男はいった。

「それならまだましだ」リッチはそういって手のひらを突き出した。「さあ、認識章を見せろ」

運転手はハンドルの前であごをさすっていた。

「なんのことだ」と、彼はいった。

リッチはなおも手をさしだした。

「認識章だ」と、彼はいった。「おとなしく見せないと、身体検査をする。世話を焼かせると痛い目を見るぞ」

男はつかのまリッチを見て眉をひそめた。そして手をあごから下ろし、マッキノー・コートからカードホルダーをとりだして、窓から手渡した。

リッチはそれをすばやく開くと、なかに入っていたアップリンク社保安部のIDに目を凝らし、〈剣(ソード)〉のホログラフィック記章の下に記されている名前を読んだ。

「ベネットか」と、彼は声に出して読み上げた。「カズンズがおれにつけたのか、〈キラン〉でおれの張りこみに気がついたのか、どっちだ？」

隊員は窓の外を凝視した。

「頭の切れる男だって話じゃないか、カリフォルニア野郎。見当をつけなよ」

リッチは無言で相手の顔を見た。

「いい態度だな」と、彼はいった。「通知表に落第点は欲しくあるまいに」

「ちきしょう、勝手にしやがれ」

リッチは辛辣な笑みを浮かべていた。

「おまえにも答えられることがある」彼はいった。「あのヴァンだが……あれにはずっと見張りがつくのか？」

「あんたはどう思う？」

「おまえの勤務時間が終わったあと、という意味だ」

「どういう意味かぐらいわかってる」

リッチはまたつかのま相手の顔を見て、ポケットに手を伸ばし、封をした証拠袋をとりだして、カードホルダーといっしょに窓から手渡した。

「その袋のなかのものについている指紋を、すぐに調べてもらいたい……つまり、朝一番で」と、彼はいった。「それと、今度おれを尾(つ)けたり、おれを出し抜こうと思ったなら、おれの使ったガレージには置いていない車を使うことだ」

ベネットはリッチの顔を見て、あごをひくつかせながらいった。

「ご忠告に感謝するよ、ちきしょうめ」

州間高速道路(インターステート)八七号線とガーデンステート・パークウェイのマンハッタン方面南行き車線のあいだには、大きな料金所がある。そこにたどり着く前に、リッチは休憩所に入った。

建物の外のがらんとした駐車区画で戦術ヴェストの多目的ポケットからパームトップ・コンピュータをとりだし、短い電子メールをしたためて、〈ヤフー〉のモバイル・アカウントにアドレスを指定した。


O・W・K。

あした会える。場所と時間のお好みは?

R。


そのあと十分ほど、リッチはじっとそこでコンピュータ画面を見つめ、〈送信〉と〈消去〉のどちらを押すべきか思案した。

一番のカーテンか、二番のカーテンか、と彼は心のなかでつぶやいた。さあ賭けろ。

リッチはようやく選択をして、コンピュータのWiFiインターフェースを呼び出し、メッセージを送信した。

ライオンの息が感じられそうな気がした。


マリッセの乗ったエレベーターは制御不能におちいっていた。危険だ。

乗ったときには、なんの異常も感じられなかった。ひとりで扉のなかに足を踏み入れ、十階のボタンを押し、それが上がっていくあいだ奥の壁に背中をあずけていた。おどろいたことに、エレベーターは内側の扉も外側の扉も開かないまま三階に止まった。扉を開けようと〝開〟のボタンを押すと、エレベーターがいきなり落下した。胃が喉元まで跳ね上がった。エレベーターは一階と二階のあいだでがくんと動きを止め、そのあとこんどは逆に五階まで急上昇した。またしても扉は閉まったままで、マリッセは脱出することができなかった。もういちど十階を押してみた。繰り返しボタンを押しているうちに、ようやくエレベーターは正常な動きを取り戻したらしく、階の表示ランプが上がりはじめた。六、七、八、九、そして十階へ……

次の瞬間、マリッセはまたいきなり衝撃に見舞われた。エレベーターは強力な小型ロケットエンジンでもついているかのように、彼の止まりたい階をびゅんと通り越した。巻き上げケーブルが悲鳴をあげ、側面ががたがた音をたてた。内側のパネルと鏡が震え、まわりに大きな音をたてて落下してきた。

マリッセはあちこちへ投げ出され、パニック寸前におちいった。どのくらいの速さで動いているんだ？　秒速二〇メートルか？　三〇メートルか？　倒れないよう必死の努力をした。急激な加速で箱のなかはいつばらばらになってもおかしくない。いつケーブルがちぎれ、奈落の底へ落ちていってもおかしくない。そう思いながら、マリッセはよろめく足で制御パネルに向かい、明るい赤色の〝緊急停止〟スイッチを入れた。

耳を聾（ろう）する大音量で警報ベルが鳴りはじめたが、エレベーターはまだロケットのような速さでぐんぐん昇りつづけていた。マリッセはパニック寸前だった。死を覚悟しなければならないのか？　エレベーターが止まらなかったら、この騒ぎを誰かが聞きつけたところでなんになる？　警報ベルをひたすら鳴らしつづけるだけで、エレベーターが止まらずに上昇を続け、ビルの最上階が来ても止まらず、屋根に突き当たったら？

マリッセは手すりをつかみ、やがてやってくる衝突にそなえた。鳴り響いている役立たずの警報ベルが耳に充満し――

次の瞬間、彼は宿泊している〈メイフェア・ホテル〉の部屋に響くベッドサイドの電話の音で目をさました。

マリッセは毛布をはねのけ、黒いサテンの安眠マスクを引きはがした。安眠マスクを着けているのは、何時になってもおかまいなしに忍びこんでくるマンハッタンの明るい光をさえぎるためだった。マスクをとった次の瞬間、彼は目覚まし時計をちらっと見て、二度まばたきするあいだに受話器に手を伸ばした。

午前二時四十五分。

こんな時間に電話してくるなんて、どこのどいつだ？

彼は受話器を耳に押しつけた。

「誰だ？」彼は怒った声でたずねた。

「ダンカンだ」受話器の向こうから声が答えた。「なんだか息切れしてるみたいだな、デラーノ。夜のお楽しみの最中にじゃましちまったんじゃないだろうな？」

「このうえなく幸せな夢を見ていただけだ」と、マリッセはいった。そして、気を落ち着かせようと息を吸いこんだ。「いま何時かわかっているのか?」

「ぼんやりとは」と、ダンカンはいった。「おれたち情報屋組合のスケジュールはまともじゃない。謝罪の言葉は期待しないでほしいな。それどころか、あんたは感謝をするべきだ」

マリッセは上半身を起こし、枕をヘッドボードに押しつけてゆったりともたれた。

「理由を教えてもらおう」彼はすかさずいった。

「しっかり目はさめたか?」

「ああ」

「よかった」ダンカンはいった。「あした会うことになっていたのを、どうして思い出させてくれなかったなんて、文句をいわれちゃかなわんからな。いや、もうきょうの朝か。七時に〈パーク・プラザ〉だぞ。チェスを指している連中の近くの、いつものテーブルで」

マリッセの腹立ちは溶け、強い好奇心に変わっていた。

「待ち合わせの約束をしたおぼえはない」相手の思わせぶりな言葉に注意を払いながら、彼はいった。

「ないい?」

「ない」

「うーん、そういえば、まだしてなかったかもな」と、ダンカンはいった。「いずれにしてもだ、D、あんたの注文したコートを取りに仕立て屋に行ってきた。押し問答の末に、ちょっと待たされたが寸法直しをすませてもらった……ただし、それには手押し車いっぱいの銭が必要だったし、おれはつい五分くらい前まで待合室で待たされていた」

マリッセは背中をまっすぐ起こし、わくわくしながら息を吸った。

「ダンカン、たしかに心から感謝する」と、彼はいった。

「朝メシをおごりたくなるくらいか？」

「あ、ああ……もちろん！」

ＦＢＩの男は受話器の向こうで含み笑いをした。

「あんたがフラマン語でつっかえながら話すときは、本気だ」彼はいった。「きっかり七時だぞ、デラーノ。たらふく食ってやるから覚悟しろ」

7

ニューヨーク州／ニュージャージー州／インド管理側カシミール

リッチは午前八時過ぎにホテルの部屋を出た。エレベーターで下に降り、レストランのロビー側の入口を通り過ぎたとき、デレク・グレンがプラスチックのコーヒーカップを手に出てきた。

ここで鉢合わせになっていなかったら、リッチはそのまま通りに出ていくところだった。ふたりはおたがいの前で立ち止まり、ちらっと視線を交わした。

「おれが早かったのか、あなたが遅かったのか、どっちですかね？」グレンはぎごちない笑みを浮かべた。

リッチはどうでもいいという表情だった。

「すこしダウンタウンで調べてきたいことがある」と、彼はいった。その目はなおも淡々とグレンにそそがれていた。「きのうと同じ服だな」

グレンの表情はさらにぎごちなくなった。

「気になるようでしたら、部屋に戻って着替えてきますよ」と、彼はいった。「すこししたら〈剣(ソード)〉の支部で会いましょう」グレンはそういうと、急いで向き直り、エレベーターのほうへ向かった。

リッチがノリコ・カズンズのオフィスに着いたとき、彼女は机の前でコンピュータに向かっていた。彼女は開いたファイルフォルダーから顔を上げると、手を振って、入ってくるよう合図をした。

「忙しい夜を送られたとか」ノリコの口調は何か含みがあり愉快そうではなかった。

リッチは隅の椅子に行って、コートもかけずにそこにすわった。

「それはおれだけじゃなかったようだ」と、彼はいった。

ノリコは彼をにらみつけた。「どういう意味かしら?」

「仕事の話なら、きみがたびたび〈キラン〉に送りこんでいる偵察員はもっと用心深い仕事のしかたを学んだほうがいいということだ。おれに気づかれたということは、ヴァンの男に気づかれてもおかしくない」と、リッチはいった。「〝忙しい〟に別の意味があるのなら聞かせてくれ」

ノリコはしばらく黙りこんだ。

「あなたの評判は耳に入っています」と、彼女はいった。「無頼漢のような態度、一匹狼めいたところあり、と。だけど、心底情けない人間だとはまだ聞いていませんでした」

リッチの微笑が鞭のように彼女に襲いかかった。

「仕事の話に専念したほうがよさそうだな」と彼はいった。

ノリコはなおもじっとリッチの目をのぞきこんでいた。まだひるんではいない。

「あなたがサンノゼでどんな活動をしていようと、人の鼻先で後ろ暗いことをしていようと、わたしの知ったことではありません」と、彼女はいった。「だけど、ここはわたしの街よ。そしてわたしは、人につなぐ長い鎖は持ち合わせていないの。昨夜、許可なく偵察に出かけていったのはまちがいです。こっそりあんなことをする権利は、あなたにはないはずだわ……誤解がないようにいっておきますけど、何があったかさっぱりわからないまま、あなたが首をざっくり切られては困るからいっているんじゃないんです。大事なのは、あなたのせいでわたしたちの調査が丸ごと危険にさらされていたかもしれない点なんです」

リッチは机の向こうから相手をじっと見返して、肩をすくめた。「きみに内緒でやりたいのなら、ダウンタウンのガレージから車を借り出したりせず、〈ハーツ〉のレンタカーを借りていただろうさ」リッチはまた肩をすくめ、ノリコの前に開かれたままのファイルフォルダーを身ぶりで示した。「大事なのは、そのプリントアウトがきみのところのベネットがあのライターを調べてきた結果なのかどうかだ」

ノリコは相手の顔を見た。

「あなたの相棒から、すぐここに来ると電話がありました」彼女はいった。「これは彼ともいっしょに検討したいわ」

グレンが到着するまでの五分ほど、冷え冷えとした沈黙が流れた。グレンはひとつうなずいてリッチのそばを通り過ぎ、コートを放り投げるようにフックにかけて、ノリコの机のほうへ足を踏み出した。

「おはよう」彼は笑顔で彼女にいった。

「お早いお着きね」彼女もさっと小さな笑みを返した。

グレンは椅子に腰をおろして待ち受けた。

「では情報を分かちあいましょう」と、ノリコはいった。彼女はお告げをする預言者のような表情をグレンに向け、それからリッチに視線を移した。「まずは、あなたが昨夜〈キラン〉でごらんになったことから始めて、あとのことはそれからにしましょう」

グレンの顔におどろきの表情が広がりはじめると同時に、リッチは説明を開始した。あそこの敷地を監視してきたところ、〈ユーホール〉のヴァンに箱が積みこまれていた。その場で梱包を解いていたようだ。それをしていたのは、ダークスーツの男たちと長身の男。そのヴァンを尾けてトラック運転手が使うモーテルへ行き、その敷地に投げ捨てられたライターを回収し、それをベネットに渡して検査を頼んだ……リッチは最初から最後まで正確に、しかし一本調子に近い淡々とした口調で語った。

「それがおれの見てきたすべてだ」と、最後に彼はいった。そしてまっすぐノリコを見た。

「あとを頼む」

彼女のうなずきにためらいはなかった。

「そのライターからはかなりの数の指紋が出てきたので、ＦＢＩから無料の利用許可をもらっているIAFISを使って調べました」彼女はFBIの〝自動指紋確認用統合データベース〟の略語を口にした。「どの指紋もジョン・アール・フレッチャーという男のものだったわ……本人はジョン・アールと呼ばれたがっているそうだけど」

「どういう前科の持ち主なんだ？」グレンがたずねた。

「悪事の記録がずらりと並んでいた」と、ノリコはいった。そしてフォルダーの書類をざっと見た。「二十年ほど前にメイン州で行なわれた一連の犯罪から記録は始まっていたわ。違法薬物の所持、飲酒運転、公的不法妨害、そういったたぐいのものね。未成年時に逮捕されて保護観察を何度か受け、ナイフを突きつけて財布を奪い取った罪でいちど有罪の判決を受けている。その後、暴行罪で郡刑務所に六カ月服役。一年後、第三級殺人の容疑で召喚……被害者は郡保安官補よ。有罪判決を受けて、メイン州刑務所で禁固十五年をいい渡されているわ」

「警察官を殺したにしては軽いような気がするな」グレンがいった。

「わたしもそう思ったわ」ノリコはいった。「調べを進めて、IAFISの情報と利用許可を受けているほかのデータベースを相互参照してみたところ、不慮の殺人という裁定がくだされていたの……どういう経緯でそうなったか、くわしいことはわからないけど、被害者とは過去にいろいろあったらしい。ふたりは高校時代からの知りあいだったのよ。小さな町の。アールは地元の燃料会社でトラックの運転手をしていたの。この男とその警察官は交通違反の呼び出し状をめぐって怒鳴りあいになったのね。つまらないことから。売り言葉に買い言葉——やがて殴りあいに発展した。警察官は倒れて頭を打ち、起き上がってこなかった。そしてアールはしばらく塀のなかに入り、そこで大人になった」

「年をとると、なお物騒になる」

「かならずそうとはかぎらないけれど」と、ノリコはいった。「釈放後のアールの動きをたどると、ニュージャージー州ニューアークに居を移し、RICO法（組織的犯罪に対処する目的で制定された米国の法律）にもとづく捜査で逮捕されているわ。州間を行き来して恐喝に手を貸した容疑もある……もっとたちの悪いのもあるわ。複数の殺人を請け負った容疑よ。ところが、裁判を前にふたりの重要な証人が証言をひるがえして、訴訟は取り下げになっているの」

グレンが鼻を鳴らした。「へえ、また運のいいことだ」と、彼は冷笑を浮かべた。

ノリコは肩をすくめ、ちらっとフォルダーに目を落とした。

「わたしがコンピュータでかき集めたかぎりでは、それだけよ。ジョン・アール・フレッチャー——またの名をジョン・アール——は、舞台上手から退場し、久々に〈ユーホール〉の車で〈キラン〉に姿を現わしたというわけね」

リッチは部屋の隅にすわったまま、彼女の話になんの反応も見せず、一見したところ、椅子の背にもたれて宙を見つめること以外は何ひとつしていなかった。その彼がいま、ノリコに目を向けて彼女をじっと見つめていた。

「これまでに、きみのところの偵察員があの敷地であのヴァンを見かけたことは？」と、彼はたずねた。

「ありません」彼女はいった。「きのうの夜が初めてです」

「そして、まだあれはモーテルにいる」

ノリコはうなずいた。「アールが部屋を出た瞬間に、連絡が来ることになっているわ」

「では、おれたちの相手は刑務所帰りで、犯罪組織と関係のある男だ。殺し屋と汚れたブツの運び屋を生業にしている。暗くなってから〈キラン〉のために何かを運び出し、そのあと、全然急いでいないかのように、〈キラン〉から一マイル離れたところに車を駐めたままでいる。合点がゆくか？」

グレンが耳の後ろを掻いた。

「あまり」と、彼はいった。「待っているんなら話は別だが」

リッチが彼のほうに顔を向けた。

「何を？」

グレンは肩をすくめた。

「誰かと会うとか、接触をするとか、何かが起こるのを。それが何かを知るすべはありませんがね」と、彼はいった。

沈黙が降りた。ノリコが手にしていたフォルダーをゆっくり閉じ、ぽんと机の上に投げ出した。

「法執行機関の資料のほかにも、けさ見てきたものがあります」彼女はいった。「レニー・ライゼンバーグから電子メールが入ってました」

ふたりの男がそろって彼女を見た。

「おれたちをサリヴァンの事件に巻きこんだ海運担当役員かい?」と、グレンがたずねた。

ノリコは彼にうなずいた。

「話せば長くなりますから」と、彼女はいった。「いまここと関係がありそうな点を挙げましょう。レニーは〈キラン〉の運輸記録に探りを入れはじめたの。そしてひとつの目立った動きを突き止め、それを連絡の価値ありと判断したらしいわ。〈キラン〉のレーザー関連汎用部品はいま海外への輸出量が増大しています。しばらく前からわたしは怪しいとにらんでいたんだけれど、それがシンガポールの外資系物流会社へ船で大量に積み出されていたの。その会社は、ヨルダンのアンマンやエジプトのカイロにも大きな支社を構えているわ」彼女はいちど言葉を切った。「いま挙げた国は、わが国の外交上のパートナーと考えられているから、疑わしいと断定するわけにはいかないけれど――」

「そういう国は、近所にたくさんいる悪者どもの通り道にもなっている」と、グレンがいった。

彼女はふたたびうなずき、全員がしばらくじっと黙りこんだ。やがてリッチが椅子から前に身をのりだし、片方からもう片方へと視線を移した。

「あの運び屋のヴァンのなかには何があるのか、きちんと突き止める必要がありそうだ」と、彼はいった。

ジョン・アールはモーテルの部屋のシャワーを出ると、体を拭いて腰にタオルを巻き、まだ乾ききっていない半裸の姿で、ドアについている等身大の鏡の前に立った。首に入っている消防車のように赤い〈マック〉の大型トラックの刺青に触れ、昨夜見た夢のことを考えた。夢のなかで——じつは悪夢に近い代物だったが——彼はトーマストンに戻っていた。刑務所の独房に戻っていた。夢のなかでは、あそこの壁に描いていたトラックの絵より数段大きな同種の絵に取り組んでいた。アールは看守たちが見て見ぬふりをするとわかって以来、何年もかけて独房の絵に取り組んだ。トーマストンの受刑者で、絵を描いたり工芸品を作ったりする気晴らしを黙認されていたのはアールだけではない。おとなしく看守たちのいいつけを守っているかぎりは。

あの絵は鉄格子の奥の簡易ベッドの右上で生み出されていった。とても美しい絵だった。ベルファストであの保安官補と起こした騒動のおかげで刑務所にぶちこまれたが、それ以前は〈ヘイスティング・エナジー〉社で燃料運搬トラックを運転していた。その同じトラックを描くことから独房の絵は始まった。その後、トラックのまわりにすこしずつ絵が増えていった。重い車輪の下には緑の丘をどこまでも続いていく長く黒い道路ができ、頭上には広大な青空が描かれ、そこには燦々（さんさん）と輝く丸い太陽とコットン・パフのような雲が浮かんでいた。アールは消灯が命じられるまで毎晩何時間も絵に取り組んだ。ずっと前からトラックが大好きだった。ステップフレーム・トレーラー、キャブオーバー、〈ヘイスティング・エナジー〉で使われていたようなタンクローリー。あのころの彼は、夜は独房でトラックの絵に取り組むか、就寝時間後の薄暗い部屋でその絵をじっと見ながら、窓を開けた運転台にすわってトラックを運転しているところを想像していた。風の音と〈デトロイトディーゼル〉社製の巨大なエンジンのうなり、そしてラジオから鳴り響いているロックギターの騒がしい音が、耳のなかで溶けあっていく。

そうだった。アールは胸のなかでつぶやいた。あの〈マック〉の大型トラックに乗っているところを心に描き、眠りに落ちたときはその夢を見たものだ。目を閉じさえすれば、ルート標示のないどこかの田舎道を思うさますっ飛ばすことができた。〈マック〉は消防車よりも赤い光を放ちながら、独房からどこへでも彼を連れていってくれた。決して人に見つからない場所へ連れていってくれた。石と鉄でできたあの古びたみすぼらしい建物から遠ざかり、視界をさえぎるものも人通りもない田園地帯を、一マイル、また一マイルとあとにしていった。

アールはまた昨夜の夢を思い出して、眉をひそめた。そして鏡の前から足を踏み出し、ベッドサイドの椅子に放り投げてあった服をとりにいった。あの夢のなかでは何もかもががらりと変わっていた。裏返しになっていた。刑務所の独房で看守に絵の具をくれと頼んだが拒否された。トラックの絵に取り組めるように絵の具をくれと嘆願したが、却下されて嘲笑を浴びた。しかし、宇宙飛行士がかぶっていそうなたぐいの黒いマスクに隠れて、看守の顔は見えなかった……あれはハスル・ベナジールがきょうの仕事について説明していたときにかぶっていた、ヴァイザーつきのヘルメットだ。いまアールはそのことに気がついた。あのとんでもない任務でしこたま稼げることになっているが、あれを計画どおり実行したら自分の命もないのはわかっている。肉をきれいに骨から食いちぎられてしまう。ケツの穴から肺がしたたり落ちる。汚染された空気は、なんの疑いもいだいていない何百万人というカモから命を奪うだろうが、その毒された空気におれも溶かされ、濃厚なスープと化してしまう。

アールは下着と靴下とジーンズとセーターを着て、ブーツをさきほど脱いだドアのそばから持ってくると、ベッドの端に腰をおろし、足首の上までブーツを引き上げた。

何百万人死のうと、おれの知ったことじゃない。どうでもいい。それだけの数の人間が次の夜明けまで生き延びられずに命を落としたとしたら、生まれてこのかたおれのために流されたのと同じ量の涙を、そいつらのために流してやろう……それで貸し借りなしだ。

自分の身は自分で守るがいい。おれもずっと自分で自分の面倒をみてきた。

そうやって、きょうも今夜もあしたも、彼らが生きて見ることができるかどうか定かでない未来まで、アールはずっと自分で自分の面倒をみるつもりでいた。

「いらっしゃい……フリードマンさん、でしたね？」

マリッセは西四十七丁目にあるDDCビルの入口ロビーに立って、ジェフリーズと向きあっていた。左手に黒いビニールの衣装袋（ガーメント・バッグ）、右手にハードタイプのブリーフケースを持っていた。

「ああ、そのとおり」彼はいった。「名前をおぼえる才能があるんだね」

「それはどうでしょう。人の顔とこの帳面にある名前を、全部一致させられる自信はありませんから」守衛は台の上の来客名簿を指で叩いて、サイレント映画の登場人物みたいに大げさな笑顔をひらめかせた。「ノーマン・グリーンから電話で、けさ早い時間にあなたがいらっしゃると伝言がありました」

「電話で?」

「ちょっと来社が遅れておりまして、名簿に記名していただければ、上にあがってお待ちいただけます」と、ジェフリーズはいった。そして陰気な表情を浮かべ、ペンを手に身をのりだした。それから彼は「少なくとも三十分はだいじょうぶ。ホフマンはお祈りをしている」と、声をひそめて告げた。さらに、期せずして漏れ出たらしい、いっそう小さなささやき声で、「悔い改めの機会を探し求めている罪人に、神様が慈悲を賜りますように」といった。

マリッセはうなり声をあげてペンを手にとり、来客名簿に活字体で記入されている偽名の横にサインをした。

「おれの意見をたずねるくらい神様が心の広いおかたなら、こう助言してやろう。気づかいは正義の人間のためにとっておき、残りの者には小便の雨を浴びせてやったほうがいいってな」彼はそういい捨てて、エレベーターに向かった。

西四十七丁目にある〈アーバン・ジュエラーズ〉は、店頭で商いをしている創業三十年の家族経営会社だ。ふりの客をターゲットに、ありふれてはいるが手ごろな価格の宝石類を販売している。一見、想像力に欠ける店名だが、これにはじつは二重の意味があった。決してネーミングの才に欠けているわけではない。なぜなら、大都会ニューヨークの中心に位置していることを示す〝都会の(アーバン)〟という面白みに欠ける単語は、店の創業者であり筆頭オーナーでもあるコンスタンティン・アーバニアックの姓を縮めたものでもあったからだ。アーバニアックはグルジア出身のユダヤ人。一九七〇年代の前半に旧ソヴィエト連邦が内外から大きな圧力を受け、迫害されている少数民族の海外移住規制を緩和したとき、希望に燃えて押し寄せた五十万人強の波の先頭に立って、このニューヨークへやってきた。

　コンスタンティンは課税台帳に目を光らせて店の業務全般を監督するいっぽう、日常業務は七年ほど前から、正直者かどうかはともかく勤勉な娘と義理の息子にまかせてきた。この夫婦は客をだますときには、文字どおりのペテンではなく、誇張とはでな装飾を使うやりかたを好んだ。常日頃からアメリカのテレビを見て育ってきた彼らは、そこから学びとった模範に自分たちも倣(なら)った。大企業はテレビを利用し、校庭のステータスシンボルとしてスニーカーを売りこんでいる。思春期の性的魅力のシンボルとして清涼飲料水を売りこんでいる。派手なゴールデンタイムのCMスポットでは、大人の成功のシンボルとして高価な車を売りこんでいる。

　コンスタンティン・アーバニアックはこの手のごまかしに手を染めたことはいちどもない。店の陳列棚の奥に立っているときには——とりわけ最近は——いちどもない。彼の考えによれば、誠実な商売、つまりそこそこ誠実な商売は、想像力に欠ける人間、すなわち娘の夫におさまっている男のような頭は鈍いが勤勉なでくの坊のためにある。芸術家気質で偽造者の遺産を受け継いでいるコンスタンティンは、つねづね、販売ではなく創造こそ自分の真の天分と思っていた。彼の敬愛する母方の叔父は、第二次世界大戦時の有名な偽造者ソロモン・スモリアノフだ。自分の真の天職は販売業ではなく創作者だ、と彼は感じていた。エンパイアステートビルの七十二階にコンスタンティンの事務所はあった。その奥の部屋には〈アーバン・ジュエラーズ〉の通信販売とインターネット販売の事業部がある。ジョンズ・ホプキンズ大学で経営学博士号を取得している長男のミカイルが長年あたためてきた事業計画だ。コンスタンティンは偽造の達人を自認していた。休みなく熱心に悪事にふけってきた結果、芽生えてきた自負心だ。

アンティーク宝石類の偽造者のなかでも、アーバニアックはとびきり最高の偽造者を目指していた。

何カ月か前、かまびすしい噂話の跡をたどって（こういうと、この業界にひそやかな噂話が存在するかのようだが）エイヴラム・ホフマンがコンスタンティンのもとを訪ねてきた。日本産の本物のピンク・パールをひとつと、ブリリアント・カットのダイヤモンドをひと握りたずさえてきて、エドワード王朝様式の婦人帽につける金の留めピンを偽造してほしいと頼みこんできた。その上に石をはめこむことで、それなしでもかなりの価値を有している商品の値打ちを一気に跳ね上げるためだ。

その後ホフマンが頻繁に訪ねてくるようになった事実から判断して、アーバニアックの仕事は期待にそむくものではなかったようだ。それどころかホフマンの依頼の難易度は飛躍的に上がってきた。それにつれてアーバニアックには、自分の技は要望に完璧に応えることができるという自信も強まった……そして、ついさきほど、オフィスに入ってくるなりホフマンが突きつけてきた難題こそは、彼の能力のあかしだった。

今回、問題になるのは、ホフマンが所有していると称する石が本当に彼の手にあるかどうかだ。ホフマンが彼の前に並べた写真によって疑念はふくらんでいた。その石を使えば、ホフマンに生涯忘れられない逸品を創り出してやることができる。それはわかっていた。最高級の逸品だ。その石が使えなければ、つまらないものしか作れない。

「そのサファイアのことを、もういちどたずねなければならない。さしつかえなければだが」とアーバニアックはいい、机の向こうのホフマンを見た。「第一級の品質をそなえた一二・八カラットのカボションカットは注目に値する。カシミールの古い採石場からそれだけ大きな楕円（オーバル）が出たというのは、信じられないような話だ。世間をあっといわせるくらいめずらしいものだし……」

「父親や親類が仲買人（ブローカー）をしていて自分も同じ生業（なりわい）に就いた男に、世間をあっといわせるような石が手に入るわけはないというのかね？」とホフマンはいった。「それとも、中間業者に出自を超えられるはずはないというのか？」

相手の噛みつきそうな剣幕にとまどって、アーバニアックは首を横に振った。

「あなたがいま話している相手は、まさしくそれを果たした人間なのでね。お忘れなく」と、彼はいった。「ソ連にいたころ、わたしは工員をしていた。こっちでは長年店主をしている」

彼はちょっと間を置いた。「失礼なことをいうつもりは毛頭ないので、誤解しないでほしい。ただ、話を進める前に、われわれが理解しあっていることを確認しておきたいだけだ」

「それなら安心してもらっていい。それがどうしてきみにとっては重要なのか知らないが」

アーバニアックは肩をすくめた。

「自尊心の問題から始めよう」彼はいった。「わたしの方針は知っているはずだ、エイヴラム。わたしは安っぽい衣服用模造宝飾品を売る人間ではない。がらくたを売る人間じゃない。わたしの作業場から生み出されるものは、過去の仕事に忠実なものでなくてはならない」

ホフマンは口をきつく結んでしばらく黙っていた。その顔のあご鬚より上の部分に、とつぜんぱっと赤みが差した。

「エイヴラム、だいじょうぶか？」

「ああ」とエイヴラムはいったが、息切れが見られた。「だいじょうぶだ」

「本当か？　水でも持って……」

エイヴラムは手で払ってその申し出を拒むと、息を吸いこんで、それから吐き出した。

「気にするな」彼はいった。「わたしが提供する石は正真正銘のカシミール産だ。鑑定書もある」

アーバニアックはエイヴラムの首と額に小さな赤い斑点が広がってきているのに気がついたが、気むずかしい相手だけにこれ以上のコメントは控えるのが得策と考えた。何もいわずに相手のいった言葉を頭のなかで検討し、机の上に広げられたサファイアの指輪の写真を検分した。

「そうだというのなら」彼はようやくいった。「そうなんだろう」

「わたしの写真をもとに台座を設計できるか？」

　アーバニアックは相手の顔を見た。

「わたしはずっと前からレイモンド・ヤードの宝石の熱烈なファンだったし、彼の作品を——」彼はいちど言葉を切って、適切な表現を選んだ。「脚色できる機会があるとしたら、飛びつくにやぶさかでない。レイモンド・ヤードは、彼の生きたアールデコ調時代の同時代人のなかでも抜きんでた最高の芸術家だった……そして、卑しい出自を克服できる人間といえば、ヤードは鉄道員の息子だった。それが金持ちの友人になり助言者になった。彼のサロンを訪れる客には、何代にもわたって富を維持している社交界の名士たち、とりわけニューヨークのえり抜きの名士たちがいた。ヴァンダービルト家、グールド家、ビークマン家、アスター家……そしてもちろん、ロックフェラー家」彼はまたひとつ間を置いた。「世界でいちばん有名なサファイアかもしれないハイデラバードの君主（ニザム）の石の買い取りを彼がお膳立てした相手は、ジョン・D・ロックフェラーだった。六六カラットの石だ。それはかつて、あなたの持ってきた写真のなかにある指輪の上で輝いていた。その後、ロックフェラーの一番目と二番目の妻の両方のブローチにはめなおされる——そして、レイモンド・ヤードの死後、彼の同僚の息子で宝石商だったエスメリアンの気まぐれによって粗悪な指輪にはめこまれることになった。その数年後、匿名の個人のコレクションに収まることになったとき、あのブルーサファイアには、たしかオークションで三〇〇万ドルの記録的な高値がついたはずだ」

エイヴラムはネクタイの下のシャツの襟ボタンをはずし、また何度か深呼吸をした。

「その額を上まわる話だ」と、彼はいった。「コンスタンティン、いまからきみに頼みたいことがある。ロックフェラーがインドのマハラジャから手に入れたもののなかに、もうひとつ別の石があったと仮定しよう。大きさは最初のよりずっと小さく、一三カラットたらずだが、原産地は同じで、品質も最初のに匹敵する。さらにこう仮定しよう。ロックフェラーは妻以外の女のために、それをプラチナ・リングにはめてほしいとヤードに依頼していた。ブロードウェイで純情な娘役を演じていた、とても若く、とても美しい女だ。彼とは人知れず関係を続けていた。みごとなくらい思慮深い女だったおかげで、彼女に指輪を贈った紳士の正体は決して漏れることはなく、その由来を示す文書も何ひとつ残らなかった……しかしその指輪は、わたしが〈クリスティーズ〉（ロンドンの美術品競売商）のオークション・カタログからコピーして持ってきたこの写真にならって作られ、そこにはヤードの署名である〝Y〟の文字が彫られていた」エイヴラムは椅子にすわったまま前に身をのりだした。「ここまではいいか？」

アーバニアックは興味津々の様子で、相手の目をじっと見てうなずいた。

「心奪われる話だ」

「隅々まできちんと事情を把握するために、大変な苦労をしてきたよ」ホフマンはそういって、共謀を持ちかけるかのように相手をちらりと見た。

アーバニアックはまたうなずいた。そして、大変すぎてホフマンは健康を損ねたのかもしれないと思った。呼吸と顔色は徐々に正常に戻ってきていたが、ホフマンの顔にはなおも疲労と緊張が貼りついていた。

「話を先に進めよう」ホフマンは続けた。「この女優がロックフェラーの死後、結婚して、彼との関係を生涯誰にも漏らさず、指輪を法定相続人に遺（のこ）したとする。それが子どもから孫へ、孫から曾孫へと代々受け継がれていったとしよう。そしてこの現代で、どこかの社交界の名士の手に渡った。その名士がいま、つまらない醜聞を招かずに指輪を売りたいと考えており、わたしのような仲買人（ブローカー）を雇って、持ち主の名を伏せたまま売りさばかせることにしたとしよう」彼はテーブル越しにアーバニアックをじっと見つめた。「最高の職人であるきみに、わたしはこう問いたい。この指輪の特性だけで、買い手になりそうな人物や鑑定のために雇われる者は、これを本物のレイモンド・ヤードと納得するだろうか？」

アーバニアックは答えをためらわなかった。

「熟練の手で成し遂げられたものは、かならず熟練の目によって認められる」と、彼はいった。「そして、鑑定書のあるなしにかかわらず、美しい宝飾品をこよなく愛する人びとからそれに見合った値段を獲得する」

ホフマンはしばらく黙っていた。それからひとつうなずいて、ゆったりと椅子に身を沈めた。ようやくすこし緊張が解けたらしい。

「コンスタンティン」と、彼はいった。「きみにお願いしよう。美しい精巧なものを作ってくれ」

アーバニアックのオフィスを出てきたエイヴラムは、しばらくすると三十三丁目と五番街の交差点にいた。通行人の注意を引かないように努め、街灯の金属柱に寄りかかってひと息つきながら、いま襲われている脱力感に少なからずとまどっていた。

あの宝石商の事務所は、やけに空気がこもっていた。とても風通しが悪かった。酸欠状態のような感じだ。頭が重い。胸を革ひもで締めつけられるような心地がする。

冷たい空気をすこしずつ肺に入れていくうちに、やがて気分が持ち直してきた。このぶんなら、残りの仕事を片づけられそうだ。

コートから携帯電話をとりだし、メモリーに蓄えておいた短い電子メールをラスロップに送って、足のあいだに置いていたブリーフケースを持ち上げた。

あとは、折り返し電話が来るのを待ちながら銀行へ急げばいい。

「ほんとに刑事のところへ行かなくていいのかい？」デレク・グレンがリッチにたずねた。

そして、いきなりびゅっと吹きつけてきた突風を肩で防いだ。「〈キラン〉にどんな阿漕（あこぎ）なことをしている可能性があるとしても、ここへはパトリック・サリヴァンを見つけにきたのを忘れちゃいけないんじゃないかな」

リッチは黙っていた。いま彼は、グレンとノリコ・カズンズといっしょに〈剣（ソード）〉ニューヨーク支部の外のハドソン通りに立っていた。つい何分か前に例の刑事から電話があって、会う手はずがととのっていた。

「おれたちが一心同体だったとは知らなかった」彼はいった。「ほかに調べておきたいことがいくつかあってな」

豹柄をあしらった〈カーナビー〉の帽子をかぶっているノリコが、つばの下からリッチを見た。

「いくつか?」と、彼女はおうむ返しにたずねた。

「サリヴァンの愛人が住んでいたアパートや、その周囲や、彼女が失踪前に通った可能性のある場所」彼はいった。「そういうところだ。ほかにも出てくるかもしれないが」

ノリコはなおも彼の顔をじっと見ていた。

「お好きにどうぞ」と、彼女はいった。「ただし、わたしに一杯食わせる気なら、きょうという日を悔やむことになりますよ」

リッチはひょいと肩をすくめた。

「またおれの背中に補導員を張りつけて、学校の外で何もできないようにしたいのなら、勝手にすればいい」彼はいった。「おれがきみの立場だったら、さっき話に出ていた特殊改造バイクを、あのモーテルへ送りこまなくていいかどうか心配する――あそこにいるきみのところの隊員が居眠りをする前に、そうしなくていいかどうかをな」

しばらくしてノリコはリッチの顔を見ながら返事をしかけたが、これ以上とりたてていうべきことはないことに気がついて、喉元まで出かかっていた言葉をひっこめた。

　そして、ひょいと手を上げてリッチの横をすり抜け、縁石の前からタクシーを呼び止めた。


　マリッセは五番街と四十二丁目の交差点にある図書館から、道をへだてた反対側にある〈ナット・シャーマン〉というタバコ屋のウインドーをのぞいていた。片方の目はベルガラスとココボロという紫檀（したん）系の高級唐木からできた、べらぼうな値段がするにちがいない魅力的な葉巻保管箱（ヒュミドール）にそそがれていた。自分の大事にしているドミニカ産ダビドフの葉巻が美味しく味わえる最適な保存状態でそのなかに収まっているところを、彼は思い描くことができた。これがきょうでなかったら、陳列されているそれを見て愛好家心にぱっと火がつき、魅了された目に狂喜の炎がともって、倹約という考えを吹き飛ばし、委細かまわず店のカウンターで散財をしていたかもしれない。

　そう、これがきょうでなかったら、最高級品へのあくなき情熱に導かれ、惜しみなく金を使っていたかもしれない。だがきょうは、職務に忠実でありたいという気持ちが欲と不正に対する根強い嫌悪感によっていっそう強められていた。それに、老レンボックからは前金を受け取っている。タバコ屋のウインドー・ディスプレイに注意を向けたりはせず、右手に持った電話機大のGPS受信機の画面をフクロウのように見守っているもう片方の目に神経をそそがざるをえなかった。マリッセはこの受信機に、提供者である友人に敬意を表して〈ダンカン〉というニックネームをつけていた。その電子市街地図の上でエイヴラム・ホフマンを示している輝点（ブリップ）を追って、はや一時間以上になる。ダイヤモンドと宝石の通りを示す古風な趣きのある街灯の柱から、大きな放射状の仕切り（マリオン）があるエンパイアステートビルまで、南に向かって半マイル以上を尾行してきた。そこから〈アーバン・ジェム・セールス〉という会社のある九十三階まで、エレベーターでホフマンを追ってきた。さいわいエレベーターは、昇るときも降りるときも、階と階のあいだでも、しっかり制御されていた。彼の本能的衝動（イド）が昨晩生み出した悪夢のなかの、狂ったエレベーターとはちがって。

マリッセはオフィスの入口をさっと見て、その前をさりげなく通り過ぎると、街のランドマークになっているこのビルのロビーに戻り、会社員と観光客が絶え間なく行き交うなかでホフマンを待ち、四十分ほどしてホフマンがエレベーターの並びからふたたび姿を現わすと同時に、そのあとをまたぴったり追跡にかかった。人込みのなかでも半ブロック以上は近づかず、すこしでも気づかれる可能性があると見たら五ブロックまで間隔を置いた。こうすることで、決して気づかれることなく、ダイヤモンド・ディーラーズ・クラブ（ＤＤＣ）の礼拝堂にあるクロークルームでホフマンのブリーフケースの裏地の下にすべりこませたＧＰＳシグナル・ブースターからの信号が充分届く範囲にとどまることができた。

ホフマンはエンパイアステートビルを出たあと――正確には、出てすぐに――マリッセの視界のなかにあるすぐ近くの交差点で立ち止まり、ちょっと街灯の柱に寄りかかった。すこし体調が悪くなったかめまいでも起こしたみたいに、手で体を支えていた。それからしばらくして立ち直ったらしく、ふたたび歩きだした。その前には携帯電話も使っていたようだ。

だがマリッセは、このことをしっかり記憶しておいた。仕事で観察をするときにはかならずそうする。長い目で見れば、どんな小さな情報でも、終わってみたら重要な情報だったということがある……しかし、ホフマンはそうとう疲れているにちがいない。けさからあちこちめまぐるしく歩きまわったおかげで、すでにマリッセの関節も疲労からくる痛みに襲われはじめていた。

固い舗装道路の上を進むホフマンの足どりは、たちまち回復を遂げていた。それを追って、マリッセは〈ダンカン〉を手にアップタウンのほうへ戻りはじめた。ホフマンと距離をとったまま、図書館の入口を守っている石のライオンの前を通り過ぎて、四十二丁目に出た。ホフマンはそこにあるビルの入口へ向かった。続いてなかに入ってから、マリッセはそこが〈チェースマンハッタン銀行〉であることを知った。

銀行のなかでホフマンは立ち止まっていた。おそらく、なんらかの手続きをしているのだろう。マリッセの仕事と関係があるかどうかは定かでない。

マリッセはためいきをつき、ウインドーのなかの美しい葉巻保管箱（ヒュミドール）にまたさっとあこがれのまなざしを向けた。

仕事が終わったら、ここへ戻ってきて、値段を確かめてみることもできる。

しかし当面は最善を尽くそう。つまり、待ち受け、見守り、目がとらえたホフマンの活動を評価しよう。

追跡の意を固めたエイハブ船長よろしく、デラーノ・マリッセは出撃のときにそなえて骨休めにかかった。

エイヴラムは警備員の誘導で貴重品保管室から外へ出た。それとほとんど同時に、彼の携帯電話が鳴った。

コートのポケットから電話をとりだして、ぱちんと開き、片手でブリーフケースをしっかり握ったまま、銀行のメインフロアの誰もいないカウンターの前へ移動した。ずっしりと重くなったブリーフケースを、手の届かない場所に置くわけにはいかない。

「いいタイミングだろう、エイヴラム？」耳のなかでラスロップがいった。

「予想はつくようになってきたがね」何分か前から異常な喉の渇きに襲われていたエイヴラムは、舌で唇をなめてみたが、そこにはなんの湿り気もなかった。「お望みのものはわたしの手にある。あとは、どこに行けばいいか教えてもらうだけだ」

「二十六丁目とブロードウェイの交差する花市場のそばへ行け」と、ラスロップはいった。

「そんなに南へ――？」

「店の正面に、プラスチック容器に塗料を吹きつけて描かれた木の枝が見える。〈ユニヴァーサル・フローリスツ〉という店だ」

エイヴラムはためいきをついた。周囲に飲料水冷却器（ウォータークーラー）がないか見まわしたが、見当たらない。途中で何か飲みに立ち寄らなければならなくなるかもしれない、と思った。

「このダンスのおかげでへとへとだ」彼はそういって、またためいきをついた。

「腹痛(はらいた)を起こさないようにな」と、ラスロップはいった。「きょうは短くすませてやれるよう努力しよう」

ジョン・アールは朝食を買ってくるためにモーテルの部屋を出た。道路をへだてた反対側にある〈マクドナルド〉でスクランブルドエッグとハッシュブラウンを注文し、袋を手に店を出てきかけたところで、来客用の駐車場に駐まっている車のなかの男に気がついた。

その男を見て、なぜ疑念が頭をもたげたのかはよくわからない。車に妙なところがあったわけではない。新型らしき〈ポンティアック〉か〈ビュイック〉だ——見ただけではどちらかわからなかった。じろじろ見て注意を引きたくはない。運転手の見かけに妙なところがあるわけでもなかった。頭がひとつ、顔がひとつ、肩がふたつ、冬用のパーカー。どこにでもいそうな感じの男だ。怪しいふるまいをしているわけでもない。紙コップのふたを開けて、コーヒーを飲んでいるだけだ。

この時点で、用心が必要と考えなければならない理由はどこにもなかった。

しかしアールは、自分の直観に耳を貸さない人間ではなかった。生まれてから半分近い時間を刑務所で、頭のおかしい根っからの悪党たち、つまり油断をしたらたちまちオカマを掘られたり命を奪われたりしかねない連中と過ごしてきた……刑務所にいないときは、油断をすればまたそういった連中のいる壁のなかへ逆戻りしかねないことをして、時間の大半を過ごしてきた。狩人になったり獲物になったりした。ときには、狩人になると同時に獲物にもなった。アンテナに高感度受信機をつけておかないと、いずれの場合にもさほどの首尾は望めない。

アールは車の横をすたすた通り過ぎ、車のほうへあからさまに目を向けないようにして、モーテルの前庭に出る横断歩道へ向かった。

警戒する必要などないのかもしれないが、昔々メイン州で誰かから教わったように、何事も用心に越したことはない。それ以上の真実を語ってくれる言葉をアールは知らない。用心をしてきたおかげで、ここしばらくは何事もなく進んでこられた。ときおり溝やこぶやバリケードに出くわすくらいのことはあったにせよ、横すべりして道をはみ出し、すべてを失ってしまうようなたぐいの失敗は、うまく回避してくることができた。

カード式のキーを手に〈ユーホール〉のヴァンのそばまで来たときには、すでに安全策をとることに決めていた。

アールは部屋に戻ると同時に〈キラン〉のザヘールに電話を入れ、来るときにはかならず援軍を連れてこいと指示をした。

意外や意外、ダンスは手短にしてやるというラスロップの言葉は嘘ではなかったようだ。人に好意をほどこす男とは思えないが、最終ラウンドのペースを上げてくれたのは別れぎわの好意と考えてやろう。

せっかくの好意だ。エイヴラムは花市場から何ブロックか南へ下った六番街と二十三丁目の交差点にある〈ベンジャミン・フランクリン・ホテル〉へ急いだ。今回もチェックイン用の偽りの名前《ランドン氏》を頭に入れた。部屋番号《二七号室》もわかっている。彼は小走りに走っていた。少なくともそのつもりだった。ラスロップから彼の正確な到着時間を教えてもらったためしはないからだ。しかしそれ以上に、こうしているのはたぶん自分自身の高揚感と関係があるのだろう、とエイヴラムは思った。気分がぐっと高揚し、とりあえず疲労と不安と倦怠感からは救い出されていた。

まもなく――三十分以内には、とエイヴラムは予想していた――ラスロップが持ってきたたくさんの石に、〈チェース〉の貸し金庫から引き出してきた現金で支払いをすることになる。それがすんだら帰る。大きなカシミール産の石をアーバニアックがレイモンド・ヤードの台座にはめこんでくれる。カタリは青い炎に魅せられて、ぜひとも買い取りたいというだろう。そしてわたしには、このエイヴラムには……

自由が手に入り、奴隷状態から解き放たれ、束縛から解放される。その表現で、これから手に入るものは説明しつくされている。ラスロップの石は神からわたしへ贈られた彫刻のかけら、この俗世界では夢見ることしかできなかった超越をもたらす、とてつもない価値を秘めた聖なるかけらなのだ――そう考えるのは、神への冒瀆(ぼうとく)だろうか？

前方のブロックのなかほどにホテルが見えてきて、エイヴラムは足を速めた。そして、胸のなかでこうつぶやいた。fuzzgrenade.com だったか softgel.net だったかわからないし、あのギター奏者の名前もわからない。あの少年のすばらしい音楽にどんな意味があるかも、よくはわからない。しかし、近い将来、あの少年のことをインターネットで調べ、S線のシャトルに乗っているところを見つけて特別賞与を与えよう。うらやむ気持ちなどこれっぽっちもいだかず、束縛から解き放たれた人間だけが分かちあうことのできるきずなを胸に、少年の目を見て――

胸に痛みを感じ、エイヴラムははっと我に返った。心臓を万力で締めつけられるような痛みだ。彼は歩道に立ち止まった。感覚を失った左手からブリーフケースが落ちた。息を吸いこもうとする努力とは裏腹に、とつぜん喉をぎゅっと絞められたような心地に見舞われ、そこへ両手が向かった。

次に、まわりで街がぐるぐる回転しはじめた。彼は仰向けに倒れ、空気を失ったまま冷たく青い冬空を見ていた。ジェット旅客機が空の高いところを飛んでいく。いくつもの顔が彼を見下ろしていた。ほかのみんなより近くにいる男がいた。その男がまわりの者たちに叫んでいた……救急車だ……救急車を呼べ……

エイヴラムはその男の手首をつかんだ。少なくともそうしたつもりだったが、確信はない。頭が混乱しきっていた。自分が自分でなくなろうとしていた。エイヴラムでありながらエイヴラムでなくなろうとしていた。平板な絵のように厚みをなくし、わずかに残った細長い断片も、迫りくる苦痛の壁に挟まれてぺしゃんこになりかけていた。

何かを思い出そうとしたが、思い出せなかった。顔を近づけてきた男に答えを知らないかたずねようとした。

しかし、次の瞬間、何かにぬぐいとられたようにその顔が消えた。エイヴラムの目のなかで、一瞬、青空が燃え立つような赤色に変わり、そのあと明るく白い一面の閃光におおわれた。

そして最後に暗闇と化した。

六番街と二十三丁目の交差点で、マリッセは北東の角にいた。信号が青に変わって六番街の西側へ渡れるようになるのを待っていた。そのとき、一ブロックほど先で標的が舗道にくずおれるのが見えた。

マリッセは愕然とした表情を浮かべ、猛然と近づいてくるヘッドライトとバンパーとグリルを肩越しにちらっと見て、一瞬で飛び出すタイミングを測り、足に翼が生えているローマ神話のマーキュリーに祈りをとなえて、北へ進んでいく車の流れを一気に横切りはじめた……このローマの神様が盗人の道案内役としても知られていることは、このさい考えないことにした。

警笛が鳴り響き、タイヤのスリップする音がした。投げつけられた冒瀆の言葉が耳に飛びこんでくる。

「なんでそんなこといわれなくちゃならないの！」バスの運転手が発したとりわけ汚いののしり言葉に腹を立てた若い女が、マリッセの後ろの歩道から怒鳴った。しかし、すでにマリッセは、感謝の気持ちをいだきつつ道を四分の三まで渡っていた。

飛ぶように角にたどり着いた彼は、そのままホフマンが倒れているところに向かって疾走した。ホフマンの周囲に小さな人垣ができていた。次の瞬間、マリッセは彼らを両手で押しのけ、押し分けて、倒れている仲買人（ブローカー）のそばにひざを突いた。

紫色の唇と指先と鉛色の頬。空気を求めてゼイゼイいっている苦悶の音。瞬時にマリッセは心臓発作だと思った。

「救急車だ！」と彼は叫び、とまどって立ちすくんでいる野次馬たちを見まわした。「誰か、救急車を呼んでくれ！」

そのとき、ホフマンの紫色になった指がマリッセの手首をつかんで彼を引き寄せた。ホフマンの唇が動いたが、周囲から押し寄せてくる通りの騒音しか耳には届いてこない。マリッセは顔を近づけた。さらに近づけ、またさらに近づけた。

「わたしの父の名は？」ホフマンは呼吸困難の苦しげな息の下からたずねた。目が大きく見開き、瞳孔が広がっていた。「わたしの……父の名は？」

マリッセはホフマンを見下ろしながら、とつぜん耐えがたい悲しみに襲われた。質問に答えられたらどんなにいいかと思ったそのとき、ホフマンの眼球がぐるりとまわり、マリッセの腕をつかんでいた手が力なくすべり落ちた。

そのときサイレンの音が聞こえてきた……人としてできるかぎりのことはした、とマリッセは考え、自分は調査員でもあったのだと思い出して、さっと周囲に目を走らせ、ホフマンが落としたブリーフケースを探した。

混乱のさなかで気がつかなかったが、それはマリッセの足元にあった。

彼はその取っ手をつかんで立ち上がった。これがおれのものでないのを知っている人間はいるだろうか？

群衆のなかにいるひとりの男の表情から、少なくともひとりはいることがわかった。

マリッセの目とその男の目がほんの一瞬だけ合った。マントのような長いアウトバックコートを着た黒髪の男を見て、マリッセは衝撃に打たれた。この男、見おぼえがある……マリッセにじっとそそがれている目にも同じ表情が浮かんでいた。ほかにどこで見たのか？ いつ、どこで、ふたりはおたがいを見たのか？

記憶を呼び覚ますいとまもなく、男はふくらんできた群衆のなかへ姿を消して見えなくなった。

そのあとマリッセは、自分も早く立ち去らなくてはならないことに気がついて、向きを変え、ブリーフケースを持って足早に通りを離れていった。

テッド・ブリストーは小さなののしりの言葉を吐いた。〈フォード〉の長いトレーラートラックをどうしたものか考えあぐねていた。真偽のほどはともかく、トラックの側面には〈オークレッジ運輸〉という社名が記されていた。このトラックは四分ほど前に〈スーパー8〉の駐車区画に入ってきた。そしてエンジンをかけたまま停止し、ブリストーの見ている場所をさえぎっていた。〈ユーホール〉のヴァンとモーテルの部屋に監視の目をとぎらせてはならないのに、どちらも完全に視界から消えてしまっていた。

トラックの向こうが見えるように〈マクドナルド〉の駐車場をぐるりとまわって車の位置を変えたら、見張りをしているのがヴァンの男にあっさりばれてしまう。かといって、車を降りて嗅ぎまわりはじめようものなら、なおさら簡単にばれてしまう。八方ふさがりだ、とブリストーは思った。

望ましくない状況だ。彼以上にノリコ・カズンズにとって望ましくない状況だった。このトラックに視界をさえぎられているあいだに何が起こってもおかしくないからだ……どんなまずいことが起こらないともかぎらない。

ブリストーは顔をしかめ、額にしわが刻まれた。見張りを始めて三時間ほどになろうというころ、朝食を買いに出かけたアールが道路を横断して、レストランの入口に向かった。アールはそのときにいちどブリストーの〈グランプリ〉のそばを通り、そのあと、袋に入ったエッグ・マックその他を持ってモーテルの部屋に戻っていくときに、もういちどそばを通った。

そのときにはばれたとは思えなかったが、可能性がなくはない。ブリストーは〈剣（ソード）〉に来て三年ほどになる。それ以前はＦＢＩに六年いた。見張りの経験は豊富だ。しかし、相手がそれに匹敵する張りこみの経験の持ち主で、なおかつ有能で頭のよい悪党なら、一瞬たりと疑いが芽生えたそぶりは見せないだろう。

それどころか、本当に有能な相手なら、動きを起こすさいにおあつらえ向きの目隠しになるトラックを前に駐めるくらいの芸当はしておかしくない。モーテルの敷地には表と裏の両方に出口がある。いまブリストーにはどちらも見えなかった。

ブリストーの額のしわがさらに深くなった。いったいどうすればいいんだ？　マンハッタンから来る援軍は、平日の朝のジョージ・ワシントン・ブリッジでいつもの渋滞につかまっていた。無線で入った最後の報告から判断して、援軍は一時間以内に到着すれば運がいい。一時間半はかかると見るのが現実的だ。どう考えても、それだけの時間、支援を待っているわけにはいかない。なんらかの行動を起こさなくてはならない。しかし、動きを起こしたら作戦が台無しになりかねない。作戦は文字どおり一夜にして緊急の度を強めていた。それだけに、衝動的に決断を下すわけにはいかない……この問題に急いで考えをめぐらせ、なおかつ堅実な方法を考え出さなくてはならない。

ブリストーはけさ三杯目のコーヒーを口元に持ち上げ、ためらったのちにすこし口にした。胃はむかつくが、これを飲み干すことには別の意味があるかもしれない。トラックをまわりこもうとすれば、かならず目につく。しかし、もう一杯コーヒーを買うために車を降りるのであれば、さほど目立つことなく〈マクドナルド〉とのあいだを往復できるだろう。その途中でヴァンの男の最新状況をつかむことができるかもしれない。それでもあの長いトラックがじゃまになるようなら、それはそれでしかたがない。何もしないよりはましだ。

コーヒーカップを車の床に置いて外に出ると、ブリストーは〈マクドナルド〉のほうへ向かった。入口まで続いている広いゆったりとした通路に入りかけたそのとき、後ろで長距離輸送トラックのエンジンがとつぜん大きな音をたてた。

ブリストーはぎくりと足を止めた。トラックがモーテルの駐車区画に来てから、まだ五分くらいだ。車外に出て〈マクドナルド〉へ休憩に向かった者はいない。そしていま、何もせずにただ出ていこうとしている。

どう考えても怪しい。

ブリストーは慎重な行動をかなぐり捨てて、さっと振り返った。道路の向こうへ目をやると、トラックは駐車場から方向転換をして出ていきはじめていた。

やられた、と彼は思った。

〈ユーホール〉のヴァンはすでにいなかった。

彼らはワシントン・スクエア・パークの南側で落ち合うことになっていた。水の出ていない大きな噴水とアーチがある。そこと向きあったベンチのひとつが待ち合わせの場所だ。トム・リッチはそこにすわって、男が近づいてくるのを見つめていた。リッチの右手にある、颪に丸裸にされた木々のあいだから、男はやってきた。一月の寒い朝だ。まわりに人はほとんどいない。ニューヨーク大学の学生らしき小さな集団がぱらぱら見えるのと、あとは、ばらまかれたパンくずを探している鳩とリスがいるだけだ。

リッチはアウトバックコートを着た男が横に腰をおろすのを待って、それから男のほうへ半分顔を向け、無言のまましばらく待った。

「リッチ」と、男が呼びかけた。「前回公園で会ったときは、もっと気候がよかったな」

リッチはきちんと相手の顔を見た。

「あんたはおれの名前を知っている」彼はいった。「こっちからもあんたを呼べるように、名前を教えてくれ」

男は口をわずかに開いたまま、頭を横向きにしてしばらくじっとしていた。

「ラスロップだ」しばらくして男はいった。

「名字か、名前か？」

「両方だ」

ラスロップの口元には微笑が浮かんでいた。

「おふざけにつきあっている暇はない」リッチはいった。「ここへ呼び出したのはどういうわけだ？」

「用向きはサンノゼに電子メールで送っておいた」

「あれには、レーザーの研究開発に関わっているうちの商売敵のことだとあった。うちが欲しがりそうな情報だと」

「情報ではなく計画という言葉を、おれは使ったはずだ」と、ラスロップはいった。「そして、東海岸の商売敵と書いた」

「どこだ？」

「これを知りたいのは、自分のためか？　それとも、アップリンクのためか？」

リッチはふたたび相手の顔を見た。

「どこだ?」と、彼は質問を繰り返した。

男はすこしためらった。そして、ひょいと肩をすくめた。

「〈キラン〉だ」

リッチはうなずいた。

「わかった、ラスロップ」彼はいった。「話を聞こう」

「まさか、ただで教えてもらえると思っちゃいるまいな?」

「あんたの売ろうとしている話は、もうすこし聞かせてもらわないと、情報の値打ちをうんぬんするまで行き着かないような気がする」

会話がとぎれた。真っ黒な二匹のリスが、木の幹を伝って水のない噴水へ下りてきた。一匹がもう一匹を追いかけている。わずかに先を行っているほうのリスが噴水の縁でちょっと足を止め、追いかけてくるもう一匹を誘うように尻尾をぴくぴく動かし、そのあと石が敷き詰められている通路を伝って、さきほどのとは別の木に飛び乗り、また戯れを再開した。

「この街で、黒いリスがいるのはここだけだ」ラスロップはいった。「リスは冬には冬眠するものだと思っていた。しかしそれは、ニューヨークに来るまでのことだった」

リッチの目は、リスたちが興奮気味に木登り競走をしている場所からラスロップへ移った。

「ここでは事情がちがうのかもな」と、彼はいった。

「あるいは、思っていたほどおれはリスのことを知らなかったのかもしれない」

リッチは小さな笑みを浮かべて先を待った。

ラスロップは両手をポケットにつっこんで、ベンチの背にもたれた。

「おれは頻繁に移動をする」と、彼はいった。「しばらく前から、そうするようになった。ちょっとした活動を開始し、そこから手に入るものを手に入れて、状況がまずくなってきたと見たら、また移動する」彼はいちど言葉を切った。「つまり、遅かれ早かれ、かならず移動するわけだ」

リッチはじっと考えこんだ。

「これは遅かれのほうか?」と、彼はたずねた。

ラスロップはリッチのほうに顔を向け、黒い瞳と薄く青い瞳が合った。

「三十分ほど前に、信じられない事態に見舞われた」彼はいった。「大事なブリーフケースを失ってな」

「遅かれのほうなんだな?」

ラスロップは息を吸って吐き出した。

「脱出のときが来た」と、彼はいった。「逃げ出さないとくずれ落ちてくる」

また言葉がとぎれた。リッチはラスロップの凝視から目をそらさずにいた。

「まだ足りない」と、彼はいった。

「そろそろ、料金がかかるところへ近づいてきた」

「その点はおれたちのあいだで解決すればいい」リッチはいった。「じらすな。いますぐおれに必要なことを話せ」

ラスロップはしばらく動きを止めていたが、ようやくうなずいた。

「兵器がある」彼は話を始めた。「とんでもない兵器が」


リッチは学生たちでざわついている西四丁目のコーヒーショップにいた。ニューヨーク大学にある〈ティッシュ・ホール〉の広い石段の向かいだ。そこからリッチは携帯電話でグレンに連絡を入れた。

「リッチ」グレンが答えた。なかば気をとられたような声音(こわね)は発信者番号通知画面にちらっと目を落としている人間のそれだ。「ちょうどいま連絡しかけたとこですよ」

「刑事の部屋からはもう出てきたのか?」リッチはいちど言葉を切って、グレンの言葉を咀嚼(そしゃく)した。「ちょっと待った、なんの連絡をしようとしていたんだ?」

「州北部でしくじりが」と、グレンはいった。早口になっている。「モーテルに張りこんでいたやつが、応援が来る前にアールにまかれちまったんだ」

リッチはひとつ息を吸いこんだ。

「〈ユーホール〉に乗ったアールにまかれたのか?」

「ああ、うまく仕組まれたらしい」と、グレンはいった。「ノリコに電話が入って、ルイスとのすり合わせを中断するはめに――」

「ルイスにアールや〈キラン〉の情報を漏らしたのか?」

「いや、まだ。どれだけ情報を分け与えたものかわからなかったし、次の一手を考えてからと――」

「それはもう考えなくていい」リッチがいった。「いいから、急いでおれと支部で落ちあえ」

「ちょっと待った。おれは――」

「支部に来るんだ。ふたりいっしょに」リッチは相手の言葉を途中でさえぎった。「全速力で来い」

そういうと彼は、携帯電話のタッチパッドの〈終了〉ボタンを押して、コートに手を入れ、パームトップ・コンピュータをとりだしてテーブルに置いた。

パームトップにアップロードしたデジタル写真からヴァンのナンバープレートを読み取って、〈ユーホール〉のフリーダイヤル緊急直通番号を電話番号案内で手に入れ、ヴァンのなかに財布を忘れた客をよそおってナンバーを告げ、顧客サービス係に貸し出しを受けた場所を調べてもらうのにかかった時間は、ほんの数分だった。

「わかりました」と、係の女がいった。「ニュージャージー州トレントンの営業所です」

「マンハッタンからどう行けばいいかわからないか？」

「残念ながらわかりませんが、住所と電話番号はわかりますから、そちらに直接ご連絡いただければ――」

「教えてくれ」

係からその情報を教わると、リッチは通話を切り、すぐさまそこへかけた。

呼び出し音が三度鳴ったあと、男の声が答えた。「〈ユーホール〉ターンパイク営業所です」

「これからヴァンを返却するんだが」とリッチはいった。そしてまた車のナンバーを告げた。「貸し出しを受けたのと同じ営業所かどうか確認したい」

係の男は一瞬ためらった。

「ドノヴァンさんですか？」困惑の口ぶりで男はいった。

リッチは考えた。

「友人だ」彼はいった。「どうして？」

「あのですね、ドノヴァンさんには、うちの営業所からの貸し出しは二日が限度だとご説明したはずなんです」係の男はいった。さらに困惑が強まった気配が伝わってきた。「それに、申込書には運転手はひとりしか記されていません。つまり、ドノヴァンさん以外のかたはハンドルを握れないということです。返却はいうまでもなく――」

「あいつは返せなくなった」リッチが割りこんだ。「おれが返さないと、誰も返せない」

「あの、路上で何かあったんでしたら、保険方面のことはわたしでは――」

「あいつはいまいないといったんだ」リッチはいった。「さあ、返却してほしいのか、ほしくないのか？」

男はちょっとためらって、あきらめたようにためいきをついた。

「あなたは、きのうドノヴァンさんを乗せていらっしゃったかたですか？」

「いや。どうして？」

「時間の無駄を省いてあげようと思っただけです」係はいった。「彼は——つまり、いまそちらにいないあなたのお友だちは——ここへ来るとき〈ラジャ石油化学〉という工場の前を通って、その奥にあるフッ化水素の大きな貯蔵タンクを見たとおっしゃってました……つまり彼らは、有料道路（ターンパイク）のランプを降りて道に迷い、うちの営業所を見つけようとしているうちに道を外れてしまったのにちがいありません」

リッチの手が電話を握り締めた。

「おたくへ行く方法を教えてくれ」と、彼はいった。


アールは〈ユーホール〉のヴァンで州間高速道路（インターステート）八七号線を走っていた。料金所の手前あたりまで来て、左側に休憩所が出てくるという標識を通り過ぎた。

ザヘールに——〈スーパー8〉を出発して以来、助手席にすわったままひとことも口をきいていない男に——きびしい現実を教えてやるには絶好の場所だ。

さらに四分の一マイルほど走ると、休憩所の入口が見え、そこへ入るために車線を変更した。

ザヘールがアールを見た。動く舌があることを急に思い出したかのように。

「どこへ行く？」

「小便だ」アールは見えてきた休憩所をあごでしゃくった。「高速を降りるまで、まだ長い道のりがあるからな」

ザヘールの顔には疑わしげな表情が浮かんでいた。

「気でも狂ったのか」と、彼はいった。「モーテルに見張りが置かれているんじゃないかと心配になったのはあんたじゃないか。ここで止まってどうするんだ」

アールは肩をすくめた。ザヘールから正気の心配をしてもらうとは、冗談もいいとこだ。こいつはいわば、殉死に向かっている人間だ。半径数百マイル以内にいる人間をひとり残らずどろどろの水疱に変えてしまう雲の向こうへ、楽園を探しにいこうとしている人間だ。このヴァンの後部にあるレーザー・キャノン砲が〈ラジャ〉のフッ化水素（ＨＦ）を襲えば、おれたちにあてがわれた生化学災害防護スーツではまったく身を守れないことくらい、ちゃんとわかっているはずだ……おれたちの身を守れるものなど何ひとつない。爆心地ではなおさらだ。

まったく妙なやつだ、このザヘールとかいう命知らずは。ハスルから受け取った金にはあの世でも値打ちがあると、本気で信じてやがるんだから。

「見張りがいたのは確かだが、そいつはまいた」と、アールはいった。「休憩についちゃ、それを求めたのは〝生理的要求〟で、おれじゃねえ」

ザヘールからふたたび抗議の声があがらないうちに、アールは赤煉瓦の建物の外にある人気のない駐車区画へ急いで向かい、エンジンを切った。キーはイグニションに残したままだ。

「なかで待ってるのか？」と、彼はたずねた。

ザヘールは黙ったまま、不満そうに素っ気ないうなずきをよこした。

アールは肩をすくめてヴァンを降り、誰もいない来客用休憩所に入って、男子トイレのドアを押し開けた。

錠をかけた仕切りのなかで一、二分かけて小便をし——用を足したいのは嘘ではなかった——ファスナーを上げて、ズボンの脚のところに隠したホルスターからコンパクトなシグ・ザウエルの九ミリ拳銃をコートのポケットに移した。ポケットのなかなら握りに手をかけたままでいるのも簡単だし、ヴァンに戻ると同時にすばやく楽に抜き出せる。

トイレを出てから、水を流し忘れていたのに気がついた……しかし、急いでいるときは何もかもに手がまわるものではない。

アールがコートのポケットに手をつっこんで休憩所を出てきたとき、ザヘールはロシアの警察が使っているザスタバ・モデル70という拳銃の床尾を右手で包みこみ、ヴァンの助手席とドアのあいだのすきまに押し入れていた。あのろくでなしのことはいっときたりと信用していなかったし、あの男がどんな裏切りを試みても対応できるようにしておくつもりだった。なにごともなければ、小さな自動拳銃の握りをゆるめて計画どおり任務を続行すればいい。

いずれにしても、彼は満足していた。あらゆる可能性を想定した。

アールがヴァンに近づいてきた。片手をコートから出し、それを伸ばして運転手側のドアをつかんだ。

「すっきりしたぜ」ドアが勢いよく開くと同時に、アールはいった。

と同時に、もういっぽうの手に銃が現われた。ザヘールが予期していたより速く。

ザヘールは一瞬の躊躇もなくザスタバを持ち上げて、アールが発砲するのと同時に引き金を引いた。どちらの銃身からも轟音をたてて弾が発射された。

アールは顔をゆがめて後ろへよろけた。胸を押さえ、休憩所の前の茶色い草のなかへ倒れこんだ。

ザヘールも顔をゆがめて銃を座席に落とした。腹部の左側に焼けつくような痛みが広がってきた。天の配剤で彼に託された使命を果たすには、急ぐ必要がある。

彼は運転席に体を押しこめると同時にキーをまわして、勢いよくドアを閉めた。それからアクセルを踏み、休憩所から飛び出して、全速力で高速道路に戻った。

オートバイの一団は州間高速道路（インターステート）九五号線のランプを出ると、大急ぎでジャージー・ターンパイクに乗った。狭くなっているジョージ・ワシントン・ブリッジから南に向かって車線が広がると、六台のバイクは四輪自動車の洪水を縫うように進んでいった。この軽量バイクは細身で、小回りが利き、スピードが出る。アップリンクが設計して国防総省が第七五レインジャー連隊の緊急配備攻撃用に装備したものとほとんど変わらない。機動作戦を遂行できるだけの広い空間がない場所でも、このバイクならすばやい移動が可能になる。

リッチはバイクのハンドルの上で前傾姿勢になっていた。スピード・ヘルメットのヴァイザーの奥から道路を見渡して、〈ユーホール〉のオレンジと青のマークがないか探していた。彼の右でも、トラックと車がひしめく車線にできた狭いすきまで、デレクがバイクにまたがったまま同じことをしていた。黒いバイク・ジャケットに身を包んだ〈剣(ソード)〉のあと四人の隊員も同様だ。彼らはソーホーにあるガレージから、スズメバチのようにブンブン音をたてながらここまでやってきていた。

「何か見えますか？」グレンがハンズフリーの携帯電話でたずねた。

「いや」と、リッチは答えた。そして、〈A列車で乗りこめ！　ケニオン・マーティン――決して満足しない男！〉というニュージャージー・ネッツの色あせた古いバンパーステッカーが貼られているステーションワゴンの前にすばやくまわりこんだ。「まだ何も見えない」

彼らはアクセルをふかしてさらに前進した。体を振ったりよけたりしながら、有料道路(ターンパイク)にいるほかの車と車のすきまを進んでいく。傷がついた金属ガードレールの外には工場の複合施設が並んでいた。その角張った幾何学模様がバイク乗りたちの視界の隅をおぼろにかすめていく。ヴァンが自分たちの前にいるのか後ろにいるのか、彼らにはわからなかったが、後ろのほうが断然ありがたい。それならおそらく、自分たちのほうが先に化学工場までたどり着ける。前にいる場合には、どれだけ先にいるかわからない相手に追いつかなくてはならない。一マイル先でも五マイル先でもおかしくないし、ヴァンの姿が見えてくるまで、その差を知る方法はない。ヴァンはもうフッ化水素酸が詰まった例のタンクの外にいるかもしれない。五〇ヤードとか一〇〇ヤード離れた場所から高出力レーザービームでタンクに穴を開けるまで、あと数秒というところかもしれない。ヴァンの居場所についての推測に終止符が打たれ、風で運ばれる有毒な雲が解き放たれるまで、あとまばたきひとつとか心臓ひと打ちというところかもしれない。その雲は路上にいる乗り物のなかの老若男女をすべて包みこみ、触れたものを腐らせる死神のこぶしのように彼らを絶命させるだろう。

リッチはスポーツ汎用車（ＳＵＶ）のリアウィンドーに近づくと、さっと横にすべり出た。〈グレイハウンド〉の旅客バスの後ろへすべりこみ、鋭く横に切れこんで前へまわりこんだ。アスファルト舗装道路にタイヤのゴムがこすれるかん高い音が聞こえたが、後ろは振り返らなかった。ありがたいことに、橋で何か事故があったらしく、おかげで州警察や地元警官は手一杯らしい。いずれにしても、警察の心配などはしていられない状況だ。リッチはハンドルを握って、ブーツの底をフットペグに押しつけ、ひたすら疾走を続けていき——

そのとき、またグレンがハンズフリーの携帯で呼びかけてきた。「リッチ……あれを！」リッチがちらっとグレンのほうを見ると、グレンは身ぶりで伝えてきた。高く掲げた右腕を急いで前へ押しやっている。

路面のくぼみに当たって跳ね上がりながらグレンの動きをたどっていくと、その先にオレンジ色と青色が見えた。ヴァンか？　そのようだ。八分の一マイルほど前方にいる。リッチの目にはまだ小さな姿しか見えなかった。小さすぎて、それが例のヴァンだという確信は持てなかった。しかし、〈ラジャ石油化学〉へ向かう出口付近にいるし、偶然の出来事とは断じて思えなかった。

少なくとも阻止するチャンスはある。そう考えて、リッチはスロットルを開き、猛然と前に進み出た。


ザヘールは失血で弱っていた。アールの弾が貫通した腰のすぐ上は、シャツが赤く染まってべたついている。有料道路（ターンパイク）の出口が近づいてきたとき、彼はハンドルの上に前かがみになって、のろのろと車を進めていた。大都市特有の路上にひしめきあっている車と車のあいだを、蝸牛（かたつむり）のような速度で進んでいた。気力を総動員して目的の場所へ向かっていた。ふだんならなんでもない車の運転に、極限の集中力が必要になっていた。目的の場所まで、もうすこしだ。もうすこしで……


そのとき、後ろから音が聞こえてきた。大きくなってくる。最初は、その意味するところがわからなかった。撃たれた傷で自分が死にかけているのはわかっている。行く手に待ち受けている名誉の仕事から残り少ない体力を奮い起こせと呼びかけられ、残り少ない生命力を奮い起こしてその声に応えようとしていた。車外で起こっていることは、使命とは関係のない貴重な力を浪費する要素として、すべて頭のなかから押し出していた。だが、ひょっとしたら、それはまちがいだったかもしれない。

ひょっとしたら……

モーテルの車のなかに、男がいた。

その男を、アールは見張りかもしれないと考えていた。

ザヘールはもういちど耳を傾けた。あるいは、聞くしかないものに神経を集中したというべきか。その音にじっと耳を傾けた……音はひとつではない。急激に加速を始めた複数のエンジンの単調な低い音が組み合わさっている。ほかの車はのろのろ進んでいるのに、エンジンの回転数が上がっている。この渋滞のなかで、なぜエンジンの回転数を上げられるのだ？

ザヘールは思考を包みこんでいたトンネルのなかから意識をひっぱり出し、何が起こっているのか把握できるだけの時間、サイドミラーをのぞいた。オートバイの群れが後ろから迫っていた。

出口のランプは目の届くところまで来ていた。ザヘールはハンドルを手でぴしゃりと叩き、前の車たちにクラクションを浴びせた。

彼は意を決していた。異教徒たちに追いつかれる前に、なんとしてもランプにたどり着く。

〈ラリタン・モール〉にある〈ファッション・ビー〉という店で店員をしているジョアンナ・ハーンズは、仕事に四十五分遅れていた。競争の激しい雇用市場でつい一週間前にありついた仕事だ。渋滞に閉じこめられて、ハンドルの前の彼女の理性はすでに崩壊寸前だった。いらいらの発作に襲われてダッシュボードに手を叩きつけ、狂ったように叫び声をあげたそのとき、彼女の後ろにいる〈ユーホール〉の大ばか運転手がクラクションを鳴らして前に出はじめた。彼女の一台か二台ぶん前にある出口から降りたいという意思表示だ。

ジョアンナは首を横に振って、夫に聞かれたらバリエーションの豊富さに愕然とされそうな汚いののしり言葉を続けて吐き出した。いったい、あのヴァンの〝すかすか頭〟、何を考えてるの？ 急いでいるのは自分だけだと思ってるの？ バンパーとバンパーをくっつけるようにして排気ガスとニュージャージー州の湿地の匂いを嗅ぐのが好きだから、わざと前をふさいでいるとでも思っているの？ それともひょっとして、カーラジオでトーク番組の〈イームース・イン・ザ・モーニング〉をもっと聞いていたいから、のろのろ進んでいるのだと思っているの？ それはそうと、当面の問題に関係のある疑問といえば、もうひとつあるわ。あのクラクションを鳴らしているいかれ頭のことはさておき、いったい警察はこういう必要なときにどこで何をしているの？

ジョアンナは冷静を保とうと、ラマーズ法を活用した。いちばん下の子が生まれたときに講習を受けていた。あの〈ユーホール〉の男は大急ぎで魅惑のトレントンに行き着こうとしている。ウインカーを出して、左の車線で親切な誰かが前を空けてくれるのを願おう。そこへ入れれば、後ろの男も嬉々として前に出ることができる。

落ち着きなさい。癇癪を起こしちゃだめ。ジョアンナはそう胸のなかでつぶやきながら、ぱっとウインカーを出した。

ヴァンの運転手が次の食事のときに喉を詰まらせることを願いながら。

「あれが例のヴァンだ」リッチは無線でバイク隊に伝えた。「ナンバープレートが見える」

「くそ野郎」リッチの後ろにいたコールという隊員が無線でののしりの声を発した。「クラクションを鳴らして、前の連中をどかして、ランプに進もうとしてやがる」

リッチは車線と車線のあいだをジグザグに縫って進んでいった。

「あいつを取り囲め」彼はそう命じて、ぐんと前に出た。

前にいる最後の一台がようやく進路を開け、ザヘールが出口のランプにたどり着きかけたとき、攻撃用バイクの一団が後ろに迫ってきた。サイドミラーを見ると、何台かが後ろの左右両方から迫っていた。先頭の二台は横につきかけていた。

ザヘールはアクセルを踏んでぐんと加速をし、耳ざわりな音をたてながら制限速度二五マイルのランプにその倍のスピードで飛びこんでいった。

進め、スピードを上げろ、差を詰めろ。

リッチはハンドルを握った手でバイクのエンジンに勢いよくガソリンを送りこんで、出口のランプに入った。そして、右の〈ユーホール〉と左のコンクリートの壁に挟まれるかたちで狭い路肩を進んでいった。

ヴァンの運転手側の窓に接近して、なかをちらっとのぞくことにも成功した。

ハンドルを握っているダークスーツの男が彼を振り返った。男がつかのま注意をそらすと同時に、ヴァンが壁のほうへよれてきた。

リッチはヴァンの側面に壁へ打ち当てられる寸前に後ろへ下がった。ヴァンの進路が右にぶれたときにもグレンが同じことをした。グレンの真後ろにいた隊員がバイクを制御できず、大きな弧を描いて壁の上を飛び越えた。バイクは横転し、乗り手はバナナ形のサドルからランプの下へ投げ出された。

リッチの耳にも無線で隊員の悲鳴が聞こえた。声は絶叫に達したあと、ぱたりとやんだ。

「なんてこった」こんどは愕然としたグレンの声が飛びこんできた。

「コール」リッチが呼びかけた。「聞こえるか？」

「ええ。いまのはマーゴリスです。ちきしょう、たぶんあいつ――」

「考えるな。いいから離脱して、あいつのそばにいてやれ。残りの者はついてこい」

リッチのこめかみにずきんと痛みが走った。つかのま彼は〈アースグロー〉に戻っていた。自分のなかで何かがぐるりと回転するのがリッチには感じられた。何かが大きな石の車輪のように、ぎしぎし音をたててまわっていた。「おれはここにいる」彼は若者にいった。「さあ、〝山猫〟の手で血だるまにされたニコラスが、彼の腕のなかで息を引き取りかけていた。自もう楽にしろ」

ほんの一瞬だけ、リッチはあそこに戻っていた。

決して終わりは来ない。

前のヴァンがランプを出ていくのを見て、リッチはあとを追った。

ザヘールはランプのいちばん下のところで、手がハンドルから外れないよう努力していた。そのとき、とつぜん血の味がした。金くさい味だ。体の奥底から上がってくる。一瞬、大きな脱力感に見舞われ、意識が灰色に薄れはじめた。

そのあと自分の使命を思い出し、誇りを思い出して、もういちど力を奮い起こした。神に讃えあれ（アルハムドゥ・リッラーヒ）、と彼は胸のなかでつぶやいた。繰り返しつぶやいた。神に讃えあれ（アルハムドゥ・リッラーヒ）。

ザヘールは神の導きの手を感じながら、ランプを出てカーブを切った。目の曇りが晴れると、曲がる方向をまちがえたことに気がついた。ランプから大通りに出て、車の進行方向と逆に走っていた。

押し寄せてくる車の流れに向かってヴァンが大きく不安定なカーブを切ったとき、バイクの一団はそれに続いて勢いよくランプを出かけたが、そこでいきなりキキッとタイヤをきしらせてUターンした。

車とトラックの流れがスリップしたり左右に分かれたりしながら、警笛の不協和音を炸裂させた。二台の車が進路を変えたが、衝突を避けきれずに横をこすられた。キキーッというかん高い音がいくつかして、胸の悪くなるような衝突音がいちど聞こえた。そのあとヴァンはぐるりと輪を描いて正しい方向に向き直った。轟音をあげてリッチたちのほうへ突進し、力ずくで彼らを散り散りにさせると、猛然と突き進んでふたつの赤信号を突き抜け、そのあと横道に入って、そこを猛スピードで突っ走った。

ザヘールは前回曲がったところを思い出し、工場と会社の看板を確認した。バイクはまだ後ろにいる。ザヘールはアクセルを踏みこんだ。いまでも自分の優位を信じていた。ほんの何分かの優位ではあっても。自分は前にこの道筋を通ったことがある——やつらはどうか？

ほんの何分かの優位。何分かのあいだだけ追いつかれずにすめば、それでいい。それだけあれば〈ドラゴンフライ〉キャノン砲の引き金を引ける。

ザヘールは通りを左へ猛然と突き進み、そのあと右に曲がって、また右折し、もういちど左へ折れると、ようやく前方に〈ラジャ〉の従業員用駐車場が見えてきた。有料道路（ターンパイク）のランプを出たときは、後ろでバイクのたてるいまわしい音はしばらく弱くなっていたが、いまはまた徐々に大きくなってきていた。打ち捨てられたガソリンスタンドのある交差点まではたどり着けそうにない、と彼は判断した。

かまうものか。

必要なものはアッラーの神が与えてくれる。

スピードを上げて駐車区画の入口に向かい、急いでヴァンをなかに入れ、工員たちの車のそばを通り過ぎて、駐車場とフッ化水素（ＨＦ）の貯蔵区画をへだてている金網塀に向かった。

タンクの群れが目の前に現われた。パイプラインが蛇のように曲がりくねっている。

キを踏んだ。

ザヘールはヴァンをぐるりと一八〇度回転させて、バックで塀に向かい、ぎゅっとブレー
フロントガラスの向こうに、バイクの一団が駐車場へ曲がってくるのが見えた。制服を着た警備員がひとりだけ、右手にある工場からゆっくりザヘールのほうへ駆け寄ってきた。何も疑ってなさそうな太っちょだ。あれなら恐るるに足りない。

ザヘールはギアをPに入れ、グローブボックスに入れておいたザスタバの拳銃に手を伸ばしかけたが、そこで考えを変え、拳銃のかわりに座席の下のMP5K短機関銃を選んだ。

「おうい、旦那！」警備員が大声で呼びかけ、ヴァンの運転手側へ小走りに駆け寄った。「そこは駐車禁止区域だ。標識が読めないのか？」

窓越しに相手の叫ぶ声は聞こえたが、相手の手は銃の近くにないことにザヘールは気がついた。

太っている。無頓着だ。彼らは教訓を学ぼうとしない。

警備員はこんどはバイクのたてるブンブンいう音に気がついた。駐車区画の入口をさっと振り向くと、バイクが見え、またザヘールに目を戻した。

「どうなってるんだ？」警備員はいった。「いったいどういうことだ？」

窓を開ける時間の余裕はない。バイクの連中が近づいてくる。ザヘールはMP5を持ち上げて、窓越しに警備員の顔に三連射を二度浴びせ、相手を視界からぬぐい去った。

そして、銀色の破片の山と化した窓ガラスが降りそそいでくるのもかまわず、サブマシンガンを肩に吊り下げて、這うようにヴァンの貨物区画へ移動し、腹ばいになって、キャノン砲にとりつけられた砲塔のようなビーム・ディレクターをタンクへ向けた。

駐車場をまっすぐ横切ってきたバイクの一団は、止まっているヴァンの前にたどり着くと隊列を解いた。リッチとグレンが左側面、残りの隊員ふたりが右側面にすばやくまわった。リッチはバイクでヴァンの後部に向かった。カーゴ・ハッチがすでに内側から開けられて上がっていた。次の瞬間、貨物区画から扇形に銃火が浴びせかけられた。この連射をかわすために、リッチは大きくハンドルを切ってヴァンから遠ざかったが、反対側にいたひとりの隊員の反応がほんのわずかに遅れた。隊員は銃弾に切り裂かれ、きりもみを起こして座席から投げ出され、攻撃用バイクは仕切りの塀に激突した。

もうたくさんだ。リッチは思った。これ以上の犠牲者は出せない。

彼はヴァンの横にバイクを止めると、足でキックスタンドを下ろして座席を飛び出した。体を低くかがめ、獅子鼻のような形をした可変速ライフルシステム（ＶＶＲＳ）の自動火器を革ジャンの内側から抜き出して、スイッチを致死モードにした。彼の横にもう一台、オートバイがうなりをあげて停止した。

「グレンか？」

「ええ」

「三つ数えたら、後ろにまわりこんで発砲する」

「了解」

「一、二──」

「リッチ」

「なんだ?」

「ちょっと待った」

「何を──」

「あれを」と、グレンが指を差した。

リッチはそっちを見た。そして、グレンが何に気づかせようとしたのか理解した。

ヴァンの後部からの発砲がやんでいた。そしてサブマシンガンが……MP5だ、とリッチは思った……後ろのバンパーの向こうに落ちていた。黒い握りの部分が血でぬらついている。

リッチはグレンのほうを向いて、ヴァイザー越しに目を合わせ、無言で意思の疎通をとってうなずいた。

そして武器を構えたまま、ヴァンの側面に背中をぴったりつけてゆっくりすこしずつ近づいていき、最後に扉が開いている貨物区画へすばやくまわりこんだ。

小さな旅行かばんくらいの小型キャノン砲に砲塔のようなものがとりつけられており、その上にヴァンの運転手がだらんと手足を投げ出して倒れていた。うつぶせになっており、その下に真っ赤な血だまりがあった。砲塔も一面真っ赤で、貨物区画の開いたドアから力なく垂れ下がっている片方の手も真っ赤に濡れていた。貨物区画の内側に、三つの制御パネルがとりつけられていた。そのフラット画面には何も浮かんでいなかった。

リッチがグレンを見た。

グレンがリッチを見た。

「終わった」と、グレンがいった。

そして、どちらも体の横へ武器を下ろした。

8

ニューヨーク／パキスタン管理側カシミール

「なんでここに来たのか、想像はつくだろう」ジョン・アールはもうしばらく自分の足で立っていられるよう懸命の努力をしながら、そう告げた。

ハスル・ベナジールは〈キラン〉社の自室に置かれた机の奥からアールを見た。

「約束のものか」と、彼はいった。

アールはうなずいた。

「約束のものだ」と、彼は肯定した。「前金で五万ドル、仕事がすんだときに五万ドル——」

「成功と失敗にかかわらず」と、ベナジールが受けた。

アールはコートのポケットに両手をつっこんだまま、またうなずいた。いつもどおりこの部屋は、壁の前の蛸の水槽で水が汲み上げられて濾過（ろか）されている音を除いては、しんと静まり返っていた。

アールは相手の反応を待った。立っているだけでもひと苦労だ。大変な労力が必要だった……ザヘールから受けた弾は、いまも肋骨と肋骨のあいだの赤いぬかるみをただよっている。いつ心臓に最後の冷たいキスをしてきてもおかしくない。

静かにしろ、ベイビー、おとなしくしていろ。

そう、長いあいだ運転してきた消防車のように赤いおんぼろトラックは、人生というハイウェイからいまにも転落しかけている。この部屋に来る前に、胸に開いた穴を大きなガーゼで何度かふさぎ、新しい包帯を巻きつけてきた。しかし、シャツとコートの下で血を吸い上げて、浴槽の蛇口から出てくる水のように体から血がほとばしるのを防ぐことしかできなかった。

ベナジールが立ち上がった。そして机をまわりこみ、アールの前に立った。

「その金は無条件できみのものだ」彼はいった。「しかし、マスコミの知るところとなりはじめた出来事からどうやって脱出を果たしたのか、ぜひとも聞かせてもらいたいな。オートバイに乗った男たちのことだが……」声が尻すぼみになっていって、ベナジールは肩をすくめた。「どうやって逃れたんだ?」と彼はいった。

アールはまだ動かなかった。前や横へ一歩でも踏み出したら、ばったり倒れてしまう。それはわかっていた。もちろん、動かさなくてはならないのは足ではない。

「そうだな」と彼はいい、ポケットからシグ・ザウエルの九ミリ拳銃を抜き出した。「こんなふうにだ」

ベナジールの顔に反応は見られなかった。数秒後、彼はゆっくりまばたきをし、しばらく目を閉じた。それを開くと同時に、長い吐息をついた。

「残りを支払うはめになるとは思っていなかったんだろう?」アールはいった。「まさかおれが請求に来るとは、思ってもみなかったんだ」

ハスルはしぐさでそれを肯定した。

「たしかに思いもしなかった」と、彼はいった。

アールは銃を突きつけたまま相手の顔を見た。口をぎゅっと結んで咳きこむのをこらえた。血を吐いてじゅうたんを汚してやったところで、なんの得もない。

彼は拳銃を持った手で水槽のほうを示した。

「あんたにチャンスをやろう、ハスル」と、彼はいった。「毒を持ったお友だちのレッグズにくすぐってもらうか、ここにいるおれの友だちのシギーを相手にするかだ。どっちにしろ、急いでもらうぜ」

ベナジールは相変わらずほとんど無表情のまま、焦げ茶色の目で相手を凝視した。

ようやく彼はうなずいて、つかつかと水槽に歩み寄り、上の壁からベニヤ板の給電盤をはずして床の上に置いた。

「やっぱりそうきたか」彼は静かな声でそういい、シャツの袖をまくり上げながら振り向いてアールを見た。

アールはうめいた。

「いい覚悟だ」と彼はいった。そして銃をすこし高く持ち上げ、引き金に指をかけた。「さあ、やりな、ハスル。おれに代わってレッグズにこんにちはをいってやれ……また近々、あの世で会おう」

ハスルはまたしばらく相手をじっと見て、ひとつうなずくと、向き直って水槽に手をすべりこませた。

洞穴から矢のように飛び出してきた蛸は、毒を出す触手をあっという間にハスルに巻きつけた。

FBIの捜査官たちがノリコの部屋を出ていったあと、すぐにサンノゼのメガン・ブリーンとニューヨークのノリコ・カズンズ、トム・リッチのあいだでビデオ会議が行なわれた。中心議題はFBIの〈剣(ソード)〉ニューヨーク支部訪問とその理由だったが、それは偶然の一致ではなかった。

「こんな事態をあなたが許してしまったなんて、おどろきだわ」と、メガンがノリコにいっていた。「あなたたちの気づいた重大な脅威を……いったいなぜ、即刻、当局に報告しなかったの？　あなたたちの破った紳士協定はたくさんありすぎて、挙げきれないくらいよ。ニューヨーク市警、FBI、国土防衛局——そのすべてに連絡すべきだったのに」メガンはいちど言葉を切って、信じられないとばかりに頭を振った。「これは〝コード・レッド〟の国家安全緊急事態だったのよ。何百万もの人が命を落としていても、おかしくは——」

「しかし、彼らは命を落とさずにすみましたし、命を落とさずにすんだのは、わたしたちが躊躇せずに動いたおかげです」と、ノリコはいった。そして、きゅっと口元を引き結んだ。「犠牲者はうちの隊員二名にとどまりました」

メガンは西海岸から相手を見た。

「わたしが問題にしているのは、あなたたちのとった行動ではありません」と、彼女はいった。「行動をとるさいにしておくべきだった——することができたはずの——通告をしなかった点なの」

ノリコは会議用テーブルの椅子からビデオ画面を凝視して、ちらっとリッチに目をやり、また画面に目を戻した。彼女は何かをいいかけ、思いなおしてやめた。それからまたしばらく画面を凝視した。

「理由があってのことです。わたしからは説明できませんが」ノリコはただそういった。

メガンが彼女を見た。

「理由」と、彼女はおうむ返しにいった。

ノリコはうなずいた。

「理由」メガンはもういちど繰り返した。信じられないといった口ぶりで。「ノリコ、わたしのいってることが聞こえて——」

「彼女にはちゃんと聞こえている」リッチがいきなり話に割りこんだ。「誰かに責任を求めたいなら、おれに求めろ」

メガンは理解できないとばかりに頭を振った。

そして、「どういうことなの？」といった。

「情報源から情報を手に入れるにあたっては、条件があった。うちがすべて自力で片をつけるというのがその条件だ」と、リッチはいった。「情報提供者にはニューヨークが封鎖される前に街から脱出する時間が必要だった。だからおれは、その時間をやるとそいつにいった。情報をつかまずにそいつを帰らせるよりはましだったからだ」

しばらく沈黙が続いた。メガンが息を吸いこんで吐き出した。

「あなたのいったその謎の情報提供者だけど……なんとでもいいくるめて情報を得ることはできたはずよ」彼女はいった。「アップリンクを非難の的にしてまで、向こうの望みどおりにしてやるだけの値打ちがあったと、本気で思っているの？　うちの評判、うちの契約……そういったものをその男のために危険にさらすだけの値打ちがあったというの？」

リッチは氷のように冷ややかな青い目で彼女を見て、ただ肩をすくめた。

「いや」と、彼はいった。「約束をしたからそれを守ったまでのことだ」

「いらっしゃいませ。何かお探しですか？」店員の男がカウンターの向こうから声をかけてきた。

マリッセはうなずいた。

「ココボロの葉巻保管箱（ヒュミドール）なんだが」と、彼はいった。「ウインドーのなかにある、ベベルガラスのふたがついた……」

「はい、わかります」と店員はいい、見下したような険しい目をマリッセに向けた。「一点ものでして」

マリッセは耳たぶをひっぱった。

「なるほど」と、彼はいった。「いや、以前にあれが目にとまって、値段はどんなものかと思っていたんだが」

店員はマリッセを見て、喜びと軽蔑が混じったような表情で金額を告げた。

そのとてつもない値段に、マリッセはあやうくむせ返りそうになった。アントワープに戻るけさの便の予約がすんでいたこともあり、ふと思いついて、このタバコ屋へ戻ってきた……しかし、自分のふところぐあいでもこの葉巻保管箱(ヒュミドール)を買えるかもしれないと、その気になったのは愚かなことだったらしい。

それだけでなく、自分はあれを持つには値しない、とマリッセは思った。あれを持つに値するわけがない。あのサファイアについて、何ひとつ満足のゆく結論を出せなかった。本物だったのか偽物だったのかもわからなかった。あれの出所についても、運悪く亡くなったホフマンが倒れる前に会う予定だったにちがいないアウトバックコートの悪党の正体についても、何ひとつ調べは進まなかった。ニューヨーク市では、甘いお菓子をいくつか試し、現金の詰まったブリーフケースをホフマンの未亡人に返したことを除いては、何ひとつ意義のあることができなかった。何ひとつ。

ランス・レンボックは落胆したにもかかわらず支払いを申し出てくれた。しかしマリッセは、大虐殺（ホロコースト）を生き延びてきたあの老人から経費以外のものはいっさい受け取ろうとしなかった。あの葉巻保管箱（ヒュミドール）を買う資格があるなんて、考えちがいもいいとこだ。

「あの、お客様……よろしければ？」

マリッセは販売員を見て夢想から抜け出した。

「よろしければ？」

「ほかのお客様がお待ちですので」と販売員はいい、マリッセひとりしかいないはずのカウンターで透明人間らしき人物に向かって手を振った。「ですから、ほかにご用がおありでないようでしたら――」

マリッセはぱっと片手を上げた。天井に向かって指を一本立てていた。

「いや」と、彼はいった。「お願いする！　あの葉巻保管箱（ヒュミドール）をいただきたい。ダビドフを一カートン詰めて……急いでギフトラップをかけてくれ。この寒い街から運び出してくれる飛行機が待っているんでね」

店員の眉がつり上がった。ばかにしたような表情がおどろきのそれに変わり、男は向き直って高価な売り物をとりにいった。

青天の霹靂（へきれき）のごとくだしぬけに自分を襲った決断になんのやましさもおぼえることなく、マリッセは店員を見つめていた。

成功しなくても、報われてしかるべきときはある。

最善を尽くしただけで褒美をもらってかまわないときもある。

仰向けになった七つの死体が並んでいた。服を着ておらず、認識票も剝ぎとられていた。彼らが着ていたインド軍の制服は、この山腹の別の場所で雪の下深くに埋められていた。

ユーサフは感情を吸い取られたように彼らを見下ろしていた。あとから悔やんでももう遅いが、彼にはわかっていた。買い手（バイヤー）たちに無線を入れないという自分の判断によって彼らの命は奪われ、今夜を境に大金持ちになるという望みも打ち砕かれたのだ。国境巡視隊の制服を着てあそこの身分証をたずさえていたおかげで、男たちは管理ライン（ＬＯＣ）の向こう側でインド人のそばを通り抜けることはできたが、この山の峠でアーマドの偵察隊の待ち伏せを逃れることはできなかった。

冷たく青白い月明かりを浴びている彼らは、それぞれの額に見える赤い濡れた穴がなければ、彼らの体から抜け出した霊魂のように見えたかもしれない。

ユーサフの知るかぎり、血の通わない霊魂に銃刑のしるしがついていることはない。

ユーサフは平静を保つ努力をしながら、この死体のところへ案内してくれた〈ラシュカレ・タイバ〉（ＬｅＴ）の偵察員に顔を向けた。「こいつらはいつ捕まったのか、もういちど話してくれ」

偵察員は彼を見た。

「二時間前だ」と男はいって、突き出た岩のそばを身ぶりで示した。「それより前にこいつらの姿が見えた。だから山の別の斜面を登ってやっつけた」

「つまり、こいつらはここでしばらく何かを待っていたわけか？」

「ああ、そんな感じだった」

言葉がとぎれた。何歩か離れた声の聞こえないところに、バカルワル族の案内人が待っていた。ラバのそばで手綱を握り、凍りつきそうな夜気に蒸気を立ちのぼらせている。

ユーサフは案内人にちらっと目をやり、つかのま考えた。富を手にする見込みはついえたかもしれない。少なくとも当分は。しかし、まだゲームは終わりじゃない。もうひとつ手管を用いて、この偵察員の疑いが自分に向かないよう万全を期さなくてはならない。

「遊牧民だな」彼は小声でいった。「やつらが裏切ったとしか思えない。国境を越えて合流を果たす前に、おれたちを捕まえようと、この部隊と共謀を図ったにちがいない」

偵察員はまだユーサフに目をそそいでいた。

「そう考えるのはむずかしいことじゃない」と、男はいった。「インド政府と軍の将軍たちは〈ドラゴンフライ〉キャノン砲が手に入るとなれば、べらぼうな値段を払うだろうし」

ユーサフはうなずいた。

「バカルワル族の貪欲な心まで満たさなくちゃならないとはな、まったくなんてめぐり合わせだ」と、彼はいった。「おれのつかんでいる情報によれば、製造された完成品はふたつしかない。もうひとつはまだ兄弟たちとともに、アメリカに――」

誰かがそっと背後に忍び寄ってきたのにユーサフは気がついたが、いきなり喉に巻きついてきた腕を逃れる時間はなかった。喉に冷たい刃が押しつけられていた。

耳ざわりな声がした。「ほかの人間のことをあれこれいえる立場か。ここととチカルのあいだの荒野で自分の仲間を死に追いやったのはおまえではないか」

ユーサフはちがうと首を横に振ろうとしたが、ナイフの圧力が強まり、思いとどまった。そのあいだに、前にいた偵察員が何歩か大きく踏み出していた。

「アーマドは最初からおまえを監視していたんだ。疑わなかったのか、子豚ちゃん？」偵察員はいった。「おまえの輸送車隊にスパイをすべりこませていたんだ。おまえが山越えにかかったときにはもうひとりいたことを、誰も知らせてはいないと思っていたのか？　善良な仲間カリドのことは、よもや忘れていまい？」

ユーサフは無言で唾をのみこんだ。ナイフの鋼鉄の刃が喉ぼとけに当たった。

「誰に罪をなすりつけようとするのも勝手だが、おまえのラバ隊がこの部隊と——本当に部隊なのかどうかも怪しいところだな——遭遇するようお膳立てをしたのは、おまえだ」偵察員は顔をぐっと近づけて彼にそういった。「こいつらはインド軍じゃないんだろう。軍の兵士を装ったカリスタン運動の戦士か。あるいはナーガ族か。あるいはパンジャブ人の反政府勢力か」偵察員の顔がさらに迫った。「兄弟であっても、激烈な争いをすることはある。そして、インドで誓いを立てて仲間入りしたメンバーのあいだには、あの武器をめぐって多くの争いがあった」

ユーサフはまた唾をのみこんだ。刃が皮膚を切り裂いた。

「アーマドと話をさせてくれ」彼はしゃがれ声で必死に訴えた。「おまえがまちがっていることを証明できるし――」

「アーマド」偵察員はおうむ返しにいった。嘲りをたたえたにやにや笑いが満面に広がった。

「教えてくれないか、子豚ちゃん……おれと配下の者たちがアーマドに忠実な人間だと、どうして断言できるんだ？　おれたちにキャノン砲を欲しがる別の買い手がいないと、どうして断言できるんだ？　無常が常のこの世で、あれの行き着く先がどこか――あれを向けられる標的がどこか――どうして断言できるんだ？」

ユーサフは相手を見た。おどろきに口元がゆがんでいた。

とつぜん気がついた。おれには答えられない。この偵察員の質問のどれにも、おれは答えられない。どれにも答えられない。

後ろから襲いかかって、いま喉にナイフを当てている男を、偵察員が見やった。そして手刀を切るようなしぐさをした。ナイフが喉をざっくり切り裂いたとき、ユーサフが学んだものは、まさしくこの世の無常だった。

訳者あとがき

本書はトム・クランシーのＰＯＷＥＲ　ＰＬＡＹＳシリーズ第七弾『殺戮兵器を追え』（原題 *Zero Hour*）の翻訳です。

テロとの戦いこそ二十一世紀の課題と喝破したクランシーによって本シリーズは立ち上げられ、巨大多国籍企業の私設部隊が世界的危機の解決に挑むという設定で、さまざまなテロの形が描かれてきました。

マンハッタン爆破という衝撃のシーンであっといわせた第一作『千年紀の墓標』。東南アジアの闇の勢力が暗躍する第二作『南シナ海緊急出撃』。国際宇宙ステーションが標的となった第三作『謀略のパルス』。遺伝子化学を悪用した細菌テロの恐怖を描いた第四作『細菌テロを討て！』。南極を秘密の拠点にした世界規模の謀略を描く第五作『死の極寒戦線』。誘拐テロの恐怖を描いた第六作『謀殺プログラム』。テロの手法は多種多様、意表をついたアイデアやコンセプトに彩られています。

そして第七作の本書。今回はテロを防ぎ止めるのがいかに困難か、その状況が克明に描かれています。たとえばアメリカ国内で国外の勢力がテロを起こすためには、実行をする人間とその手段（武器）の両方が必要になります。危険な人物の入国を食い止め、大量殺戮（さつりく）兵器の製造につながる部品や材料が危険な勢力の手に渡らないシステムを確立するのが肝要なわけです。

しかし、そのための努力が困難を極めることは容易に想像がつきます。とりわけ大量殺戮兵器の材料の輸出入問題では、さまざまな規制を敷いて水際での監視を厳しくしても、水の漏れる可能性はいくらも考えられます。本書の登場人物はこんなふうに語って、監視のむずかしさを要約しています。「北朝鮮やリビアのような国へは（危険な物資の）積み替えを行なってはならないことにはなっていますが、再輸出されたものの足取りを追うには信じられないくらい複雑な作業が必要になります。偽装会社や、いかがわしい運輸会社もありますし……違法な迂回ルートとなると、調べていくうちに本国や外国の寄港地で袖の下を使われた税関検査官ひとりに行き着くことだってありえるのです」一〇〇パーセントの方法はいまだ存在しないという現状を浮き彫りにするのが本書のひとつのテーマといえましょう。

もうひとつ、本書では〝心のすき〟というテーマも提起されています。九・一一同時多発テロ以来、アメリカは対テロ対策に大きな力を割かざるをえなくなりました。いちばん最初に頭に思い浮かぶのは、空の玄関口、国際空港の警備のきびしさでしょう。同国へ旅をされたかたは、その現場を目の当たりにされていると思います。連邦政府の建物や軍事施設などは当然のように警戒のレベルが上がり、本書中にはニューヨークの高速道路の料金所が一種の検問所と化している様子も描かれています。

危険物を扱う私企業はどうでしょう？　テロ対策に経営を圧迫され、音(ね)を上げて警戒をおろそかにするところがないとは誰にもいえません。テロの標的になるかならないか、その確率はといえば、ならないほうが高い。〝警戒をゆるめてテロがないほうに賭けてもいいのではないか〟という都合のいい考えかたに人の心が傾く可能性はかならず存在します——喉元過ぎれば熱さ忘れるの格言のとおり。〝まあ、大丈夫なんじゃないか〟という薄弱な根拠で徐々に弱められていく警戒。その空気が蔓延したとき、あなたのすぐ近くにテロの恐怖は忍び寄る、というわけです。

例によって、今回も興味深いサイドストーリーや読みどころが全編にちりばめられています。カシミールをめぐるインドとパキスタンの状況。高度に発達した宝石偽造技術。すさまじい破壊力を秘めたレーザー兵器。ニューヨークがお好きなかたには、物語のなかで興味深い街めぐりもお楽しみいただけるのではないかと思います。

さて、次回第八弾が本シリーズのフィナーレとなる予定です。原題は*Wild Card*。カリブ海の島国トリニダードトバゴの沖で進められていたアップリンク社主導の光通信／石油精製のビッグ・プロジェクト。そこへ忍び寄る魔手。思いがけない敵精鋭部隊の出現で〈剣(ソード)〉保安部長ピート・ナイメクが最大の危機に……。『細菌テロを討て！』と本書でともにトリックスター的な役割を果たした謎の男、ラスロップも再登場。いよいよ彼の不可思議な行動とその動機に光が当てられることになりそうです。そして、本シリーズ最大のテーマ、衛星通信や光ファイバー網を礎（いしずえ）にした通信システムを地球全土に行き渡らせることで世界に安定と民主化をもたらそうという主人公ゴーディアンの悲願は達成されるのか……？　どうぞ楽しみにお待ちください。

ザ・ミステリ・コレクション

殺戮兵器を追え

［著　者］トム・クランシー／マーティン・グリーンバーグ
［訳　者］棚橋 志行

［発行所］株式会社 二見書房
東京都千代田区神田神保町1－5－10
電話 03（3219）2311［営業］
03（3219）2315［編集］
振替 00170－4－2639

［印　刷］株式会社 堀内印刷所
［製　本］ナショナル製本協同組合

落丁・乱丁本はお取り替えいたします。
定価は、カバーに表示してあります。

ISBN4－576－04172－X
http://www.futami.co.jp

雪の狼（上・下）
グレン・ミード
戸田裕之［訳］

四十数年の歳月を経て今なお機密扱いされる合衆国の極秘作戦〈スノウ・ウルフ〉とは？ 世界の命運を賭け、孤高の暗殺者と薄幸の美女が不可能に挑む！

ブランデンブルクの誓約（上・下）
グレン・ミード
戸田裕之［訳］

南米とヨーロッパを結ぶ非情な死の連鎖。遠い過去が招く恐るべき密謀とは？ 英国の俊英が史実をもとに入魂の筆で織り上げた壮大な冒険サスペンス！

熱砂の絆（上・下）
グレン・ミード
戸田裕之［訳］

大戦が引き裂いた青年たちの友情、愛…。非情な運命に翻弄され、決死の逃亡と追跡を繰り広げる三人を待つものは？ 興奮と感動の冒険アクション巨編！

亡国のゲーム（上・下）
グレン・ミード
戸田裕之［訳］

致死性ガスが米国の首都に！ 要求は中東からの米軍の撤退と世界各国に囚われている仲間の釈放！ 50万人の死か、犯行の阻止か？ 刻々と迫るデッドライン

死のダンス
リチャード・スタインバーグ
酒井裕美［訳］

コルシカ人組織幹部から弟の捜索を依頼された男は、かつてスパイ中のスパイと怖れられたクセノス。彼を待ち受けていたのは陰謀渦巻くおぞましい世界…

殺人豪速球
デイヴィット・フェレル
棚橋志行［訳］

時速一七〇キロ超の豪球を投げる新人がレッドソックスに入団。チームは連勝を続けるが、一方で謎の殺人事件が…。大リーグ伝説から生まれた痛快ミステリ！。

謀略国家
ヴィンス・フリン
結城山和夫［訳］

凄腕のCIA秘密工作員ミッチは、なぜサポートチームに狙撃されたのか？　一命をとりとめた彼の必死の探索に手がかりの証人達は次々と殺されていく!!

強権国家
ヴィンス・フリン
結城山和夫［訳］

次期CIA長官の座を巡っての大統領と議会の暗闘、そしてイラクが核開発を進めているとの情報——。ワシントン政界の生臭い舞台裏を描いた謀略小説の傑作！

全面戦争（上・下）
エリック・L・ハリー
棚橋志行［訳］

全てはシベリアの天然ガス・パイプライン破壊から始まった。ロシア政府は崩壊し、米国の治安も極度に悪化。領土拡大を狙う中国は遂に国境を越えた！

米本土決戦（上・下）
エリック・L・ハリー
山本光伸［訳］

軍事超大国と化した中国は全アジアを制圧し、遂に南から米本土侵攻作戦を開始！　建国以来初めて他国の侵略を受けた米軍は、必死の反撃を試みるが…

機密基地
ボブ・メイヤー
鎌田三平［訳］

閉ざされた極寒の氷原で迫り来る謎の特殊部隊！　ベトナム戦争時に何者かによって南極に建設された、秘密軍事基地の争奪をめぐる緊迫の軍事アクション！

報復の最終兵器
ボブ・メイヤー
酒井裕美［訳］

厳重に警備されていたはずのルイジアナのオメガミサイル発射センターが何者かに乗っ取られた！　決して起きてはならない現実に、米国は史上最大の危機に瀕する。

二見文庫　ザ・ミステリ・コレクション

台湾侵攻（上・下）
デイル・ブラウン
伏見威蕃［訳］

台湾が独立を宣言した！ 激昂する中国は、核兵器の使用も辞さない作戦に出る。猛攻に曝される台湾を救うべく、米軍はステルス爆撃機で反撃するが…

韓国軍北侵（上・下）
デイル・ブラウン
伏見威蕃［訳］

韓国領空を侵犯し撃墜された北朝鮮軍機は、核爆弾を積載していた。あらためて北の脅威を目のあたりにした韓国大統領は、遂に侵攻計画を実行に移す。

「影」の爆撃機（上・下）
デイル・ブラウン
伏見威蕃［訳］

バルカンに突然の空爆!! 復興ロシアの黒幕が仕掛ける凶悪な陰謀を阻止するため、米空軍の精鋭が緊急発進。しかし新大統領が下した意外な決断とは!?

砂漠の機密空域
デイル・ブラウン
上野元美［訳］

秘密兵器開発基地〝ドリームランド〟が閉鎖か？ 基地の命運を賭け車椅子のパイロット、ジェフ少佐が自ら開発した新兵器とともに飛び立った！

炎の翼（上・下）
デイル・ブラウン
伏見威蕃［訳］

アラブ統一国家の野望を抱くリビアの独裁者が、エジプト大統領を暗殺し、油田の略奪を狙う。それを阻止せんと元米空軍准将率いるハイテク装備の部隊が飛び立った！

鷲の巣を撃て
マリ・デイヴィス
真野明裕［訳］

ヒトラー暗殺の使命を帯びた英特殊工作部のラスティ中尉は、独軍将校になりすまし、鷲の巣と呼ばれる山荘近くで機会をうかがうが…超一級の冒険スリラー！

二見文庫 ザ・ミステリ・コレクション